elefante

CONSELHO EDITORIAL
Bianca Oliveira
João Peres
Tadeu Breda

EDIÇÃO
Tadeu Breda

PREPARAÇÃO
Paula Carvalho

REVISÃO
Daniela Uemura
Laura Massunari

CAPA & PROJETO GRÁFICO
Luciana Facchini

DIAGRAMAÇÃO
Denise Matsumoto

DIREÇÃO DE ARTE
Bianca Oliveira

ÉTICA DO AMOR LIVRE

JANET W. HARDY & DOSSIE EASTON

GUIA PRÁTICO PARA POLIAMOR, RELACIONAMENTOS ABERTOS E OUTRAS LIBERDADES AFETIVAS

TRADUÇÃO **CHRISTIANE KOKUBO**

ILUSTRAÇÕES **ARIÁDINE MENEZES**

PARTE UM: BEM-VINDOS, 9

1 Quem pratica promiscuidade com ética?, 10
2 Mitos e realidades, 23
3 Nossas crenças, 38
4 Tipos de promiscuidade, 47
5 Combatendo a visão negativa do sexo, 66
6 Construindo uma cultura de consentimento, 74
7 Infinitas possibilidades, 83

PARTE DOIS: PROMISCUIDADE NA PRÁTICA, 99

8   Abundância, 100
9   Habilidades libidinosas, 109
10 Limites, 119
11 Promiscuidade antiética, 127
12 Flertar e procurar por sexo, 131
13 Mantendo o sexo seguro, 143
14 Criando filhos, 155

PARTE TRÊS: SUPERANDO DESAFIOS, 167

15 Mapas para atravessar os ciúmes, 168
16 Aceitando conflitos, 192
17 Como fazer acordos, 206
18 Como abrir um relacionamento existente, 220

PARTE QUATRO: A PAIXÃO NA PROMISCUIDADE, 233

19 Estabelecendo conexões, 234
20 Casais e grupos, 244
21 Promiscuidade solteira, 261
22 Altos e baixos dos relacionamentos, 273
23 Sexo e prazer, 282
24 Sexo em público, sexo em grupo, orgias, 311

CONCLUSÃO: UMA UTOPIA PROMÍSCUA, 339

GLOSSÁRIO DA PROMISCUIDADE, 345

OBRAS RECOMENDADAS, 355

SOBRE AS AUTORAS, 363

SOBRE A ILUSTRADORA, 365

PARTE UM

BEM-VINDOS

1

QUEM PRATICA PROMISCUIDADE COM ÉTICA?

Muita gente sonha em viver em abundância de amor, *sexo* e amizade. Alguns acreditam que é impossível ter uma vida assim, se contentam com menos do que gostariam e acabam de certa forma se sentindo solitários e insatisfeitos. Outras pessoas tentam alcançar seus sonhos, mas pressões sociais externas ou seus próprios sentimentos acabam por interromper essa busca, fazendo com que mantenham esses sonhos no mundo da fantasia.

No entanto, algumas poucas pessoas persistem e descobrem que amar, ter intimidade e fazer sexo abertamente com muita gente não só é possível como também pode ser recompensador de um jeito que jamais poderiam imaginar.

O amor livre existe há séculos – e, normalmente, sem muito alarde. Neste livro, vamos compartilhar técnicas, habilidades e ideais que funcionaram para quem seguiu por esse caminho.

Quem, afinal, pratica amor livre com ética? Nós. E muitas outras pessoas. Talvez você também possa ser uma delas. Se você sonha com liberdade, com uma intimidade ao mesmo tempo profunda e cheia de erotismo, com abundância de amizade, flerte e afeto, ou com a possibilidade de seguir os seus desejos para ver até onde eles podem chegar, então você já deu o primeiro passo.

POR QUE ESCOLHEMOS CERTAS PALAVRAS?

A partir do momento em que você viu ou ouviu falar deste livro, provavelmente imaginou que alguns dos termos usados não fossem ter o mesmo significado a que você está acostumado. Que tipo de pessoa ficaria animada em se autodenominar promíscua? E por que insistiria em ser reconhecida pela sua ética?[1]

Na maior parte do mundo, "promíscua" é uma palavra altamente ofensiva para descrever uma mulher cuja sexualidade é voraz, indiscriminada e infame. É interessante notar que os termos análogos, "garanhão" ou "pegador", usados para descrever homens altamente sexuais, são em geral usados para indicar aprovação e inveja. Se fazemos perguntas a respeito da moral de um homem, provavelmente escutaremos sobre sua honestidade, lealdade, integridade e princípios elevados. Se o assunto é a moral de uma mulher, é mais provável recebermos informações sobre sua vida sexual. Para nós, isso é um problema.

Então, temos orgulho em *reivindicar* a palavra "promíscua" como um termo de aprovação, até mesmo de afeto. Para nós, promíscua é uma pessoa de *qualquer* gênero que celebra sua sexualidade de acordo com a proposta radical de que sexo é bom e que é benéfico sentir prazer. Pessoas promíscuas podem escolher não fazer sexo algum, ou ficar à vontade para encarar um batalhão inteiro na cama. Podem ser heterossexuais, homossexuais, *assexuais* ou bissexuais, ativistas radicais ou gente pacata.

Como orgulhosas promíscuas que somos, acreditamos que sexo e amor sexual são forças fundamentais do bem, atividades com potencial de fortalecer conexões íntimas, realçar vidas, gerar consciência espiritual e até mesmo mudar o mundo. Além disso, acreditamos que toda relação íntima consensual tem esses mesmos potenciais, e que qualquer caminho erótico, quando conscientemente escolhido e atentamente seguido, pode ser uma força positiva e criativa na vida das pessoas e de suas comunidades.

Pessoas promíscuas compartilham sua sexualidade pelas mesmas razões que as filantropas distribuem seu dinheiro: porque têm isso

---

[1] O título original deste livro, em inglês, é *The Ethical Slut*, que, em tradução livre, significa algo como "a ética promíscua", "a ética da promiscuidade" ou "a promiscuidade com ética". Por isso é que as autoras se referem logo no início do texto ao conceito de "promiscuidade", cujo sentido negativo procuram desconstruir. [N.E.]

de sobra e ficam felizes em dividir com outras pessoas, porque compartilhar isso faz do mundo um lugar melhor. Quem se identifica com essa visão, no geral, descobre que, quanto mais amor e sexo se compartilha, mais se recebe de volta: um milagre da multiplicação em que ganância e generosidade caminham lado a lado para prover mais para todo mundo. Imagine viver em abundância sexual?

SOBRE VOCÊ

Talvez você sonhe em manter vários relacionamentos sexuais e íntimos duradouros. Talvez o seu sonho seja estabelecer muitas amizades que podem ou não incluir sexo. Talvez a ideia de sexo genital não lhe desperte o mínimo interesse, mas você ainda queira estabelecer uma parceria calorosa e carinhosa com uma pessoa — ou duas, ou três. Talvez você deseje monogamia, mas um tipo de monogamia que seja construído de acordo com seus desejos e os da pessoa com quem você compartilha a vida, não um modelo imposto pela cultura dominante. Talvez você não queira se comprometer com ninguém, conectando-se da maneira que quiser sem mudar muito a sua independência. Talvez você queira fazer parte de um casal que ocasionalmente compartilha a cama com uma terceira pessoa mutuamente desejada, ou que vez ou outra resolva escapar da monogamia. Talvez você sonhe com encontros a três ou quatro, ou conexões orgiásticas. Talvez você valorize a solidão e queira encontrar maneiras de satisfazer suas necessidades por si, com a eventual ajuda de outra pessoa. Ou talvez você queira explorar caminhos diferentes, experimentar aspectos distintos para ver como se sente, ver quais variedades de relacionamento você consegue encaixar na sua vida tão ocupada e interessante.

Todas essas possibilidades e tantas outras são maneiras legítimas de praticar a promiscuidade e o amor livre com ética. Conforme você for lendo este livro, vai perceber que algumas das nossas ideias são boas para a maneira que você quer viver, e outras, não. Pegue o que quiser e deixe o resto de lado. Desde que você e as pessoas com as quais você se importa estejam de acordo e continuem evoluindo e cuidando bem umas das outras, vocês estarão praticando a promiscuidade e o amor livre éticos. Portanto, não deixe que a opinião alheia – incluindo a sua – lhe diga o contrário.

SOBRE NÓS

Juntas, nós duas representamos uma boa fatia da diversidade sexual.

Dossie é uma terapeuta especializada em sexualidades alternativas, relacionamentos não tradicionais e tratamento para sobreviventes de trauma num consultório particular em São Francisco, na Califórnia, nos Estados Unidos. Faz mais de trinta anos que se identifica como *queer*,[2] a partir de suas experiências nas comunidades gays e em seus próprios anos prévios de bissexualidade. Foi em 1969, quando sua filha era recém-nascida, que Dossie se comprometeu com um estilo de vida sexualmente aberto. Realizou sua primeira oficina sobre como desaprender a ter ciúmes em 1973. Passou metade da vida adulta solteira, ou quase isso, com amantes, famílias de pessoas com quem dividia um teto e outras pessoas de seu círculo íntimo. Hoje vive nas montanhas ao norte de São Francisco.

É possível que a Janet da primeira edição deste livro[3] seja lembrada como Catherine A. Liszt, um pseudônimo que ela adotou quando seus filhos eram menores de idade. Agora que eles são adultos e independentes, ela passou a usar seu nome real. Janet foi uma jovem promíscua durante a faculdade, mas depois, por mais de uma década, ensaiou um casamento tradicional heterossexual e monogâmico. Desde o fim desse casamento, a monogamia deixou de ser uma opção. Mesmo que a maioria das pessoas a considere bissexual, ela se vê como alguém que transgride gêneros e não consegue entender como a *orientação* sexual deve funcionar se algumas vezes se é homem, ou-

---

[2] Palavra proveniente do inglês, usada para designar pessoas que não seguem padrões tradicionais de gênero e sexualidade. [N.E.]

[3] *The Ethical Slut* foi publicado originalmente nos Estados Unidos em 1997. [N.E.]

tras vezes, mulher. É casada com uma pessoa que é biologicamente homem, mas cujo gênero é tão flexível quanto o dela — o que é menos complicado do que parece. Ela ganha a vida como escritora, editora e professora, e vive em Eugene, Oregon, também nos Estados Unidos.

Juntas, já fomos amantes, amigas queridas, coautoras e parceiras por um quarto de século, fizemos parte de vários outros relacionamentos, casas e projetos. Ambas somos mães de pessoas já crescidas, somos ativas nas comunidades BDSM[4]/couro[5]/*kink*[6] e nos dedicamos à criação literária. Acreditamos ser ótimos exemplos do que pode acontecer se você não tenta encaixar todos os seus relacionamentos no modelo monogâmico do até-que-a-morte-nos-separe.

AVENTURAS SEXUAIS

O mundo, no geral, enxerga a pessoa promíscua como aventureira, depravada, degradada, libertina, indiscriminada, debilitada, imoral, destrutiva, fora de controle e motivada por algum tipo de psicopatologia que a impede de entrar num relacionamento monogâmico saudável — e, claro, definitivamente sem nenhum senso de ética.

Nós nos vemos como pessoas comprometidas a encontrar um lugar seguro no que tange ao sexo e aos relacionamentos, e a nos libertar para aproveitar o sexo e o amor sexual de todas as maneiras que funcionem para nós. Como nem sempre sabemos se alguma coisa funciona antes de testá-la, tendemos a ser curiosas e aventureiras. Quando vemos alguém que nos intriga, gostamos da liberdade de poder agir e, conforme exploramos nossa reação, de descobrir tudo o que é especial

---

[4] BDSM é uma sigla para "*bondage* [prática de amarrar ou restringir de alguma forma os movimentos do parceiro], disciplina, dominação e submissão, sadismo e masoquismo". [N.E.]

[5] Do inglês *leather*, que designa práticas sexuais relacionadas com o uso de adereços de couro. [N.E.]

[6] A expressão *kink* faz referência a práticas sexuais não convencionais. [N.E.]

sobre essa nova e fascinante pessoa. Gostamos de nos relacionar com diferentes tipos de gente e nos deleitamos com como nossas diferenças expandem nossos horizontes e nos oferecem novas maneiras de sermos nós mesmas.

Alguém promíscuo não é necessariamente um atleta sexual – embora muitos de nós efetivamente façam mais sexo do que a maioria. Grande parte valoriza o sexo não como uma maneira de estabelecer recordes, mas pelo prazer que essa prática proporciona e pelos bons momentos compartilhados com tantas pessoas maravilhosas.

Nós amamos uma aventura. Essa palavra às vezes é usada de maneira pejorativa, sugerindo que uma pessoa aventureira é imatura ou ingênua, que não quer "crescer" ou "sossegar" num estilo de vida presumivelmente monogâmico. Nós nos perguntamos: o que há de errado em ter aventuras? Será que não podemos ter aventuras e, ainda assim, criar nossos filhos, comprar casas e fazer um trabalho com o qual nos importamos? Claro que podemos. Promíscuos conseguem obter um financiamento no banco como todo mundo. Em geral, gostamos de complicar nossa vida, e o desafio de manter uma estabilidade no trabalho e em casa enquanto descobrimos novas pessoas e ideias é exatamente o que precisamos para nos manter interessadas e engajadas.

Uma das coisas mais valiosas que aprendemos com esse estilo de vida sexualmente aberto é que podemos sempre rever o que pensamos sobre amor, intimidade e sexo. A partir do momento que começamos a questionar tudo que nos disseram sobre como devemos ser, podemos dar o primeiro passo para rever nossas histórias. Ao quebrar as regras, nós nos libertamos e nos empoderamos.

Odiamos o tédio. Somos pessoas ávidas por experimentar tudo que a vida tem a oferecer, e também somos generosas em compartilhar o que temos a oferecer. Gostamos de divertir todo mundo.

O QUE HÁ DE NOVO NESTA EDIÇÃO

Nos oito anos desde a última publicação de *The Ethical Slut*,[7] o poliamor ganhou muito mais visibilidade, o que significa que uma grande variedade de pessoas de todas as etnias, gêneros, orientações e histórias tem se interessado em explorar as possibilidades dos relacionamentos para além da cultura monogâmica dominante. Nesta edição, demos o nosso melhor para falar com a maior gama possível de potenciais leitores. Então, você vai reparar que demos mais atenção a pessoas de diferentes etnias, a assexuais e não românticos, jovens e adolescentes, pessoas não binárias e outros grupos que muitas vezes recebem pouca atenção das comunidades *sex-positive*.[8]

Uma conversa adiada por muito tempo sobre a natureza e as nuances do consentimento sexual também passou para a linha de frente do diálogo cultural. Incluímos um novo capítulo sobre esse tema importante. E, por diversão, trouxemos histórias de algumas pessoas e ideias que ajudaram a sexualidade alternativa a ser o que é hoje.

A LINGUAGEM NESTE LIVRO

Quando você se sentar para escrever um livro sobre sexo, como esperamos que um dia você faça, vai descobrir que séculos de censura nos deixaram com uma linguagem limitada para tratar das alegrias e potenciais preocupações relacionadas ao tema. A linguagem utilizada por nós frequentemente carrega julgamentos implícitos: se a única maneira educada de falar sobre sexualidade é com termos médicos derivados do latim — vulvas e *pudendus*, pênis e testículos —, isso sig-

---

[7] A segunda edição de *The Ethical Slut* foi publicada em 2009. A terceira e última edição, que ganhou esta tradução para o português, chegou às livrarias em 2017. [N.E.]

[8] As ideias *sex-positive* promovem a sexualidade, a liberdade e a expressão sexual, enfatizando a segurança, a alegria, o prazer e o consentimento das relações. [N.E.]

nifica que apenas profissionais da saúde têm autorização para falar de sexo? O sexo está sempre relacionado com doenças? Enquanto isso, grande parte das palavras desse universo que não deriva do latim, como caralho, buceta, trepar e safada, geralmente traz um tom agressivo e grosseiro e é usada para degradar as pessoas e sua sexualidade. Eufemismos — pipi, periquita — dão a impressão de que sentimos vergonha. E talvez a gente sinta mesmo.

Nossa maneira de reivindicar uma linguagem positiva para o sexo é recuperar certas palavras e, ao usá-las em descrições positivas, limpá-las de cargas negativas. Daí a adoção das palavras "promíscua" e "vadia" — a qual, temos orgulho em dizer, infiltrou-se na linguagem através da Marcha das Vadias[9] e da oposição a humilhar mulheres por serem consideradas vadias (*slut-shaming*). A escolha deste termo baseia-se na definição de promiscuidade como "relacionamento sexual não monogâmico, com muitos parceiros diferentes", e do próprio estigma que a palavra carrega no uso corrente da língua que, como já foi explicado, este livro tenta desconstruir. Aqui você também vai se deparar com o uso de palavras como foder, pinto e buceta, não como insultos, mas com seu real significado.

Estamos escrevendo este livro a partir de um posicionamento positivo em relação ao sexo, com a convicção de que estamos trabalhando para um mundo mais saudável, mais feliz e *mais seguro*. Sabemos também que, para muitas pessoas, o sexo não tem sido uma experiência positiva, seja por influência cultural ou religiosa, por terem sido expostas à violência sexual, ou talvez porque essas pessoas não queiram sexo genital.

Nossos sonhos mais utópicos são de que, quando sexo, amor e intimidade forem realmente livres e vistos como forças positivas nas nossas vidas e no mundo, estaremos muito mais capacitados a resolver questões relacionadas ao estupro, ao assédio sexual, à hu-

---

9 Batizado como Slut Walk, o movimento surgiu no Canadá em abril de 2011, e logo se internacionalizou. No Brasil, a primeira Marcha das Vadias foi realizada em São Paulo em junho do mesmo ano. [N.E.]

milhação pública e à repressão. De verdade, esperamos que este livro contribua para que você não espere nada menos do que amor e liberdade em sua vida sexual.

A naturalização de certas práticas culturais pode aparecer na forma de alguns *centrismos*, como casalcentrismo, heterocentrismo, eurocentrismo. Relacionamentos não monogâmicos, sexo extraconjugal e relacionamentos abertos são definidos pelo que *não são*, dando a impressão de que são uma exceção à regra dos relacionamentos "normais" que pessoas "normais" têm.

"Poliamor" foi uma palavra cunhada em 1992 e temos a alegria de anunciar que já consta no *Oxford English Dictionary* [dicionário de inglês Oxford].[10] Formada a partir de raízes latinas e gregas e traduzida como "amar a muitos", a palavra foi adotada por vários promíscuos para descrever seus estilos de vida. É comum eles se identificarem como *poliamoristas*. Alguns usam o termo para explicar que estão comprometidos com múltiplos relacionamentos ao mesmo tempo, como casamentos em grupo; outros, como uma palavra ampla que abraça todas as formas de sexo e amor e assuntos domésticos que fogem da monogamia convencional. A palavra "poliamor" foi apropriada pelas pessoas com tamanha rapidez que, às vezes, achamos que há tempos estávamos esperando por ela.

Neste novo mundo de sexo e relacionamentos, novos termos são criados a toda hora para descrever, ou tentar descrever, o espectro sempre mutante das maneiras como as pessoas organizam suas vidas. Se, ao longo da leitura, você encontrar um termo que não conheça, por

---

10 O termo "poliamor" ainda não aparece na maioria dos dicionários da língua portuguesa, como *Houaiss*, *Aurélio*, *Caldas Aulete* e *Vocabulário Ortográfico da Língua Portuguesa (VOLP)*, mas aparece no *Michaelis*, que o define como "tipo de relação ou atração afetiva em que cada pessoa tem a liberdade de manter vários relacionamentos simultaneamente, negando a monogamia como modelo de fidelidade, *sem promover a promiscuidade* [grifos nossos]. Caracteriza-se pelo amor a diversas pessoas, que vai além da simples relação sexual e pela anuência em relação à ausência de ciúme de todos os envolvidos nessa relação. O propósito do poliamor é amar e ser amado por várias pessoas ao mesmo tempo". [N.E.]

favor, consulte o glossário ao final do livro, onde poderá encontrar as respectivas definições.

As pessoas geralmente nos perguntam por que falamos tanto sobre sexo. Consideramos sexo como um elefante na sala: enorme, ocupando muito espaço e sendo raramente incluído no diálogo sobre relacionamentos. Neste livro, vamos falar sobre muitos tipos de amor e sobre a expressão sexual de cada um deles.

Por fim, nós nos esforçamos ao máximo para tornar a linguagem deste livro a mais pansexual e neutra possível com relação ao gênero: este livro é para todo mundo. Em edições prévias, alternamos entre os pronomes "ele" e "ela", mas, nesta edição, com a visibilidade cada vez maior de estilos de vida e gêneros não binários, procuramos, sempre que possível, usar termos que buscassem a neutralidade de gênero.[11] "Pansexual" significa incluir todo mundo como um ser sexual: hétero, bi, lésbica, gay, assexual, não binário, trans, *queer*, idoso, jovem, pessoa com deficiência, pervertido, homem, mulher, quem está se questionando e quem está em transição. Os exemplos e as citações do livro foram retirados da grande variedade de estilos de vida que encontramos em nossas oito décadas combinadas de promiscuidade: há infinitas maneiras "certas" de ser sexual, e queremos reafirmar todas elas.

PIONEIROS DO POLIAMOR:
ALFRED KINSEY E O INSTITUTO KINSEY

Ao longo do livro, vamos sugerir que comportamentos consensuais como sexo fora do casamento, masturbação, homosse-

---

11 Nesta edição brasileira, optamos por seguir a "norma culta" da língua portuguesa, buscando, no entanto, uma linguagem mais neutra, e tentando usar o maior número de palavras que não sejam o "masculino genérico". [N.E.]

xualidade e BDSM, ainda considerados "pecaminosos" e "pervertidos" por algumas pessoas, podem na verdade melhorar a qualidade de vida e ser uma ótima maneira de viver de um jeito eticamente promíscuo. E se você não se chocou ao ler essa afirmação, pode agradecer ao Dr. Alfred Kinsey e seus colegas.

Kinsey, um escoteiro recebedor de todas as honrarias, criado num ambiente patriarcal e repressivo, se rebelou estudando a biologia dos insetos ao invés de seguir a carreira de engenheiro imposta por seu pai hiper-religioso e autoritário. Antes de começar a escrever sobre sexo entre seres humanos, ele era considerado um dos maiores especialistas mundiais em vespas, tendo produzido duas monografias bastante conceituadas sobre o assunto, bem como vários outros textos sobre biologia e natureza.

As pesquisas de Kinsey sobre práticas sexuais nos Estados Unidos tiveram início quando ele foi convidado a fazer parte da equipe de ensino de um curso sobre sexualidade humana na Universidade de Indiana. Sua curiosidade foi instigada quando ele percebeu que não conseguia responder a determinadas perguntas dos alunos. Pesquisas científicas sobre como as pessoas se relacionavam sexualmente simplesmente não existiam. Mais ou menos na mesma época, o socialmente desajeitado Kinsey iniciou um experimento pessoal: ele conheceu, se apaixonou e se casou com a brilhante Clara McMillian, conhecida como Mac, uma pós-graduanda em química que tinha uma postura considerada masculina. Tanto Prok (uma abreviação de Professor K, apelido dado por seus alunos que durou a vida toda) quanto Mac eram virgens quando se casaram, assim como muitos jovens na época; as dificuldades que tiveram para superar a falta de experiência foram um incentivo a mais para Kinsey decidir aprender mais sobre sexo.

O mesmo jeito obsessivo que o estimulou a colecionar dezenas de milhares de espécies de vespas o levou a liderar um projeto épico: entrevistar milhares de estadunidenses de todos os gêneros, etnias e classes sobre suas experiências e comportamentos sexuais. Para ajudar nessa enorme tarefa, ele conseguiu patrocínio suficiente para contratar e treinar colegas, que depois se tornaram pesquisadores respeitados nessa área.

No final, foram compiladas mais de doze mil histórias detalhadas sobre sexo, oito mil a partir de entrevistas que o próprio Kinsey realizou. Ele procurou pessoas cujos estilos de vida raramente eram ouvidos: grupos de minorias, igrejas, associações de pais e mestres de pequenos vilarejos etc. Kinsey fez campanha para conseguir a adesão de 100% dos membros de cada comunidade, numa tentativa de assegurar que não estava deixando de fora pessoas que fossem muito tímidas ou se sentissem constrangidas em participar espontaneamente das entrevistas. Essa pesquisa e as conclusões a que Kinsey chegou são respeitadas até hoje, ainda que as técnicas para cálculos estatísticos sejam agora muito mais sofisticadas. Todos os estudos que se seguiram devem muito ao trabalho de Kinsey e sua equipe.

Esse grupo de pesquisadores e seus parceiros seria considerado, na terminologia atual, uma polécula. Quando o sexo é discutido abertamente, as pessoas normalmente se sentem muito mais à vontade para agir conforme os seus desejos — então, sem grandes surpresas, tanto Prok quanto Mac estavam envolvidos sexualmente com vários dos pesquisadores, que por sua vez mantinham relações sexuais uns com os outros. Todas as dificuldades encontradas nesse tipo de arranjo — e houve muitas — parecem estar igualmente relacionadas tanto ao fato de se manter uma postura sexual em relação aos colegas de trabalho quanto com o ciúme sexual propriamente dito. O estilo muitas vezes insensível de Kinsey foi sem dúvida um elemento também a ser considerado. Mesmo com pequenas crises, eles continuaram sendo colegas e eventuais amantes até a morte do pesquisador, em 1956, e membros do grupo original foram mantidos no comando do Instituto Kinsey para estudos sobre sexo, gênero e reprodução até 1982.

Mesmo hoje, mais de meia década depois da morte de Kinsey, ele continua sendo uma figura polêmica. Seus livros *Sexual*

Behavior in the Human Male [Comportamento sexual do homem], de 1948, e *Sexual Behavior in the Human Female* [Comportamento sexual da mulher], de 1953, venderam milhares de exemplares e desencadearam ondas de comoção ao redor do mundo, com entrevistas e dados que revelavam a frequência de atividades sexuais como masturbação, sexo extraconjugal e relações íntimas entre pessoas do mesmo sexo, tanto entre homens quanto entre mulheres.

Esse importante trabalho foi, no entanto, objeto da caça às "bruxas" e ao comunismo na década de 1950, o que custou o patrocínio e a saúde de Kinsey. Ainda hoje, quem se opõe às nossas atuais liberdades sexuais menciona a bissexualidade, a não monogamia e os interesses extravagantes de Kinsey, bem como a maneira aberta e sem julgamentos com que ele tratava seus entrevistados, como motivos para desmerecer essa pesquisa pioneira.

Não há, contudo, como prender o gênio do conhecimento sexual dentro de uma lâmpada: os hábitos sexuais de hoje, incluindo a aceitação do sexo antes ou fora do casamento, da homossexualidade, da bissexualidade, do BDSM e, sim, do poliamor, devem sua existência ao trabalho de Kinsey. Prok, Mac e seus seguidores estão claramente entre os santos padroeiros da promiscuidade com ética, não só pelo seu pioneirismo sexual e por suas polêmicas, mas também pelo trabalho que realizaram para trazer à luz a verdadeira variedade da experiência sexual humana.

2
MITOS E REALIDADES

Quem escolhe explorar novos tipos de relacionamentos e estilos de vida geralmente se encontra bloqueado por crenças – próprias e de outras pessoas – sobre como a sociedade deveria ser, como os relacionamentos deveriam ser e como as pessoas deveriam ser. Tais crenças estão profundamente enraizadas e, muitas vezes, são inexploradas.

A gente aprende que existe somente uma maneira correta de se relacionar: o casamento heterossexual, monogâmico e para a vida toda. Fomos ensinados que a monogamia é "normal" e "natural", e que, se os nossos desejos não se encaixam nesse confinamento, somos moralmente defeituosos e psicologicamente perturbados, além de estarmos agindo contra a nossa natureza.

Muitos de nós instintivamente sentimos que há algo errado nesse cenário. Mas como explorar e examinar uma crença que você nem sabia que tinha? O ideal da monogamia para toda a vida como a meta a ser alcançada nos relacionamentos está tão arraigado na nossa cultura que é praticamente invisível: nós operamos dentro desse molde sem sequer nos perguntarmos se realmente acreditamos nele. Ele está sob nossos pés o tempo todo; é a base de nossas premissas, valores, desejos, mitos e expectativas. Não nos damos conta da sua existência até tropeçarmos nele.

Quando essas crenças começaram? De um modo geral, elas evoluíram para satisfazer condições que não existem mais.

Nossos valores sobre o casamento tradicional datam das culturas agrárias, quando se produzia tudo o que se comia, se vestia ou se usava, quando numerosas famílias ajudavam a realizar uma quantidade enorme de tarefas para que ninguém morresse de fome, e quando o casamento era um contrato de trabalho. Quando falamos de "valores familiares tradicionais", esta é a família à qual nos referimos: uma família estendida de avós, tias e primos, uma organização baseada na realização de trabalho para garantir a sobrevivência de todo mundo. Hoje em dia, ainda vemos grandes famílias operando dessa maneira nos Estados Unidos, geralmente em culturas que foram recém-transferidas de outros países, ou em um sistema básico de apoio entre populações urbanas ou rurais economicamente vulneráveis.

Controlar o comportamento sexual não parecia tão importante fora das classes proprietárias até a Revolução Industrial, que lançou toda uma nova era de negatividade sexual, talvez por conta do surgimento da classe média e do espaço limitado para crianças nos ambientes urbanos. No final do século XVIII, médicos e padres começaram a declarar que a masturbação era nociva e pecaminosa, que a mais inofensiva válvula de escape sexual era perigosa para a sociedade – a circuncisão masculina se tornou comum nessa época, num esforço para desestimular a masturbação. Qualquer desejo por sexo, mesmo consigo mesmo, foi transformado num segredo indecente.

Mas a natureza humana sempre vence. Somos criaturas que sentem tesão, e quanto maior a repressão sexual de uma cultura, mais escandalosos serão os pensamentos e os comportamentos sexuais, como qualquer fã de pornô da era vitoriana[12] pode confirmar.

Em suas aulas a jovens comunistas na Alemanha durante a ascensão de Hitler e dos nazistas, o psicólogo Wilhelm Reich teorizou que a supressão da sexualidade era essencial para um governo autoritário. Ele acreditava que sem a imposição de uma moralidade antissexual, as pessoas estariam livres da vergonha e confiariam em seu próprio sentido de certo e errado. Seria improvável que fossem para a guerra contra sua vontade ou que operassem campos de concentração.

A família nuclear, que consiste em pais e filhos relativamente isolados da família estendida, é um vestígio da classe média do século XX.

---

[12] Referência ao reinado da rainha Vitória no Reino Unido, de junho de 1837 a janeiro de 1901, período marcado por rígidos costumes, moralismo social e sexual, fundamentalismo religioso e exploração capitalista. [N.E.]

As crianças não mais trabalham na granja ou nos negócios familiares; são criadas quase como bichos de estimação. Hoje em dia, o casamento não é mais essencial para a sobrevivência. Agora nos casamos em busca de conforto, segurança, sexo, intimidade e conexão emocional. O aumento dos divórcios, tão lamentado pela direita religiosa atual, pode ser simplesmente um reflexo da realidade econômica de que hoje em dia a maioria de nós pode arcar com as consequências de sair de relacionamentos em que não se está feliz. E, mesmo assim, o puritanismo moderno segue tentando impor a família nuclear e o casamento monogâmico ao ensinar as pessoas a sentirem vergonha da sua sexualidade.

Nós acreditamos que essas exigências, bem como quaisquer outras imposições, são construções culturais, mais do que leis naturais. Na verdade, a natureza é admiravelmente diversa, oferecendo infinitas possibilidades. Gostaríamos de viver em uma cultura que respeita tanto as escolhas feitas pelas pessoas promíscuas quanto respeitamos o casal que está comemorando bodas de ouro. (Na verdade, parando para pensar, por que sempre assumimos que esse casal é monogâmico?)

Estamos preparando terreno para novos caminhos em um novo território. Não existe nenhum roteiro de estilo de vida sexualmente aberto; nós é que temos que escrevê-lo. Escrever seu próprio roteiro requer muito esforço e muita honestidade, e é o tipo de trabalho que resulta em muitas recompensas. É capaz que você encontre o caminho certo e daqui a três anos decida que quer viver de uma maneira diferente – e tudo bem. Você escreve o roteiro, você faz as escolhas e você é também responsável por mudar de ideia.

JULGAMENTO SOBRE A PROMISCUIDADE

Conforme você tenta traçar o seu próprio caminho, pode ser que encontre muitos juízos de valor hostis à maneira que escolheu viver. Temos certeza de que você não precisa da gente para dizer que o mundo, na maioria das vezes, não aprecia a promiscuidade, e que tampouco tem uma opinião positiva sobre quem tem uma vida sexual mais aberta.

Você provavelmente vai encontrar alguns desses juízos de valor enterrados dentro da sua própria mente. Acreditamos que eles dizem muito mais a respeito da cultura que os promove do que sobre qualquer pessoa, incluindo você.

PROMÍSCUO
Isso significa que temos muitos parceiros sexuais. Já fomos acusadas de fazer sexo "indiscriminadamente", o que rejeitamos: sempre podemos distinguir cada uma das pessoas com quem tivemos relações sexuais e afetivas.

Acreditamos que não existe algo como fazer sexo demais, a não ser, talvez, em algumas felizes ocasiões em que nossas opções excedam nossas capacidades. Tampouco acreditamos que a ética sobre a qual estamos falando tenha a ver com moderação ou abstinência. Kinsey certa vez definiu uma pessoa "ninfomaníaca" como "alguém que faz mais sexo que você" e, cientista que era, comprovou seu ponto de vista com números.

Fazer menos sexo é de alguma forma mais admirável do que fazer mais? Acreditamos que não. Medimos a ética de quem pratica a promiscuidade não pelo número de parceiros, mas pelo respeito e cuidado que lhes é dedicado.

AMORAL
Nossa cultura também diz que a pessoa promíscua é cruel, descuidada, amoral e destrutiva, alguém que está tentando roubar algo das pessoas com quem se relaciona – virtude, dinheiro, amor próprio. De certa forma, esse arquétipo é baseado na ideia de que sexo é uma mercadoria, uma moeda de troca – por estabilidade, filhos, um anel de casamento –, e que qualquer outro tipo de transação resulta em ser enganado ou traído.

Raras foram as vezes que vimos uma Jezabel ou um Don Juan em nossa comunidade de amor livre; talvez não seja muito gratificante para um "ladrão" roubar algo que lhe seja dado espontaneamente. Se as pessoas com quem trocamos prazeres roubam nossos valores sexuais, isso não nos preocupa.

PECAMINOSO

Algumas pessoas baseiam seu sentido de ética conforme o que aprenderam estar de acordo ou não com Deus, com a igreja, com seus pais ou com sua cultura. Elas acreditam que ser alguém bom consiste em obedecer a leis impostas por um poder maior.

Nós acreditamos que a religião tem bastante a oferecer a muita gente, incluindo o conforto da fé e a segurança de uma comunidade unida. Contudo, acreditar que Deus não gosta de sexo é como acreditar que Deus não gosta de você. Por conta dessa crença, um número enorme de pessoas carrega muita vergonha por desejos e atividades sexuais perfeitamente naturais.

Preferimos as crenças de uma mulher que conhecemos, uma devota praticante de uma igreja fundamentalista. Ela nos contou que, quando tinha cerca de cinco anos, descobriu as alegrias da masturbação no banco de trás do carro da família durante uma longa viagem, debaixo de um cobertor. Foi uma sensação tão maravilhosa que ela concluiu que a existência do seu clitóris era a prova viva de que Deus a amava.

PATOLÓGICO

Quando estudos psicológicos sobre o comportamento humano ganharam popularidade no final do século XIX, os doutores Richard von Krafft-Ebing e Sigmund Freud tentaram promover uma tolerância maior com a teoria de que as pessoas promíscuas não eram más, mas sim estavam doentes e sofriam de uma psicopatologia da qual não eram culpadas, já que suas neuroses derivavam da distorção da sua sexualidade – o que, por sua vez, se deve a uma responsabilidade de seus pais na época em que lhes ensinaram a usar o banheiro. Por isso, diziam eles, não devemos enviar as pessoas promíscuas à fogueira, mas a hospitais psiquiátricos, para serem curadas em um ambiente que não permita nenhuma expressão sexual.

Durante a infância e a adolescência das autoras deste livro, no início dos anos 1960, era prática comum declarar adolescentes como doentes e encarcerá-los para serem "tratados" de "doenças" de cunho sexual – especialmente se fossem gays ou lésbicas, pessoas com identidade de gênero que desafiavam as normas vigentes ou mulheres em perigo de prejudicar seu "valor de mercado" como virgens. (Pense nos valores culturais que levam ao uso da expressão "mulher barata" como insulto a uma mulher que gosta de fazer sexo. Em outras palavras, a sexualidade feminina é uma mercadoria, e, como todo produto, quanto mais raro, mais valioso. Então, uma mulher que faz muito sexo reduz seu próprio valor de mercado.) Esse tipo de mentalidade ocorre com mais frequência do que você imagina. Mais recentemente, ouve-se falar em vício em sexo, fobia de intimidade, medo de comprometimento, transtorno de apego. Tais termos foram criados para descrever problemas que de fato existem, mas patologizar comportamentos sexuais mais abertos e exploratórios é uma arma usada muito mais do que se deveria na guerra moral contra a liberdade sexual.

Todo o conceito de "vício em sexo" é controverso — muitas pessoas não consideram a palavra "vício" apropriada para discutir problemas de comportamento relacionados a sexo. No entanto, todos parecem concordar que fazer sexo para substituir a satisfação de outras necessidades — acalmar ansiedade, por exemplo, ou elevar uma baixa autoestima — representa uma questão a ser resolvida.

Somente você pode decidir se seu comportamento sexual se tornou compulsivo e se você quer ou não mudá-lo. Algumas pessoas tentam legitimar repetidamente sua atratividade sexual usando sexo como uma garantia constante, já que não se acham naturalmente atraentes ou cativantes. Nesse caso, o sexo pode parecer, e mesmo ser, a única moeda valiosa para atrair atenção e aprovação.

Alguns grupos e terapeutas que defendem o modelo de vício em sexo declaram que qualquer outro comportamento sexual que não o mais conservador é errado, nocivo ou sintomático de dependência ou doença. Nós incentivamos você a confiar em suas próprias crenças e a encontrar um ambiente acolhedor. Alguns grupos de suporte encorajam a definir que tipo de vida sexual saudável você quer ter. Se o seu objetivo é a monogamia, tudo bem, e se seu objetivo é parar de procurar sexo no lugar de amizade, ou mudar qualquer outro comportamento, tudo bem também. Não acreditamos que a recuperação de dependentes em sexo tenha que ser a monogamia, a menos que eles próprios queiram isso.

FÁCIL
Há algum mérito em ser difícil?

MITOS SOBRE A PROMISCUIDADE

Um dos desafios enfrentados por quem segue uma ética da promiscuidade é a insistência na nossa cultura de que o simples fato de "todo mundo saber" alguma coisa faz com que isso se torne automaticamente uma verdade. Recomendamos que você desconfie profundamente de tudo que comece com "todo mundo sabe que" ou "o senso comum diz que". Muitas vezes, essas frases sinalizam sistemas de crenças culturais antissexuais, centrados na monogamia e/ou na codependência. Questionar o "todo mundo sabe" pode ser difícil e confuso, mas descobrimos que as recompensas são muitas: indagar é o primeiro passo para criar um novo paradigma — o paradigma de como você deseja ser.

Os sistemas de crenças culturais podem estar profundamente enraizados na literatura, nas leis e nos arquétipos, o que significa que abalá-los a partir de seus próprios valores será difícil. Mas o primeiro passo para explorá-los é, obviamente, reconhecê-los. Então, apresentamos aqui alguns mitos comuns que escutamos a vida inteira e que entendemos ser, na grande maioria dos casos, infundados e destrutivos para os nossos relacionamentos e nossas vidas.

MITO Nº 1
RELACIONAMENTOS MONOGÂMICOS DE LONGO PRAZO SÃO OS ÚNICOS RELACIONAMENTOS REAIS

A monogamia para toda vida é um conceito relativamente novo na história da humanidade e nos diferencia entre os primatas. Não há nada que possa ser conquistado dentro de um relacionamento monogâmico de longo prazo que não possa ser conquistado fora dele. Parcerias de negócios, apego profundo, criação de filhos de maneira estável, crescimento pessoal, cuidado e companhia para envelhecer — tudo se encaixa nas capacidades de alguém promíscuo.

As pessoas que acreditam neste mito talvez sintam que, caso não estejam comprometidas dentro do modelo de um casal, é porque há algo de errado com elas. Se preferem estar livres, se descobrem que amam mais de uma pessoa ao mesmo tempo, se tentaram um ou mais relacionamentos tradicionais e não funcionou, ao invés de questionar o mito, elas questionam a si mesmas: "Sou incompleta?", "Onde está minha cara-metade?". O mito as ensina que, se estão sozinhas, é porque não são boas o suficiente. Muitas vezes, as pessoas desenvolvem uma visão muito pouco realista sobre o que é estar em um casal, achando que determinada pessoa vai automaticamente resolver todos os seus problemas, preencher os vazios e completar sua vida.

Um subproduto desse mito é a crença de que, quando se está realmente apaixonado, perde-se automaticamente todo o interesse por outras pessoas; portanto, se você sente atração sexual ou sentimentos românticos por alguém que não seja seu parceiro principal, você não está realmente apaixonado. Essa crença custou a felicidade de muita gente ao longo dos séculos, mesmo sendo tão falsa quanto absurda: um anel no dedo não bloqueia nenhum nervo conectado aos órgãos genitais.

E é nossa obrigação perguntar: se a monogamia é a única opção aceitável, a única forma verdadeira de amar, será que esses acordos são genuinamente consensuais? Se você acha que não tem outra escolha, acreditamos, portanto, que você talvez não tenha todas as informações necessárias para tomar esse tipo de decisão. Temos muitos amigos que escolheram a monogamia, e nós os aplaudimos. Mas quantas pessoas na nossa sociedade fizeram essa escolha de maneira consciente?

MITO Nº 2
AMOR ROMÂNTICO É O ÚNICO AMOR VERDADEIRO
Veja a letra de músicas populares ou leia um pouco de poesia clássica: as frases que escolhemos para descrever o amor romântico não soam particularmente prazerosas. "Crazy in Love" [Louco de amor], "Love Hurts" [Amor dói], "Obsession" [Obsessão], "Heartbreak" [Coração partido] etc. são todas maneiras de descrever doenças mentais ou físicas.

O sentimento que é chamado de amor romântico na nossa cultura parece ser um coquetel inebriante de luxúria e adrenalina, alimentado por incerteza, insegurança e, talvez, até por raiva ou perigo. Os arrepios na espinha que reconhecemos como paixão são, na verdade, o mesmo fenômeno físico dos pelos arrepiados nas costas de um gato, causado em resposta a uma luta ou fuga.

Esse tipo de amor pode ser emocionante, irresistível e às vezes muito divertido, mas não é o único tipo de amor "real", e nem sempre constitui uma boa base para um relacionamento.

MITO Nº 3
O DESEJO SEXUAL É UMA FORÇA DESTRUTIVA
Este mito remete ao Jardim do Éden e leva a muitas normas absurdas de moral dupla. Alguns religiosos pregam que a sexualidade das mulheres é maligna, perigosa, e que existe exclusivamente para levar os homens à perdição. Desde a era vitoriana se diz que, quando o assunto é sexo, os homens são irremediavelmente vorazes e predatórios, e que cabe às mulheres o papel de civilizá-los, sendo puras, assexuadas e reservadas: os homens seriam o pedal do acelerador e as mulheres, o freio — o que, a nosso ver, acaba maltratando o motor. Nenhuma dessas ideias funciona para nós.

Muitas pessoas também acreditam que o desejo sexual sem pudor, em particular o desejo por mais de uma pessoa, inevitavelmente destrói a família. Nós suspeitamos que muito mais famílias tenham sido destruídas por divórcios amargos motivados por adultério do que por uma relação não monogâmica consentida e com ética.

Preferimos escutar nossos desejos de mente aberta para depois fazer as escolhas sobre como agir.

MITO Nº 4
A ÚNICA MANEIRA MORAL DE TER SEXO
É EM UMA RELAÇÃO DE COMPROMISSO
Diz a lenda que os homens concordam em entrar num relacionamento para ter sexo, e que as mulheres concordam com o sexo para ter um relacionamento. Acreditar em afirmações sem sentido, como esta, leva à ideia de que sexo é uma moeda usada para assegurar aceitação financeira, física e social, além de outras vantagens tradicionalmente

relacionadas às pessoas que conquistaram o estado socialmente obrigatório de formar um casal para o resto da vida. Se você acredita nesse mito, provavelmente considera sexo por diversão, sentir prazer ou ter uma experiência diferente — qualquer motivo que não seja para manter duas pessoas juntas — como imoral e socialmente destrutivo.

MITO Nº 5
AMAR ALGUÉM DÁ O DIREITO DE CONTROLAR SEU COMPORTAMENTO

Acreditamos que esse tipo de raciocínio territorialista foi criado para que as pessoas se sintam seguras, mas não achamos que ninguém tenha o direito, muito menos a obrigação, de controlar o comportamento de um adulto saudável. Ser tratada de acordo com esse mito não nos faz sentir seguras, mas sim furiosas. O famoso raciocínio "ah, ela está com ciúmes, ela realmente se importa comigo" é sintoma de um conjunto deturpado de ideias e limites pessoais que pode levar a muita infelicidade.

MITO Nº 6
O CIÚME É INEVITÁVEL E IMPOSSÍVEL DE SER SUPERADO

Ciúme é, sem dúvida, uma experiência muito comum — tanto que uma pessoa que não sente ciúme é considerada estranha ou em negação. No entanto, uma situação que geralmente causaria muito ciúme em uma pessoa pode ser irrelevante para outra. Algumas pessoas ficam enciumadas quando o parceiro toma um gole da Coca-Cola de outra pessoa, enquanto outras ficam felizes de ver sua amada viajar com um amigo do outro lado do país para um mês de atividades amorosas.

Há também pessoas que acreditam que o ciúme seja um sentimento tão destruidor que elas não têm outra saída que não seja sucumbir a ele. Quem pensa assim normalmente acredita que qualquer forma de não monogamia *deveria* ser não consensual e realizada em segredo para proteger o parceiro "traído" de lidar com essa emoção extremamente difícil.

Nós, pelo contrário, descobrimos que o ciúme é um sentimento como qualquer outro: machuca (muito, às vezes), mas não é insuportável. Descobrimos também que muitas das coisas que "deveriam" levar ao ciúme podem ser desaprendidas, e que desaprendê-las é um processo útil e às vezes até profundamente curativo. Mais adiante, neste livro, vamos discutir mais sobre ciúme e estratégias para lidar com ele.

MITO Nº 7
OUTROS ENVOLVIMENTOS REDUZEM A INTIMIDADE NO RELACIONAMENTO PRINCIPAL
Muitos terapeutas de casal e psicólogos de certos programas populares na TV acreditam que, quando uma das partes de um casal até então feliz tem um "caso", deve ser sintoma de um conflito mal resolvido ou de necessidades não supridas que deveriam ser solucionadas no relacionamento principal. Isso pode ser verdade, às vezes, mas não tantas vezes quanto os "gurus de relacionamento" tentam nos convencer. O mito nos diz que dormir com outra pessoa é algo que você faz *para* o seu parceiro, não *por* você mesmo, e que é a pior coisa que você poderia fazer contra essa pessoa. O mito não deixa espaço algum para a possibilidade de estilos de vida sexualmente abertos, construtivos e com possibilidade de crescimento.

É cruel e insensível interpretar um caso extraconjugal como sintoma de uma doença no relacionamento, que muitas vezes leva a pessoa que "foi traída" – que já podia estar se sentindo insegura – a se perguntar o que há de errado consigo. Enquanto isso, os "adúlteros" têm que escutar que estão tentando punir seus parceiros principais, e que na verdade não querem, não precisam e não gostam de seus amantes.

Muitas pessoas fazem sexo fora do relacionamento principal por motivos que não têm relação alguma com qualquer incompatibilidade com seus parceiros ou em seu relacionamento. O novo relacionamento pode ser simplesmente uma extensão natural de uma atração emocional e/ou física por alguém que não é seu parceiro principal. Pode ser que o relacionamento externo proporcione um tipo de conexão que o parceiro principal não deseja ter (por exemplo, um tipo extravagante de sexo ou simplesmente ir ao jogo de futebol), sendo, portanto, uma solução para algo que, do contrário, seria um conflito sem solução. Ou talvez preencha outras necessidades — como a conveniência de sexo descomplicado sem as demandas de um relacionamento, ou sexo com alguém de um gênero diferente daquele do parceiro principal, ou sexo num momento em que o parceiro não está disponível (durante uma viagem ou uma doença, por exemplo).

Um envolvimento externo não vai diminuir a intimidade que você compartilha com seu parceiro, a não ser que você deixe isso acontecer. E nós esperamos sinceramente que você não permita que isso aconteça.

MITO Nº 8
O AMOR CONQUISTA TUDO
Os filmes de Hollywood dizem que "amor é jamais ter que dizer perdão"[13] e nós, tolos que somos, acreditamos. Esse mito defende que, se você realmente está apaixonado por uma pessoa, nunca terá que argumentar, discordar, comunicar, negociar ou ter que fazer nenhum tipo de esforço. Também nos dizem que amor significa que nós automaticamente nos sentimos excitados por quem amamos, e que nunca temos que levantar um dedo ou fazer nenhum esforço para acender a paixão. As pessoas que acreditam nesse mito devem achar que o amor fracassou cada vez que precisam marcar uma conversa ou discordar amigavelmente (ou não) de algo. Elas também acreditam que qualquer comportamento sexual que não se encaixe no que consideram "normal" — de fantasias a vibradores — é "artificial" e demonstra que falta algo na qualidade desse amor.

PASSOS PARA UM PARADIGMA MAIS LIVRE

Nesse mundo levemente desorientador da promiscuidade, em que tudo o que foi dito por sua mãe, pelo seu líder espiritual, pelo seu parceiro e pela televisão provavelmente está errado, como encon-

---

[13] Citação retirada de um longa-metragem de 1970 chamado *Love Story: uma história de amor*, dirigido por Arthur Hiller. [N.E.]

trar novas crenças que estejam de acordo com seu novo modelo de vida? Abandonar velhos paradigmas pode deixar você em um vazio assustador, com um frio na barriga, como se estivesse em queda livre. Você não precisa dos velhos mitos, mas, sem eles, como fica? Nós incentivamos que você procure suas próprias verdades em seu caminho até a promíscua bem-aventurança, mas, caso não se importe com um ou dois conselhos, o próximo capítulo traz alguns que funcionaram com a gente.

SACANAGEM: A PRÓXIMA GERAÇÃO

Sabemos que alguns dos leitores deste livro são mais jovens. Aliás, algumas pessoas da nova geração de promíscuos com ética são filhas, talvez até netas, de pessoas que vêm experimentando estilos sexuais e relacionamentos alternativos há décadas.

Quando conversamos com adolescentes e pessoas na casa dos vinte anos sobre sua sexualidade e sobre como ela se diferencia da sexualidade das gerações passadas, escutamos algumas respostas que nos alegram:

- "Consentimento é um idioma no qual a nossa geração é fluente. Como falamos mais abertamente sobre abuso e trauma — tanto por experiência própria quanto pela cultura coletiva —, estamos mais cientes dos detonadores e do seu funcionamento (auxiliados pela evolução recente do entendimento científico sobre a neurofisiologia do trauma). Temos a tendência de sermos cautelosos demais; somos cuidadosos para não colidir com os dispositivos detonadores dos outros."
- "Somos muito mais abertos à fluidez de gênero e à experimentação com gênero. Como não estamos limitados ao gênero binário, há também muita indefinição em

relação à ideia de orientação sexual, e as antigas definições estão se transformando numa categoria ampla de ser *queer*."

- "Ecossexo é o novo paradigma para muitas pessoas da nossa idade: consideramos o planeta Terra como nossa amante poderosa e tratamos suas enormes energias com gentileza e respeito."
- "Estamos mais conscientes das questões de interseccionalidade, as maneiras pelas quais diferentes categorias de opressão histórica afetam umas às outras. Consideramos potencialmente problemáticas muitas formas tradicionais de abordar a opressão: por exemplo, o feminismo tradicional e a liberação gay tradicional podem não reconhecer as questões raciais. Também estamos mais sensibilizados quanto às questões de apropriação cultural."
- "Como somos da geração pós-aids, descentralizamos a penetração peniana como sexo 'real' e estamos interessados em desenvolver nossas habilidades em estímulos sexuais sem penetração e em outros comportamentos de baixo risco. Por outro lado, olhamos para a geração que conviveu com a aids e nos parece que suas vidas se tornaram mais profundas e espiritualizadas por aquela batalha terrível. Nós não tivemos que lidar com nada parecido, e isso nos torna muito diferentes."
- "Vemos os políticos mais velhos tentando banir o aborto, restringir o uso de pílulas anticoncepcionais e coibir profissionais do sexo, e isso simplesmente não faz sentido para nós. Nosso corpo é nosso e somente nós devemos decidir o que fazer com ele. Vemos o controle dos corpos como fundamental para o capitalismo, e retomar o controle de nós mesmos ajudará a nos unirmos para substituir o patriarcado e o capitalismo por um modo de vida mais humano."
- "Crescemos em um mundo onde nenhum comportamento sexual consensual ou relacionamento é considerado 'erra-

do'. Vemos famílias *kink*, *queer* e poliamoristas na televisão e nos jornais, e queremos viver de um jeito que nos empodere a experimentar um pouco de tudo, mantendo o que funciona e abertos a outras opções no futuro."

As autoras estão radiantes ao antecipar o admirável mundo novo que será criado por esta nova geração de pessoas exploradoras e autoconscientes.

3

NOSSAS CRENÇAS

Nós somos pessoas éticas: promíscuas éticas. Para nós, é muito importante tratar bem as pessoas e fazer o nosso melhor para não machucar ninguém. Nossa ética vem de nosso próprio senso do que é correto, da empatia e do amor que sentimos por quem está à nossa volta. Não é certo machucar outra pessoa, porque assim machucamos a nós mesmas, e não nos sentimos bem. Não queremos viver em um mundo onde as pessoas desrespeitam umas as outras.

A promiscuidade com ética pode ser um caminho desafiador: como já dissemos, não temos um guia do poliamor dizendo como agir com educação e respeito; então, vamos descobrindo conforme fazemos. No entanto, ser promíscuo não significa simplesmente fazer o que quiser, quando quiser, com quem você quiser.

Grande parte dos nossos critérios éticos é bastante pragmática: alguém está sendo prejudicado? Existe alguma maneira para evitar esse mal? Alguém está se sentindo magoado? Como podemos apoiá-lo? Existem riscos? Todo mundo envolvido está ciente desses riscos e está fazendo o que pode para minimizá-los?

O lado bom: o quanto isso é divertido? O que todo mundo está aprendendo? Está ajudando alguém a crescer? Está ajudando a tornar o mundo um lugar melhor?

Em primeiro lugar, a promiscuidade ética valoriza o *consentimento*. Quando usamos essa palavra – e usamos bastante ao longo do livro –, estamos nos referindo a uma colaboração ativa para o benefício, o bem-estar e o prazer de todas as pessoas envolvidas. Se alguém está sendo coagido, intimidado, chantageado, manipulado, enganado ou ignorado, o que está acontecendo não é consensual. E sexo sem consentimento não é ético. Ponto final.

Promíscuos éticos são *honestos* — consigo mesmos e com os outros. Quando necessário, reservamos um tempo sozinhos para descobrir nossas próprias emoções e motivações, e para desvendá-las com o objetivo de ter uma clareza maior sobre elas. Depois, deixando de lado qualquer timidez que possamos sentir, compartilhamos abertamente essa informação com quem precisa saber.

Quem segue a ética da promiscuidade *reconhece os desdobramentos* das suas escolhas sexuais. Vemos que nossas emoções, nossa educação e os padrões de nossa cultura frequentemente entram em conflito com nossos desejos sexuais. E conscientemente estabelecemos o compromisso de apoiar a nós mesmos e aos nossos parceiros para lidar de maneira honesta e honrosa com esses conflitos.

Não permitimos que nossas escolhas sexuais tenham um impacto desnecessário sobre quem não concorda em participar. Lidamos com *respeito* diante dos sentimentos das outras pessoas e, quando não temos certeza de como alguém se sente, perguntamos.

Reconhecemos a diferença entre o que pode e deve ser controlado, e o que não pode. Embora às vezes sejamos ciumentos e possessivos, *nos responsabilizamos pelos nossos sentimentos* e damos o nosso melhor para não culpar ou controlar ninguém, e sim para pedir apoio e nos sentirmos seguros e cuidados.

Não entre em pânico — o resto do livro trata sobre como você pode aprender a ser um adulto sensual maduro. As autoras estão aqui para ajudar. Essas são algumas ideias e crenças que nos auxiliaram a chegar até aqui, e que podem ajudar você também.

REFLETINDO SOBRE O SEXO

Você está fazendo sexo agora? Sim, está, e nós também.

Talvez você esteja olhando em volta com perplexidade: você ainda está usando roupas e talvez esteja em um restaurante ou em um ônibus lotado. Como pode estar fazendo sexo?

Para nós, a pergunta sobre quando você está fazendo sexo é, na verdade, irrelevante. A energia sexual permeia tudo o tempo todo. Nós a inalamos em nossos pulmões e a exalamos dos nossos poros. Embora seja fácil determinar se você está ou não envolvido em uma atividade sexual específica em um determinado momento — provavelmente nem você nem nós estamos em uma penetração sexual neste momento —, a ideia de sexo como algo separado, uma atividade discreta e facilmente definida, como dirigir um carro, não se sustenta muito bem.

Para nós, a energia erótica está em todo lugar — na respiração profunda que enche os nossos pulmões quando saímos durante uma manhã quente de primavera, na água gelada transbordando pelas pedras de um riacho, na criatividade que nos motiva a produzir pinturas, contar histórias, fazer música e escrever livros, no carinho terno que sentimos pelos nossos amigos, familiares e filhos. Nos nossos 75 anos combinados de trabalho como educadoras sexuais e autoras que escrevem sobre o tema, descobrimos que, quanto mais a gente aprende sobre sexo, menos sabemos como defini-lo. Então, apenas passamos a dizer a verdade como a vemos: sexo faz parte de tudo.

Agora mesmo, estamos escrevendo sobre sexo, e você está lendo o que nós temos a falar a respeito desse assunto. Você está fazendo sexo conosco! Foi bom para você? Com certeza foi bom para nós.

Pragmaticamente falando, já tivemos conversas longas e intensamente íntimas que nos pareceram profundamente sexuais. E já tivemos relações sexuais que não foram nada eróticas. Nossa melhor definição de sexo está ligada ao que as pessoas que estão envolvidas nele pensam que é. Para algumas pessoas, palmada é sexo. Para outras, cinta-liga com meia comprida é sexo. Se você e a pessoa com quem está envolvido se sentem sexuais quando tomam sorvete juntos, isso é sexo — para vocês. Mesmo que essa ideia possa parecer estúpida agora, é um conceito que vai ser útil mais adiante neste livro, quando estivermos discutindo como estabelecer acordos sobre comportamentos sexuais.

NEGAÇÃO *VERSUS* SATISFAÇÃO

O trabalho de graduação da Dossie se chama "Sex Is Nice and Pleasure Is Good for You" [Sexo é bacana e prazer é bom para você]. Mesmo que uma pessoa não ache sexo divertido neste momento da vida, nós acreditamos que o acesso sem constrangimento a todos os tipos de sexo consensual é extremamente benéfico para o mundo onde vivemos. Essa ideia é tão radical agora, no século XXI, quanto era nos anos 1970, quando Dossie escreveu a respeito pela primeira vez.

Nossa cultura valoriza exageradamente a autonegação, que é aceitável quando há muito trabalho a ser feito. Mas, muitas vezes, quem satisfaz sem culpa essa busca por prazer em seu tempo livre é considerado imaturo, repugnante e, até mesmo, pecaminoso. Como todos nós temos desejos, os valores puritanos conduzem inevitavelmente a sentir uma aversão a si mesmo, ódio ao próprio corpo e ao próprio tesão, e promovem medo e culpa em relação aos nossos impulsos sexuais.

A gente se vê rodeada de pessoas muito magoadas, que foram profundamente feridas pelo medo, pela vergonha e pelo ódio das suas facetas sexuais. Acreditamos que se conectar de maneira feliz, livre e sem culpa é a cura para essas feridas, e que sexo e intimidade são vitais para a autoestima e para a convicção de que a vida é boa.

VOCÊ NÃO PRECISA DE UM MOTIVO

Se você abordar alguém desconhecido aleatoriamente e sugerir que sexo é bom e ter prazer faz bem, a pessoa provavelmente vai gaguejar, discutir e querer apresentar uma série de "sim, mas", como doenças sexualmente transmissíveis (DST), gravidez indesejada, estupro, desejo sexual transformado em mercadoria e assim por diante. Nada disso muda a ideia central.

Nada no mundo é tão maravilhoso a ponto de não poder ser usado de maneira indevida: relações familiares podem ser desrespeitadas, desejo sexual pode ser manipulado; até o chocolate pode ser usado de modo duvidoso. Abusar de algo não muda a essência maravilhosa de todas essas coisas: o perigo está na motivação de quem abusa, não na natureza em si do objeto.

Se não houvesse doenças sexualmente transmissíveis, se ninguém engravidasse a menos que quisesse, se todo sexo fosse consensual e prazeroso, como o mundo se sentiria com relação ao sexo? Como *você* se sentiria? Se você olhar profundamente dentro de si, pode ser que encontre algum negativismo sexual, muitas vezes escondido sob palavras críticas como *promiscuidade*, *hedonismo*, *decadência* e *improdutividade*.

Mesmo pessoas que se consideram sexualmente positivas e livres frequentemente caem em uma outra armadilha: a de racionalizar o sexo. Liberar tensão física, aliviar cólicas menstruais, manter a saúde mental, prevenir problemas de próstata, fazer bebês, consolidar relacionamentos – e assim por diante – são objetivos admiráveis e benefícios colaterais maravilhosos do sexo. Mas eles não são o que o sexo é. As pessoas fazem sexo porque o sexo traz uma sensação boa e faz com que se sintam bem consigo mesmas. O prazer é uma meta plena que vale a pena por si mesma: a dignidade do prazer é um dos valores centrais da promiscuidade ética.

AMOR E SEXO SÃO FINS, NÃO MEIOS

Nossa cultura centrada na monogamia tende a supor que o propósito e o objetivo final de todos os relacionamentos – e do sexo – são a união de casais para o resto da vida, e que qualquer relacionamento que não alcance esse objetivo falhou.

Nós, por outro lado, achamos que o prazer sexual certamente pode contribuir para o amor, o compromisso e a estabilidade a longo prazo, se é isso que você quer. Mas essas não são as únicas boas razões para fazer sexo. Acreditamos na valorização dos relacionamentos pelo que há de valioso neles – uma redundância mais sábia do que parece.

Um relacionamento pode ser valioso simplesmente porque proporciona prazer aos envolvidos; não há nada errado com sexo puramente pelo sexo. Ou pode envolver sexo como um caminho para outras coisas boas – intimidade, conexão, companheirismo e até amor –, o que de modo algum altera o valor intrínseco do sexo prazeroso.

Uma relação sexual pode durar uma ou duas horas. Ainda assim é um relacionamento: quem participou se relacionou com outra pessoa – como parceiro sexual, amante ou companhia – pela duração de sua interação.

Encontros de uma única noite podem ser intensos, gratificantes e benéficos, bem como os casos de amor de uma vida inteira. Mesmo que pessoas que seguem uma promiscuidade ética optem por determinados tipos de relacionamento em detrimento de outros, acreditamos que todos os relacionamentos têm o potencial de nos ensinar algo, nos emocionar e, acima de tudo, de nos dar prazer.

Dossie se lembra da entrevista de uma jovem *hippie* em 1967 que fez a declaração mais sucinta sobre promiscuidade ética que já ouvimos: "Acreditamos que tudo bem fazer sexo com qualquer pessoa que você ama, e acreditamos em amar todo mundo".

VOCÊ JÁ É UMA PESSOA COMPLETA

Acreditamos que a unidade sexual fundamental é uma pessoa; adicionar mais pessoas a essa unidade pode ser íntimo, divertido e sociável, mas não completa ninguém. A única coisa neste mundo que você pode controlar é você mesmo – seus próprios desejos, reações e comportamentos. Dessa maneira, um passo fundamental na promiscuidade ética é trazer para dentro de si o seu lugar de controle, para reconhecer a diferença entre o que cabe a você controlar e o que pertence às outras pessoas. Com a prática, você se tornará capaz de se completar – é o que chamamos de "integridade". Quando você constrói um relacionamento satisfatório consigo mesmo, passa a ter algo de grande valor para compartilhar com as outras pessoas.

A ABUNDÂNCIA ESTÁ ABSOLUTAMENTE DISPONÍVEL

Muitas pessoas acreditam, explícita ou implicitamente, que nossa capacidade para o amor, a intimidade e a conexão são finitas, que nunca há o suficiente para todo mundo e que, se você dá algo a uma pessoa, precisa tirar algo de outra.

Nós chamamos essa crença de "economia de escassez". Muitos de nós aprendemos a pensar dessa maneira na infância, por conta de pais que não demonstravam carinho ou atenção suficientes. Por isso, aprendemos que há uma quantidade limitada de amor no mundo e que temos que lutar para conseguir algo, às vezes em competição acirrada com nossos irmãos.

As pessoas que operam em economias de escassez podem se tornar muito possessivas em relação a pessoas, coisas e ideias que lhes são importantes. Elas enxergam o mundo inteiro a partir dessa perspectiva limitada, de modo que qualquer coisa que conseguem vem de um lugar onde os recursos não são abundantes e que, portanto, deve ter sido retirada de outra pessoa. De maneira análoga, o que os outros ganham também foi tirado delas.

É importante distinguir entre economias de escassez e limites do mundo real. O tempo, por exemplo, é um limite do mundo real: mesmo o promíscuo mais dedicado tem apenas 24 horas por dia. O amor não é um limite do mundo real: a mãe de nove filhos pode amar cada um deles tanto quanto uma mãe que só tem uma única criança.

Acreditamos que a capacidade humana para o sexo, o amor e a intimidade é muito maior do que a maioria das pessoas pensa — possivelmente, é infinita —, e que ter muitas conexões prazerosas simplesmente torna possível que você as tenha ainda mais. Imagine como seria viver em abundância de sexo e amor, sentir que você tem tudo o que pode desejar, livre de sentimentos de privação ou carência. Imagine como você se sentiria forte se exercitasse os seus "músculos de amor", e quanto amor teria para ofertar!

A ABERTURA DEVE SER A SOLUÇÃO, NÃO O PROBLEMA

Ter um espírito aventureiro em relação ao sexo é simplesmente uma maneira de evitar intimidade? Pela nossa experiência, não é bem assim. Embora seja certamente possível se valer dos seus relacionamentos externos para evitar problemas ou reduzir a intimidade com seu parceiro principal, não concordamos que esse padrão seja inevitável, ou mesmo comum. Muitas pessoas, na verdade, descobrem que seus relacionamentos externos podem aumentar a intimidade com o parceiro principal, reduzindo as pressões sobre esse relacionamento.

Este capítulo contém algumas das nossas crenças. Você tem as suas próprias. O que importa não é que você concorde conosco, mas que questione o paradigma vigente e decida por si mesmo no que acreditar. Exercite seu julgamento — não dizem que os exercícios nos fortalecem? Milhares e milhares de pessoas eticamente promíscuas estão provando todos os dias que os velhos mitos do senso comum não precisam ser a única verdade.

Nós incentivamos você a explorar suas próprias realidades e a criar sua própria história: uma história que estimule a sua evolução, que apoie o seu crescimento e que reflita o orgulho e a felicidade em todos os seus relacionamentos.

SOBRE O AMOR

À medida que nossos relacionamentos florescem em meio a um mar de possibilidades, cada um pode inspirar diferentes sentimentos amorosos. Quando aprendemos a reconhecer e acolher o amor da maneira como o encontramos em nossos corações e em todas as suas muitas e maravilhosas manifestações — amor sexual, amor familiar, amor amigo, amor apaixonado, amor gentil, amor irresistível, amor cuidadoso e milhões de outros tipos —, descobrimos um rio de nutrientes que pode fluir através de nossas vidas em um fluxo constante de reabastecimento.

Mas, como um rio de verdade, essa fonte pode conter muitas correntes. Aprender a amar a si mesmo é a solução para se sentir seguro o suficiente para nadar nesse rio em constante mudança. Algumas pessoas acreditam que amar a si mesmo é egoísta, e que passar parte da vida focado em si mesmo é narcisista. Essa questão é mais fácil de ser respondida por meio de ações, e não de palavras. Acreditamos que o cuidado de si pode levar você a atravessar tempos difíceis e guiá-lo a um relacionamento amoroso consigo mesmo. Com atos simples e aconchegantes, como cozinhar algo gostoso, passar um tempo mergulhado em um bom livro ou fazer uma caminhada solitária em um lugar bonito, você está cuidando de si. Tudo isso vai ajudar a responder questões que dizem respeito a amar a si mesmo.

Outra maneira de descobrir o amor próprio é amar outra pessoa. Se você tem dificuldade em se sentir valioso quando ninguém está por perto para garantir seu valor, então por que não fazer algo que é valioso para os outros? Muitos promíscuos tristes por não terem um encontro marcado para o fim de semana dedicam-se ao voluntariado, voltando para casa plenos e realizados com todo o prazer que foram capazes de proporcionar.

Quando você sabe amar a si mesmo, consegue distribuir esse amor a outras pessoas. Você provavelmente aprendeu a reservar a linguagem do amor para quando estivesse sentindo um carinho e uma paixão muito grandes, apenas para quem se comprometeu profundamente com você. Talvez tenha aprendido que usar a palavra "amor" significa que você está assumindo um grande compromisso. Não seria melhor perguntar a nós mesmos *de que maneira* amamos uma pessoa em particular, em vez de nos preocuparmos se amamos ou não?

Imagine como você se sentiria se todas as pessoas que se importam com você lhe dissessem isso. Pense como seria o mundo se nos permitíssemos reconhecer e comunicar todos os sentimentos bons, fazer os pequenos gestos que podem não ser transformadores ou apaixonados, mas que fazem a vida valer a pena.

4

TIPOS DE PROMISCUIDADE

A promiscuidade com ética é como um casarão com muitos quartos: abriga todo mundo, de celibatários felizes a adeptos de orgias. Neste capítulo, vamos falar sobre os muitos estilos de promiscuidade que funcionaram para nós, para as pessoas que conhecemos e para outros promíscuos. Você decide se algum destes cenários vai lhe interessar ou não, mas torcemos que algumas ideias inspirem você a começar a aventura, ou mostrem que há outras pessoas como você por aí.

RELACIONAMENTOS PIONEIROS

Embora a expressão "promiscuidade ética" seja relativamente nova — Dossie a criou em 1995 —, sua prática não é. A aceitação cultural de estilos que divergem da monogamia teve uma trajetória digna de montanha-russa, indo da tolerância à rejeição severa. Independentemente do que dizem a igreja e o Estado, porém, sempre houve quem encontrasse felicidade e crescimento na abertura sexual.

CULTURAS ANCESTRAIS

Você poderia passar a vida como antropólogo cultural tentando descrever as inúmeras maneiras que os seres humanos escolheram para se unir sexual, romântica e domesticamente — das prostitutas nos templos da antiga Babilônia à poliginia[14] mórmon, além de muitas ou-

---

14 Poliginia é o "estado de um homem casado simultaneamente com várias mulheres". [N.E.]

tras. Então, mais do que tentar listá-las aqui, queremos apenas ressaltar que os valores culturais predominantes que a América do Norte do século XXI herdou da Europa parecem remontar ao Império Romano e ao primeiro cristianismo, que recomendava o casamento monogâmico apenas para quem não conseguia administrar o celibato, o estado ideal. Culturas sem essas influências desenvolveram todos os tipos de vínculos entre as pessoas: poliginia, poliandria,[15] casamento em grupo, arranjos nos quais o casamento é fundamentalmente uma relação comercial doméstica e a satisfação sexual ocorre em outro lugar, rituais de sexo grupal e praticamente qualquer outra configuração de coração e genitais humanos que você possa imaginar.

COMUNIDADES SEXUAIS UTÓPICAS
A história é repleta de experimentos na criação intencional de utopias sexuais, muitas vezes com base filosófica ou religiosa: se você estiver curioso, pesquise sobre a comunidade Oneida, em Ohio, nos Estados Unidos, no século XIX (ou veja o relato na p. 107); Rajneeshpuram, na Índia (a partir do final dos anos 1960), e em Oregon (na década de 1980); e Kerista, em Nova York, Belize e São Francisco, do início dos anos 1960 até a década de 1990, para citar apenas alguns. Tais comunidades começaram, em geral, em torno de um líder e deixaram de existir quando o líder não estava mais disponível. No entanto, suas filosofias permaneceram, agregando novas visões e práticas à cultura dominante. Hoje, muitos praticantes do tantra ocidental, por exemplo, podem traçar sua prática aos ensinamentos de Osho, o guia espiritual por trás de Rajneeshpuram.[16]

---

15 "Estado de uma mulher que tem simultaneamente mais de um marido ou companheiro", segundo o dicionário *Houaiss*. [N.E.]

16 Recentemente, comunidades espirituais e religiosas, mesmo sem fazer apelos públicos à sexualidade, como as lideradas por João de Deus e Sri Prem Baba, enfrentaram denúncias de abuso sexual no Brasil.

ARTISTAS E LIVRE PENSADORES
É fácil indicar artistas e escritores que construíram suas vidas em torno da exploração intencional de relacionamentos alternativos. Se você está curioso sobre as maneiras pelas quais esses relacionamentos se desenrolaram nos tempos em que havia ainda menos apoio do que existe agora, pode ler sobre o grupo Bloomsbury na Inglaterra do início do século XX e sobre livres pensadores como Vita Sackville-West, Harold Nicolson, George Sand, H. G. Wells, Simone de Beauvoir, Alfred Kinsey e Edna St. Vincent Millay. O que não é possível saber é quantos não escritores também construíram um tipo de vida sexualmente aberta que funcionou bem, porque não há registros dessas experiências. Nós nos sentimos confiantes em supor, no entanto, que uma minoria significativa de pessoas sempre tenha atendido suas necessidades por meio de relações éticas com múltiplos parceiros.

A GERAÇÃO DO AMOR
Dossie chegou à idade adulta rodeada pelos conceitos utópicos dos anos 1960, e Janet, logo em seguida; nós duas fomos muito influenciadas por aqueles dias de descobertas radicais. Muitos ideais dessa época – de não conformismo, exploração de estados alterados de consciência, igualdade racial e de gênero, consciência ecológica, ativismo político, abertura sobre a sexualidade e, sim, a possibilidade de não monogamia ética e amorosa – permeavam a cultura geral. Este livro dificilmente poderia ter sido publicado nos anos 1950; então, se você está lendo e desfrutando desta obra hoje, agradeça a um *hippie*.

PROMISCUIDADE NOS DIAS DE HOJE

Pessoas promíscuas existem em todas as formas possíveis: em todas as culturas, em todas as partes do mundo, de todas as religiões e estilos de vida, ricos e pobres, com educação formal e informal.

Hoje, a maioria de nós mora em comunidades de não promíscuos, com contato apenas ocasional ou limitado com outras pessoas que compartilham nossos valores: alguns grupos organizam conferências, encontros, *munches*,[17] convenções e festas, que podem mitigar o isolamento, facilitar o intercâmbio de informação e apoio, e expandir os círculos íntimos do grupo. Essas conferências são muito importantes para trazer visibilidade a formas sexuais alternativas e para construir instituições fora da clandestinidade que possam apoiar melhor seus integrantes. Outras pessoas promíscuas abandonam a cultura dominante para viver em comunidades que compartilham seus valores.

Alguém promíscuo que vive na cultura dominante centrada na monogamia no século XXI pode aprender muito estudando outras culturas, outros lugares e outros tempos: você *não* é a única pessoa no mundo que já tentou isso, isso *pode* funcionar e outros indivíduos já o fizeram sem prejudicar a si mesmos, seus parceiros e seus filhos – sem, de fato, fazer nada além de se divertirem uns com os outros. Se você pesquisar sobre "poliamor" na internet com o nome da sua cidade, vai se surpreender com a quantidade de resultados, mesmo vivendo num lugar que considerava conservador.

São extensos os relatos, documentados ou não, sobre o pioneirismo nas subculturas sexuais, e entre eles podemos incluir os das comunidades gays e lésbicas, os grupos trans, bissexuais, assexuais, as comunidades couro, de *swing* e algumas subculturas definidas espiritualmente como pagãos, primitivos modernos, templos tântricos e os Radical Faeries [fadas radicais].[18] E isso apenas nos Estados Unidos. Mesmo que você não pertença a nenhuma dessas comunidades formadas por sexualidades alternativas, vale a pena se informar a respeito, pois elas têm a nos ensinar acerca de nossas próprias opções, através das maneiras que desenvolveram sobre ser sexual, sobre como comunicar essa sexualidade e sobre viver em estruturas sociais e familiares distintas das tradições que ressaltam a negatividade do sexo.

---

17 Reuniões informais promovidas por praticantes do BDSM para conhecer pessoas novas, inclusive as "curiosas", interessadas em saber mais sobre tais práticas. Ver glossário. [N.E.]

18 Corrente iniciada no final dos anos 1970 nos Estados Unidos que busca redefinir as relações *queer* através da espiritualidade, adotando elementos do anarquismo e do ambientalismo. [N.E.]

A boate favorita de Dossie nos anos 1970 era um inesquecível microcosmo de diversas formas de perversidade, como ela relembra:

> A Omni, abreviação de "omnisexual", era um pequeno bar em North Beach cujos clientes eram homens e mulheres heterossexuais, gays, lésbicas, bissexuais e muitas vezes transgêneros. Os valores sexuais eram muito abertos, abrangendo de adeptos do amor livre *hippie* a profissionais da indústria do sexo, e a maioria de nós ia para dançar como se não houvesse amanhã.
>
> Graças à grande presença de transgêneros, não havia como catalogar uma pessoa conforme as categorias de desejo conhecidas. Às vezes, você dançava com alguém que tinha achado muito atraente sem saber se era cromossomicamente homem ou mulher. É difícil se apegar a preferências como lésbicas ou heterossexuais quando você não conhece o sexo da pessoa com quem está flertando.
>
> Os resultados eram surpreendentes: eu me tornei assídua da Omni porque era o ambiente mais seguro disponível para mim. Como não havia maneira de fazer suposições, as pessoas tinham que se tratar com respeito. E se você fosse, como eu era, uma jovem de vinte e poucos anos, ser abordada com respeito era um alívio muito bem-vindo comparado aos ambientes sociais heterossexuais, onde era costume os homens provarem sua masculinidade se aproximando mais do que deveriam.

Ao percebermos que alguns dos problemas em alcançar uma expressão livre e aberta de nossa própria sexualidade estão relacionados à vida que levamos em uma cultura cujo sexo determina o papel do indivíduo na sociedade, descobrimos que é útil aprender com pessoas que transpuseram os limites do que significa ser homem ou mulher, ou dos significados de escolher parceiros do mesmo sexo ou do sexo oposto, ou das maneiras de abordar o sexo que vão além da genitália. Pensar sobre diferentes formas de viver e amar nos ajuda quando refletimos sobre se queremos mudar a maneira que vivemos como homens, mulheres e/ou em alguma outra definição.

MULHERES LÉSBICAS

Na comunidade lésbica, podemos ver o que acontece num mundo formado quase inteiramente por quem se identifica como mulher. Para as mulheres, os relacionamentos podem se confundir com a própria identidade, especialmente porque nossa cultura, na forma mais tradicional, dificilmente permite às mulheres qualquer independência nessa área. Assim, muitas mulheres criadas para acreditar que sua identidade depende do seu estado civil agem como se perdessem a si mesmas quando não estão em um relacionamento. O tipo de relacionamento mais comum, visto de maneira abrangente na comunidade lésbica, é a forma de não monogamia conhecida como monogamia em série. Muitas vezes, a conexão com a futura parceira precede o rompimento com a ex, tudo acompanhado pelo drama de que isso alegadamente proporcionaria mais segurança do que enfrentar a aterrorizante, ampla, vazia e desconhecida realidade de ser uma mulher solteira.

As lésbicas mais jovens vêm questionando essas tradições, o que muitas vezes inclui investigar a não monogamia como uma maneira de formar relacionamentos menos isolados. O poliamor lésbico é caracterizado por muita seriedade e atenção ao consentimento e, portanto, oferece uma tremenda abertura para processar os sentimentos, uma área na qual a comunidade feminina se destaca.

Nossas companheiras lésbicas também têm muito a nos ensinar sobre novas formas de desenvolver o papel da mulher como iniciadora sexual. Na cultura heterossexual, os homens foram designados para o trabalho de iniciadores e treinados para ser sexualmente agressivos. No mundo das mulheres que se relacionam sexualmente com outras mulheres, é rápida a percepção de que, se nos considerarmos Belas Adormecidas à espera da Princesa Encantada, realmente teremos que esperar cem anos.

O estilo das mulheres de se aproximar – quando a timidez não atrapalha – tende a ser direto, mas baseado no consentimento, e é improvável que seja intrusivo ou agressivo, já que muitas mulheres carregam a experiência de terem sido desrespeitadas e não iam querer seguir por esse caminho. As mulheres têm grande preocupação com a segurança e, portanto, tendem a se movimentar lentamente e a anunciar suas intenções. Podem ser tímidas nos primeiros estágios da sedução, e mais ousadas quando se sentem bem-vindas. As mulheres frequentemente querem permissão explícita para cada gesto, de modo que sua comunicação poderia servir como um excelente modelo para chegar a um consentimento mútuo.

Gostaríamos de chamar a atenção para outra diferença esclarecedora sobre sexo entre mulheres. Um encontro sexual entre duas mulheres raramente envolve a expectativa de orgasmo simultâneo, como muitas pessoas acreditam que o ato pênis-vagina deveria proporcionar. Assim, as mulheres se tornaram grandes conhecedoras do revezamento. Lésbicas são especialistas mundiais em sensualidade e sexo sem penetração, esse maravilhoso tipo de voluptuosidade que não depende de um pênis. Quando se deseja penetração, foca-se o que funciona para ambas as parceiras, com a vantagem de que não há registro de nenhum vibrador que venha acompanhado de preocupações próprias. Ainda por cima, você pode escolher o tamanho e formato que quiser.

HOMENS GAYS
A comunidade gay masculina reflete intensamente algumas das imagens tradicionais da sexualidade masculina. Enquanto alguns homens gays estão interessados em relacionamentos de longo prazo estáveis, outros atingem recordes mundiais de promiscuidade. As saunas gays são o modelo exemplar de ambientes amigáveis de sexo grupal e de fácil conexão sexual.

O sexo masculino gay, via de regra, parte da suposição de que existe uma equivalência de poder na relação, sem a dinâmica de domínio e privação que muitas vezes permeia a interação homem-mulher. Consequentemente, os homens não tendem a tentar obter consentimento mútuo por meio de manipulação e pressão: uma abordagem direta encontra uma resposta fácil, não é necessário perguntar três vezes. Os homossexuais dão um ao outro muito crédito por poder dizer não, e por realmente quererem dizer isso, tornando a abordagem muito simples, porque você nunca está tentando se aproximar sorrateiramente de ninguém e não precisa ser discreto. E perguntar é sempre uma boa opção, desde que a outra pessoa tenha a opção de dizer não. Não há como deixar de recomendar altamente essa estratégia de abordagem simples.

Os homens, em geral, têm menos motivos para temer a violência sexual do que as mulheres. Embora seja uma verdade terrível que meninos também são molestados e homens, estuprados, os homens têm mais autoconfiança para se proteger. Em geral, homens também recebem incentivos do próprio meio cultural para serem sexuais. Assim, embora o preconceito contra a homossexualidade possa levar muitos gays a numerosos questionamentos (sobre se estão bem ou se existe algo de errado com eles, ou outras formas de homofobia internalizada), isso se reflete com menos frequência em disfunção sexual. Os gays, como grupo, costumam ser realmente bons em descobrir o que gostam de fazer.

Os homens homossexuais estabeleceram a maior parte do nosso conhecimento sobre sexo seguro. Em face das fases mais agudas da epidemia da aids, durante a qual muitos poderiam ter se refugiado na negatividade do sexo, a comunidade gay manteve sua base e continuou a criar ambientes onde podiam aprender e praticar sexo erótico, criativo e seguro.

BISSEXUAIS/PANSEXUAIS
Frequentemente estigmatizados como "gays indispostos a abandonar o privilégio heterossexual" ou "héteros dando um passeio pelo lado selvagem", bissexuais e pansexuais começaram a desenvolver uma voz própria vigorosa e suas próprias comunidades nos anos 1970.

Algumas pessoas preferem o termo "pansexual" a "bissexual" por se sentirem desconfortáveis com a etimologia de "bissexual" e com a implicação de apenas dois gêneros. Gostamos da definição da ativista bi Robin Ochs: "Eu me considero bissexual porque reconheço que tenho em mim o potencial de ser me sentir atraída – romântica e/ou sexualmente – por pessoas de mais de um sexo e/ou gênero, não necessariamente ao mesmo tempo, não necessariamente da mesma maneira e não necessariamente no mesmo grau". Use o termo com o qual você se sentir mais à vontade, mas esteja preparado para ouvir outras pessoas que fizeram escolhas diferentes das suas.

Observar a teoria e a prática dos estilos de vida bissexuais oferece oportunidades para explorar nossas suposições sobre a natureza das atrações e dos comportamentos sexuais e românticos. Algumas pessoas tiveram relações sexuais apenas com pessoas de um gênero, mas sabem que têm dentro de si a capacidade de se conectar erótica ou emocionalmente com mais de um gênero, e, portanto, consideram-se bissexuais. Outras podem estar se envolvendo sexualmente com alguém de um gênero que não é a sua escolha habitual, e ainda se considerarem heterossexuais ou gays. Bissexuais podem preferir tipos diferentes de interação dependendo do gênero, ou afirmar que o gênero lhes é indiferente. Também podem ser sexuais com qualquer gênero, mas românticos com apenas um, ou vice-versa, e assim por diante, em todo o universo de atrações e escolhas bissexuais. A bissexualidade desafia muito as nossas suposições sobre gênero, e com ela pode-se saber quais são as diferenças no sexo e em relacionamentos entre um gênero e outro. Esse tipo de informação interessante e privilegiada pode fornecer a todos nós novas histórias sobre sexo e gênero.

A visibilidade crescente da bissexualidade tem desafiado as definições tradicionais de identidade sexual. Estamos tendo que olhar especificamente para o fato de que nossas atrações sexuais podem dizer algo sobre nós, enquanto nossos comportamentos sexuais dizem outra coisa, e nossa identidade de gênero, algo ainda além. Questões como essas estão redesenhando algumas das fronteiras tradicionais que colocamos em torno da identidade sexual, para o desespero dos puristas de todas as orientações. Promíscuas que somos, nós, as autoras, desfrutamos desse tipo de fluidez e apreciamos a oportunidade de nos divertir como quisermos, com quem quisermos, sem renunciar à nossa essência.

O caminho de Janet à sua identidade atual como bissexual foi confuso: quase uma década se passou desde que ela começara a fazer sexo com mulheres, até que se sentisse confortável com o termo para se descrever dessa maneira:

Eu me desanimava com a expressão da moda, "bissexual chique", e, ao mesmo tempo, deparava-me com julgamentos genuinamente cruéis e ignorantes direcionados às pessoas bi, vindos tanto de heterossexuais quanto de homossexuais.

A consequência disso foi que, só depois de ter certeza de que era capaz de me sentir atraída romântica e sexualmente tanto por homens quanto por mulheres – e até me sentir forte o suficiente para reivindicar essa identidade, por causa de todos esses julgamentos negativos –, é que finalmente comecei a me chamar de "bissexual".

Hoje eu vejo que no decorrer da vida expressei meus impulsos por domesticidade em direção aos homens, mas que meus sentimentos românticos e sexuais têm sido inspirados igualmente por homens, mulheres ou alguém num entre-lugar desse espectro. A comunidade bissexual também oferece mais apoio do que heterossexuais ou gays para a minha apresentação de gênero bastante ambígua: alguns dias eu gosto de usar batom vermelho e joias, e outros dias, calças e sapatos masculinos. Então, "bissexual" é a identidade que mais me agrada e na qual pretendo ficar.

HETEROSSEXUAIS

Nas décadas passadas, havia pouca variedade nos modelos de interação heterossexual na cultura dominante: um lar como os dos tradicionais casais de novela, monogâmico, patriarcal e focado no conformismo e na criação dos filhos, foi apresentado como o ideal sexual e romântico. As autoras estão felizes por terem sobrevivido a essa época.

A heterossexualidade moderna oferece uma infinidade de opções para uma libertinagem bem-sucedida, desde triângulos amorosos de longo prazo e bem estabelecidos, em que dois parceiros são sexuais com um parceiro "central", mas não um com o outro, a orgias sexuais recreativas, passando por muitas possibilidades intermediárias, incluindo relacionamentos abertos, trisais ("casais" de três pessoas) e quadras ("casais" de quatro pessoas), grupos poliamoristas e famílias íntimas estendidas, às vezes chamadas de pólérulas. (Aliás, a Janet implora que você não conclua que qualquer casal que pareça ser formado por um homem e uma mulher seja, de fato, um casal heterossexual. Um ou ambos podem ser bissexuais, trans ou *queer* de várias outras maneiras. Como sempre, se você quer saber, precisa perguntar.)

Houve uma grande mudança na cultura vigente desde a primeira edição deste livro: agora, pessoas de todos os gêneros podem se casar com quem amam e criar uma família, se é isso o que elas querem.[19] Isso significa que muitas pessoas estão neste momento olhando para a bagagem acumulada pela promiscuidade heterossexual para descobrir como conciliar as obrigações parentais com seus desejos por sexo e relacionamentos.

Também é importante notar que os heterossexuais talvez estejam ainda mais sujeitos a sofrer pressões do papel de gênero do que o resto de nós. Então, héteros que de alguma forma conseguem romper com esses papéis limítrofes – que tiveram sucesso, por exemplo, em construir vidas em que o homem fica em casa com as crianças enquanto a mulher é a provedora; ou a mulher corta o cabelo curto e usa botas grossas, enquanto o homem desfila em plumas e paetês; ou quem conseguiu estabelecer barreiras para proteger crianças cuja apresentação de gênero é atípica, mas que de um jeito ou de outro ainda precisam viver uma vida convencional – têm muita sabedoria para compartilhar.

PESSOAS TRANS E *QUEER*
Pessoas trans e *queer* constituem uma variedade de comunidades que têm muito a ensinar a quem se interessa em transcender o modelo dos

---

[19] De acordo com a décima terceira edição do relatório *Homofobia patrocinada pelo Estado*, organizado por Lucas Ramón Mendos e publicado pela International Lesbian, Gay, Bisexual, Trans and Intersex Association [Associação internacional de lésbicas, gays, bissexuais, trans e intersexuais] (ILGA) em março de 2019, a homossexualidade é crime em setenta dos 193 países-membros da ONU. De acordo com a ILGA, a união ou o casamento civil entre pessoas do mesmo sexo é legal em apenas 54 países. A legislação, porém, não é suficiente para que pessoas homossexuais possam "se casar com quem amam e criar uma família, se é isso que elas querem". Exemplo disso é o Brasil: apesar de a homossexualidade não ser crime e a união homoafetiva ser permitida por aqui, o país é um dos líderes mundiais em mortes de pessoas homossexuais e transexuais. [N.E.]

papéis de gênero. Dossie, nos seus primeiros anos de feminismo, conheceu amigas e amantes entre mulheres trans que se tornaram seus exemplos de como ser mulher — na realidade, de como ser ultrafeminina e, ao mesmo tempo, assertiva e poderosa.

O que a gente pode aprender com a comunidade trans é que gênero é uma coisa maleável. De pessoas que tomam hormônios para expressar características masculinas ou femininas, aprendemos sobre como alguns comportamentos e estados emocionais podem estar relacionados ao sistema endócrino. As pessoas que viveram parte de suas vidas em diferentes gêneros, fisiológica e culturalmente falando, têm muito a nos ensinar sobre o que muda ou não de acordo com os efeitos deste ou daquele hormônio, e quais características de gênero continuam sendo uma questão de escolha, independente do sistema endócrino. Pessoas *queer* e não binárias — as que escolheram viver suas vidas em algum lugar entre os papéis habituais — estão suavizando as fronteiras e mostrando como pode ser a vida de alguém que vai além da divisão tradicional de gênero.

Se você acha que isso não se aplica a você, que você tem certeza do seu gênero e que ele é imutável, pense que muitas pessoas nascem com características de ambos os sexos: dependendo da definição utilizada, de dois a dezessete bebês a cada mil nascem com cromossomos e/ou genitália que os colocam em algum lugar intermediário entre os extremos dos gêneros. Essas condições são chamadas coletivamente de intersexo. Organizações de apoio ao intersexo surgiram com o objetivo de prevenir cirurgias que garantem que as crianças se encaixem em um gênero ou outro, condenando-as a uma longa série de intervenções e tratamentos hormonais. Parece que a Mãe (Pai?) Natureza não acredita em apenas dois gêneros. Nós tampouco.

Além disso, muitas pessoas cujos genitais e cromossomos estão alinhados com as normas biológicas sentem que viveriam mais felizes e de maneira mais adequada se adotassem um gênero diferente daquele que o médico lhes assinalou quando nasceram; talvez, algumas dessas pessoas façam parte do seu grupo de amigos e familiares sem que você saiba, a não ser que elas escolham contar.

Pessoas trans podem nos dizer muito sobre como são tratadas de modos diferentes ao serem vistas como homem ou como mulher. Por necessidade, tornaram-se especialistas em viver num mundo muito hostil. É preciso ser uma pessoa forte para enfrentar a rigidez de nossa cultura sobre homens e mulheres "de verdade". Nenhuma outra minoria sexual tem maior probabilidade de sofrer agressão física direta sob a forma de um ataque homofóbico. Foram as pessoas *queer* – "caminhoneiras" e *drag queens* – que se rebelaram contra a brutalidade policial nos famosos tumultos de Stonewall de 1969, em Nova York, onde teve início o movimento de libertação gay.

Desde a primeira edição deste livro, houve muita cobertura da imprensa sobre pessoas transexuais e um enorme progresso na aceitação da variação de gênero. Importantes direitos legais transgêneros estão adentrando a alçada dos direitos humanos. Com o apoio de pediatras tradicionais, em muitos lugares as crianças podem frequentar a escola valendo-se do gênero em que se sentem melhor. Pessoas famosas tornam pública sua transição, e uma rica biblioteca de filmes e programas de televisão apresenta histórias fascinantes sobre vidas que transcendem o gênero. As pessoas trans podem nos ensinar muito sobre como ter determinação em nossa busca pela liberdade.

TANTRA E PRATICANTES DE SEXO ESPIRITUAL

O celibato não é a única prática sexual dos que têm vocação espiritual. Os primeiros exemplos de comunidades religiosas baseadas na não monogamia incluem os mórmons, a comunidade Oneida, as práticas de *maithuna* na ioga tântrica e as prostitutas do templo dos primeiros adoradores das deusas do Mediterrâneo. O tantra como o conhecemos hoje é, na verdade, uma forma ocidentalizada da prática tântrica clássica, que usa a respiração, o contato visual e o movimento físico para atingir estados alterados de alta consciência erótica; é ensinado em oficinas na maioria das grandes cidades e em muitos livros e vídeos excelentes. Outras tradições espirituais/sexuais clássicas foram atualizadas para o consumo ocidental em práticas como o tao da cura e o quodoushka (movimento religioso que se apropriou de culturas indígenas estadunidenses). Pagãos e adeptos do Radical Faeries se reúnem em festivais e encontros para celebrar antigos ritos sexuais, como o Beltane, ou para realizar seus próprios rituais adaptados ao estilo de vida atual, como a ampla sexualidade dos encontros dos *faeries*, ou um erotismo mais sutil de danças sagradas e percussão.

Esses praticantes entendem que sexo está ligado ao espírito. Como dissemos no livro *The New Bottoming Book* [O novo livro sobre a prática de ser dominado], "todo orgasmo é uma experiência espiritual. Pense em um momento de completude, em que você está em perfeita união consigo mesmo, com a consciência expandida de uma forma que transcende a divisão entre mente e corpo e integra todas as suas partes na consciência extática [...] Quando você traz consciência espiritual à sua prática sexual, você pode se tornar diretamente consciente e conectado à divindade que sempre flui através de você [...] Para nós, o sexo é uma oportunidade de ver Deus".

KINK, CULTURA DO COURO E BDSM

Grande parte da antropologia acredita que a cultura contemporânea do couro teve início durante a Segunda Guerra Mundial, tendo sido criada por soldados que voltavam dos combates com gosto pelo poder e pela autoridade exercida pelos e para os homens. Notamos, no entanto, que muitas formas de brincadeiras devassas antecedem esse fenômeno em séculos ou mesmo milênios: a submissão é um tema da arte japonesa que remonta ao século XVII, para ficar em apenas um único exemplo.

Os adeptos do *kink* de hoje em dia oferecem um tremendo conhecimento de como o erotismo pode ser despertado com ou sem o uso dos genitais, bem como maneiras de se divertir com a aparência exterior de desigualdade dentro dos limites do consentimento mútuo. Poliamor e relacionamentos abertos são muito comuns na maioria das comunidades *kink*, já que são mínimas as chances de encontrar um parceiro que esteja aberto a todas as suas fantasias e cuja companhia você consiga tolerar continuamente. As autoras aprenderam muitos dos seus valores e comportamentos sexuais nas comunidades *kink*/couro/BDSM.

PROFISSIONAIS DO SEXO
Apesar do que você aprendeu na TV e nos jornais sensacionalistas, que profissionais do sexo são sinônimo de gente viciada em drogas, vítimas corrompidas ou golpistas, muitas pessoas saudáveis e felizes atuam na indústria do sexo fazendo um trabalho essencial e positivo, curando feridas adquiridas por conta da nossa cultura, que preza a negatividade do sexo. São nossos amigos, amantes, colegas, escritores, terapeutas e educadores, bem como músicos e artistas. Essas pessoas têm muito a nos ensinar sobre estabelecimento de limites, comunicação, negociação sexual e maneiras de crescer, conectar-se e satisfazer-se fora de um relacionamento tradicional e monogâmico.

Profissionais do sexo podem ser pessoas que trocam sexo genital por dinheiro, mas também incluem dominadores profissionais, artistas pornôs, dançarinas eróticas, provedores de sexo por telefone ou pela internet, curandeiros e terapeutas sexuais e muitos outros profissionais do erotismo. Não assuma que as conexões entre profissionais do sexo e clientes sejam necessariamente frias, impessoais ou degradantes, ou que apenas gente desesperada frequente esse tipo de negócio. Muitos relacionamentos entre clientes e profissionais do sexo se tornam uma relação bastante próxima, com cordialidade e afeto para ambas as partes, chegando a durar muitos anos.

DIVERSIDADE CULTURAL
Já que estamos abordando a diversidade sexual, vale lembrar que vivemos em uma sociedade multicultural e que todas as culturas e subculturas do mundo têm suas próprias maneiras de criar relacionamentos, conectar-se no sexo e construir famílias. Todas são válidas e valiosas.

Uma das grandes alegrias de viver como alguém promíscuo é a oportunidade de estabelecer conexões íntimas com pessoas cujo histórico é diferente do seu. Ao fazer isso, você se verá, às vezes, com algum constrangimento, tropeçando em meio a essas diferenças. Esse processo parece estranho, mas, toda vez que acontece, você aprende algo sobre como as pessoas vivem sua humanidade – e talvez seja justamente aquilo que faltava na sua própria cultura.

Muitas pessoas, especialmente aquelas cujas diferenças físicas são visíveis, se sentem mais seguras nas comunidades em que cresceram, e podem estar assumindo riscos consideráveis ao entrar em um ambiente sexual menos diversificado. Se a sua promiscuidade sair do armário e ela chocar a sua comunidade de origem, talvez você tenha que sacrificar a segurança e a aceitação da sua casa para se juntar a uma comunidade onde a maioria das pessoas não se parece com você.

Limites na comunicação, nas conexões e nos relacionamentos variam de cultura para cultura. A distância pessoal difere enormemente – dizem que você pode reconhecer estadunidenses de origem europeia em uma festa latino-americana; são as pessoas que costumam dar um passo para trás de qualquer um que se aproxime para falar, porque latino-americanos costumam chegar "perto demais". O volume também varia: algumas culturas valorizam a submissão e a quietude, enquanto outras são dramaticamente expressivas e barulhentas.

Nossa recomendação é que você procure observar essas diferenças e questione seus julgamentos. Aquela pessoa que parece muito barulhenta é mais expressiva que você? A pessoa quieta é mais perceptiva? Qual é a inteligência de uma pessoa que não leu muitos livros, mas entende como funciona um carro ou um computador? Quem são essas pessoas amigáveis que fazem propostas sexuais aberta e entusiasticamente e ficam confusas quando você as acusa de serem muito agressivas? Talvez estejam esperando que você diga não, caso não esteja a fim. Talvez você possa aprender algo com a maneira como estabelecem as conexões.

É trágico que muitas de nossas comunidades sexuais não estejam abertas para pessoas de um mundo variado de culturas, etnias, gêneros, orientações e sexualidades. Quem cresceu em uma cultura de descendência europeia muitas vezes espera que nossos amigos lidem com as diferenças culturais se adaptando a essa realidade. Quando você olha para as pessoas ao seu redor e as ignora – ou, pior ainda, presume que você sabe tudo o que há para saber sobre elas – por causa da cor da pele, do sexo, da orientação, do modo de vestir, da religião ou do país de origem, você nunca ouvirá as novidades ou maravilhas que essas pessoas podem ter a compartilhar.

Recomendamos que, quando você estiver diante do desconhecido, procure por uma sabedoria desconhecida. Você vai descobrir muito e se tornará uma pessoa mais rica.

O QUE VOCÊ PODE APRENDER?

Sentir certa ansiedade ao pensar nessas coisas pode ser um tanto ameaçador, pois você percebe que os limites habituais que dava por certos e que eram a base das suas relações sociais e sexuais deixam de existir. Não há fronteiras universalmente aceitas com relação ao gênero ou à atração sexual entre adultos que estão em comum acordo, e os limites da exploração sexual não fazem parte de uma ciência exata transmitida por uma autoridade superior.

Quando você vê pessoas vivendo bem de acordo com os padrões estabelecidos de felicidade e sucesso, sem que para isso tenham que seguir o modelo padronizado da relação monogâmica heterossexual para a vida toda, começa a perceber que é também possível para você fazer as coisas de modo diferente – mesmo que essas pessoas não estejam fazendo as coisas ao seu modo. Reconhecer outras culturas sexuais é uma oportunidade para se tornar consciente de seus próprios preconceitos e incertezas.

Ouça os seus medos: eles têm muito a ensinar sobre você. Não saber algo pode parecer assustador, mas pense nisso como uma chance de descartar todos os seus preconceitos e começar do zero. Somente reconhecendo todas as possibilidades disponíveis é que se pode escolher aquelas que funcionam para você. Então, você estará livre para descobrir quais são os limites da sua vida, seus limites pessoais e se você deseja expandi-los. Realizar esta tarefa incrível irá libertá-lo para explorar os seus sonhos mais selvagens – e ir além.

PESSOAS NEGRAS E O POLIAMOR

Apresentamos aqui algumas reflexões sobre o poliamor e como isso se desenrola nas comunidades negras, escritas pelos nossos amigos Ron e Lisa Young, cofundadores do grupo de apoio internacional Black & Poly [Negros e poliamor], que gentilmente nos permitiram reproduzir um trecho de seu livro *Love: A Black Love Revolution* [Amor: uma revolução do amor negro].

Muitos de nós não estão apenas procurando uma pessoa "a mais" para fazer sexo casual ou oferecer um carinho ocasional; a gente pode considerar a liberdade e a abertura do poliamor como chaves para nossa sobrevivência. Para muitas minorias, porém, criar conexões para sobreviver é fácil; difícil mesmo é criar uma ligação profunda e viver um amor romântico. Aqui está o porquê.

Imagine tentar amar alguém quando tudo ao seu redor está configurado sistematicamente para deixar as pessoas separadas umas das outras. Para os negros, primeiro houve a escravidão, depois as leis segregacionistas de Jim Crow,[20] depois o sistema de bem-estar social e, agora, o encarceramento em massa — não tivemos tempo de nos concentrar no amor. Não tivemos tempo de nos acomodar confortavelmente uns nos outros. Obviamente, temos amor, família e comunidade dentro de nossas casas, mas deslocar esses sentimentos para o mundo exterior pode ser um problema muito grande.

Fomos ensinados que, para sobreviver neste mundo, precisamos ser fortes. Mas isso não funciona nas nossas relações mais pessoais. Nossa cultura nos pediu para mantermos limites bem só-

---

[20] Leis municipais e estaduais que institucionalizaram a segregação racial nos estados do sul dos Estados Unidos, afetando as chamadas "pessoas de cor" (*colored people*), ou seja, afro-americanos, asiáticos, indígenas e outros grupos étnicos. Vigoraram entre 1876 e 1965. [N.E.]

lidos com o objetivo de nos proteger da humilhação, do abuso, da destituição das necessidades humanas básicas e da nossa dignidade. Esse medo muitas vezes nos leva a rejeitar tudo que pode nos colocar numa posição vulnerável, tirando o foco da nossa atenção para o fato de que somente através da vulnerabilidade é que podemos encontrar a força, o crescimento, a beleza e, acima de tudo, o amor verdadeiros.

Nós, negros, fomos trazidos para cá [América] como objetos. Através do poliamor, recebemos a oportunidade única e feliz de nos definirmos. Não queremos representar papéis estereotipados da negritude, ou apenas ir às suas festas. Queremos ser respeitados como iguais quando se trata de construir algo real, poliamoroso e tangível. Nós vemos a abundância de amor na comunidade, e começamos a sentir esse amor chegando até nós.

No entanto, ainda há uma enorme divisão entre nós e as comunidades poliamorosas de pessoas brancas. Como vamos superar essa lacuna?

5
COMBATENDO A VISÃO NEGATIVA DO SEXO

Para as pessoas promíscuas, o mundo pode ser um lugar perigoso. Muita gente acha certo fazer de tudo para impedir de nos expressarmos sexualmente.

Alguns militantes antissexuais tentam transformar o amor em algo perigoso para as mulheres ao coibir as pílulas anticoncepcionais e o aborto, o que leva à gravidez indesejada e a abortos clandestinos. Outros gostariam de proibir o acesso à informação sobre sexo, nas escolas ou na internet, para que nossas crianças não possam aprender a cuidar da própria saúde e bem-estar, e nem saber sobre sexo seguro. Desde a edição anterior deste livro, uma coisa espantosa aconteceu: uma vacina que ajuda a prevenir o câncer do colo do útero está sendo recebida com resistência por grupos puritanos que acreditam que vacinar uma jovem contra o câncer a incentiva a fazer sexo. Pessoas que tomam medicamentos para se proteger do vírus HIV são chamadas de "vadias" e "putas" – ao que tudo indica, não no sentido positivo que defendemos aqui.

Algumas pessoas acreditam que o fato de uma pessoa ser promíscua é justificativa para que sofra ataques violentos – ou seja, temos aqui a culpabilização da vítima. "Por que você estava andando naquela rua à noite de vestido curto ou de calça justa?"; ou "Não é de se admirar que você tenha sido estuprada ou assediada"; ou "Você é tão esquisito, não é à toa que aquele grupo decidiu espancá-lo".

A mesma postura aparece no caso de outras formas de opressão. Ter muitos parceiros sexuais pode ser visto como um bom motivo para tirar de você todos os seus bens, seus filhos e sua futura renda num acordo de divórcio litigioso. Você pode perder seu emprego, uma promoção no trabalho ou a própria reputação profissional se as pessoas erradas descobrirem essa faceta da sua vida pessoal.

JULGANDO A NÓS MESMOS

Esperamos que essa observação dos perigos da promiscuidade leve você a se fazer algumas perguntas. Qual é a minha experiência com opressão e como isso me afeta? Para quem eu tenho que mentir na minha vida? Quais são os meus armários? Ao analisar mais profundamente, você pode se perguntar: que suposições eu fiz a respeito de como a minha sexualidade deve ser? Será que carrego julgamentos sobre "de bem" e "legais", e esses julgamentos acabam se voltando contra mim?

Quando nos julgamos pelos valores culturais impostos por uma força externa; quando as mulheres acreditam que devem ser pequenas e quietas; quando os gays acreditam que sua escolha sexual é uma neurose; ou quando acreditamos que seríamos pessoas melhores se fôssemos capazes de estar num relacionamento monogâmico, isso se caracteriza como opressão internalizada. Quando direcionamos esses julgamentos injustos a outras pessoas como nós, quando julgamos nossos amigos como *muito* vulgares ou *muito* livres, isso é chamado de hostilidade horizontal. Nossa sugestão é que você veja o capítulo 2, "Mitos e realidades", como uma lista para verificar de que maneira as crenças que você aprendeu na nossa cultura, que pregam uma visão negativa do sexo, podem estar atrapalhando.

É UM MUNDO CRUEL LÁ FORA

Quem escolhe viver a vida e o amor de uma maneira não convencional provavelmente deve se preparar para o fato de que não será bem recebido por grande parte do mundo. Para muitas pessoas, a promiscuidade é uma primeira experiência de estar dentro do armário, e elas aprendem em primeira mão o que seus amigos *queer* já sabem há um bom tempo.

Embora certamente existam maneiras de se proteger contra algumas consequências sociais, logísticas e financeiras, não podemos garantir que *nunca* haverá consequências. Não é fácil ser fácil.

Ex-cônjuges, pais, familiares e outras pessoas que não compartilham seus valores sobre o potencial de relacionamentos inclusivos podem ser hostis. Líderes religiosos podem também não simpatizar muito. Levar seus dois parceiros para a festa da empresa não é necessariamente uma boa maneira de garantir uma promoção. Recomendamos cautela na hora de escolher quem saberá da novidade: sim, sabemos que você está feliz e deseja compartilhar sua alegria com o mundo, mas lembre-se de que, depois de contar, não há como "des-contar". Conhecemos gente que perdeu o emprego, a guarda das crianças e muito mais porque as pessoas erradas ficaram sabendo de suas escolhas sexuais. Em outros países, as consequências de uma vida sexual não convencional podem ser ainda mais terríveis, chegando até à condenação por pena de morte.

Nos Estados Unidos, alguns estados e cidades têm leis que proíbem que vários adultos morem juntos se não estiverem ligados pelo sangue ou pelo casamento. Em outros lugares, proprietários relutam em alugar imóveis para grupos que não configuram uma estrutura familiar tradicional. Alguns contratos apresentam cláusulas que permitem aos proprietários rescindir o aluguel com base em "comportamento imoral" ou "associação com pessoas indesejáveis" – o que, em alguns estados, inclui sexo fora do casamento.

Segundo o mesmo raciocínio, assuntos pessoais relacionados a amor e sexo estão mais seguros quando mantidos fora do local de trabalho: nós duas perdemos empregos e clientes por sermos quem somos. Embora algumas cidades e estados ofereçam certa proteção a gays, lésbicas ou transexuais, não temos conhecimento de nenhum que garanta direitos iguais para gente promíscua.

Fazemos um apelo: quem puder assumir-se orgulhosamente, que assim o faça, porque fica mais difícil sermos odiados quando percebem que pessoas promíscuas podem levar vidas felizes, sem prejudicar ninguém. No entanto, a menos que você tenha absoluta certeza de que suas relações pessoais e de trabalho têm uma visão positiva sobre a promiscuidade, recomendamos cautela.

ACORDOS LEGAIS

Agradecemos a Dylan Miles pela consultoria em aspectos legais e por estar disponível para as nossas comunidades como um advogado sábio e de mente aberta especializado em direito de família.

Nos últimos anos, houve muito progresso no estabelecimento e na afirmação dos direitos legais das minorias sexuais, incluindo a decisão histórica da Suprema Corte dos Estados Unidos de legalizar o casamento entre pessoas do mesmo sexo em todos os estados do país. Vários estados criaram cláusulas referentes a crianças que são criadas por mais de dois pais, o que protege muitos jovens de serem enviados a abrigos, pois uma das pessoas que desempenha esse papel parental pode, se necessário, assumir a guarda. Também permite que pais não biológicos requeiram todos os direitos e responsabilidades parentais. Quando um dos nossos aliados em pensar fora da caixa ganha qualquer batalha no âmbito dos direitos humanos, todo mundo se beneficia.

Legalmente, em nosso país, ninguém pode se casar com mais de uma pessoa ao mesmo tempo. Se você e seu(s) parceiro(s) vivem em uma estrutura semelhante a um casamento, com a expectativa de compartilhar propriedade, apoiar-se mutuamente em caso de doença ou morte, criar filhos ou administrar um negócio juntos, recomendamos fortemente que vocês providenciem a documentação oficial do seu estado legal e suas intenções. Existem histórias assustadoras de gente que foi mantida longe da pessoa amada durante uma internação hospitalar, que ficou sem um tostão furado após a morte inesperada do parceiro, ou de indivíduos que assumiram o papel de pais em todos os aspectos, mas por conta da falta da ligação sanguínea acabaram perdendo a guarda de uma criança órfã para os pais ou para o ex-cônjuge do parceiro, e assim por diante. Esses relatos devem bastar para convencer você de que é preciso oficializar a situação.

Legalmente, você não é dono dos seus filhos, e isso limita os acordos que podem ser feitos. Você pode expressar sua vontade sobre quem gostaria que cuidasse de seus filhos após a sua morte, mas o juiz não é necessariamente obrigado a seguir os seus desejos. Em alguns casos, um pai não biológico pode adotar os filhos do parceiro. Alguns estados e municípios dos Estados Unidos não apoiam a adoção por parte de um segundo progenitor ou por parte do padrasto ou madrasta, o que significa que, se no momento do nascimento da criança você era o terceiro progenitor, você terá menos direitos do que qualquer um dos pais de um segundo, terceiro ou décimo casamento.

Nós incentivamos você a colocar no papel seus planos e seus acordos, especialmente as escolhas do seu estilo de vida, e reconhecer as assinaturas. Tais declarações podem não ser soberanas na maioria dos lugares, mas no caso de desentendimentos posteriores podem servir como prova das intenções em formar uma família ou um relacionamento, e deixam claro o que foi verbalizado. Expressar por escrito a visão de família que vocês estão construindo juntos é um ato valioso e afirmativo por si só.

Não se esqueça de criar e manter atualizadas suas procurações para questões financeiras, assistência médica e testamento. Esses papéis são documentos legais e, embora a lei não apoie tudo que um promíscuo ansioso quer fazer com seu dinheiro e propriedade, as chances de ter seus desejos sustentados legalmente aumentarão significativamente se você os expressar de maneira formal e dentro da lei.

Recomendamos que você consulte livros jurídicos criteriosos do tipo "faça você mesmo", que abordem aspectos da legislação familiar e empresarial, incluindo exemplos de formulários e instruções passo a passo. No entanto, se os seus acordos são particularmente complicados, ou se há valores substanciais envolvidos (muito dinheiro ou um negócio de sucesso, por exemplo), talvez seja melhor contratar um advogado. Se você tem essa quantidade de dinheiro, provavelmente sabe mais do assunto do que nós. Tente encontrar um profissional que esteja aberto a relacionamentos não tradicionais; você saberá disso após uma ou duas perguntas pelo telefone; evite ter que pagar uma boa quantidade de dinheiro a um advogado para depois descobrir que ele considera você a grande prostituta da Babilônia.

Não temos nem espaço nem conhecimento para lhe dizer todas as maneiras por meio das quais pessoas adeptas de uma sexualidade não tradicional podem proceder para estabelecer suas vidas — as opções vão de adotar o parceiro como filho a estabelecer uma sociedade empresarial, e mais além. Mas temos um pedido: por favor, não pense que suas boas intenções, seu amor sincero e sua maravilhosa bondade irão proteger você. Pessoas promíscuas não têm esse luxo. Faça a lição de casa e coloque a lei ao seu lado.

A MAIS ANTIGA DAS PROFISSÕES

Como seria o mundo se o trabalho sexual fosse legalizado? Se estivesse disponível livremente, e se profissionais do sexo fossem encarados como qualquer outro profissional — por sua habilidade, por seu respeito pelos clientes e pela capacidade de gerenciar seu negócio?

Imagine se o trabalho sexual fosse tratado como uma terapia: um cliente faz um contrato com um fornecedor; se o cliente gostou do trabalho que recebeu, volta sempre; se não, é vida que segue, recorrendo a profissionais diferentes. Os bordéis poderiam ser como clínicas, profissionais do sexo novatos aprenderiam com gente mais experiente, serviços de menor custo seriam oferecidos por estagiários supervisionados e orientados por quem está no ramo há mais tempo.

Se o trabalho sexual estivesse legalizado, funcionários que fossem explorados por um cafetão ou traficante poderiam pedir demissão, denunciar os abusos sofridos e apresentar processos, e até mesmo formar um sindicato — como qualquer outro trabalhador. Se parássemos de atrapalhar o sistema legal com o caso de adultos que consentem em oferecer e contratar sexo profissional, talvez as autoridades tivessem mais tempo e mais recursos para acabar com crimes sexuais legítimos, como estupro, abuso e escravidão sexual e prostituição infantil.

Se o trabalho sexual fosse legal, profissionais do sexo estariam livres para exigir os níveis de sexo seguro que achassem mais apropriados — tais profissionais são, em geral, especialistas em como desfrutar de horas de prazer e ainda evitar a disseminação de micro-organismos nocivos — e para procurar exames e tratamentos adequados, evitando assim contrair e transmitir quaisquer doenças.

O trabalho sexual legalizado permitiria que um ótimo especialista contribuísse para reacender o calor sexual de um casal em um relacionamento de longo prazo que está enfrentando problemas com o arrefecimento da paixão. Terapeutas poderiam encaminhar seus clientes, assim como já encaminham a vários outros profissionais, a especialistas que incorporariam seus sonhos mais profundos e medos mais antigos. Dossie trabalhou com clientes cujos cônjuges lhes deram de aniversário uma sessão com uma dominatrix profissional.

Muitos profissionais do sexo trabalham duro para adquirir habilidades que a maioria de nós nem sabe que são possíveis: liberdade de escolha sobre nossas respostas físicas, momento do orgasmo, facilitação da ereção, pontos G e as possibilidades incríveis que todos os músculos da região pélvica apresentam para proporcionar prazer. Os curandeiros sexuais poderiam nos ajudar a nos libertar dos terrores e das inibições aprendidos numa sociedade com visão negativa do sexo, e mostrar que todos nós podemos ser gênios na cama. A cura da vergonha e do trauma, como o sexo pode ser maravilhoso para além do abuso, o poder de nossas fantasias... há muito para aprender e crescer. O sexo pode ser uma jornada poderosa para a cura e a bondade geral, e há profissionais que podem nos ensinar isso.

Algumas pessoas acreditam que sexo por dinheiro é sujo. Dia após dia, porém, nossas amizades que ganham a vida nessa profissão provam o contrário. Se pagamos nossos líderes religiosos, por que não devemos pagar nossos sacerdotes do sexo? Nossos curandeiros e guias espirituais e sexuais merecem ganhar a vida através do valioso trabalho que fazem.

Neste momento, alguns tipos de sexo por contrato são legais no Reino Unido, na Holanda, na Alemanha, na Austrália e na

Nova Zelândia. Observamos que todos esses países parecem estar se saindo bem com a possibilidade de deixar que profissionais com talento e devoção ganhem a vida fazendo o que fazem de melhor, para o aprimoramento de seus clientes e da sociedade em geral.

6
CONSTRUINDO UMA CULTURA DE CONSENTIMENTO

Em todo o mundo, as pessoas estão se conscientizando sobre a prevalência do assédio e de outros tipos de agressão sexual. No entanto, trazer à tona algo sobre o que normalmente se evita falar requer certo debate. Quando reivindicamos nossa liberdade sexual e começamos a construir comunidades onde podemos nos expressar de maneira positiva em relação ao sexo, imediatamente nos deparamos com a verdade de que vivemos numa sociedade que mantém alguns valores insanos sobre sexo e consentimento. Quando dizer "não, obrigado" ao sexo não é seguro, aceito ou bem-vindo, parece impossível construir uma cultura que o encare de maneira positiva.

Dossie, numa palestra sobre consentimento para cerca de duzentas pessoas, pediu a quem nunca tivesse sido assediado sexualmente que se levantasse. Apenas um quarto do público ficou de pé, principalmente homens, algumas poucas mulheres. Muitas pessoas permaneceram sentadas. Admiramos a coragem do grupo numeroso que ficou sentado, e a determinação de todo mundo ali para libertar a si mesmo e à própria sexualidade, mesmo que alguém as tenha machucado.

A nossa maravilhosa liberdade sexual está intimamente relacionada a duas condições muito importantes: ausência de discriminação de gênero e ausência de estupro. As mudanças nessa direção devem ocorrer individual e coletivamente. Abrir um processo judicial por estupro ou abuso sexual é bastante difícil, por isso é preciso que nossas comunidades trabalhem em busca da própria segurança. Se raramente vamos conseguir enviar esse tipo de criminosos para a cadeia, podemos ao menos não os convidar para as nossas festas e excluí-los dos ambientes que controlamos, tanto no mundo virtual quanto real.

Entre as infrações graves estão drogar e posteriormente estuprar alguém, o estupro, o abuso sexual de crianças e qualquer violação intencional dos limites estabelecidos por outra pessoa. Todos são crimes muito sérios, mesmo que sejam difíceis de denunciar. Outras violações exigem certa discussão, às vezes porque quem foi acusado não sente que fez algo errado. Agressões verbais – cantadas pesadas, discutir com alguém que disse "não, obrigado", ou objetificar ou depreciar as pessoas – podem causar menos danos do que agressões físicas, mas ainda assim geram uma atmosfera de insegurança na sociedade. Ultrapassar os limites das pessoas ou tentar algo que não foi explicitamente acordado pode acabar com relacionamentos e ter um efeito cascata que ocasionalmente destruirá as comunidades em que essas relações estão inseridas.

Muito desse conflito é consequência da insistência na nossa cultura absurda de que, quando se trata de sexo, os homens devem ter um papel mais proativo e as mulheres, ser mais reservadas. Assim, algumas pessoas aprendem que devem ser insistentes e outras, que são safadas se não disserem "não". Seguindo esse padrão, escutar um "não" é praticamente um convite para forçar ainda mais a situação, com resultados obviamente desastrosos. Libertar sua sexualidade requer que você olhe para as crenças culturais estabelecidas sobre o que significa ser uma pessoa do seu gênero, para então, se for o caso, fazer algumas mudanças – a menos que você queira passar o resto da vida vivendo de acordo com estereótipos. Qual seria a melhor maneira de propor que pessoas de todos os gêneros aprendam a ter um comportamento melhor? Adoraríamos dizer que na próxima página há uma lista de doze passos sobre isso, ou um curso que ensina esse tipo de coisa, mas, neste momento, essas ações são bastante raras. Algumas pessoas estão tendo a iniciativa de assumir esse trabalho. Nós gostaríamos de ver muito mais.

PARA SOBREVIVENTES DE TRAUMA

Muitas pessoas, de todos os gêneros, idades e culturas, têm algum trauma sexual. Agressão, estupro, abuso infantil e experiências médicas traumáticas, além de *flashbacks*, desassociação, transtorno do estresse pós-traumático ou simplesmente medo podem criar vários obstáculos para você conseguir aproveitar de modo pleno sua vida sexual.

Pessoas sobreviventes de traumas, especialmente as que viveram esse tipo de experiência na infância, têm vulnerabilidades específicas e podem se sentir inseguras ou violentadas com mais facilidade do que a maioria. É possível que existam gatilhos emocionais, fazendo com que alguém tenha reações desproporcionais a uma ofensa relativamente leve, levando-a a rememorar o que aconteceu no passado ou a voltar a ser aquela criança que foi abusada. O medo pode parecer ilusório ou exagerado para quem olha de fora, mas não é essa a questão. Esse medo é real, não soa nada erótico e pode deixar a pessoa apavorada a tal ponto que conversar ou pedir desculpas naquele momento se torna impossível.

Não desista. Dossie, que também é terapeuta, é especialista em curar feridas antigas de sobreviventes de traumas, e com alegria constata que muitas pessoas encontram maneiras de lidar com sua história de agressão, de cuidar de si mesmas quando surgem lembranças dolorosas, de voltar a se apoderar de seus próprios corpos e de desfrutar de uma sexualidade livre e feliz.

Às vezes, basta apenas uma pequena parceria para prover segurança, estabelecer acordos claros sobre limites e criar espaços seguros, fornecendo apoio e compreensão. Sobreviventes de traumas e seus parceiros precisam estar dispostos a lidar com interrupções, caso alguém precise parar e se recuperar de uma memória ruim, mesmo que isso aconteça no meio do sexo. Esperamos que você seja paciente consigo mesmo se esta for a sua situação, porque ser gentil consigo e com seus parceiros pode ser o exercício que vai lhe trazer a cura.

As informações sobre como cuidar de si quando surgirem esses gatilhos – que estão no capítulo 15, "Mapas para atravessar os ciúmes" – também podem ser aplicadas para lidar com outras armadilhas emocionais. Se você tem um parceiro que está lutando para recuperar a sexualidade após uma história traumática de violência, esperamos que você se torne um aliado e seja paciente para apoiar o trabalho que precisa ser feito para se chegar a uma sexualidade feliz. Entre as obras recomendadas no final do livro, estão alguns títulos que podem ajudar você na cura de traumas sexuais.

PARA QUEM FOI ACUSADO

Se você fez algo que deixou um parceiro traumatizado, seu problema é diferente. A tendência natural ao sermos acusados de fazer algo errado é ficar na defensiva e querer contar a nossa versão da história. Mas, se as pessoas que um dia gostaram de você a ponto de irem para a cama com você agora sentem raiva e nem querem olhar para a sua cara, talvez seja prudente parar para pensar se há algo em seu comportamento que precisa ser mudado.

Talvez tenham lhe ensinado que "ir para a cama com alguém" significa obter alguma vantagem. A partir desse ponto de vista, ter uma vida sexual ativa pode parecer um tipo de consumismo: quanto você pode adquirir pelo mínimo de esforço? Será que isso faz do seu parceiro, ou potencial parceiro, uma mercadoria? Ter aprendido isso não transforma você necessariamente em um problema, mas agir dessa maneira certamente sim.

Que tal se você fizesse algumas mudanças em si mesmo? E, mais para a frente, como avisar as pessoas que você fez esse trabalho interno e que agora é seguro receber você de volta na vida delas?

Se você se encontra nessa situação, lembre-se de preservar a sua essência. O comportamento que assustou ou magoou alguém é uma parte sua, e você é formado por muitas partes. Reserve um tempo para refletir sobre seus pontos fortes e sua ética pessoal. Como você gostaria de usar a sua força? O que você pode fazer e que está de acordo com a sua ética?

PARA TODO MUNDO

Aqui estão algumas estratégias que sabemos que *não* funcionam:

Patologizar. Transformar uma resposta ou reação em uma doença, como se rotulá-la fosse um remédio. Será que essa pessoa é uma predadora, uma sociopata, vítima da síndrome de Estocolmo, vítima do patriarcado? (Quase todos nós agimos como portadores dessas condições em algum momento.) Estamos fazendo apologia ao estupro se não condenamos o réu imediatamente? Quando definimos um problema como uma doença, agimos muitas vezes como se um diagnóstico fosse a solução: colocamos um rótulo e terminamos a discussão como se tivéssemos solucionado algo. Mas nada mudou.

Separar. Esta é uma defesa psicológica em que a pessoa tenta se sentir segura presumindo que os sujeitos bons são inteiramente bons e, portanto, se alguém tem algo que não é bom, então essa pessoa deve ser toda ruim e precisa ser permanentemente excluída, sem que haja espaço para mudança ou crescimento. Separações podem dividir comunidades inteiras, com todo mundo escolhendo um lado, ao invés de se questionarem sobre o que pode ser feito para melhorar as coisas.

Buscar a verdade. Em muitos desses problemas, alguém diz que "fulano me fez mal, me machucou, me causou dor", e o outro insiste que a pessoa chateada está inventando coisas, que quer se vingar, que pediu para aquilo acontecer. Como saber em quem acreditar? É preciso coragem para tentar encontrar soluções quando não podemos determinar a verdade absoluta do problema. Devemos entender que somos uma comunidade, não um sistema de justiça criminal, e que nossas ações precisam ser baseadas no que podemos fazer neste momento, com os recursos que temos hoje, para melhorar minimamente a situação.

Culpabilizar. De quem é a culpa? Quem fez o que, a quem, primeiro? Na verdade, pouca gente assume a responsabilidade, pois temos maneiras de racionalizar e criar razões que justificam nosso comportamento. Mas quando tentamos nos sentir seguros minimizando nosso próprio envolvimento e culpando outra pessoa, nos fragilizamos. Damos ao "outro" todo o poder ao dizer que somente "eles" podem melhorar as coisas. Muita gente que se sente extremamente desconfortável ao ouvir sobre abuso procura se distanciar encontrando maneiras de culpabilizar a vítima: você é muito sensual; bebe muito; o que você esperava, se você quer justamente esse tipo de sexo mais radical? E, para tornar tudo ainda mais confuso, o que parece ser abuso para uma pessoa pode ser encarado tranquilamente por outra, e ser bem aproveitado por uma terceira.

No entanto, há várias estratégias de resolução de conflito que consideramos úteis. Um conjunto maravilhoso de sabedoria está emergindo dos esforços de ensinar inteligência emocional e justiça restaurativa em algumas escolas de ensino fundamental e médio dos Estados Unidos. Estudantes desses programas recebem treinamento para orientar seus colegas, manter a paz e intervir em conflitos que possam se tornar violentos ou destrutivos. Muitos estudos trazem resultados bastante positivos desses treinamentos, mesmo em escolas "difíceis", tanto na redução de brigas e suspensões quanto no aumento do percentual de alunos que concluem os estudos.

Algumas escolas agora têm uma sala silenciosa onde os causadores de problemas podem se sentar e escrever respostas a perguntas como: "O que aconteceu?"; "Qual foi a minha participação?"; "O que posso fazer para melhorar a situação?"; "O que posso fazer para tornar menos provável que a mesma coisa aconteça novamente?". Talvez possamos fazer essas mesmas perguntas — tanto para as "vítimas" quanto para os "vilões" — ao nos depararmos com questões sobre limites sexuais, para ver se conseguimos criar um diálogo mais produtivo.

Na era dos protestos dos anos 1960, costumávamos dizer: "Quando você não quer ser parte do problema, precisa se tornar parte da solução". Recursos para apoiar a mudança surgem em todo o mundo, e nós precisamos adaptá-los às nossas comunidades *sex-positive*, promovendo oficinas de comunicação não violenta, cursos de controle de raiva, palestras sobre resolução de conflitos, aulas de autodefesa (nas quais você pode praticar e se preparar para situações em que tenha de deixar claro o seu "não"), grupos de apoio para infratores e sobreviventes, e muito mais.

Aprovamos as comunidades que oferecem aos seus novos membros informações sobre ética e os limites dentro daquele grupo, e sabemos também que regras sozinhas nunca serão suficientes. Precisamos estar dispostos a entrar num processo contínuo que trabalha essas questões e apoia a mudança, a cura e o crescimento, com cada um de nós contribuindo com o que pode e com a expectativa de continuar indefinidamente o processo de navegar pelo universo de consentimento e limites. Temos o direito de insistir que pessoas propensas a fazer *bullying*, a ultrapassar limites e a ter outros comportamentos problemáticos vão aprender o que precisa ser aprendido, seja participando de oficinas ou cursos, frequentando grupos de trabalho para mudar comportamentos compulsivos ou antissociais, procurando terapia ou ficando sóbrias, antes de conquistarem seu lugar de volta em nossas comunidades.

Não há como evitar todos os problemas, mas podemos criar uma cultura que tenha uma visão positiva do sexo e que lide de forma proativa e construtiva com os problemas que surgem pelo caminho, ao invés de varrê-los para debaixo do tapete por vergonha.

AMOR SIMPLES

Você consegue imaginar amor sem ciúme, sem possessividade — amor que não precisa ser grudento ou desesperador? Vamos tentar.

Podemos usar algumas ideias do budismo: como seria amar sem apego, abrir nossos corações para alguém sem expectativas, amar apenas pela alegria de amar, independentemente do que podemos receber em troca?

Imagine ver a beleza e as virtudes do ser amado e não pensar em como a força dessa pessoa pode satisfazer nossas necessidades, ou como sua beleza nos faz parecer melhores.

Imagine ver alguém em uma luz clara de amor — sem enumerar as maneiras pelas quais essa pessoa corresponde ou não à fantasia que carregamos em torno do parceiro perfeito ou do amante dos sonhos.

Imagine conhecer alguém na liberdade e inocência da infância e brincar juntos sem pensar em como extrair dela o tipo de amor que gostaríamos de ter tido na nossa infância real.

Porém, todavia, entretanto... E se você abre o seu coração para alguém e não gosta do que acontece depois? Suponha que essa pessoa fique bêbada ou trate seu afeto sincero com desdém. E se essa pessoa não preencher os seus sonhos? E se esse relacionamento acabar como o anterior? Suponha que todas essas opções aconteçam de verdade. O que foi que você perdeu? Um pouco de tempo, uma breve fantasia. Deixe tudo isso para trás, aprenda com o que aconteceu e saia dessa com um pouco mais de sabedoria.

O amor não demora para tomar as mais diferentes formas, exatamente conforme as fantasias e as imaginações das pessoas: é como se fosse um indivíduo construído sob encomenda para resolver todos os nossos problemas. As autoras também sonham com amantes perfeitos, mas pessoas reais não são feitas de argila ou madeira; por isso, tentar moldá-las à semelhança dessa imagem não dará muito certo.

Quantas vezes você rejeitou a possibilidade do amor porque ela não se apresentou exatamente do jeito que você esperava? Talvez alguma característica estivesse faltando, algo que para você era indispensável, ou havia alguma outra peculiaridade presente que você nunca sonhou aceitar. O que será que acontece quando você deixa de lado as suas expectativas e abre os olhos para o amor fabuloso que está brilhando bem à sua frente, estendendo-lhe a mão?

Amor simples é amor sem expectativas.

Simplificar o amor não requer uma espiritualidade elevada ou consultas semanais de psicanálise. Você provavelmente nunca deixará de lado todos os seus apegos — nós, pelo menos, nunca conseguimos. Mas talvez você consiga se desprender só por um instante. Seu histórico, suas preocupações, suas irritações e seus anseios continuarão no mesmo lugar quando você precisar deles. Apenas por enquanto, enxergue a pessoa maravilhosa que está bem à sua frente.

///

7
INFINITAS POSSIBILIDADES

A primeira edição deste livro tinha como subtítulo "Um guia para infinitas possibilidades sexuais". Agora que estamos mais velhas e um pouco mais sábias, mesmo uma declaração arrebatadora como essa nos parece um pouco restritiva: promiscuidade significa infinitas possibilidades de todos os tipos, não apenas sexuais. Se você acha que "promiscuidade celibatária" é uma expressão contraditória, temos algumas surpresas para você: a promiscuidade vive na cabeça, não entre as pernas, e pode se encaixar confortável e alegremente no padrão sexual e de relacionamento consensual que você escolher.

ASSEXUALIDADE E CELIBATO

Pessoas que dizem "não, obrigada" ao sexo estão se tornando uma minoria cada vez mais visível. "Assexualidade" refere-se a quem não sente atração sexual, e "celibato", a quem sente atração, mas prefere não agir. Para nós, qualquer tipo de liberdade sexual deve incluir a liberdade de *não* fazer sexo sem ser importunado ou patologizado por isso.

A assexualidade é considerada uma orientação sexual. Alguns assexuais têm interesses sexuais e preferem expressá-los fazendo sexo apenas consigo mesmo; outros não têm nenhum tipo de sentimento sexual. Alguns estão dispostos a compartilhar sexo com um parceiro para lhe proporcionar prazer, outros preferem evitá-lo completamente. Alguns gostam de formas não genitais de erotismo, como BDSM, tantra ou *roleplay*;²¹ outros preferem evitar toda manifestação sexual.

O celibato, por outro lado, é uma escolha. Tal qual, oferece a possibilidade de se focar em questões emocionais, intelectuais ou espirituais. Pessoas que tiveram problemas com sexo ou relacionamentos podem optar por um período de celibato como um caminho para o autoconhecimento: "Que tipo de pessoa sou quando estou sendo eu mesma apenas para mim?".

Há alguns celibatários que não têm escolha: pessoas encarceradas, doentes ou portadoras de alguma deficiência, isoladas geograficamente ou inaptas socialmente podem ter dificuldade em encontrar parceiros. Outros seguem o celibato simplesmente porque, por algum motivo, não se sentem sociáveis ou sexuais por algum tempo, ou talvez para sempre.

De maneira alguma encaramos "promiscuidade celibatária" ou "promiscuidade assexual" como uma contradição de termos. Existem infinitas maneiras de se relacionar com outras pessoas – de modo romântico, íntimo, doméstico, entre outros. Se você abriu sua vida e seu coração para o maior número possível de maneiras, você está com a gente.

RELACIONAMENTOS PLATÔNICOS,
TAMBÉM CONHECIDOS COMO AMIZADES

Um amigo nosso nos tira do sério quando se lamenta, dizendo: "Eu não estou num relacionamento... apenas tenho todos esses *amigos*". Pois temos uma notícia para ele e para você: amizade é um relacionamento, um tipo importante de relacionamento, que oferece enormes oportunidades para o que mais precisamos em nossas relações – intimidade, companheirismo, apoio em tempos difíceis etc.

---

21 Trata-se de assumir personagens e suas características, no caso, com finalidade sexual. [N.E.]

Achamos engraçado quando céticos do poliamor se chocam com a ideia de amar mais de uma pessoa ao mesmo tempo, mas têm um melhor amigo, aquela pessoa com quem compartilham seus segredos mais profundos, que pode até mesmo ser tão importante quanto seu cônjuge ou amante. Se seu parceiro amoroso e seu melhor amigo não são a mesma pessoa, você já está praticando muitas das habilidades do poliamor, pois está administrando as necessidades de intimidade, tempo e afeto de cada um desses relacionamentos.

SEXO ENTRE AMIGOS

Se um desses amigos próximos e íntimos se tornar um parceiro na cama... o que acontece? Isso arruinará a amizade? Levará a algo mais, que pode ameaçar alguma outra esfera da sua vida? Estas são as preocupações de muitas pessoas quando se veem diante da possibilidade de fazer sexo com seus amigos pela primeira vez.

A proibição cultural de ter sexo com amigos é o desdobramento inevitável de uma crença social de que a única razão aceitável para se fazer sexo é se for para resultar num relacionamento monogâmico parecido com um casamento. Nós, por outro lado, acreditamos que a amizade é uma excelente razão para se fazer sexo, e que o sexo é uma excelente maneira de manter uma amizade.

Como aprender a compartilhar intimidade sem se apaixonar? Nossa proposta seria: nós *realmente* amamos nossos amigos, independentemente de termos ou não relações sexuais com eles. Amizades fazem parte da nossa família e podem ser mais duradouras que um casamento. Com a prática, podemos desenvolver uma intimidade baseada no carinho e no respeito mútuo, algo muito mais libertador do que o desespero, a carência ou a insanidade cega da paixão. É por isso que as "amizades coloridas" são tão valiosas. Quando reconhecemos o amor, o respeito e o apreço que sentimos por parceiros sexuais com quem jamais casaríamos, as amizades coloridas podem ser não apenas possíveis, mas preferíveis. Assim, se você está se preocupando com a possibilidade de seu desejo sexual custar-lhe a amizade de seu melhor amigo, o mais experiente dos promíscuos está se perguntando por que vocês nunca transaram.

Dossie, quando se descobriu feminista pela primeira vez, jurou ficar sem qualquer parceiro por cinco anos, a fim de descobrir quem ela era quando não estava tentando ser "a senhora" de alguém. Durante esse tempo, ela teve muitos relacionamentos maravilhosos, uma grande variedade de relações íntimas que incluíram criar filhos, cuidar da casa, consertar carros e, claro, sexo com muito carinho e afeto. Ela decidiu que seria carinhosa e diria o que a encantava nas pessoas, e que assim a maioria delas encontraria uma maneira de se sentir bem ao seu lado. Funcionou. Essa busca ajudou-a a descobrir novas formas de estar no mundo como mulher e de um ser humano sexual – é a base da sua essência e dos seus ensinamentos.

Da mesma forma, há quem limite sua intimidade a uma ou duas pessoas ao longo da vida, pois sente que é arriscado expandir esse lado com mais gente. Não existe nada mais íntimo do que compartilhar vulnerabilidades, mesmo que isso por vezes possa parecer assustador. Quando você assume o risco de dividir um sentimento assustador, aprofunda ainda mais as conexões e frequentemente recebe respostas generosas, como "Eu também me sinto assustada!", ou "Eu entendo você. Por favor, me conte mais". Não há razão alguma para que qualquer relacionamento em nossas vidas não seja abençoado com intimidade.

Cada relacionamento desenvolve seu próprio equilíbrio, se você deixar. Como a água, você e qualquer pessoa que tenha despertado sua curiosidade podem fluir juntos, desde que deixem acontecer da maneira adequada para ambos.

ANARQUIA RELACIONAL

Um dos termos mais recentes no léxico poliamoroso, a anarquia relacional se refere à decisão sobre um estilo de vida que não considera um parceiro como "primário" e outros como "secundários" (ou qualquer hierarquia do tipo), mas que mantém cada relacionamento separadamente e estabelece o menor número de regras possível.

Os anarquistas procuram evitar hierarquias em todas as esferas da vida, um objetivo idealista mais complicado do que parece. Todo mundo se beneficia quando alguém questiona os limites e as estruturas que a sociedade considera garantidos, de modo que os anarquistas são uma fonte rica de experimentações não usuais de como a vida e o amor podem se expressar quando evitamos lhes impor qualquer estrutura.

De modo geral, a anarquia relacional valoriza a liberdade acima do comprometimento; ou seja, seus praticantes preferem minimizar acordos e promessas relacionadas ao comportamento sexual ou romântico. Naturalmente, isso não significa que todo mundo tem liberdade para ser terrível — até mesmo o anarquista mais ousado precisa de algum conhecimento básico sobre sexo seguro, ausência de abuso físico ou emocional e assim por diante, para ter segurança ao se envolver com alguém. Os anarquistas relacionais também precisam aperfeiçoar suas habilidades de intimidade, conexão e expressão de afeto. Se você é o tipo de pessoa que se chateia com autoridade e sente que regras são feitas para serem quebradas, talvez a anarquia relacional seja um bom caminho.

VIDA SOLTEIRA

Para algumas pessoas promíscuas, a solteirice é uma condição temporária entre relacionamentos, um período para se recuperar de um rompimento recente, ou um estilo de vida escolhido para se viver a longo prazo. Estar solteiro é uma boa oportunidade para explorar quem você é quando não está tentando ser definido como a cara-metade de outra pessoa. Assim, depois de aprender a gostar de viver consigo mesmo, você terá muito a compartilhar quando decidir voltar a se conectar com alguém.

A promiscuidade solteira apresenta suas próprias alegrias e desafios. Por isso, vamos abordá-la de maneira mais completa mais adiante neste livro.

Numa cultura centrada na monogamia, as pessoas solteiras muitas vezes vão parar na "terra dos casos de uma noite só": voltam para casa com alguém que acabaram de conhecer, compartilham sexo erótico e, na manhã seguinte, olham para a pessoa ao lado e, juntas, decidem se o relacionamento tem potencial ou não para uma parceria de vida. Se a resposta for não, vão embora, bastante encabuladas, e seguem a regra implícita de nunca mais se sentirem confortáveis diante um do outro. O sexo faz as vezes de teste porque a maioria das pessoas não tem ideia de como agir quando se depara com uma situação que está entre o estranhamento completo e o envolvimento total.

Gente solteira promíscua, no entanto, age de várias maneiras. Uma delas, bastante característica, refere-se a quão separados você mantém seus amantes. Ou seja, uma forma de promiscuidade para quem está solteiro envolve ter múltiplos parceiros que interagem entre si, inclusive não tendo acesso a nenhuma informação sobre a outra pessoa; isso evita complicações, mas impede certos tipos de intimidade, custando oportunidades de apoio mútuo e desenvolvimento de comunidades.

Ou você pode optar por apresentar seus amantes uns aos outros, talvez durante o café da manhã no domingo. Isso a princípio parece impensável, impossível, a receita para um desastre, mas não tire conclusões precipitadas. Seus amantes têm muito em comum – você, por exemplo – e podem muito bem gostar um do outro.

Se você é uma pessoa solteira vivendo um estilo de vida sexualmente aberto, deve prestar atenção em como está atendendo às suas necessidades sexuais, emocionais e sociais. Você pode fazê-lo de infinitas maneiras. O importante é estar *ciente* de suas necessidades e de seus desejos, para que possa preenchê-los com plena consciência. Se fingir que não tem necessidade de sexo, carinho ou apoio emocional, estará mentindo para si mesmo e acabará tentando satisfazer suas necessidades por métodos indiretos que não dão muito certo. As pessoas que agem assim frequentemente são chamadas de *manipuladoras* ou *passivo-agressivas* – termos que, em nossa opinião, se destinam a quem não descobriu como satisfazer suas necessidades de maneira direta.

Quando você descobrir o que quer e pedir diretamente, vai se surpreender com a quantidade de "sim" que receberá. Pense em como você pode se sentir aliviado quando alguém lhe pede uma ajuda ou um abraço, ou, por outro lado, explica o que você pode fazer para satisfazê-lo. Pense no quanto você se sente competente e satisfeito ao ajudar alguém de verdade, seja oferecendo um ombro amigo ou o incentivo certeiro que vai resultar no orgasmo perfeito. Dê às suas amizades a oportunidade de se sentirem bem, preenchendo também as suas próprias necessidades.

"MAIS OU MENOS MONOGÂMICO"

Inventado em 2011 pelo colunista Dan Savage, que escreve sobre sexo, a expressão "mais ou menos monogâmico" (*monogamish*) pegou com tanta rapidez que nos faz pensar que precisávamos dela há muito mais tempo.

Mais ou menos monogâmico é um acordo entre as duas partes de um casal de que seu vínculo tem prioridade sobre quaisquer conexões externas, mas que um flerte ocasional e breve é aceitável, e talvez até desejável, para manter acesa a chama dentro de casa. Muitos casais mais ou menos monogâmicos fazem acordos mútuos para trazer vez ou outra uma terceira pessoa para a cama, ou concordam em ter uma noite de "vale-tudo" por pura diversão. Já ouvimos falar de casais monogâmicos que têm a brincadeira de abrir uma exceção para uma celebridade: "Tudo bem, se você tiver a chance de dormir com o Dan Savage, vai fundo". Para nós, essa é uma fantasia mais ou menos monogâmica.

Para muitos casais que estão empolgados com a ideia de ocasionalmente ter casos extraconjugais, mas que não estão prontos para fazer o salto completo para o poliamor, um acordo mais ou menos monogâmico é o primeiro passo para ver como as coisas funcionam.

PARCERIAS

Existem várias formas de relacionamento aberto para quem gosta de manter parcerias, incluindo a monogamia em série, em que os vários parceiros estão separados ao longo do tempo diante da sempre popular não monogamia não consentida, também conhecida como traição. Podemos encarar esses estilos de vida como um tipo inconsciente de amor livre, mas ambas as autoras se sentem mais livres e mais seguras quando se ama de maneira simples e abertamente.

É indiscutível que relacionamentos abertos funcionam melhor quando um casal ou grupo estabelecido cuida um do outro e de seu relacionamento antes de incluir outras pessoas na dinâmica. Então, parceiros de promiscuidade devem estar dispostos a fazer o trabalho que vamos descrever mais adiante neste livro, de manter uma boa comunicação e lidar com ciúme, insegurança e possessividade com muita consciência. As pessoas envolvidas nesse tipo de parceria devem conhecer e comunicar suas limitações, fazer e manter acordos e respeitar tanto os limites de cada um quanto os que forem estabelecidos para o relacionamento. Casais e grupos também precisam garantir que vão nutrir suas próprias conexões para manter o relacionamento feliz, saudável e gratificante.

Nada impede que os parceiros tenham um relacionamento secundário além do primário, ou que os amantes não sejam classificados dentro de uma hierarquia. Os relacionamentos variam em proximidade e distância emocional e física, e na frequência de contato. Alguns podem ser de curta duração, enquanto outros se estendem por anos, ou mesmo por uma vida inteira; uns implicam dois encontros por semana, outros, dois por ano.

Quem é novato no poliamor tende a despender bastante energia definindo suas limitações. Em geral, concentram-se mais no que não querem que seu parceiro faça – atividades que, por alguma razão, causam pavor ou insegurança – do que em seus desejos reais. Estabelecer esses limites é, para muitas pessoas, um primeiro passo necessário no mundo desnorteador da promiscuidade. No entanto, à medida que as parcerias se tornam mais preparadas para lidar com os limites do relacionamento, tendem a se concentrar mais no que *gostariam* de fazer e, em seguida, em estabelecer estratégias de como realizar essas vontades em segurança. O capítulo 18, "Como abrir um relacionamento existente", tratará desse aprendizado com mais detalhes.

Uma conhecida nossa desenvolveu um estilo de vida duradouro com dois parceiros primários, um homem e uma mulher, com quem forma uma enorme rede junto com seus parceiros secundários e as parcerias de seus parceiros primários. Os relacionamentos já duram muitos anos, atravessam a criação de filhos e netos, e os ex dela ainda são membros ativos de sua família estendida.

Em alguns relacionamentos abertos, cada um procura outras pessoas separadamente, em geral fazendo acordos sobre quem vai, quando vai e para qual lugar, e tomando cuidado extra para evitar que acabem se encontrando na internet ou em anúncios pessoais. É permitido falar um com o outro sobre suas aventuras e, ocasionalmente, trazer alguém para casa para uma diversão coletiva.

Outros escolhem em conjunto um casal para se divertir a quatro ou para fazer uma troca de casais. Muitos casais poliamoristas seguem um estilo de vida prazeroso ao procurar casais que vivam sob os mesmos valores e limites. Esse tipo de encontro em grupo pode resultar em vínculos para o resto da vida e proporcionar tanto sexo erótico como conexões familiares verdadeiras.

Há ainda os que permitem que seus relacionamentos se estabeleçam e se modifiquem com o tempo. Às vezes, nos conectamos de novo com um antigo amor depois de muitos anos, e vemos que nos cai bem como uma velha luva.

HIERARQUIAS E ALTERNATIVAS

Muitos poliamorosos gostam de usar uma terminologia hierárquica para definir seus relacionamentos: as pessoas com quem convivem em acordo matrimonial são *primárias*; as pessoas que amam, mas com quem não moram, são *secundárias*; as pessoas com quem gostam de passar tempo (muitas vezes em alguma atividade sexual) com menos frequência ou menos compromisso, são *terciárias*. Outros termos usados para conexões são *parceria de vida* e *parceria de ninho*, bastante carinhosos.

Embora essa terminologia seja disseminada e muitas vezes seja útil por resumir a situação, temos algumas preocupações sobre um sistema que inerentemente classifica a importância das pessoas em nossas vidas. Janet costuma dizer que "E. é meu parceiro de vida e Dossie, minha coautora. Se vou comprar uma casa, E. é mais importante; se escrevo um livro, Dossie é mais importante. Cada um deles tem um lugar próprio em minha vida. Por que tenho que ranqueá-los?".

MAIS QUE DOIS

Não é preciso formar uma dupla para se comprometer; é possível ir além. O nível de envolvimento pode variar, como quando um casal já estabelecido se compromete com um terceiro parceiro, ou mesmo um quarto. Relacionamentos que adicionam e inevitavelmente subtraem membros ao longo do tempo tendem a formar estruturas muito complexas, com novas configurações de papéis familiares geralmente decididos por tentativa e erro. Em trisais ou quadras, as pessoas descobrem que seus papéis dentro daquela família se desenvolvem, crescem e mudam: quem se sente como a "mãe" do grupo pode muito bem passar a ser a "criança", ou o "pai", dependendo dos parceiros e do momento.

Tríades permitem que três parceiros, em qualquer combinação de gênero, formem uma unidade familiar. Alguns agrupamentos evoluem para famílias triádicas ou quadráticas à medida que as pessoas envolvidas alcançam uma conexão mais profunda com um ou mais membros que começaram como amantes externos. Outros buscam ativamente membros para casamentos em grupo para atingir o ideal do tipo de família em que querem viver. Já ouvimos falar de pessoas que se identificam como "trissexuais" porque estão muito sintonizadas com a ideia de viver e amar como parte de um trisal.

Alcançar o equilíbrio em tríades pode ser um desafio. Em qualquer *ménage à trois* há três casais: A e B, B e C, e C e A, e cada um desses relacionamentos será diferente. Em um trisal, assim como com os irmãos de uma família, nenhum relacionamento estará no mesmo nível ao mesmo tempo: já ouvimos falar de longas discussões sobre qual membro da tríade deveria ir no banco de trás do carro. Em todas as formas de promiscuidade ética, porém, e talvez de maneira ainda mais especial em trisais, é vital encontrar maneiras de transcender a competitividade: tem o suficiente para todo mundo.

SEXO EM PÚBLICO

Promíscuos em qualquer tipo de relacionamento podem gostar de sexo em grupo. Ambientes para orgias, casas de festa, clubes de sexo, clubes de *swing*, casas de banho e buracos gloriosos (*glory holes*)[22] podem ser encontrados em muitas cidades grandes, nos mais diversos formatos e para quase todas as preferências sexuais. Falaremos mais a respeito no capítulo 24. Lugares para sexo grupal podem ser uma opção segura de exploração para casais mais ou menos monogâmicos. Eles podem participar de festas juntos ou separados, flertando individualmente ou em dupla, conhecer os amigos um do outro e entreter-se com várias pessoas, ao mesmo tempo que mantêm a conexão que os faz se sentir bem. Nesse caso, o sexo fora do relacionamento primário é definido pelo ambiente específico em que acontece.

Espaços de sexo em grupo muitas vezes levam à formação de famílias próprias, e pessoas que participam regularmente acabam se conhecendo e chegam a compartilhar outras atividades, como jantares enormes no Dia de Ação de Graças.[23] O filme *Shortbus* (2006) retrata uma variedade de personagens fascinantes dentro de uma família concebida por opção pela convivência no simpático clube de sexo de um bairro de Nova York.

FAMÍLIA POR OPÇÃO

Círculo é a palavra que usamos para um conjunto de conexões de pessoas num grupo, que na verdade pode ser bem parecido com uma polécula: algumas pessoas próximas do centro conectadas a várias outras; outras distantes, conectadas a apenas uma ou duas e, quem

---

22 Buracos encontrados em cabines, labirintos e clubes de orgia, usados em geral para sexo oral e masturbação anônimos. [N.T.]

23 Thanksgiving Day, em inglês, é um feriado celebrado sobretudo nos Estados Unidos, no Canadá e nas ilhas do Caribe em 28 de novembro. [N.E.]

sabe, a integrantes de outra polécula também. Essas redes podem ser casuais ou podem se desenrolar em famílias estendidas, colaborando na criação de filhos, no sustento do grupo, no cuidado de quem fica doente e de quem está envelhecendo, e na compra de imóveis.

No maravilhoso livro *Intimate Friendships* [Amizades íntimas], James Ramey observa que a não monogamia facilitaria a formação do que descreve como redes de afinidade – comunidades unidas pela intimidade das conexões sexuais –, que talvez cumpram as mesmas funções que as aldeias desempenharam num mundo menor. Alguns de nós adotamos essa ideia e passamos a nos referir aos nossos grupos como *tribos*.

Círculos de amigos sexuais são comuns – algumas pessoas os denominam "amigos de foda". Esses círculos podem ser abertos para receber gente nova, normalmente trazida por um membro já estabelecido. Quando você faz parte desse círculo, os novos amantes de qualquer membro se tornam amigos em potencial e membros da família, de modo que o foco muda: da competição e da exclusividade para a inclusão e o acolhimento, em geral bastante caloroso.

Outros círculos são fechados, com novos parceiros admitidos somente por acordo unânime dos membros existentes. Às vezes, os círculos se fecham como uma estratégia de segurança contra o HIV e outras doenças sexualmente transmissíveis, e também para evitar o alienamento das relações em um mundo superpovoado. Em um círculo fechado, a ideia é que você pode interagir com qualquer pessoa do círculo (sendo que todos concordam em fazer sexo seguro e possivelmente conhecem o estado de saúde sexual uns dos outros), mas não pode fazer sexo com ninguém de fora do grupo. Dessa maneira, você se diverte com uma variedade de relações, mas ainda assim se limita a um grupo fechado. Esse estilo de vida é por vezes conhecido como polifidelidade.

Essas são apenas algumas das maneiras que as pessoas promíscuas usam para organizar suas vidas e seus amores. Você pode escolher uma ou várias dessas, ou inventar seu próprio jeito. Acreditamos que as estruturas dos relacionamentos devem ser projetadas para se adequar às pessoas, e não que as pessoas sejam escolhidas para se encaixar num ideal abstrato de relacionamento perfeito. Desde que todos se divirtam e tenham suas necessidades atendidas, não há maneira certa ou errada.

///

UM ELOGIO À MONOGAMIA

Embora a monogamia não seja a escolha das autoras deste livro, nós a aplaudimos como uma das infinitas possibilidades disponíveis para quem vive a promiscuidade de modo ponderado — uma que oferece um conjunto diferente de riscos e recompensas se comparada a outras relações, mas ainda assim uma excelente escolha, temporária ou, para muitos, permanente.

Uma amiga nossa (nascida apenas alguns anos antes da primeira publicação deste livro, e que o leu quando era escandalosamente jovem) disse recentemente: "Eu estava conversando com um amigo monogâmico e me soou como um tipo estranho de contrato de BDSM: um acordo para compartilhar sua sexualidade apenas com uma pessoa. Não é *errado*, claro, se ambas as pessoas concordarem. É apenas... esquisito".

Se você não consegue entender por que alguém escolheria a monogamia, pode considerá-la um contrato, assim como aquele firmado pelo casal dominante/submisso para solidificar seus acordos mútuos, tão válido quanto qualquer escolha bem informada e consensual de relacionamento.

Quais são as vantagens da monogamia? Achamos que, entre elas, estão as seguintes:

- Uma maneira de focar energia em apenas uma parceria, ao invés de distribuí-la entre várias;
- Uma maneira de manter a prioridade em outras áreas (filhos, mestrado, carreira);
- Um compromisso de oferecer seus interesses sexuais para satisfazer os desejos do parceiro, ao invés de bus-

car saciá-los fora do relacionamento — ou o contrário, de fazer um sacrifício consciente de renunciar a alguns desejos pessoais para o bem comum do relacionamento;
- A simplicidade de manter um calendário descomplicado e não ter que acomodar as necessidades de ninguém além das suas, do parceiro e de seus dependentes.

E, claro, não há nenhuma lei que, uma vez que você tenha escolhido a monogamia (ou, de maneira análoga, qualquer outro estilo de relacionamento), obrigue você a mantê-la para todo o sempre. Janet acredita que, num mundo com todas as escolhas de relacionamento disponíveis sem julgamento ou punição social, muitas pessoas optarão pelo estilo que corresponde melhor ao momento de vida pelo qual estão passando: promiscuidade no começo da vida adulta, monogamia nos anos frenéticos dedicados à carreira e à criação dos filhos, algum tipo de poliamor na meia-idade (seja com o parceiro original ou desfrutando da solteirice após um rompimento) e, finalmente, uma fase tranquila e gentil rumo ao cordial celibato. Contudo, sabemos da existência de comunidades marcadamente promíscuas de aposentados.

A única objeção que temos à monogamia não é sua prática em si, mas a crença generalizada de que ela é a única escolha moral disponível. Neste ponto do livro, esperamos que você tenha percebido que se trata de apenas uma entre inúmeras opções, e que você pode decidir por si (com a contribuição de seus parceiros) sobre qual o melhor estilo de relacionamento.

Se você pensar cuidadosamente e optar pela monogamia, ainda assim precisará da maioria — senão de todas — as habilidades sobre as quais está lendo neste livro: lidar com ciúme, gerenciamento de tempo, oscilações naturais de desejo e todo o resto também é uma necessidade dos monogâmicos. Por isso, prossiga com a leitura.

PARTE DOIS

PROMISCUIDADE NA PRÁTICA

8
ABUNDÂNCIA

Muitas condutas tradicionais sobre sexualidade baseiam-se na crença implícita de que certas coisas como amor, sexo, amizade e compromisso não existem numa quantidade suficiente para todo mundo. Se você acredita nisso, se acha que essa limitação é real, parece bastante importante reivindicar o que parece ser a sua parte. Talvez você imagine que tem que tirar sua cota de outra pessoa, porque, se é algo assim tão bom, provavelmente haverá competição para consegui-lo. Ou que, se alguém está recebendo uma parte, consequentemente sobrará menos para você.

Queremos que todas as pessoas que estão lendo esta obra recebam tudo o que querem. Por isso, trazemos aqui algumas ideias que podem ajudar você a superar os obstáculos que encontrar pelo caminho.

ECONOMIAS DE ESCASSEZ

As pessoas frequentemente aprendem sobre economia de escassez na infância, quando, diante de pais emocionalmente esgotados ou indisponíveis, percebemos que devemos trabalhar duro para suprir nossas necessidades emocionais. Aprendemos que, se baixamos a guarda por um momento, alguém ou algo misterioso pode levar embora o amor de que precisamos. Algumas pessoas realmente passaram fome, tendo que competir por comida, ou conviveram com negligência, privação e maus-tratos. Pode-se também aprender sobre economia de escassez mais tarde na vida, ao conviver com amantes, cônjuges ou amizades que manipulam, punem e são individualistas.

Crenças adquiridas na infância estão geralmente arraigadas de modo profundo e são difíceis de perceber, tanto individualmente quanto em sociedade. Constatar um certo padrão de comportamento exige um olhar cuidadoso. Quando saberei que está tudo bem em querer algo "fora do comum"? As pessoas acham que, se você ama João, significa que com certeza ama menos Maria, ou que, se está envolvido numa amizade, não está tão comprometido num relacionamento amoroso. Além disso, como saber se você é a prioridade no coração de alguém?

Esse tipo de pensamento é uma armadilha. Sabemos, por exemplo, que ter um segundo filho geralmente não significa que um dos pais ame menos o primogênito, e que quem possui três animais de estimação não necessariamente oferece menos atenção a qualquer um deles do que a pessoa que tem somente um. Mas, quando se trata de sexo, amor e romance, é difícil para a maioria de nós acreditar que mais para um não significa menos para outro. Muitas vezes nos comportamos como se uma fome desesperadora estivesse por vir, e isso nos faz querer montar um estoque de amor imediatamente.

DESAPEGO

Superar esses anos de carência afetiva pode ser um dos maiores desafios para quem quer seguir a ética do amor livre e da promiscuidade. Tal superação requer uma enorme dose de fé, porque você precisa deixar de lado uma crença que é — ou parece ser — sua, e confiar que o mundo vai se encarregar de substituir o que foi perdido por uma abundância generosa. É preciso entender que você merece amor, cuidado, carinho e sexo. Se o mundo não foi generoso com você no passado, é difícil acreditar que ele venha a ser agora.

Infelizmente, não podemos prometer que o mundo *será* generoso com você. Mas acreditamos que, se você relaxar o controle possessivo que sente pelo amor que já é seu, receberá mais da pessoa que ama você e, potencialmente, de outras pessoas também. Isso funcionou pra gente. No entanto, especialmente no começo, livrar-se da economia de escassez assemelha-se muito a saltar de um trapézio: você precisa abrir mão da segurança que tem e confiar que, no final, sempre haverá algo diferente em que se segurar.

Existe alguma rede de proteção para esse tipo de audácia? Na verdade, sim. Acessá-la, porém, exige outra boa dose de fé, porque essa rede de apoio está *dentro de você*: autoconfiança, autocuidado e capacidade de passar tempo consigo mesmo. Se passar um tempo sozinho parece insuportável, a coragem necessária para renunciar ao que é "seu" pode parecer impossível.

Por outro lado, é um sentimento incrivelmente libertador perceber que há amor, sexo, compromisso, apoio e carinho suficientes para todo mundo. Para não ficar sozinha nas noites em que seu parceiro saía com outra pessoa, Janet costumava encontrar um de seus amantes. Agora, ela diz: "Eu sei que tenho essa opção, mas com mais frequência prefiro passar esse tempo comigo mesma, aproveitando a oportunidade para cuidar de mim". Consciente de que o mundo oferece companhia em abundância, ela se sente segura o bastante para não precisar reafirmar isso a toda hora.

LIMITES DO MUNDO REAL

Contudo, algumas das coisas que realmente queremos *são* limitadas. O dia, por exemplo, tem apenas 24 horas. Assim, encontrar tempo suficiente para se dedicar à própria libido, com todas as pessoas que importam, pode ser um desafio real e, às vezes, impossível.

O tempo é o maior limitador que enfrentamos quando tentamos viver e amar do jeito que queremos. Este não é um problema exclusivo dos poliamorosos: pessoas monogâmicas também têm dificuldade em encontrar tempo para sexo, companheirismo e comunicação.

Um bom planejamento pode ajudar. Se vocês ainda não dividem uma agenda ou calendário pela internet, agora pode ser um o momento propício para começar. É importante respeitar as realidades de cada um e ser flexível. Haverá crises: criança doente, emergência no trabalho, ou até mesmo outro parceiro que precisa de companhia e consolo durante um período particularmente ruim. Reflita também a respeito de quanto tempo você precisa para satisfazer as próprias necessidades: você realmente tem que ficar para o café da manhã no dia seguinte, ou algumas poucas horas de carinho e conversa já são suficientemente prazerosas?

Seja qual for a sua agenda, lembre-se de que todos os envolvidos precisam estar a par disso – o que pode incluir mais pessoas que de costume. Um amigo nosso, não tendo informado o amante de sua esposa sobre um compromisso que mudava os horários combinados por eles, depois lamentou: "Eu sei que eu avisei *alguém*".

Não se esqueça de agendar um horário para investir no seu parceiro e brincar com seus filhos. E não se esqueça de você: muita gente promíscua descobre a importância de reservar um momento para descansar e se reabastecer. Quando morava numa casa que mais parecia uma república de estudantes, Janet tinha um acordo com a namorada: vez ou outra, quando a namorada estivesse viajando, Janet poderia ir até a casa dela e usá-la para passar retiros solitários – um verdadeiro presente.

Espaço é outro limitador do mundo real para muitas pessoas. Poucos de nós têm a sorte de viver em mansões com quartos dedicados exclusivamente ao sexo. Se você está no quarto com seu amigo colorido e o parceiro com quem você mora está com sono e quer ir dormir, temos um problema aí. Ter que deitar num sofá minúsculo, no seu próprio apartamento, enquanto seu parceiro está curtindo a vida adoidado com outra pessoa na sua própria cama pode ultrapassar todos os limites, mesmo para o mais evoluído dos devassos. Quando você compartilha o quarto – ou outro cômodo dedicado à diversão – com o parceiro ou amantes, acordos bem claros devem ser feitos com bastante antecedência, e todos devem cumpri-los à risca. Esse problema pode ser resolvido com quartos separados, ou espaços pessoais, caso você possa pagar por isso. "Ter quartos separados é uma necessidade primária para nós. Não poderíamos manter esse estilo de vida de outro jeito", foi o que disse um casal que entrevistamos.

Objetos pessoais também podem ser um problema. É natural querer compartilhar o que é nosso com quem gostamos. Mas o impulso pode causar contratempos quando esses objetos – dinheiro, comida, obras de arte, brinquedos sexuais – pertencem, legal ou emocionalmente, a mais de uma pessoa. Se alguém sentir algum sentimento de posse por um item qualquer, recomendamos enfaticamente que vocês conversem a respeito antes de compartilhá-lo com outra pessoa. Às vezes, é uma regra simples: você não deixa seu amante acabar com o leite que seu cônjuge estava planejando beber no café da manhã. Outras vezes, porém, é bem mais complicado. Embora você tenha o direito de passar para a frente um presente que lhe foi dado, a esposa que vê a gravata com que presenteou o marido no Dia dos Pais embelezando o pescoço da amante dele pode se sentir compreensivelmente ofendida. Da mesma forma, é uma boa ideia obter consentimento sobre o compartilhamento de um objeto que foi feito para você por um amante, ou de algo que vocês dois compraram juntos durante uma viagem íntima. Muitos promíscuos, para fins de higiene e/ou apego emocional, reservam certos brinquedos sexuais para apenas uma pessoa: *meu* vibrador, o pênis de borracha *do José*. E esperamos não ter que dizer, mas é inaceitável emprestar ou dar dinheiro que pertence a mais de uma pessoa sem discutir a questão com as outras partes envolvidas.

ECONOMIAS SEXUAIS

"Tirania da hidráulica" é a expressão cunhada por Dossie para se referir às realidades biológicas que ditam muitos aspectos da sexualidade. Por mais bacana que seja se achar um super-herói sexual, capaz de oferecer ereções *ad infinitum*, ainda está para nascer alguém assim. Uma pessoa que está ansiosa para fazer sexo convencional pode ficar bastante desapontada ao se dar conta de que o amante não está em condições de realizar seus desejos pelo fato de já ter ejaculado com outro parceiro mais cedo naquele dia. E mesmo quem é capaz de ter orgasmos múltiplos não consegue manter a excitação para sempre.

Muitas vezes, tais problemas podem ser resolvidos adaptando as expectativas sobre o que constitui o sexo – será que ereção, orgasmo, ejaculação são sempre necessários? Se o parceiro A atinge o orgasmo antes do parceiro B, existe alguma justificativa para impedir a continuidade dos estímulos prazerosos até que o parceiro B chegue ao final feliz?

Praticantes de ioga tântrica desenvolveram maneiras que permitem orgasmos sem ejaculação a quem possui um pênis. Essas estratégias são úteis como método anticoncepcional e para sexo mais seguro, mas certamente não substituem a camisinha. No entanto, trazem um maravilhoso efeito colateral: quem aprende a gozar sem ejacular pode dominar seu período refratário e ser capaz de gozar muitas vezes. Adeptos de muitos outros tipos de sexo encontraram jeitos para que promíscuos entusiastas proporcionem um ou mais orgasmos a seus parceiros, além de outros prazeres eróticos, independentemente de seu estado fisiológico de excitação. As ereções vêm e vão, mas o resto do sistema nervoso funciona praticamente o tempo todo. Antes de desistir do poliamor por conta da tirania da hidráulica, sugerimos que você investigue pelo menos algumas dessas possibilidades (dê uma olhada no capítulo 23, "Sexo e prazer", e em alguns livros na seção "Obras recomendadas").

Lembre-se das relações sem penetração. Lembre-se da enorme variedade de prazeres sexuais que não têm qualquer relação com a ereção. Lembre-se da sensualidade. Redescubra a massagem pelo prazer da massagem em si. Tenha uma conversa fabulosamente obscena sobre o que vocês gostariam de fazer um com o outro.

SERÁ QUE VOCÊ VAI MESMO "MORRER DE FOME"?

Quando você tenta decidir os limites da abertura do seu relacionamento, nem sempre é fácil identificar quais desses limites são baseados na realidade e quais surgem do medo ou da ilusão. Primeiro, é preciso reconhecer quais esferas da sua vida causam insegurança em você, onde se encontra a possibilidade de privação — uma tarefa que requer muita honestidade e busca interna. Uma das perguntas úteis é: "O que eu tenho medo que aconteça?".

Será que o carinho que seu parceiro sente por algum amigo vai mesmo levar ao fim da paixão que ele sente por você? E se ele achar que você não é mais especial? E se estiver imerso em uma felicidade tão grande que não precise mais de você? Por que iria querer você, em primeiro lugar? Esses são alguns dos pequenos pensamentos horríveis que surgem na nossa cabeça quando estamos com medo de "passar fome".

Você tem que ponderar se o medo realmente se aplica à sua situação. Daí, precisa escolher o que quer fazer a respeito. Conversas frequentes, boa comunicação para informar se alguém está se sentindo carente ou sobrecarregado e muita observação da realidade interna podem ajudar. (A decepção com o fato de seu parceiro não conseguir se excitar é só isso mesmo, ou é raiva ou ciúme sobre o encontro que ele teve na noite anterior?) Posteriormente, falaremos sobre como ter segurança e apoio quando você se sentir com medo.

LIMITES SÃO MALEÁVEIS

Às vezes, tudo que você precisa fazer é tentar — e ver o que acontece. O velho ditado "deixe livre quem você ama" é sentimental, mas tem algo de verdadeiro. Da mesma forma que quem faz dieta é aconselhado a passar um pouquinho de fome para ver que vai conseguir sobreviver, você pode precisar se sentir carente simplesmente para provar a si mesmo que não é o fim do mundo. Por vezes, desapegar de algo que dá prazer pode nos fazer abrir os olhos para outra coisa que estava lá desde o começo; de vez em quando, algo novo surge; e ocasionalmente descobre-se que, na verdade, isso nem era tão necessário assim. Não temos capacidade de prever como você vai se sentir ao se desapegar; tudo o que podemos dizer é assegurar que você aprenderá algo com isso.

Aprender coisas novas demora, então dê tempo ao tempo. Entender o que você está tentando aprender neste momento — como se sentir seguro, sensual e especial quando seu parceiro está em outro encontro, por exemplo — será bastante útil. Prometa a si mesmo que aprenderá o próximo passo somente quando chegar a hora. Toda mudança, grande ou pequena, é conquistada aos poucos. Por isso, foque o movimento de hoje. Amanhã, ou quem sabe daqui a uma semana, você estará pronto para o próximo. Trabalhar hoje é o jeito de se preparar para amanhã.

PIONEIROS DO POLIAMOR: COMUNIDADE DE ONEIDA

John Humphrey Noyes era um pregador protestante do interior do estado de Vermont, nos Estados Unidos, nos anos 1840, quando descobriu a conexão entre sexo e espiritualidade. Depois de sua esposa ter passado por quatro gestações arriscadas, culminando em crianças natimortas, Noyes passou a se sentir péssimo por querer fazer sexo. Começou, então, a testar jeitos de se relacionar sexualmente sem levar à gravidez. E descobriu que os homens, desacelerando o ato sexual e possivelmente pressionando o períneo, poderiam aprender a ter orgasmos sem ejacular. A prática não somente possibilitava múltiplos orgasmos aos homens, como, para sua surpresa, intensificava a experiência orgástica ao nível do êxtase religioso.

Noyes abraçou essa expansão da prática sexual como sacramento e passou a pregar que os órgãos sexuais eram "meios para a mais nobre adoração a Deus". (Muitos grupos religiosos ao redor do mundo exploraram filosofias semelhantes, criando um vasto corpo de trabalho reunido em livros, páginas na internet e oficinas disponíveis para qualquer pessoa com curiosidade erótica. Se você estiver intrigado, digite na sua ferramenta de busca favorita termos como "tantra", "tao da cura" e "qodoushka".)

Noyes e sua congregação logo desenvolveram uma comunidade de amor livre que durou mais de trinta anos em sua forma mais pura. Para evitar críticas de vizinhos, o grupo adquiriu terras na cidade de Oneida, no interior do estado de Nova York, onde viria a construir uma mansão de 93 quartos e estabelecer negócios que sustentassem a comunidade, incluindo a fábrica de talheres Oneida Community Silverware, ainda em funcionamento.

Em Oneida, procurava-se viver livre da ganância e da possessividade. Relacionamentos exclusivos eram desencorajados, e a comunidade se esforçava em evitar o que chamava de "amor grudento" — uma definição de romance ou paixão — em favor do amor comunal.

Essa sociedade desenvolveu um conjunto de valores ligados aos direitos das mulheres bastante avançado para a época. Os esforços eram direcionados para garantir igualdade de gênero no trabalho; as mulheres cortavam o cabelo curto e usavam vestidos até o joelho, com uma espécie de ceroula por baixo, o que lhes dava liberdade de movimento; tinham participação ativa na escolha de seus parceiros sexuais e eram enviadas para universidades, escolas de direito e medicina. As crianças eram criadas comunitariamente até os dezoito meses de idade com intuito de acostumá-las à vida coletiva, desestimular o apego excessivo aos pais e libertar as mulheres para exercitar qualquer trabalho ou aprendizado que as inspirasse.

Infelizmente, Oneida não esteve imune à onda de eugenia do século XIX. Noyes pegou a mesma onda, certo de que sua comunidade era o melhor lugar possível para criar super-homens e super-mulheres, e começou a controlar minuciosamente quem se reproduziria com quem. Adivinha quem tinha os melhores genes? Noyes acabou tendo muitos filhos com muitas mães diferentes.

Em certo momento, Noyes foi forçado a fugir para o Canadá, temendo ser processado sob a Lei de Comstock, que criminalizava até mesmo o ato de escrever sobre métodos anticoncepcionais por considerá-lo obsceno. Na ausência do líder fundador, a comunidade continuou por um tempo apoiando-se mutuamente, mas de modo bem menos coletivo. Casamentos tornaram-se mais frequentes, bem como a construção de casas particulares na terra comunal. Por fim, Oneida virou mais uma pequena cidade do que uma comunidade.

A mansão ainda existe e foi transformada em museu.

9
HABILIDADES LIBIDINOSAS

Ninguém nasce um grande promíscuo: a pessoa se torna promíscua. As habilidades necessárias para manter você e seus parceiros felizes e em evolução são desenvolvidas por meio de uma combinação de esforço consciente e prática frequente. É possível aprender habilidades que contribuirão para dar início à aventura com o pé direito – e continuar no caminho certo.

A autoavaliação, em nossa opinião, é sempre uma boa ideia – quando você está viajando sem um mapa, torna-se essencial ter uma imagem clara de sua paisagem *interna*. Pergunte a si mesmo: o que eu espero deste jeito de viver a vida? Que recompensas farão valer a pena o trabalho duro de aprender a estar seguro em um mundo de relacionamentos instáveis? Quem já percorreu essa jornada cita como pontos benéficos a variedade sexual, menos dependência de um único relacionamento, ou sentimento de pertencer a uma rede de amigos, amantes e parceiros. Pessoas que entrevistamos disseram o seguinte:

- "Eu me liberto da pressão. Não preciso preencher todas as necessidades ou vontades do meu parceiro, o que significa que não preciso tentar ser alguém que não sou."
- "As pessoas têm maneiras diferentes de conhecer e entender o mundo, então a intimidade com várias pessoas expande minha apreciação pelo universo."
- "Posso ter experiências eróticas sem sexo genital e sem comprometer minha monogamia emocional."
- "Meu estilo de vida me dá liberdade pessoal, independência e responsabilidade de uma maneira que eu não teria em um casal exclusivo."

- "Não acredito que os seres humanos foram criados para ser monogâmicos. A monogamia vai contra os meus instintos."
- "Nunca sinto que a grama do vizinho é mais verde – eu já estive lá."
- "Parceiros externos são uma infusão sexual suculenta no meu relacionamento principal."

Ao ler o livro e ouvir histórias sobre promíscuos de sucesso, você pode descobrir coisas que beneficiem você. Quais são os seus motivos para escolher esse caminho?

Infelizmente, muitas pessoas começam a explorar relacionamentos abertos por incentivo do parceiro, ou porque os amigos estão nessa e elas não querem ser vistas como puritanas recatadas. Pedimos que você tenha consciência de que está fazendo isso por *você*, porque isso estimula *você*, porque oferece uma oportunidade de aprendizado, crescimento e diversão, porque *você* quer. Não se engane, porque essa pode ser uma estrada tortuosa. Se você a percorre pelas razões erradas, o ressentimento facilmente pode envenenar os relacionamentos que você pretendia melhorar.

Mudanças sexuais têm o potencial de ser o caminho para iniciar uma mudança em você mesmo. Sexo e amor abundantes são uma espécie de isca, e o medo de carência, o tédio e a baixa autoestima, a linha que segura essa isca. Não acreditamos que nascemos com necessidade de monogamia. Para nós, crenças e sentimentos foram aprendidos em algum lugar – com os pais, amantes do passado, a sociedade. O que foi aprendido obviamente pode ser desaprendido e substituído por algo novo. Analisar sentimentos e mudar suas reações a eles será difícil – mas você terá aquela sensação gratificante de poder e vitória cada vez que conseguir.

FERRAMENTAS PARA A PROMISCUIDADE BEM-SUCEDIDA

Pessoas bem-sucedidas na promiscuidade com ética têm, em geral, um conjunto de habilidades que as ajudam a traçar seu caminho de maneira limpa, honesta e com o mínimo de dor. Seguem aqui algumas das habilidades que consideramos importantes.

COMUNICAÇÃO

Aprender a falar com clareza e ouvir com eficácia é fundamental. Uma técnica para ouvir bem é escutar o que seu parceiro tem a dizer sem interromper, e deixar claro que você o ouviu, dizendo o que você acha que acabou de ser dito. Use essa técnica de esclarecimento *antes* de responder com seus próprios pensamentos e sentimentos. Desta forma, você se certifica de ter um entendimento claro antes de continuar a discussão. De maneira parecida, se é você quem está falando, não é justo esperar que seu parceiro leia a sua mente. Dedique o tempo e o esforço que forem necessários para ser o mais claro e minucioso possível, e não se esqueça de incluir informações sobre as emoções que você está sentindo e os fatos envolvidos.

Se a comunicação costuma falhar, investir tempo para aprender como melhorar as habilidades comunicativas é uma boa ideia: muitas instituições de ensino para adultos oferecem excelentes aulas de comunicação para casais. Você pode fazer uma pesquisa na internet por "habilidades de comunicação para casais" com o nome da sua cidade para encontrar algo perto de você.

HONESTIDADE EMOCIONAL

Ser capaz de pedir e receber apoio é crucial. Um dos parceiros de Janet costumava pedir, quando ela saía para encontrar um de seus amantes: "Apenas me diga que não tenho nada com que me preocupar". Janet conta que era muito bom saber que ele estava disposto a pedir por esse tipo de afirmação quando precisasse, e que ele confiava nela para contar a verdade sobre seus sentimentos. Agora, imagine como ele se sentiria se *não* pedisse para ouvir isso quando estava inseguro. Por isso é muito importante ter suas necessidades atendidas de forma direta.

Todo mundo já teve medo de pedir, deixou de perguntar, ficou irritado quando o parceiro não leu nossos pensamentos e não nos ofereceu as palavras de confiança que tanto queríamos, e, mesmo assim, a gente já pensou: "Eu não *deveria* ter que pedir". Vamos lembrar de honrar a coragem necessária para pedir apoio e compartilhar sentimentos vulneráveis. Vamos nos dar um tapinha nas costas quando fizermos algo que nos assusta, e depois vamos fazer isso algumas vezes mais.

AFETO

Da mesma forma, é vital poder *proporcionar* suporte, tanto em resposta a um pedido quanto por conta própria. Se você não consegue expressar aos seus parceiros que você os ama, fazer um elogio sincero ou dizer o que há de tão maravilhoso neles, é otimismo supor que eles serão capazes de permanecer seguros o suficiente para acomodar os seus demais relacionamentos.

Pense em como pode expressar aos seus parceiros o quanto eles são importantes para você. Recomendamos muitos abraços, contato físico, carinho verbal, elogios sinceros, pequenos presentes que expressem "eu te amo" e tudo que ajude todos os envolvidos a se sentirem seguros e conectados.

LEALDADE

Se você tem um ou mais relacionamentos primários, atente-se ao que pode fazer para reforçar essa primazia. Muitas pessoas em relacionamentos longos mantêm certas atividades apenas para seus parceiros primários – determinados comportamentos sexuais, pernoites, palavras carinhosas etc. Olhe para o seu comportamento em público – você se sente à vontade para apresentar seu parceiro àquela pessoa com quem está flertando numa festa animada? Para nós, qualquer flerte em potencial que não queira conhecer nossos cônjuges hoje significa prováveis problemas no futuro, então seria melhor já descobrir agora. Faça acordos com seu parceiro antes da festa para não precisar se questionar tanto ou ficar com receio de se juntar àquela roda de conversa da qual o seu *crush* está participando.

Preste atenção, também, em como você reconhece seus relacionamentos não primários. Como será que um parceiro com quem você talvez nunca viva se sentirá amado e seguro? Quais direitos essa pessoa tem sobre seu tempo e atenção? Como oferecer afeto e segurança a quem é importante para você? Faça questão de deixar claro que você ama todas essas pessoas. Estabeleça acordos com seu(s) parceiro(s) de vida sobre o que fará quando alguém externo precisar de apoio ou estiver numa crise, em casos de acidente ou doença, por exemplo. Quem vai fazer aquela sopa quentinha? Talvez seja você.

ESTABELECENDO LIMITES
Para ser um promíscuo feliz, você precisa saber como – e quando – dizer não. Ter noção clara de seus próprios limites e respeitá-los fará com que você se sinta bem consigo mesmo e ajude a evitar ressacas emocionais no dia seguinte. Os limites podem ser de comportamento sexual: você faria sexo com uma pessoa de um gênero diferente daquele a que está acostumado? Experimentaria um tipo de sexo que considera pervertido? Limites relativos a sexo seguro e controle de gravidez são obviamente necessários: há determinadas coisas que você definitivamente não quer levar para casa. Você pode estabelecer limites sobre estilos de relacionamento, como frequência de contato ou intensidade de conexão. Também incentivamos você a pensar em dilemas éticos e em como reagiria a eles. Você seria, por exemplo, amante de alguém comprometido cujo parceiro não sabe desse envolvimento? Você mentiria para um amante, fingiria um orgasmo?

E, além disso, há o limite extremamente importante do "eu não quero". Mesmo que seja o aniversário de casamento, mesmo que se suponha que você devesse querer, mesmo que faça muito tempo que vocês não façam sexo. Não é não. Não precisa dar nenhuma desculpa.

Quando você respeita seus próprios limites, os outros aprenderão a respeitá-los também. As pessoas tendem a viver de acordo com os padrões que você estabelece ao não ter medo de expressá-los. Somente quando os limites de todos são de conhecimento público é que você se sente livre o bastante para falar sobre suas fantasias mais profundas, com a segurança de saber que seu amigo não fará o que você não quiser. Dessa maneira, se pedirmos o céu e a terra, é capaz de recebermos um bom pedaço.

PLANEJAMENTO
Promíscuos bem-sucedidos sabem que relacionamentos não acontecem por casualidade – exigem trabalho, planejamento e comprometimento. Poucos de nós têm o luxo de ter tempo suficiente para relaxar, conversar, fazer sexo, se divertir, passar tempo com a família ou até brigar só quando queremos. A realidade cotidiana costuma atravessar o caminho dessas coisas tão importantes. Sim, nós achamos que bri-

gar é importante e necessário – vamos falar mais a respeito disso no capítulo 16, "Aceitando conflitos". Se agendar uma briga parece um pouco absurdo, imagine as consequências de deixar a tensão crescer por vários dias porque você *não* teve tempo para discutir.

Encontre e faça bom uso de um calendário coletivo: na internet há opções que funcionam bem, que permitem que todos incluam seus compromissos e vejam os dos outros. Quando combinar um encontro com alguém, por qualquer motivo que seja, cumpra o combinado. Sabemos que você é uma pessoa ocupada, mas adiar esforços importantes para a relação em favor de outros compromissos não demonstrará nada de positivo sobre a importância que você dá aos seus relacionamentos, certo?

AUTOCONHECIMENTO
Como dissemos antes, todos carregamos muita sujeira mental sobre sexo e gênero. Algumas crenças estão enterradas tão fundo em nós que podem induzir inconscientemente nosso comportamento, criando confusão e muita dor a nós mesmos e às pessoas que amamos.

Crenças arraigadas são as raízes do machismo e da visão negativa sobre o sexo, e para ser um safado radical você terá que desenterrá-las. Conhecer-se verdadeiramente é viver uma jornada constante de autoprospecção; é aprender sobre si mesmo a partir de leituras, terapia e, melhor de tudo, conversando incessantemente com outras pessoas que estão percorrendo caminhos semelhantes. O trabalho árduo vale a pena, porque é assim que você se torna livre para escolher como quer viver e amar, ser dono de sua vida e tornar-se o autor da sua história.

APROPRIAR-SE DE SEUS SENTIMENTOS
Um preceito básico de comunicação íntima é que cada pessoa possui seus próprios sentimentos. Ninguém "faz" você se sentir ciumento ou inseguro – quem faz você se sentir assim é você mesmo. Não importa o que a outra pessoa faça, o que você sente é determinado dentro de você. Mesmo quando alguém deliberadamente tenta feri-lo, você faz uma escolha sobre como se sente com essa agressão. Você pode sentir raiva, mágoa, medo ou culpa. A escolha, geralmente não consciente, acontece dentro de você.

Entender isso não é tão fácil quanto parece. Quando você está se sentindo péssimo, é difícil aceitar a responsabilidade daquele sentimento. Não seria mais fácil se a culpa fosse do outro? O problema é que, quando você culpa outra pessoa pelo que sente, você se enfraquece. Se é culpa de alguém, só essa pessoa pode consertar, certo? Então, coitado de você, que não pode fazer nada além de sentar e sofrer.

Por outro lado, quando você se apropria de seus sentimentos, passa a ter muitas escolhas. Você pode falar sobre como se sente, escolher se quer ou não agir de acordo com esses sentimentos, aprender a se entender melhor, confortar-se ou pedir consolo. Apropriar-se dos seus sentimentos é fundamental para entender os limites de onde você termina e onde a outra pessoa começa, e o primeiro passo para a autoaceitação e o amor-próprio.

AUTOCUIDADO

Independentemente do quão preparado, centrado e estável você esteja, você *vai* tropeçar em problemas que jamais previu — pode ter certeza disso.

Talvez o passo mais importante para lidar com tais problemas seja reconhecer que eles vão acontecer, e que tudo bem. Você cometerá erros. Encontrará crenças, mitos e "gatilhos" que nunca soube que tinha. Haverá momentos em que se sentirá horrível.

Podemos dizer o que você deve fazer para não se sentir mal? Não. Mas acreditamos que, se você é capaz de desculpar um amigo ou um amante por algum erro ou mal-entendido que ele cometeu, você também pode ser compreensivo consigo mesmo. Conhecer, amar e respeitar a si próprio é um pré-requisito absoluto para conhecer, amar e respeitar o outro. Seja mais flexível com você.

Uma amiga nossa, quando tropeça em uma reação emocional surpreendentemente intensa, diz, filosoficamente: "Ah, sem problemas. OPOC". Ou, segundo ela: "Outra Porra de Oportunidade de Crescimento". Aprender com seus próprios erros não é divertido, mas é muito melhor do que não aprender absolutamente nada.

DIZENDO A VERDADE

Ao longo dessa experiência — quando estiver sentindo dor, confusão, alegria —, você deve sempre expressar a sua própria verdade, primeiro para si mesmo e depois para quem está ao seu redor. Sofrimento silencioso e autossabotagem não têm espaço nesse estilo de vida. Fingir que está bem quando, na verdade, se está em agonia não fará de você um promíscuo melhor, mas alguém amargamente infeliz, o que pode tornar as pessoas importantes para você ainda mais infelizes. Todo mundo se sente mal às vezes, então você está em excelente companhia. E, quando tem coragem de se abrir sobre um sentimento vulnerável, todos à sua volta se sentem autorizados para fazer o mesmo.

Ao dizer a verdade, você descobre o quanto tem em comum com as pessoas com quem se importa. A honestidade nos coloca em uma excelente posição para traçar uma trajetória baseada na compreensão e na aceitação amorosa. À medida que você aprofunda e compartilha suas descobertas, aprenderá muito mais sobre si e os outros. Receba bem esse conhecimento e continue buscando por mais.

UMA BREVE HISTÓRIA DA VERGONHA

A maioria de nós cresceu numa atmosfera que embalava corpo e sexo em um manto de vergonha. Aprendemos a ter constrangimento muito cedo, antes de poder compreender melhor aquele sentimento cronicamente desconfortável.

Quem já viu crianças muito novas descobrindo seus próprios corpos sabe que elas examinam as partes na virilha que causam sensações interessantes com a mesma curiosidade inocente que as leva a brincar com os dedos dos pés: estão desvendando a si mesmas.

E isso nos conduz a uma verdade muito importante: aprendemos que não devemos nos masturbar na sala de estar. A reação dos pais mostra, de certa forma, o futuro: muitos adultos reagem com choque e horror a qualquer masturbação na infância, e ensinam que os genitais são sujos e vergonhosos. Alguns poucos sortudos tiveram pais que gentilmente ensinaram que adultos se masturbam em seus quartos, com a porta fechada — e essa população está, felizmente, aumentando.

Se pararmos e olharmos para nós mesmos quando o constrangimento surgir, podemos identificar onde estão nossos bloqueios e o que está nos fazendo acreditar que estamos errados ou que ninguém vai querer se conectar conosco. A partir daí, como criar um caminho para contornar a vergonha que aprendemos quando éramos pequenos e não entendíamos o que estava acontecendo?

Aqui estão as palavras mágicas: *o inimigo da vergonha é a curiosidade* — a mesma curiosidade pela qual talvez tenhamos sido punidos quando tínhamos dois anos de idade. A curiosidade quer ser lúdica, quer desvendar o que é bom; é a curiosidade que nos faz pensar sobre por que a língua trava e as bochechas ficam vermelhas quando chega o momento de dizer o que exatamente sonhamos em fazer com a pessoa que nos ama e aceita.

Como podemos ir de onde estamos para onde queremos estar, livres de toda preocupação e vergonha? Use sua curiosidade para se perguntar: "Como eu aprendi isso?"; "No que passei a acreditar sobre mim mesmo quando me ensinaram que tocar 'lá embaixo' era vergonhoso?"; "Hoje em dia, em que acredito a meu respeito?"; "O que seria um pensamento mais saudável?".

Se proporcionamos algum consolo e apoio a nós mesmos e lembramos de oferecer essas coisas quando alguém de que gostamos está se sentindo paralisado, talvez a gente consiga acreditar que de fato todos merecemos consolo e apoio.

Outra grande virtude da curiosidade é que, na exploração sexual, podemos voltar a ser as crianças que já fomos, experimentando o prazer de como isso ou aquilo nos faz sentir, rindo e nos contorcendo, perguntando como o meu e o seu corpo funcionam. Assim, conseguimos desobstruir a curiosidade. Deixe fluir seu lado mais bobo. Brinque.

A Dossie terapeuta afirma que é possível encontrar no sexo consolo e resolução dos medos mais profundos, dando-lhes uma injeção de cura da força vital na forma do orgasmo. Pense na alegria sexual como uma mensagem orgulhosa e forte de que eu estou, de que nós estamos, em algum nível muito profundo, *bem*.

10

LIMITES

Muitas pessoas acreditam que ser promíscuo é ser desorientado, não se importar com quem você faz amor e, portanto, não se importar consigo mesmo. Acreditam que vivemos em espaços abertos excessivamente amplos, sem discernimento, sem cercas, sem fronteiras. Nada poderia estar mais longe da verdade. Para se levar uma vida de promiscuidade com ética, você precisa ter limites muito bem estabelecidos, claros, fortes, flexíveis e, acima de tudo, conscientes.

Um promíscuo muito bem-sucedido que entrevistamos, cansado de receber acusações de falta de juízo, defende que os libidinosos contam com numerosas oportunidades para desenvolver um senso de discernimento extremamente sofisticado: "Na verdade, temos mais limites do que a maioria das pessoas, porque temos mais momentos de contato", ou seja, mais experiência, pois nos relacionamos de maneiras bastante diferentes com pessoas muito diversas.

O QUE SÃO LIMITES?

Uma coisa básica em qualquer relação, e particularmente importante nos relacionamentos abertos, é que ninguém pertence ou possui ninguém: isto é, ninguém é de ninguém. Alguns de nós, seguidores do *kink*, exploram tipos de trocas de poder chamadas de "propriedade", mas, independentemente do estilo do relacionamento, é essencial e indiscutível que cada um seja 100% dono de si — e isso não pode ser negociável. Cada um é responsável por viver sua própria vida, determinar necessidades individuais e providenciar para que elas sejam atendidas. Não podemos viver por conta de outra pessoa, tampouco assumir que, só porque temos um parceiro, todas as nossas necessidades serão automaticamente saciadas. Muita gente aprendeu que, se os parceiros não satisfazem todas as carências um do outro, não é amor verdadeiro, ou é alguém que não serve, ou se sentem culpados – por ser muito carentes, não merecerem carinho ou outro tipo de "falha".

Se você foi criado para acreditar que o relacionamento traria sua outra – e melhor (!) – metade, ou que você deveria esconder sua identidade numa relação, você provavelmente terá que conhecer seus próprios limites. O objetivo é entender onde eu termino e onde você começa, onde nos encontramos e como somos indivíduos separados. Você precisa descobrir onde estão seus limites, qual é a distância ou a proximidade confortável entre você e os outros em várias situações, e, particularmente, o que faz de você e de seus amantes indivíduos únicos.

ASSUMA SUAS ESCOLHAS

Como já falamos, cada pessoa possui suas emoções e é responsável por lidar com elas. Entender isso é o primeiro passo para reivindicar algo muito precioso: seus sentimentos. Quando você os compreende, tem algo incrivelmente valioso com que contribuir em seus relacionamentos.

Quando você reage ao comportamento de outra pessoa, parece fácil cismar sobre o que ela fez, sobre como ela foi terrível e sobre o que ela deve fazer para consertar a situação. Em vez disso, tente olhar para os próprios sentimentos como se fossem uma mensagem sobre o seu estado interno, e então decida como quer lidar com o que está acontecendo. Quer saber mais? Quer conversar sobre algum limite? Quer um tempo para se acalmar e se orientar? Quer ser ouvido a respeito de algo? Quando você assume responsabilidades, ganha a oportunidade de fazer escolhas. E muito mais.

O que *não* é responsabilidade sua são as emoções do seu parceiro. Você pode optar por ser solidário – acreditamos fortemente no poder de cura da escuta –, mas não é seu trabalho consertar nada. Uma vez que você entende que as emoções de seu parceiro não são responsabilidade ou culpa sua, consegue ouvi-lo de verdade, sem precisar exaustivamente descobrir quem é culpado, ou o que fazer para aquele sentimento mudar ou desaparecer.

Algumas pessoas costumam responder à dor e à confusão da pessoa amada com um desejo forte de resolver alguma coisa. Mensagens com intuito de consertar a situação podem ser recebidas como um tipo de invalidação por quem está tentando expressar uma emoção. "Por que você simplesmente não faz isso?", "Experimente isso", "Esqueça aquilo", "Relaxe!" são interações que transmitem a mensagem de que a solução, óbvia e simples, foi ignorada, e que quem a ignorou é idiota por se sentir mal.

Assumir responsabilidade por seus sentimentos não significa que você terá que dominá-los sozinho e sem dificuldade. Você pode solicitar ajuda de amigos, parceiros e/ou bons terapeutas para o que precisar – ter confiança, receber elogio, um ombro para chorar, um ouvido para desabafar, uma cabeça para sugerir ideias. Em contrapartida, você fará o seu melhor para estar disponível quando amigos e amantes precisarem desse tipo de ajuda, certo?

Aprender a operar conscientemente o seu sistema emocional requer mudar alguns hábitos antigos – e às vezes parece que não vai funcionar. Mas é como aprender a andar de bicicleta. Você vai provavelmente cair algumas vezes, mas se se levantar e continuar, alguma hora vai aprender. E, quando conseguir encontrar o equilíbrio, nunca mais se esquecerá.

LIMITES NO RELACIONAMENTO

Relacionamentos também têm limites. Os acordos que solteiros, casais e famílias adeptas do amor livre fazem em relação aos sentimentos uns dos outros constituem esses limites. Em uma comunidade sexual aberta, é importante lidar com cada relacionamento dentro de seus próprios limites. Você estabelece limites com seus parceiros antes de ir para o festival de sexo, por exemplo; não usa seu amante para afrontar o cônjuge; e as decisões são tomadas com a participação de todos os afetados, sem esconder nada de ninguém.

Comunidades baseadas em sexo e intimidade funcionam melhor quando todos respeitam todos os relacionamentos, o que inclui não só amantes, mas também crianças, famílias de origem, vizinhos, ex e assim por diante. Quando todos estão conscientes e preocupados com os limites, as comunidades podem evoluir para sistemas familiares altamente conectados.

Esteja aberto para aprender com seus erros. Limites podem ser complicados às vezes, então esperamos que você seja bastante tolerante consigo mesmo. Espere aprender por tentativa e erro, e perdoe-se quando, inevitavelmente, algo não sair conforme esperado. Lembre-se de que você não aprenderá com os erros se estiver sempre certo.

DESPEJAR INFORMAÇÃO

Um tópico que muitas vezes confunde as pessoas é a diferença entre compartilhar os sentimentos honestamente e despejar informação. Despejar significa usar as pessoas como lata de lixo, confessar todos os seus problemas e deixando-os do jeito que estão. Despejar geralmente implica a expectativa de que a pessoa sobre a qual a informação foi despejada fará alguma coisa para resolver o problema, mesmo que seja simplesmente receber o peso do depósito e mostrar preocupação, para que o despejador pare de falar. Normalmente, é possível evitar esse tipo de comportamento deixando bem claro que a necessidade de aliviar seu peso emocional não acarreta nenhuma obrigação por parte de quem está escutando. Dizer "não estou feliz que você encontre a Paula hoje", seguido por um silêncio ensurdecedor, carrega um peso totalmente diferente de "estou me sentindo inseguro sobre seu encontro com a Paula hoje à noite, mas quero que você vá. Tudo bem você escutar alguns dos meus receios? Podemos conversar um pouco sobre o que fazer para eu me sentir mais seguro?".

PROJEÇÃO

Outra artimanha a ser observada é a projeção: usar alguém como tela para projetar seu filme. Você enxerga a fantasia e esquece a pessoa real. Acredita conhecer os pensamentos do outro, quando na verdade projeta nele os medos que você tem, quem sabe relembrando como reagia com seus pais: "Sei que você me rejeitará se eu não ganhar muito dinheiro", ou "Você nunca me respeitará se eu demonstrar tristeza". Talvez você esteja projetando expectativas que seus amantes, incapazes de ler mentes, nunca poderão preencher: "Você deveria cuidar de mim!", ou "Como assim você não está com tesão? *Eu* estou!".

Quando assume um compromisso com seus sentimentos, você deixa de projetá-los nas pessoas que ama e assim se liberta para enxergá-las de maneira mais clara, em toda sua grandeza. Se perceber que está culpando seu parceiro, pare e se pergunte: "Qual é a minha responsabilidade nessa situação?". Internamente, poderá enxergar algo como "nossa, pareço com meu pai quando estava bravo", ou "estou me sentindo igual a quando tinha oito anos e me escondia no armário por estar chateado". Assim, poderá conversar com seu parceiro sobre o que aconteceu, sobre as questões antigas que vieram à tona e sobre o que fazer. Quando vocês trabalham juntos para assumir questões próprias, seu parceiro poderá apoiar você a analisar seus sentimentos e, mais importante, aprenderá a parar de projetar também. Logo, ninguém nunca mais se sentirá como uma marionete.

OS LIMITES DE CADA PAPEL
Você pode se dar conta de estar desempenhando papéis diferentes, ou sentir-se uma pessoa levemente diferente, conforme o parceiro do momento. Com um, sente-se jovem, vulnerável e protegido; com outro, você é a Mãe Natureza. Com tal amante você é cuidadoso, sólido e seguro; com aquele, tem abertura para ser arrojado e inconsequente. Quando não temos muita experiência em viver vários relacionamentos, esses limites parecem pouco conhecidos ou confusos.

Certa vez, numa festa, Janet foi presenteada com uma sensação de aceitação maravilhosa por parte dos seus parceiros:

> Eu me divirto quando faço o papel de uma menininha, mas meu parceiro naquele momento nunca se sentiu à vontade com isso. Depois de inves-

tigar um pouco, encontrei no meu círculo de conhecidos um rapaz que apreciava fazer o papel de "papai" do jeito que eu gostava. Meu parceiro se deu por satisfeito por eu ter encontrado um lugar seguro para desempenhar esse papel, e nós dois sentimos que eu tinha feito uma boa escolha quando encontrei alguém a quem poderia confiar aspectos tão vulneráveis. "Papai" e eu nos encontrávamos uma ou duas vezes por mês para pintar com os dedos, assistir a filmes da Disney, comer sanduíches de manteiga de amendoim e realizar outros prazeres um pouco mais adultos.

Um dia, fui a uma festa onde estavam meu parceiro de vida e meu "papai". Do outro lado da sala, vi os dois conversando e me aproximei para dizer "oi". Quando cheguei, meu parceiro estendeu-me o braço acolhedoramente: "Querida, venha conversar um pouco com seu pai e seu namorado". A sensação de aceitação e o aconchego de saber que aqueles dois homens aceitavam e honravam o papel de cada um em minha vida foram fantásticos.

Um dos aspectos que resultam de múltiplos relacionamentos é a chance de poder expressar todos os seus vários "eus". Quando duas pessoas se conectam, elas se relacionam nos pontos em comum, nos papéis complementares de roteiros semelhantes. Por sermos distintos conforme os diferentes amantes, em cada circunstância temos bloqueios, limites e estilos de relacionamento diferentes.

A pluralidade interna também se manifesta de várias maneiras. Por exemplo, você se mantém calmo e centrado quando o amante A está zangado, mas a irritabilidade do amante B é angustiante, "aperta os seus botões", faz você se lembrar de um caso do passado, ou da punição que recebia de seus pais. Eis uma oportunidade para assumir a responsabilidade pelos seus botões. Quando são efetivamente seus, torna-se muito mais fácil descobrir seus limites com o amante B e entender que eles podem ser completamente diferentes daqueles com o amante A.

Esqueça a justiça. Promiscuidade ética não significa que tudo se manifestará da mesma maneira. Diferentes relacionamentos apresentam diferentes barreiras, diferentes limites e diferentes potenciais. Então, se seu amante encontrou alguém para compartilhar uma determinada atividade que você gostaria que fosse dividida também com você, a questão não é: "Por que você não faz isso comigo?", mas sim: "Isso soa interessante. Como acha que isso poderia funcionar para nós também?".

Uma mulher que entrevistamos fez a seguinte colocação:

> Meu estilo de vida sexual aberto me proporciona liberdade pessoal, independência e responsabilidade de uma maneira que eu não teria em um casal exclusivo. Já que todos os dias eu sou a responsável por ter minhas necessidades atendidas (ou não) e por criar e manter relacionamentos na minha vida, não posso considerar nada garantido. Cada pessoa que conheço traz o potencial de ser tudo de bom, independente das minhas demais relações. Assim, esse estilo de vida me dá a sensação muito concreta de individualidade, que eu recrio todos os dias. Eu me sinto mais mulher feita, adulta e responsável quando sei que toda a minha vida – com quem e como eu transo ou me relaciono – é escolha minha. Prometi ao meu parceiro que dividiria a vida com ele, e para mim isso implica que eu tenho uma vida para dividir – uma vida completa. E é claro para mim que ele está comigo porque quer estar aqui, seja lá onde for o nosso "aqui". Estamos um com o outro, todos os dias, porque realmente queremos estar.

SOBRE A ASSEXUALIDADE

A Asexual Visibility and Education Network [Rede de educação e visibilidade assexual] (AVEN) define assexual como "alguém que não experimenta atração sexual". Uma identidade paralela é a "arromântica", alguém que pode ou não ser assexuado, mas que não se relaciona romanticamente. Há muitas escalas de assexualidade e arromantismo. Fala-se dos "graysexuais", que se encontram em algum lugar entre assexuais e sexuais; dos "demissexuais", que se sentem sexualmente atraídos apenas pelas pessoas que amam; e de muitas outras identidades, com categorias paralelas também no arromantismo. Não conseguiríamos listar todas aqui, mas deixamos o nosso incentivo para você procurar mais informações a respeito, caso o assunto não seja familiar — muitos se surpreendem ao descobrir em si alguma afinidade com a identidade assexual/arromântica.

Como todas as orientações sexuais, assexualidade e arromantismo podem ser fluidos e evoluir à medida que a pessoa cresce e se transforma. Ou podem permanecer estáveis desde o momento inicial em que a pessoa se dá conta disso.

Muitos assexuais e arromânticos veem na promiscuidade ética uma boa opção, já que podem se relacionar do jeito que querem e ter parceiros que, por sua vez, buscarão outros tipos de conexão que não interessam ao assexuado e/ou ao arromântico.

Janet participou de alguns eventos e oficinas sobre assexualidade e ficou impressionada com a quantidade de pontos em comum entre essa modalidade de relação e a promiscuidade ética, incluindo a ideia de que a conexão pode ser estabelecida de todas as formas, genitais e não genitais, e que sexo genital não torna um relacionamento mais "real".

11

PROMISCUIDADE ANTIÉTICA

Alguns lidam com sexo como se fosse uma caçada, uma tentativa de conquistar uma vítima inconsciente e relutante, como se a pessoa desejada nunca fosse decidir por conta própria fazer sexo — a não ser que fosse enganada. Importante notar: acreditar que só alguém muito bobo faria amor com você é uma profecia que muitas vezes se cumpre. Usar sexo para lidar com baixa autoestima, extorquindo o amor-próprio de outra pessoa, não faz você se sentir mais autovalorizado; um "ladrão de amor" continuará roubando, sem nunca se sentir realizado.

Em geral, pessoas assim procuram estilos de vida sexualmente abertos como se estivessem acumulando pontos. Quem coleciona fodas ou vê o sexo como um troféu trata seus parceiros como se fossem prêmios de uma competição que precisa ser vencida.

A ideia de colecionar trepadas pode ser um conceito novo para você, mas isso existe. Certa vez, uma amiga descobriu que seu potencial amante já havia feito sexo com sua mãe e irmã, e queria completar o trio. Sexo que trata potenciais parceiros como peças colecionáveis não atende aos nossos requisitos de respeito mútuo.

Alguns tratam de "ganhar pontos" como se todo mundo pudesse ser classificado hierarquicamente do mais desejável para o menos desejável. Para obter pontuação máxima e garantir um bom lugar, deve-se conquistar parceiros melhor posicionados. Magros, jovens, atraentes, malhados, ricos e/ou de um *status* social elevado encontram-se numa posição mais alta nesse tipo de classificação.

Não acreditamos que o amor seja um jogo em que se marca pontos baseados numa hierarquia de valores superficiais. Sabemos por vasta experiência que aparência e riqueza não são indicadores de que o amor será bom. Tentamos evitar classificar as pessoas como melhores ou piores, e não gostamos de quem se relaciona mais com a pontuação do que conosco. Hierarquias resultam em vítimas no topo e na base, visto que é quase tão alienante ser abordado por muitas pessoas pelas razões erradas quanto não ser abordado por absolutamente ninguém.

Gente com histórico de não monogamia não consensual se apega à sensação de sigilo, de se dar bem às escondidas. Nesse caso, pode ser difícil adaptar-se à ideia de promiscuidade consentida. Essas pessoas estão tão acostumadas a esconder as atividades dos parceiros que podem até ter passado a associar fazer algo escondido às suas atividades eróticas, pois acabam se viciando na adrenalina obtida através do "fruto proibido". É preciso um grande salto de fé, e talvez um pouco de criatividade e *roleplay*, para que essas pessoas revelem seus segredos e sintam-se contentes em saber que ninguém está sendo machucado por conta da sua diversão.

Pessoas que se recusam a aprender a usar barreiras para se proteger de doenças sexualmente transmissíveis não são promíscuas éticas. Discutir com seus amantes sobre permitir ou não a prática de sexo que pode causar doenças, insistir em não usar a proteção adequada ou tentar enganar o parceiro nesse tipo de coisa é jogo sujo, pura e simplesmente. Recusar-se a lidar com essa realidade por constrangimento também é antiético: um bom promíscuo fala a verdade, por mais envergonhado que fique.

Quem segue a promiscuidade ética não faz promessas que não podem ser cumpridas. Se você se sente atraído por alguém que está procurando um parceiro de vida, e você só quer uma aventura (ou vice-versa), você precisa ser honesto, mesmo que isso signifique recusar o sexo educadamente até que os sentimentos que um tem pelo outro sejam mais parecidos. Erros podem ser facilmente cometidos — às vezes acidentalmente, às vezes quando deveríamos ter previsto que alguém se machucaria.

Nós duas cometemos erros. Agora, mais velhas e sábias, descobrimos alguns dos nossos próprios limites: não compartilhamos sexo com quem potencialmente não estaremos interessadas em repetir a dose, e acreditamos que, se algo valer a pena, esperaremos até a hora certa para realizá-lo. Uma das habilidades de quem é promíscuo é aprender com os próprios erros e seguir a vida. Quando era bastante jovem e bobinha, Dossie cometeu alguns erros como este:

> Meu relacionamento de longo prazo tinha acabado de terminar e eu estava bem destruída. Fui a um café no Greenwich Village e dei de cara com o meu ex conversando intensamente com uma moça bonita e mais jovem – que não era eu. Eu me senti terrivelmente traída, perdida e sem valor. Nesse contexto, um rapaz jovem que estava atraído por mim e por quem eu não nutria sentimentos tão profundos veio falar comigo. De alguma forma, me pareceu apropriado ir para casa com ele para deixá-lo me consolar, mas me arrependi no dia seguinte, quando me percebi magoando os sentimentos dele e vendo-o ir embora. Para piorar ainda mais o meu sentimento de culpa, descobri que, na verdade, meu ex estava se lamentando com aquela jovem sobre como estava se sentindo horrível por ter terminado comigo. Nós acabaríamos voltando. Para mim, ficou a sensação de ter me aproveitado do rapaz que me ofereceu carinho, que eu aceitei sem pensar e dispensei imediatamente em seguida. Teria sido mais amável se eu simplesmente tivesse dito não.

E é assim que chegamos ao sexo por vingança. É muito sórdido fazer sexo com uma pessoa para se vingar de outra. Despertar insegurança, ciúme e outros sentimentos dolorosos em alguém de propósito é indigno, e usar o outro como fantoche é desrespeitoso e, muitas vezes, totalmente abusivo. Em psicopatologia, ser "antissocial" significa desrespeitar os direitos – e, nós acrescentaríamos, os sentimentos – dos outros. Preferimos nos relacionar com pessoas sociáveis.

O que você faz quando alguém no seu círculo íntimo não está sendo honesto? Se as pessoas da sua família estendida conversam sobre o que está acontecendo, compartilhando experiências e sentimentos com todo mundo, isso pode ajudar. Se todos estão encabulados demais para admitir que se sentiram abusados por alguém com intenções duvidosas, ninguém terá acesso às informações necessárias para se proteger. Não é motivo de vergonha ter acreditado nas mentiras de alguém, e a maioria de nós, em algum momento, confiou em quem não devia. É possível enganar uma pessoa honesta, mas esperamos que você tenha humildade suficiente para aprender com os próprios erros e não ser enganado de novo.

Todos esses roteiros complicados se aplicam a alguém que não é honesto e a alguém que faz sexo e evita intimidade e conexão emocional. Quando você não diz a verdade, não pode estar presente; quando você não está presente, não pode se conectar com mais ninguém; e quando não está conectado, como pode sentir alguma coisa?

Tratando amantes como pessoas e deixando que os relacionamentos adotem as formas que lhes caem melhor, ao invés das impostas pela cultura dominante, os promíscuos éticos conseguem estabelecer relacionamentos que duram.

12

FLERTAR E PROCURAR POR SEXO

Flertar e procurar por sexo são habilidades que se aprende, mesmo que poucas pessoas consigam adquiri-las da noite para o dia. Mas, existe alguma diferença entre flertar e procurar por sexo? A distinção não é clara. Algumas pessoas pensam que "flertam" quando estão em ambientes não sexualizados, e "procuram por sexo" quando vão a clubes, bares, congressos e outros lugares onde frequentemente se busca por parceiros sexuais. Há quem encare o flerte como uma tática mais introdutória, e a procura por sexo como a atitude que se toma quando realmente se tem interesse em concretizar o ato. Ambos envolvem troca de energia sexual na forma de contato visual, linguagem corporal, sorrisos, gestos carinhosos e pequenos sinais de energia erótica que chegam a ser compartilhados muito antes de qualquer contato físico.

Os papéis de gênero podem complicar tanto o flerte quanto a procura por sexo. Na nossa cultura, pessoas criadas como homens são ensinadas a forçar, insistir, nunca aceitar "não" como resposta; as que são criadas como mulheres devem ser recatadas, disfarçar, dissimular, nunca oferecer uma resposta afirmativa sincera e direta. Quanto mais permanecemos nessa equação tola e polarizada, mais nos afastamos. As consequências vão de sentimentos feridos até estupro durante encontros que deveriam ser românticos.

A boa notícia, no entanto, é que os dois tipos de comportamento podem ser desaprendidos. Quando todos os gêneros se sentem livres para dizer "sim" ou "não" sem nenhuma preocupação para além de seus próprios desejos, torna-se possível uma compreensão mais verdadeira e positiva da sexualidade.

DIZER SIM, DIZER NÃO

Pessoas sexualmente sofisticadas tendem a saber o que querem. Com essa suposição, fica mais fácil para seus potenciais parceiros fazer propostas mais diretas e que soariam absurdas em qualquer outro contexto; isso acontece porque confiam em você para dizer "não" se você não estiver interessado. Não é tarefa de ninguém, a não ser sua, descobrir o que você quer, e ninguém pode ou deve duvidar disso. Então, você terá que aprender a dizer "não" e a fazê-lo com facilidade, a ponto de recusar algumas cantadas indesejadas que podem arruinar sua noite.

A maioria das pessoas tem problemas com o "não" — muitos homens foram ensinados que sempre devem estar atrás de sexo; então, se alguém se aproxima deles quando não estão prontos, ou quando não estão interessados, parece errado e pouco viril recusar qualquer investida.

O truque para um "não" confortável é estruturá-lo de maneira que ele se refira a você, não aos outros. Então, ao invés de dizer: "Com você? Está louco?", é melhor falar: "Não, obrigada. Você parece legal, mas eu não senti muita conexão", ou: "Não, obrigada. Na verdade, não estou procurando amantes agora", ou ainda: "Não, obrigada. Prefiro conhecer melhor as pessoas antes de fazer algo assim com elas". Uma observação importante: esse "obrigado" deve ser sincero. Ser cortejado mesmo por alguém que você não ache atraente é um elogio e merece um agradecimento. Se você acha que alguém é ridículo por achá-la atraente, sua autoestima nos preocupa.

Muitas mulheres foram ensinadas que não é feminino dizer "não" diretamente. Pergunte a si mesma: quando foi a última vez que você negou sexo? Como fez? Foi de um modo educado e amigável, mas inconfundível, do tipo: "Não, obrigada"? Ou foi mais parecido com: "Hoje não, estou com dor de cabeça", ou: "Talvez na próxima", ou: "Vou pensar a respeito"? Sugerimos fortemente que você se familiarize com "não, obrigada" até que seja confortável para você. Esperar que a parte interessada leia sua mente e de alguma forma saiba que o seu "talvez..." significa "não" não é ético ou promíscuo.

Também precisamos praticar o "sim". Nosso mito cultural é que, numa interação heterossexual, o homem implora, trapaceia ou intimida a mulher a dizer "sim", ou pelo menos a impede de dizer "não", e então faz o que ele acha adequado. Pessoas que se identificam com o sexo feminino precisam se igualar, fazer mais escolhas, saber o que gostam e estar aptas a dizer claramente o que querem para as pessoas por quem se sentem atraídas. E se você se identifica como homem e está programado a pensar que você deveria querer certas coisas, ao invés de seguir o que você realmente sente, precisa aprender a dizer "sim" aos seus desejos reais quando eles aparecerem.

Uma vez que você se sente confortável com "não", fica mais fácil dizer "sim". Experimente-o em todas as suas variações: "Sim, por favor", "Sim, quando?", "Sim, mas tenho alguns limites que gostaria de contar para você primeiro", "Sim, mas primeiro preciso que você fale com meu parceiro", "Sim, mas não esta noite, que tal na próxima terça-feira?", "Com certeza, sim!" etc.

A NOBRE ARTE DO FLERTE

Todo mundo nasce sabendo flertar. Se você duvida disso, observe como um bebê ou uma criança interage com adultos próximos: muito contato visual, sorrisos, talvez uma risada de boas-vindas e a oferta de um brinquedo querido (que deve, de acordo com as regras, ser devolvido depois de devidamente admirado, assim como os brinquedos para adultos).

A maioria de nós, no entanto, perde essa preciosa habilidade conforme crescemos, e precisamos aprender tudo de novo, do zero. As autoras deste livro acreditam que o flerte deveria ser o objetivo em si, e não o meio para um fim. Tente flertar por diversão, deixando de lado, por enquanto, qualquer objetivo específico de ir para cama com alguém. Concentre-se em obter uma boa conexão. Observe como muitos gays flertam com mulheres heterossexuais, derramando elogios amigáveis, insinuações alegres, intimidade não ameaçadora — tudo isso é possível devido a uma interação cujo intuito é o simples prazer mútuo, e não a expectativa de terminar no quarto mais próximo.

Sugerimos que você aprenda a flertar flertando. Simples assim. O tipo de comportamento que talvez você associe à palavra "flerte" ("E aí, gata? Qual é o seu signo?") não é o que queremos dizer aqui. Na verdade, é exatamente o oposto. Flertar bem significa *ver*. Querer ser visto é uma emoção muito humana, e quando você mostra que está vendo as pessoas, é natural que elas comecem a ver você também.

Muito flerte acontece através de linguagem não verbal. Há uma maneira de manter contato visual além do normal — mais do que um olhar passageiro, menos que um olhar direto — que faz com que a pessoa saiba que você acha que vale a pena olhá-la. Posicione seu corpo frente a frente com seu objeto de interesse e permaneça fisicamente aberto, sem cruzar braços ou pernas. Sorria.

Se o flerte continuar com palavras, sugerimos, para começar, um elogio sincero, pessoal, mas não sexual. A pessoa sentada ao seu lado no banco do parque com um poodle na coleira está de cabelo novo? Você ouviu dizer que seu vizinho acaba de ser promovido? Um elogio sincero nessas situações é uma maneira de dizer: "Estou prestando atenção em você. Para mim, você não é apenas mais um rosto no meio da multidão". Essa abordagem pode não parecer um flerte para você, mas, acredite, é um ótimo primeiro passo. Comentar sobre a aparência física, especialmente com conotação sexual ("Essas calças fazem sua bunda ficar ótima!"), não é do que estamos falando. Seu objetivo é fazer que seu amigo se sinta visto, e não reduzido a uma aglomeração de partes do corpo.

Fique atento às reações. Se estivéssemos flertando e você desviasse o rosto do nosso olhar, desse um passo para trás ou cruzasse os braços, entenderíamos que não há interesse, e seguiríamos a vida sem drama. Como qualquer outra pessoa, não gostamos desse tipo de reação, mas fazemos o melhor para não nos sentirmos rejeitadas: você não nos conhece e não sabe o que está perdendo.

Um dos galanteadores mais bem-sucedidos que conhecemos, Mike, garante que há uma frase infalível: "Olá, sou o Mike". A partir daí, ele e a pessoa que chamou a sua atenção seguem conversando de acordo com os interesses mútuos: tempo, paisagem, trabalho, filhos, animais de estimação, a situação lastimável do mundo hoje, comidas favoritas, o que quer que seja. Esse estágio do flerte é a hora de explorar, conhecer essa nova pessoa maravilhosa, descobrir de que maneiras vocês são parecidos e diferentes e como podem se conectar. A sensualidade está na energia – o instante de um sorriso, o brilho nos olhos. Geralmente, você sabe quando está apenas conversando ou está flertando: é a energia.

Admitimos que, se você é tímido ou aprendeu que moças e rapazes de bem não flertam, ou está acostumado a um estilo de flerte mais predatório, tudo isso pode ser difícil de aprender. Quem dera tivéssemos a varinha mágica do flerte... Como não é o caso, você vai ter que treinar. Um amigo disposto, de preferência do gênero (se não, da orientação) com o que você normalmente flerta, pode ajudar: faça de conta que estão se encontrando pela primeira vez e tente. Esse amigo pode dizer se você está se aproximando de um jeito muito tímido ou agressivo, e ajudar a refinar suas habilidades. Quando você começar a flertar pelo prazer de flertar, sem pensar aonde isso vai levar, saberá que está no caminho certo.

SAIR DO ARMÁRIO PROMÍSCUO

A menos que você esteja investindo em ambientes exclusivamente poliamorosos, é razoável esperar que o objeto de sua atenção não leu (ainda) este livro e não está familiarizado com estilos de vida libidinosos. Portanto, em algum momento, você terá que revelar que a monogamia não se encontra entre as opções possíveis para você. Não podemos dizer quando ou como exatamente fazer isso, mas concordamos que quanto mais cedo melhor. Se vocês dois estão apenas procurando uma aventura rápida ou um pouco de diversão numa festa, não necessariamente precisam discutir tais assuntos. No entanto, se a aventura levá-los a um segundo encontro, talvez esse seja o momento certo para informar seu novo amigo de que você não está interessado em uma relação exclusiva nem agora, nem nunca.

Abordar o assunto numa conversa normal, sobre temas mais amenos, pode ser um pouco complicado, sabemos disso. Em geral, mencionar casualmente seus parceiros, com ênfase no plural, muitas vezes dá conta do recado. Você pode começar uma conversa sobre relacionamentos para abrir espaço para expressar as próprias opiniões e desejos. Ou pode deixar este livro na mesinha da sala quando receber visitas desse tipo.

Pode ser que a pessoa por quem você está interessado seja monogâmica convicta, e mesmo assim você achá-la extremamente atraente. Temos alguns conselhos para poliamorosos que se apaixonam por monogâmicos no capítulo 20, "Casais e grupos".

DESAFIOS DA BUSCA POR SEXO

Se você está no canto de uma sala cheia de pessoas, sentindo-se incapaz de conectar-se novamente pelo resto da vida, como se fosse a única que não faz parte de nenhum grupo feliz, nossa sugestão é: encontre alguém que esteja sozinho em outro canto e puxe conversa. A frase inicial favorita da Janet para essas situações é: "Oi, eu não conheço uma única alma aqui. Vamos trocar uma ideia?". Com essa introdução simples, que se torna mais fácil com a prática, as estratégias da busca por sexo variam muito dependendo do seu gênero e do(s) gênero(s) das pessoas que você está procurando.

PARA HOMENS

Homens que desejam outros homens têm seu próprio estilo de busca, marcado por uma abordagem direta, que se baseia no entendimento mútuo de que a maioria dos homens gays e bi são capazes de dizer "não, obrigado" sem muito desconforto. Sem a incômoda ameaça de dominação física que permeia as relações entre homens e mulheres, e livres de quaisquer exigências além de seguir seus próprios desejos, gays e bissexuais frequentemente observam mais a linguagem corporal e os sinais não verbais do que os companheiros heterossexuais, confiantes de que, se a linguagem do corpo não for compreendida, eles usarão palavras.

Homens hétero têm desafios diferentes. São poucas as mulheres que gostam de ser pressionadas, sobrecarregadas ou ignoradas no sexo e na intimidade. A maioria se sente particularmente ofendida por homens que forçam demais a barra para conseguir um encontro a sós ou um número de telefone, ou que insistem em falar sobre temas sexuais, quando a mulher já tentou várias vezes mudar de assunto, ou que encostam sem permissão, particularmente se for de maneira sexual, paternalista ou dissimulada. Insinuações indiretas são bastante inapropriadas. Funciona melhor simplesmente perguntar, e, se você ouvir uma negativa, não discutir.

Muitos homens cometem o erro de se aproximar de uma mulher da maneira que acham que gostariam de ser abordados se fossem mulher. Se você não tem certeza se sua abordagem é muito prepotente, imagine-se sendo abordado por um homem grande e forte usando exatamente a sua técnica e pergunte-se como se sentiria. Homens que se dão bem prestam atenção em sinais verbais e não verbais, transmitem interesse amigável e apreço pelo fascinante ser humano à sua frente.

PARA MULHERES
Mulheres de todas as orientações podem se beneficiar enormemente aprendendo a ser mais assertivas ao pedir o que desejam, tanto durante o processo inicial de conhecer uma nova pessoa quanto depois. Se você está acostumada a beber seu drinque e esperar que alguém tome alguma atitude, iniciar o contato pode parecer terrivelmente estranho, forçado e até mesmo promíscuo. É também muito assustador arriscar ser rejeitada dessa maneira. Mas isso *vai* ficar mais fácil, especialmente se você for rejeitada uma ou duas vezes e tiver a chance de descobrir que não é o fim do mundo. Afinal de contas, não estamos pedindo para você fazer nada diferente do que os homens fazem há séculos, e você descobrirá, como eles descobriram, as muitas alegrias de pedir e receber o que você quer.

PARA PESSOAS TRANS E PESSOAS NÃO BINÁRIAS
Se você é alguém cuja apresentação de gênero não corresponde às normas culturais tradicionais, a grande questão que normalmente surge quando se está flertando e procurando por sexo é: "Será que vão perceber?". Por essa razão, muitos amigos que vivem fora das normas de gênero preferem fazer sua busca na internet, onde conseguem

ter certeza de que a pessoa que os atraiu está interessada em alguém como eles, antes de criarem esperança ou investirem tempo, e ocasionalmente segurança pessoal, em alguém que pode ou não estar ciente de que gênero é muito mais complicado do que o professor de ciências na oitava série explicou.

Por outro lado, como uma mulher trans que entrevistamos apontou, "mesmo quando você está procurando fora da internet, vale a pena lembrar que *muitas* pessoas têm algo que precisam revelar antes de o clima esquentar e ficar intenso — problemas de saúde, um parceiro esperando em casa, limites sexuais ou pessoais e assim por diante". Então, talvez você consiga encarar o que traz na parte de baixo, que pode ou não ser uma surpresa, simplesmente como um assunto a mais que precisa ser falado antes do rala e rola começar.

Muitos amigos trans lembram-se de ter sido os catalisadores para que alguém reconsiderasse ideias sobre a própria identidade sexual: alguém mencionou estar num congresso sobre gênero com uma mulher que sempre havia se identificado como lésbica, e que ficou surpresa ao se sentir atraída por homens trans, mulheres trans e indivíduos que não se encaixavam facilmente em nenhuma categoria de gênero. Eles também comentam que muitas pessoas desconhecem os pontos mais sutis da teoria contemporânea de gênero. "No começo, eu ficava com raiva quando as pessoas não entendiam o meu lugar na amplitude de gênero", nos disse um homem trans. "Mas, depois de um tempo, passei a saber diferenciar entre a pessoa hostil ou mal-educada e a que simplesmente não entende do assunto e que está tentando ser melhor." Esse amigo também confessou que, na verdade, passou a gostar de ensinar amantes em potencial sobre como é viver na sua pele.

Quer você queira ou não educar as pessoas enquanto flerta, faz sentido decidir até onde os limites serão impostos — ninguém quer flertar o tempo todo num grupo pequeno de pessoas que tem as mesmas opiniões, mas tampouco quer usar todo o flerte para explicar o básico sobre gêneros. Encontre o equilíbrio que funciona para você e esteja preparado para mudar conforme seus desejos e habilidades mudam com o passar dos anos.

PARA CASAIS E GRUPOS

Às vezes, casais, ou um grupo estabelecido de amantes, procuram por uma ou mais pessoas novas para uma diversão mais numerosa. Procurar em grupo tem suas vantagens — se você se dá mal, ainda tem alguém com quem voltar para casa. No entanto, muitas pessoas que estão em busca de sexo não estão acostumadas com a ideia de relações abertamente não monogâmicas, e podem se assustar um pouco quando você se aproximar dizendo: "Oi, eu e meus parceiros achamos você muito atraente". Saiba que você também encontrará muitas pessoas adoráveis que realmente preferem a segurança e os limites intrínsecos de se conectar com um, dois ou todos os integrantes de uma parceria já estabelecida.

Alguns grupos buscam em conjunto por alguém com quem possam ter uma relação com no mínimo três pessoas, enquanto outros preferem procurar individualmente alguém que queira se divertir com essa ou aquela pessoa do relacionamento. Quando você faz parte de um casal, mas está em uma busca solo, lembre-se de mencionar à pessoa com quem pretende fazer sexo que tem um ou mais parceiros em casa. Há pessoas que ficarão encantadas em saber disso, outras não, mas a promiscuidade ética implica não esconder tais informações.

Se você planeja levar para casa seus parceiros quando sair de uma festa, é educado certificar-se de que seus demais amados saibam disso com antecedência. Reconforte os novos amigos trocando contatos e, se for apropriado, escolhendo lugar e horário para o próximo encontro: "Posso ligar para você amanhã de manhã?", ou: "Gostaria de tomar um café depois do trabalho?".

Não importa se sua busca for individual ou coletiva, precisa acertar os acordos de antemão. Quem está interessado em fazer o quê e com quem? Onde? Quando? Se um de vocês está procurando alguém para levar para cama somente por uma noite e o outro almeja algo permanente ("Ele me acompanhou até em casa! Posso ficar com ele? Por favor?"), vocês podem estar criando um grande mal-entendido.

Cada integrante de uma parceria precisa ter as habilidades sociais necessárias. Depender do parceiro para fazer todo o trabalho de apresentação, conversa, flerte e negociação é ruim para você e para ele. Além de também levar a mal-entendidos, já que poucas pessoas têm habilidades de comunicação suficientes para expressar *todos* os interesses, necessidades e traços de personalidade de seus parceiros.

Uma implicância que muitos promíscuos têm é com alguém que trata os outros com falta de respeito ou como um objeto. Por exemplo, um casal que usa a mulher como isca – e qual não é a surpresa, ao ser pescado, que o esposo vem de brinde. Janet se lembra de que, uma vez, num ambiente de sexo grupal, foi convidada por um homem para estimular sua parceira. Ao se juntar alegremente ao grupo, notou que o homem passou imediatamente a focar sua atenção *nela*, e não mais na parceira, ignorando a infeliz namorada e agarrando os seios de Janet. Nem precisamos dizer que ela imediatamente pediu licença e abandonou a cena deprimente.

É desrespeitoso tratar a terceira parte como algum tipo de brinquedo conjugal gigante. Muitas mulheres bissexuais que conhecemos ficam enfurecidas quando são procuradas como a "bissexual gostosa" por casais que querem alguém para assumir um papel predefinido na relação sexual e/ou em casa. Pessoas poliamorosas muitas vezes se referem a essa mulher como "unicórnio", porque são raras e possivelmente míticas. Seu análogo, o homem bissexual que vai satisfazer as necessidades de um casal hétero, é às vezes chamado de "pégaso".

A regra fundamental para procurar por sexo como um casal ou um grupo, ou ser procurado por um casal ou grupo, é o *respeito* pelos sentimentos e relacionamentos de todos os envolvidos. Você não quer procurar alguém que vai tentar roubar você ou seu parceiro das pessoas com quem já estão, e a pessoa que você encontrar não quer ser usada, enganada ou maltratada.

Certa vez, num encontro com um amante de longa data, Dossie notou alguém atraente tentando chamar a sua atenção por trás de seu parceiro. Ela explicou a situação para o parceiro, que teve uma ideia genial. Ele caminhou até o jovem em questão e, com grande dignidade, anunciou: "Minha senhora gostaria que você tivesse o telefone dela". O jovem pareceu aterrorizado na hora, mas ligou na manhã seguinte. Dossie fez uso dessa estratégia repetidamente desde então, e a recomenda veementemente: eles sempre ligam!

Quando você trata todo mundo envolvido com respeito, carinho e intimidade, receberá recompensas muito gratificantes — desde uma feliz e terna aventura a um relacionamento de longo prazo envolvendo várias pessoas.

PARA TODO MUNDO
As pessoas que conhecemos que são mais bem-sucedidas e menos desagradáveis na busca por sexo, de todos os gêneros e orientações, são simpáticas, curiosas, gostam da maioria das pessoas e estão interessadas em conversar com todo mundo. Se conversam com alguém que acaba se transformando em um potencial relacionamento, melhor ainda.

Quando você notar que está se preocupando em como será visto pelos outros, lembre-se de que não faz sentido fingir ser alguém que você não é. Atrair alguém que pensa que você é outra pessoa não trará nenhum benefício: tudo o que vai conseguir é alguém interessado numa pessoa que você não é. Quando você é honesto, acaba atraindo quem está interessado em você, que gosta do seu jeito maravilhoso.

**PIONEIROS DO POLIAMOR: *A BOUQUET OF LOVERS*
E A FAMÍLIA ZELL-RAVENHEART**

É possível que o primeiro guia prático para poliamorosos contemporâneos tenha sido escrito há mais de um quarto de século. A autora desse texto praticou poliamor por quase vinte anos antes de resolver apresentar seus princípios básicos.

A Bouquet of Lovers: Strategies for Responsible Open Relationships [Um buquê de amantes: estratégias para relacionamentos abertos responsáveis], escrito por Morning Glory Zell-Ravenheart em 1990, oferece diretrizes sólidas para relacionamentos do modelo primário/secundário — conceitos que soarão familiares aos leitores deste livro.

Assim como nós, a criadora e o editor do texto original descobriram esses valores durante a era do amor livre. O ano era 1973. Dois jovens exploradores, Diana Moore e Timothy Zell se conheceram num encontro neopagão e, juntos, deram início a uma família poliamorosa que durou, de formas diferentes, quase cinquenta anos — até a morte de Diana, mais conhecida como Morning Glory Zell-Ravenheart, em 2014.

Juntamente com amantes que compartilhavam dos mesmos pensamentos, os Zell-Ravenheart fundaram a Church of All Worlds [Igreja de todos os mundos], uma instituição neopagã e poliamorosa baseada vagamente na igreja descrita no popular romance de ficção científica *Um estranho numa terra estranha*, de Robert Heinlein. Em 1968, Oberon (ex-Timothy) Zell-Ravenheart passou a publicar a *Green Egg*, uma revista neopagã ainda difundida na internet, na qual *A Bouquet of Lovers* apareceu pela primeira vez.

Oberon e o restante da família continuam vivendo juntos em duas grandes casas na região de Sonoma, no estado da Califórnia, nos Estados Unidos.

13

MANTENDO O SEXO SEGURO

O termo "sexo seguro" — que mais tarde foi alterado em inglês para "sexo mais seguro" (*safer sex*) — foi cunhado para falar de como podemos planejar o sexo para minimizar riscos de transmissão do HIV e outras infecções sexualmente transmissíveis (IST). Mas o sexo nunca é totalmente seguro. Faz apenas algumas décadas que pílulas anticoncepcionais mais confiáveis tornaram-se disponíveis e que antibióticos começaram a tratar com sucesso casos de doença, loucura e morte causadas por ISTs, como sífilis e gonorreia. A herpes segue incurável e tudo que temos para o câncer do colo do útero causado pelo vírus do papiloma humano (HPV) são respostas ainda limitadas. Hoje em dia, independentemente de orientação sexual, práticas ou fatores de risco, fazer sexo sem tomar as devidas precauções pode matar — o que significa que você precisa proteger a si e aos seus parceiros.

Dado que o sexo nunca é completamente seguro, promíscuos éticos dedicam tempo, esforço e compromisso para fazer sexo com o menor risco possível. As pessoas promíscuas mais dedicadas desenvolveram uma infinidade de estratégias de redução de risco que podem minimizar as chances de infecção e/ou gravidez indesejada, incluindo barreiras, vacinas e medicamentos que impedem que algumas doenças sejam transmitidas durante o sexo.

Por favor, informe-se a respeito das cartilhas de sexo seguro que se aplicam à sua vida e proteja a si mesmo e a seu parceiro contra HIV, herpes, hepatite, gonorreia, sífilis, clamídia, shigelose, HPV, câncer do colo do útero, gravidez indesejada e uma série de outras consequências desagradáveis da relação sexual.

Pesquisas e recomendações médicas estão além do escopo deste livro, mas o Center for Disease Control and Prevention [Centro de controle e prevenção de doenças] (www.cdc.gov) estadunidense mantém um site em inglês e espanhol com informações atualizadas sobre sexo seguro. No Brasil, o site do Ministério da Saúde (http://portalms.saude.gov.br/saude-de-a-z/infeccoes-sexualmente-transmissiveis-ist) traz informações sobre prevenção de IST. Muitas organizações feministas e LGBTQ, como o Grupo de Incentivo à Vida (GIV), fazem o mesmo.

Não achamos que você precise cobrir cada parte do seu corpo com látex antes de encostar em outro ser humano. O objetivo, visando à maioria de nós, é reduzir os riscos, assim como lançamos mão da direção defensiva quando trafegamos em automóveis ou bicicletas, por exemplo. Sim, um bêbado pode nos matar a qualquer momento quando estamos na rua, mas a maioria de nós segue algumas medidas de segurança. Existem maneiras de fazer sexo prazeroso sem precisar se arriscar tanto. Não é sensato pular de paraquedas sem se certificar de que ele esteja funcionando do modo adequado, certo? Seguem algumas dicas que nós e outros promíscuos utilizamos com sucesso.

BARREIRAS: DE BORRACHA (OU LÁTEX, POLIURETANO ETC.)

Técnica totalmente básica: coloque algo impenetrável entre você e os causadores de IST. Hoje, muita gente decide perseguir os impulsos sexuais sem deixar de usar preservativos. Esperamos não precisar explicar nada disso a essa altura do campeonato, mas, entre os métodos de proteção disponíveis, estão preservativos para sexo vaginal, sexo anal e sexo oral peniano; luvas para masturbação de um parceiro masculino ou feminino ou para inserção de dedos ou mãos em vaginas ou ânus; e barreiras de látex ou filme plástico (também conhecidas como *dental dams* [barreira dentária]) para cunilíngua ou anilingus.

Luvas e preservativos facilitam a manutenção correta, limpa e livre de microrganismos de qualquer brinquedo sexual usado por mais de uma pessoa. Limpe seus acessórios completamente após cada uso, esterilize-os, se puder, e deixe-os descansar, limpos e secos (a maioria dos microrganismos nocivos não vive muito tempo sem umidade). Se há brinquedos que você realmente quer usar em mais de uma pessoa em um curto período de tempo, e que não podem ser cobertos por uma barreira, sugerimos comprar dois ou mais.

Um bom lubrificante à base de água pode proporcionar maravilhas, tornando o sexo com proteção mais prazeroso para ambos ou todos os parceiros. Para dicas sobre como usar barreiras de maneira que levem ao prazer, confira o capítulo 23, "Sexo e prazer", e alguns dos títulos recomendados no final do livro. E se você não estiver completamente à vontade com alguma barreira, pratique! Quem possui um pênis pode se masturbar com preservativo para treinar. Parece que há por aí um cara dedicado que conseguia colocar dezoito preservativos de uma vez só. Dizia que a sensação de aperto era muito boa. E por que não se divertir um pouco com a borracha? Preservativos femininos exigem certa prática para serem colocados corretamente sobre o colo do útero. Por isso, esteja preparada para treinar algumas vezes para adquirir tal habilidade, de preferência antes de ter um parceiro sentado, impaciente, esperando que você termine de colocar a proteção.

Se você não tem experiência com preservativos ou filme plástico, tire um tempo para aprender. Brinque, derrame lubrificante e role nele. Invente maneiras criativas de embrulhar partes do corpo em plástico e, em seguida, descubra sensações novas e interessantes. Filme plástico funciona muito bem como uma barreira e um acessório de *bondage*, e vem em cores diferentes. Explore o gosto e a sensação da sua coleção de apetrechos para sexo seguro e teste os lubrificantes em locais sensíveis a reações alérgicas — não é divertido descobrir-se alérgico quando se está excitado e algo começa a coçar por dentro, e precisando ser lavado imediatamente. Preste atenção às características sensuais: látex fino é maravilhosamente sedoso, e os melhores lubrificantes parecem veludo líquido.

Queremos que você se divirta e faça escolhas sábias: precisamos de todos os leitores que pudermos conquistar. Não queremos perdê-los.

VÍNCULO DE FLUIDOS

Uma estratégia popular de sexo seguro usada por alguns casais e pequenos grupos é chamada de vínculo de fluidos ou monogamia de fluidos. O casal ou grupo principal está de acordo que é seguro brincar um com o outro sem proteção, e que usarão preservativos, filme plástico e/ou luvas muito conscientemente com todos os demais parceiros. Nós duas fizemos esse acordo com nossos parceiros de vida. Para esse tipo de acordo, os parceiros são rigorosamente testados para HIV e outras doenças. Talvez você tenha que esperar seis meses para ter certeza, porque os anticorpos do HIV demoram a aparecer de maneira confiável na corrente sanguínea depois que um indivíduo é infectado. Quando vocês têm certeza de que todos estão saudáveis, sintam-se livres para praticar sexo desprotegido uns com os outros, protegendo-se com os demais. Certifiquem-se de que vocês têm um acordo claro sobre quais atos sexuais são seguros o suficiente para serem feitos sem barreiras, e quais exigem proteção. Para chegar a esse pacto, todos terão que fazer a lição de casa sobre o nível de risco de várias atividades em que participam e decidir juntos qual a mais aceitável para vocês. Não se esqueçam de incluir informação sobre a biografia sexual de cada pessoa.

Pode ser que vocês queiram restringir certos tipos de sexo — em geral, vaginal e anal com um pênis de verdade, o que coloca os participantes em maior risco de transmissão de doenças — somente para o relacionamento principal. E, quando estiverem tentando conceber um bebê, provavelmente não vão querer se envolver em atividades potencialmente reprodutivas com todo mundo.

Se as proteções fossem infalíveis, o vínculo de fluidos seria uma estratégia quase perfeita; infelizmente, porém, as proteções podem falhar. Alguns microrganismos vivem na região pubiana, no períneo, nos grandes lábios ou no escroto — partes que o látex não cobre. Vazamentos por pequenos furos permitem a passagem de vírus, embora aconteça com menos frequência do que a Grande Cruzada Contra o Sexo gostaria que você acreditasse. Preservativos podem romper ou sair durante o ato sexual.

Se você tem um vínculo de fluidos e acaba passando por uma falha de preservativo, você e todos os envolvidos terão que decidir se devem recomeçar com o teste de HIV e usar proteção por seis meses, ou arriscar a possibilidade de que um de vocês tenha sido infectado e poderá infectar o outro. Se houver qualquer possibilidade de gravidez indesejada, conversem sobre a pílula do dia seguinte.

Profilaxia pré-exposição

Se você se envolver em atividades que podem transmitir HIV, ou se for parceiro de alguém que é soropositivo, procure se inteirar sobre a PrEP, uma nova categoria de medicamentos que vem demonstrando grandes promessas na prevenção da infecção pelo HIV. A PrEP consiste em medicamentos tomados diariamente por qualquer pessoa cujo comportamento sexual a coloca em risco significativo de contrair o vírus. Até o momento da edição deste livro, os medicamentos PrEP parecem ter uma taxa de sucesso bastante alta e efeitos colaterais insignificantes — nas cidades onde os médicos os prescrevem regularmente, o número de novos diagnósticos de HIV está em queda. É importante observar que se trata de um medicamento relativamente novo, possivelmente muito caro, e que ainda há médicos que relutam em prescrevê-lo a qualquer um, exceto a uma pessoa HIV-negativa que é parceira de uma soropositiva. Também vale ressaltar que a PrEP não protege contra outras infecções sexualmente transmissíveis, ou contra gravidez. Sendo assim, preservativos continuam sendo uma boa ideia se você tiver um útero fértil, ou se mantém sexo com penetração com pessoas cujo estado de saúde é desconhecido.

Evite comportamentos de alto risco

Outra estratégia para redução de risco é simplesmente eliminar algumas formas de expressão sexual do seu repertório. Muitos optam por abrir mão de formas de sexo que envolvem colocar bocas ou pênis dentro ou perto do ânus, alegando que os riscos particularmente altos dessa forma de diversão não valem o prazer proporcionado. Outros decidem não ser penetrados por um pênis de verdade.

Se isso soa como não fazer absolutamente sexo nenhum, consulte, por favor, um dos bons livros sobre sexo nas obras recomendadas ao final do livro. Há centenas de maneiras de compartilhar sexo muito erótico que não envolvem alguém esguichando algo dentro de outra pessoa.

Toda decisão que você toma exige equilíbrio entre desejos e avaliação dos riscos. Quando tomar decisões, lembre-se de que o desejo é poderoso e importante, e que não faz sentido criar regras que você não conseguirá seguir. Até a abstinência pode ser arriscada: um amigo diz que celibato é como fazer dieta: "Consigo seguir muito bem durante a semana, mas depois exagero nos fins de semana". Olhando pelo lado positivo, expandir sua gama de como se expressar sexualmente, aprendendo maneiras novas e eróticas de ter sexo, pode lhe trazer segurança e satisfação.

Sexo e drogas

Se você acha que não consegue aproveitar o sexo sem estar alterado ou embriagado, gostaríamos que reconsiderasse essa crença. Embora uma pequena quantidade de intoxicantes possa relaxar e ajudar a eliminar certo nervosismo, estar significativamente alterado pode levar a redução de limites, falta de discernimento e interpretações equivocadas sobre consentimento.

Se você quer ter uma experiência sexual mais arriscada bêbado ou chapado, lembre-se de fazer os acordos antes do início da atividade, com o entendimento de que não haverá, no meio do caminho, surpresas ou mudanças. E certifique-se de que todos os envolvidos deram seu consentimento. Algo como: "Ei, querida, acabei de tomar uma dose dupla de ecstasy. Vamos transar", sem o consentimento prévio de todos que podem ser afetados, é no geral uma ideia muito ruim.

Nós preferimos o aumento natural de endorfinas, oxitocina e todas as substâncias químicas gostosas que nosso corpo produz durante o sexo. Substâncias que precisam ser ingeridas, inaladas ou fumadas podem atrapalhar as sensações, incluindo a conexão com a pessoa que está compartilhando sexo conosco.

Se você acha que o uso de intoxicantes se tornou problemático para você, muitas comunidades organizam grupos de recuperação, incluindo turmas específicas para promíscuos. Encontre um grupo onde se sinta acolhido o suficiente para trabalhar em adquirir hábitos diferentes sem ter que se censurar.

Cruzar os dedos

Reconhecemos que o desejo é uma força poderosa em nossas vidas e, na maioria das vezes, gostamos de celebrá-lo. Mas a verdade é que agir conforme o desejo sem assumir responsabilidade não é ético. Uma geração inteira de pessoas, particularmente homens gays e bissexuais, cresceu sabendo que o desejo de sentir um pênis de verdade dentro deles nunca poderia ser considerado seguro. A PrEP tornou as coisas um pouco mais seguras, mas ainda requer preparo, digamos, prévio. Montar sem sela (penetração sem preservativo) ainda provoca uma emoção transgressiva muito excitante, fazendo com que muita gente deixe a cautela de lado em troca de uma proximidade muito maior com o amante.

Ter esperança de que o melhor vai acontecer, negar que você está se colocando em risco ou não conseguir manter acordos sobre barreiras contra a transmissão de IST não é um comportamento aceitável para controle de natalidade ou proteção contra doenças. Se você não tem honestidade e coragem para enfrentar os riscos genuínos de sua atitude sexual, certamente não tem o que é necessário para ser um promíscuo ético — e chegamos até a questionar se você deveria estar fazendo sexo.

Os níveis de negação que vemos em algumas comunidades sexuais que gostariam de acreditar que a cura foi encontrada, diante dos novos tratamentos que retardam o progresso do HIV, são espantosos e preocupantes. Pessoas seguem morrendo. Mesmo que seu estilo de vida pareça tornar a exposição ao HIV improvável, você ainda corre risco de contrair herpes, hepatite, HPV, clamídia, sífilis e uma série de outras doenças. As estatísticas de Kinsey de 1940 indicaram que pouco mais da metade dos relacionamentos teoricamente monogâmicos envolviam, na verdade, contato sexual com parceiros externos. Informe-se e cuide de si.

Teste e prevenção

É essencial que promíscuos éticos sejam regularmente testados para o HIV e outras infecções transmitidas sexualmente. A frequência vai depender dos fatores de risco em sua vida. Pergunte ao seu médico, posto de saúde ou clínica de saúde reprodutiva e siga esses conselhos.

Um amigo que estava começando a conhecer promíscuos pela internet ficou agradavelmente surpreso ao descobrir que era rotina de alguns possíveis parceiros levarem os resultados dos exames mais recentes para o primeiro encontro — talvez a nova definição do "poliamoroso de carteirinha".

Embora a maioria das IST possa ser prevenida apenas com barreiras e cuidados, vacinas desenvolvidas recentemente podem proteger contra várias formas potencialmente letais de hepatite e, caso ainda não tenha sido infectado, contra o HPV. Se você cogita se envolver em brincadeiras não monogâmicas anais ou vaginais, essas vacinas são uma ideia *muito* boa. Elas são caras, mas são mais baratas do que ficar doente. Converse a respeito disso com o seu médico. Ainda assim, você precisará de proteção contra todos os demais males microscópicos.

Método contraceptivo

A Mãe Natureza é assim chamada por uma boa razão: às vezes, parece querer que todos procriem. Mesmo quando você realmente *sabe* que não quer engravidar, um ímpeto mais profundo pode facilmente levá-la a esquecer a pílula ou errar na contagem dos dias. Métodos contraceptivos implicam enganar os pequenos óvulos e espermatozoides para que não façam seu trabalho, e enganar também seus próprios instintos para que você execute bem a artimanha.

A tecnologia para controle de natalidade está, infelizmente, longe de ser perfeita: contracepção confiável, reversível, fácil e sem efeitos colaterais ainda é um sonho. Gravidez indesejada não precisa mais ser a tragédia que destruía vidas no passado, mas ainda é lamentável, e gostaríamos que ninguém nunca passasse por isso.

Se você tem ovários e útero, tem a possibilidade de ser fértil e mantém relações sexuais com pessoas que possuem testículos, e que poderiam ser férteis, deve adotar medidas para garantir que não vai engravidar até que e a não ser que você queira. As possibilidades incluem pílulas anticoncepcionais, contraceptivos químicos a longo prazo, como Norplant e Depo-Provera, diafragma e capuzes cervicais, preservativos, dispositivos intrauterinos (DIU), esponjas e espuma, ligadura de trompas, entre outras. Mulheres com ciclos menstruais regulares se dão bem com a tabelinha, ainda mais se elas e seus parceiros aprendem a fazer sexo sem penetração durante o período fértil. Há muita informação disponível sobre os riscos e a confiabilidade de todos os métodos. Seu médico, posto de saúde ou clínica de saúde reprodutiva mais próxima podem auxiliá-la a fazer uma boa escolha.

Quem tem testículos e mantém relações sexuais com quem tem útero tem também escolhas mais limitadas nesse quesito, infelizmente. Se você está convicto de não ter filhos, nem agora nem no futuro, a vasectomia é uma pequena cirurgia que o livrará de uma grande preocupação. Se espera ser pai um dia, use preservativos — e posicione-se a favor de pesquisas sobre melhores métodos de contracepção masculinos.

A gravidez acidental pode ser árdua, para dizer o mínimo. Se todos os envolvidos concordam que o aborto é o melhor caminho, a decisão por si só é potencialmente bastante desagradável; se houver discordância, pode ser destruidora. Até que a ciência permita que todos gerem fetos em seus corpos, acreditamos que a decisão final pertence à pessoa que carrega o feto dentro de si, mas nos compadecemos profundamente com quem gostaria de criar um bebê, mas cuja parceira não está disposta ou não consegue seguir com a gravidez. De qualquer modo, pensamos que ambos os parceiros devem compartilhar a carga financeira e emocional do aborto ou da gravidez.

Se um, ambos ou todos os parceiros estão interessados em ser pais, e alguém está disposto a levar a gravidez até o final, a promiscuidade ética abre uma grande variedade de opções para os pais. Por favor, não acredite que a única maneira de constituir uma família seja casando e comprando um apartamento em um condomínio fechado. Crianças perfeitamente maravilhosas são frutos de acordos parentais compartilhados, de comunidades que se formam com essa intenção, de casamentos em grupo e de uma infinidade de outras maneiras de criar e sustentar nossos descendentes.

Compromisso com sexo seguro

Você deve ter percebido que demos uma grande volta para não lhe dizer quais decisões tomar sobre seu comportamento sexual. Só você pode decidir quais riscos são aceitáveis, e acreditamos que deixar qualquer outra pessoa tomar essa decisão por você é uma garantia de que você não seguirá as próprias escolhas.

No entanto, você *deve* fazer escolhas. Você precisa decidir o que será feito e aprender o que precisa saber sobre riscos e recompensas. Deve se preparar para conseguir dizer não ao tipo de sexo que não atende aos seus critérios de segurança, e sim ao sexo que preenche tais requisitos: descobrir que você não tem camisinha no momento errado é uma receita para o desastre. Você tem que encarar seu comportamento sexual de maneira madura, realista e *sóbria* — o uso de drogas tem um grande papel nos índices assustadoramente altos de infecção por HIV e gravidez indesejada.

Você deve estar preparado para compartilhar suas decisões e seu histórico sexual com quaisquer parceiros em potencial. Se consentimento é o cerne da boa safadeza — e realmente é —, todos os parceiros devem ser capazes de consentir conscientemente a respeito dos riscos envolvidos em fazer sexo com você. Você, é claro, tem o direito de esperar a mesma honestidade deles.

Não será prazeroso para você falar sobre esse assunto, especialmente com um novo amante. É deprimente, assustador, definitivamente nada erótico e, às vezes, terrivelmente constrangedor. Vamos tranquilizar você: a primeira vez é a pior. A prática leva à perfeição, e uma vez que passou por essa situação horrível e funesta várias vezes, você se torna menos sensível e aprende a lidar com isso com facilidade e elegância. Muitos evitam a discussão no primeiro encontro, com o acordo de manter as práticas mais seguras possíveis e negociando mais especificamente conforme o tempo passa. Se você sabe que tem uma condição de risco, como herpes ativo, o silêncio deixa de ser uma opção; você precisa convidar seus amantes a colaborarem com você para evitar infecções, e eles têm direito a obter toda a informação suficiente para tomar suas próprias decisões.

Olhando o lado positivo, aprimorar a capacidade de falar sobre sexo tem algumas recompensas muito boas, uma vez que você deixa para trás a vergonha. Conversar sobre atividades divertidas é uma maneira de obter exatamente o que você quer em termos de prazer. Você pode aprender o que excita seu parceiro, tornando-o o melhor amante de todos os tempos.

Nós e a maioria das pessoas que conhecemos fazemos escolhas bastante conservadoras sobre os riscos à saúde que assumimos ao exercer nossa sexualidade. Sabemos, por experiência própria, que é perfeitamente possível ter sexo excitante, gratificante e incrivelmente promíscuo sem depois passar noites em claro de preocupação. Será que não é esse o tipo de sexo que todos nós queremos?

14

CRIANDO FILHOS

Se você é um promíscuo com filhos pequenos, certamente está passando por uma experiência um pouco mais fácil que os promíscuos do passado: hoje em dia, a imagem da família propagada em livros e programas de televisão não é tão limitada quanto era nas novelas da nossa infância. Ainda assim, embora divórcio e famílias com apenas um dos pais sejam muito mais aceitáveis, nossa cultura é lenta para se atualizar e alcançar outras realidades da vida: imagens de relacionamentos com mais de duas pessoas e outras formações não tradicionais ainda são raras no imaginário coletivo.

No entanto, as crianças aceitam essas relações com bastante facilidade, talvez mais do que as da família nuclear tradicional de bem: durante a maior parte da história humana, as crianças cresceram em aldeias e comunidades. Janet se lembra que sentiu pela primeira vez vontade de viver em grupo durante as férias com a ampla família de seu então marido; foi quando percebeu que seus filhos, cercados por adultos amorosos com bastante tempo disponível, estavam mais felizes, mais dóceis e menos fragmentados do que o normal. Durante a adolescência dos filhos, ela viveu em grupo numa casa e notou que os filhos se adaptavam prontamente às idas e vindas de um grupo heterogêneo de adultos. Sempre tinha alguém livre para responder a uma pergunta, solucionar um programa de computador, experimentar uma receita, ou brincar.

Uma mãe ou um pai solteiro que seja promíscuo ético pode aderir a uma série de opções criativas para manter uma vida sexual gratificante ao mesmo tempo que desempenha com responsabilidade o papel de progenitor. Quando Dossie dividia a casa com outras duas mães solteiras, um de seus amantes costumava cuidar de todas as crianças para que as três mães tivessem oportunidade de sair para dançar juntas. Uma amiga costumava cuidar da irmã mais nova e dos filhos dos vizinhos para que seus pais também pudessem se divertir com os vizinhos da casa ao lado. Temos visto famílias de amantes cujos filhos se tornam "irmãos" amigáveis, aprendem uns com os outros e com todos os adultos disponíveis, formando o que se assemelha a uma pequena aldeia ou comunidade dos tempos pré-industriais.

Para nós, a natureza binária do pensamento centrado na monogamia tende a causar problemas: ou você é o amor da minha vida ou você está fora dela. Nós duas descobrimos que abrir nossas vidas para outros tipos de conexão amplia também os horizontes de vida de nossos filhos. Ainda assim, muitos pais têm bastante dificuldade em encontrar o equilíbrio entre ser pais responsáveis e manter relacionamentos inclusivos. Perguntas sobre o que e quanto contar aos filhos, como prepará-los para perguntas difíceis no mundo lá fora e como ajudá-los a se relacionar com pessoas novas que chegam e partem de suas vidas são desafios para qualquer pai ou mãe.

Nunca tivemos problemas em criar um ambiente coerente e seguro para nossos filhos em uma família ampla e sexualmente interconectada. Embora muitos tenham a predisposição de achar que relacionamentos inclusivos criam ambientes bastante incoerentes, nossa experiência é exatamente oposta. Nossas conexões tendem a formar famílias amplas e espalhadas com muita energia para acolher todas as crianças, que, por sua vez, aprendem rapidamente a viver no grupo.

Mudanças em cada grupo são inevitáveis, mas, em nossa experiência, crianças encaram esse tipo de mobilidade com naturalidade, e talvez até desenvolvam uma flexibilidade que lhes será útil bem mais tarde na vida. Se as preparamos para uma trajetória em que qualquer mudança é vista como desastre, como conseguirão envelhecer? Melhor aprender que as perdas são muitas vezes difíceis, mas que passamos por elas, recolhemos os cacos e seguimos com a vida. Uma maneira de os pais oferecerem consistência às crianças é sendo um modelo de adaptação saudável às mudanças. Outra boa maneira de ser consistente é ser honesto consigo mesmo e com seus filhos – quando você vive sua vida com integridade, todos podem contar com você para ser exatamente quem você é.

EDUCAÇÃO SEXUAL PARA CRIANÇAS

Como você deve ter reparado, acreditamos que a abundância de relacionamentos pode ser altamente benéfica para a vida familiar e para as crianças, que têm, assim, acesso a exemplos, atenção e apoio em uma ampla família poliamorosa. Claro que, obviamente, crianças não devem ser incluídas no comportamento sexual dos adultos. Educação, no entanto, não é abuso, e as crianças precisam de informações suficientes para entender o que os adultos estão fazendo e poder crescer com uma compreensão saudável sobre sexualidade.

Todos os pais devem tomar suas próprias decisões sobre que tipo de informação sexual seus filhos deverão receber a cada idade. Para a saúde e o bem-estar da criança, deve-se encontrar equilíbrio entre oferecer muita informação — o que pode parecer assustador ou exagerado — e muito pouca — o que pode deixar a criança com a ideia de que corpos nus e excitação sexual são tão perigosos e constrangedores que inclusive não se deve falar a respeito. Não queremos aterrorizar as crianças, e tampouco queremos que elas cheguem à vida sexual adulta com a crença de que sexo é sujo e vergonhoso.

Lembre-se: educação sexual é um problema para todos os pais, independentemente do seu estilo de vida. Queremos que nossos filhos tenham informação e liberdade de escolha, e geralmente vivemos em bairros e frequentamos escolas em que muitos pais acreditam que as crianças não devem ter acesso a informações sobre sexo (caso contrário, se tornarão safadas como nós).

Para complicar mais o assunto, nossa cultura está profundamente dividida em tudo que se refere a informações sexuais para crianças. Há pessoas que consideram perigosa qualquer forma de educação sexual. Algumas autoridades acham que, quando as crianças recebem informações "precoces" sobre sexo, necessariamente estão sendo violentadas por um adulto. Somos, no entanto, categoricamente contrárias à chamada educação sexual de "total abstinência". Como conseguiremos ensinar nossos filhos a dizer "não" a um adulto abusivo se nos falta honestidade para explicar o que eles devem negar? Quando tentamos manter o sexo envolto em uma aura de segredo, os filhos estão cientes de que algo está acontecendo, mas não sabem o quê. E se deixamos que eles se informem com outras crianças igualmente desinformadas, ou com pornografia na internet, é como se os largássemos na selva. Nossos filhos precisam e merecem o apoio de adultos para aprender e compreender sobre a própria sexualidade, como fazem em todos os outros aspectos da vida.

Há países na Europa onde a educação sexual nas escolas para crianças de todas as idades é rotineira e inclui informações sobre como garantir que o sexo seja prazeroso. Vídeos de tais aulas mostram alunos confiantes e curiosos, confortáveis com o material. Esses países têm índices extremamente baixos de gravidez na adolescência.

O QUE CONTAR E NÃO CONTAR

Você terá que decidir quanto seus filhos devem saber sobre suas escolhas sexuais, como, por exemplo, sua opção por múltiplos parceiros, parceiros do mesmo sexo ou estruturas familiares alternativas. Nossa experiência comprova que crianças descobrem essas coisas mais rápido do que você pensa, mas pode ser que não descubram exatamente como funciona.

Um aviso: se você vive numa comunidade que não compartilha da sua mentalidade sobre educação sexual, o seu desejo de educar seu filho precisa estar em equilíbrio com a necessidade de a criança de aprender o que pode ou não compartilhar com o mundo exterior. Ao ensinar seus filhos, você precisa conversar sobre padrões de outras pessoas e sobre quais informações podem ou não ser contadas.

Ainda há muitos lugares onde viver um estilo de vida sexual não tradicional é justificativa suficiente para perder a guarda dos filhos. Mesmo quando você tem certeza de que não está causando dano algum, ainda precisa protegê-los de vizinhos, professores e pessoas de mente fechada. Não temos como dar orientações concretas, porque somente você conhece a atmosfera de sua comunidade e a personalidade de seus filhos.

Infelizmente, há também muitos lugares onde crianças "diferentes" (em termos de gênero), talvez aquelas com pais que não são o casal hétero retratado pelos filmes de Hollywood, ou que não se encaixam nas restritivas narrativas tradicionais, estão sujeitas a assédio moral voraz. É dever legal e ético das escolas fornecer um espaço seguro para o aprendizado de seus alunos. Se o seu filho ou o filho de alguém de quem você gosta está sendo intimidado, por favor, revele o fato e certifique-se de que a escola está cumprindo a obrigação legal de proteger pessoas que são muito novas para cuidar de si mesmas.

O QUE DEVEM VER?

É uma boa ideia ser modelo de carinho físico e verbal para as crianças; é assim que elas aprendem a ser adultos carinhosos. Mas você terá que refletir sobre a linha divisória apropriada entre demonstração de carinho físico e manifestação sexual.

Seus filhos veem você abraçando, beijando e tocando seus parceiros? Essas são decisões que ninguém pode tomar no seu lugar. Você precisa pensar a respeito, levando em consideração questões como idade, níveis de sofisticação e percepções que as crianças têm sobre os relacionamentos existentes — e aderir ao que acabar decidindo.

Nudez é uma área delicada. Nós certamente não achamos que as crianças são prejudicadas por crescerem em lares onde nudismo casual é a norma. No entanto, crianças que nunca estiveram perto de adultos pelados podem se chatear caso alguém apareça sem roupa de repente na sala de estar. Crianças podem ser muito sensíveis a questões como exteriorização do sexo, e mostrar uma parte do corpo nu é certamente uma violação dos seus limites. Sem dúvida, se uma criança manifesta desconforto em estar perto da sua nudez ou da de seus amigos, a vontade dela deve ser respeitada. E esperamos ser desnecessário dizer que nenhuma criança deve ser obrigada a ficar nua na frente dos outros — muitas passam por fases de extremo pudor enquanto se esforçam para lidar com as mudanças do corpo, e isso também merece uma grande dose de respeito.

O QUE ELES DEVEM FAZER?

É ilegal e imoral permitir que seus filhos participem de qualquer conduta de comportamento sexual com qualquer adulto, ou permitir que seus parceiros seduzam ou sejam sexuais com seus filhos. Muitas crianças e adolescentes passam por um ou mais períodos de exploração sexual e/ou flerte em suas vidas, o que é natural e comum. Mas é importante que você e seus amigos mantenham limites claros, especialmente durante esses períodos. Aprender maneiras educadas e amáveis de reconhecer as necessidades em mudança de uma criança sem se envolver sexualmente é uma habilidade essencial para promíscuos éticos que passam tempo com seus próprios filhos ou os de seus parceiros. A melhor maneira de ensinar bons limites aos filhos é falar claramente sobre os seus próprios limites e respeitar o direito da criança de crescer sem que desrespeitem os dela.

COMO RESPONDER ÀS PERGUNTAS

Muitas vezes, é desafiador responder às perguntas dos filhos sobre sexo e relacionamentos – desde as que surgem aos cinco anos, como: "Mas como a semente *chega* ao ovo?", às de adolescentes: "Como é que você transa com quem você quer, mas eu tenho que estar em casa à meia-noite?". Hoje em dia, quando muitas crianças vivem em famílias pequenas com pouco contato com crianças mais velhas, o trabalho de educação sexual recai totalmente sobre os pais.

É aqui que as habilidades que você aprendeu em outras partes do livro podem ser úteis. Você deve a seus filhos respostas honestas e sinceras a perguntas como essas. Não é hora de ser prepotente e autoritário. Particularmente com crianças mais velhas e adolescentes, não há problema em dizer-lhes que você está se sentindo confuso ou envergonhado com algo: eles saberão de qualquer maneira, pode acreditar. Se uma situação o deixa irritado ou triste, compartilhe isso também. Talvez eles precisem que você os tranquilize de que o que está sentindo não é culpa deles, e reforce que não é responsabilidade deles ajudá-lo a se sentir melhor.

É bom também testar a disposição que eles têm para receber informações. Antes de começar a amontoar esclarecimentos em suas mentes, você pode tentar dar início à comunicação com uma pergunta como: "Você gostaria de saber sobre isso?". Janet se lembra de uma conversa com seu filho mais velho, quando ele tinha mais ou menos dez anos: ela tinha acabado de contar toda a história de onde vêm os bebês, achando até que tinha ido um pouco longe demais. Quando terminou seu longo discurso, perguntou: "Bom, já que estamos nesse assunto, tem alguma outra coisa que você queira saber?", ao que ele respondeu, enfaticamente: "Mãe, você já me contou *muito mais* do que eu queria saber!".

Ter limites claros também é importante. Embora seus filhos certamente tenham o direito de expressar a opinião deles sobre a maneira como você decide viver a sua vida, eles não podem impô-la. Por outro lado, você tem uma dívida com eles: evitar que suas vidas sejam indevidamente afetadas por um estilo de vida que eles nunca escolheram. Então, é bom retirar os livros eróticos da sala e os quadros sensuais da parede quando os amigos dos filhos vêm brincar. Odiamos pensar em sugerir que você esconda este livro no armário, mas talvez seja necessário. Bem, ninguém nunca disse que a maternidade e a paternidade – especialmente a promíscua – seriam fáceis.

OS FILHOS DOS SEUS AMANTES

Quando seus amantes têm filhos, você também se envolve com as crianças deles – um de nossos amigos se refere às crianças de suas parceiras que ele ajudou a criar como "filhos de treinamento", já que o ensinaram habilidades sobre como cuidar do filho próprio, quando este veio mais tarde.

Vocês têm que tomar decisões em conjunto sobre o que dizer às crianças a respeito dos relacionamentos, e precisam saber quais decisões são convencionais em cada uma das famílias de cada parceiro. Talvez não seja importante que as crianças mais novas saibam ou entendam que algumas das conexões em suas famílias são sexuais, e outras, não. Mas todos os adultos em famílias com crianças têm a responsabilidade de se conectar com as crianças com as quais se relacionam e de promover a conexão dos filhos com seus amigos e amantes. Pode ser que promíscuos solteiros sem conexão prévia com crianças sintam necessidade de aprender como tratar os pequenos de sua família estendida.

Fato da vida: todos que convivem com crianças precisam eventualmente estabelecer limites. Pode haver desafios enquanto você trabalha para conciliar seus próprios limites com os hábitos e estilos de uma família que estava funcionando bem antes de você chegar. Expressar suas necessidades é uma oportunidade para as crianças aprenderem que adultos diferentes têm desejos diferentes, que a Maria consegue tirar uma soneca durante uma rodada emocionante de pega-pega, enquanto a Joana precisa de uma hora de silêncio.

Pode ser que você não goste de um dos filhos de seu amante. Talvez algo sobre essa criança em particular a tire do sério: ela a lembra do seu terrível irmão mais velho, ou até de você mesma quando jovem. Ou a criança está brava com você, ou não gosta de você, por razões inteiramente fora do seu controle: talvez você esteja "substituindo" a mãe amada ou outro adulto que não está mais presente. Qualquer que seja a razão para o problema, você é o adulto e é sua responsabilidade encontrar uma maneira de resolvê-lo. A solução, sem dúvida, tomará tempo, uma boa quantidade de energia e muita paciência, mas acreditamos que valerá a pena, por você, por seu amante e pelas crianças.

No início do relacionamento de Janet com E., havia muito atrito entre ele e o filho dela, um jovem adulto, principalmente por questões que são conhecidas por qualquer padrasto ou madrasta: limpeza da casa, níveis aceitáveis de barulho, boas maneiras. Até que, como ela relembra, "estávamos visitando minha mãe por alguns dias e os dois estavam fugindo da bagunça doméstica no quintal dos fundos. E. expressou simpatia por uma situação pessoal difícil pela qual meu filho estava passando. Eles tomaram uma cerveja juntos e conversaram de verdade, de coração aberto, pela primeira vez. De repente, E. conseguia ver meu filho do jeito que eu o vejo, como um jovem socialmente desajeitado, nem sempre muito consciente das realidades concretas ao seu redor, mas com um coração enorme e com muito a oferecer. A partir daquela noite, eles não tiveram mais tantos problemas em resolver questões normais da casa e tornaram-se, de fato, bons amigos".

Quando você estabelece um relacionamento positivo com crianças e jovens ao seu redor, eles respondem desenvolvendo um relacionamento positivo com você. Conhecemos ex-parceiros que mantiveram amizades próximas — que acabaram durando muitas décadas — com crianças com as quais não tinham nenhuma relação biológica. É dessa forma que famílias de pessoas promíscuas são construídas e mantidas.

PIONEIROS DO POLIAMOR: MARSTON, MARSTON E BYRNE

Uma das preocupações que as pessoas muitas vezes levantam sobre famílias com múltiplos parceiros se manifesta com a inevitável pergunta: "Mas, e as crianças?". Na experiência das autoras, os filhos de famílias com múltiplos parceiros têm, no mínimo, as mesmas possibilidades de serem saudáveis e felizes que as crianças criadas numa família tradicional. Podemos citar o exemplo de uma família de múltiplos parceiros que não apenas criou quatro seres humanos de sucesso, como também uma "criança" imaginária de estrondoso êxito: Mulher Maravilha, a primeira super-heroína.

William Moulton Marston era autor e psicólogo formado pela Universidade de Harvard. Foi ele quem elaborou a conexão entre mentira e pressão sanguínea, a base para a criação do detector de mentiras. Sua esposa, Elizabeth "Sadie" Holloway Marston, era editora e gestora — uma mulher de negócios da época. A parceira deles, Olive "Dotsie" Byrne, antiga assistente de pesquisa de William, foi quem assumiu a responsabilidade de criar os quatro filhos da tríade — duas de Sadie e duas de Dotsie — e de cuidar da casa.

Foi William quem teve a ideia original de um super-herói cujos poderes fossem baseados no amor, e não na violência, mas Sadie foi quem trouxe a solução: "Então faça dela uma mulher". Os cabelos escuros, os lábios vermelhos e a personalidade forte mas carinhosa da Mulher Maravilha parecem ter sido fortemente inspirados em Dotsie — William comentou numa entrevista que os braceletes da super-heroína, que lançavam projéteis "amazônicos", foram baseados num par de pulseiras prateadas que Dotsie frequentemente usava.

Qualquer leitor dos quadrinhos originais da Mulher Maravilha da década de 1940 está ciente de seu forte componente devasso — duvidamos que teriam sido publicados numa época mais eroticamente consciente. Além da constante referência ao *bondage* (o Laço da Verdade é apenas um dos exemplos), temas de dominação e submissão, flagelação e até mesmo infantilismo aparecem com frequência na narrativa. Em entrevistas, William falava sobre *bondage* e submissão como caminhos para um mundo melhor. Os quadrinhos também assumiram uma posição de vanguarda ao abordar questões de justiça restaurativa e a tensão entre individualismo e questões sociais, além de arrecadar dinheiro para a conscientização e prevenção da poliomielite e outras causas dignas.

A Mulher Maravilha sobreviveu a seu criador apenas no nome. Representações da super-heroína após a morte de William, em 1947, suavizam sua força e seu feminismo: no final da década de 1960, ela havia perdido seus poderes de amazona e administrava uma butique. Um relançamento de 2010 a reconverteu em algo mais próximo da heroína original. Sadie e Dotsie, no entanto, viveram juntas pelo resto de suas vidas em uma casa descrita por quem as visitava como amorosa e feliz.

PARTE TRÊS

SUPERANDO DESAFIOS

15

MAPAS PARA ATRAVESSAR OS CIÚMES

> Deixe o ciúme ser seu professor. Ele pode conduzir você aos lugares que mais precisam de cura. Pode guiar você por seu lado sombrio e mostrar o caminho para a autorrealização total. O ciúme pode ensinar você a viver em paz consigo mesmo e com o mundo inteiro, se você permitir.
> — Deborah Anapol, *Love without Limits: The Quest for Sustainable Intimate Relationships: Responsible Nonmonogamy* [Amor sem limites: a busca por relacionamentos íntimos sustentáveis: não monogamia responsável].

Para muitos, o maior obstáculo para o amor livre é a emoção a que chamamos ciúme. Ciúme nos deixa péssimos, a ponto de grande parte da humanidade percorrer longas distâncias para evitá-lo. Nós, as autoras, no entanto, acreditamos que a maioria das pessoas não questiona de maneira alguma a invencibilidade destrutiva do ciúme e atribui a ele muito mais poder do que merece. Depois de muitos anos desfrutando de liberdade afetiva e sendo bem-sucedidas em lidar com esse sentimento, tendemos a esquecer que vivemos numa sociedade que costuma aceitar o divórcio e, em casos mais extremos, até o assassinato do parceiro sexualmente curioso porque ele cometeu o crime inconcebível de nos deixar com ciúme.

Gostaríamos de salientar que monogamia não é a cura para o ciúme. Todos já passamos pela experiência de ter sentido ciúme incontrolável, seja do trabalho que mantém o parceiro distante ou distraído, da decisão do amante de navegar pela internet em vez de viajar pelo nosso corpo, ou do futebol de segunda (terça, quarta, quinta, sexta, sábado, domingo) à noite. Ciúme não é exclusividade dos promíscuos – é um sentimento com o qual todos temos que lidar.

Muitos acreditam que a territorialidade sexual faz parte natural da evolução individual e social. Teorias mais recentes indicam que esse conceito surgiu há uns oito mil anos, quando nossos ancestrais passaram de caçadores e coletores nômades a agricultores camponeses sedentários, dando muito mais importância ao controle de longo prazo da terra, da família e de todos os meios de produção. Se você acredita que o ciúme é natural e não uma construção social, fica fácil usá-lo como justificativa para enlouquecer a si mesmo e aos outros, e para deixar de ser um ser humano são, responsável e ético.

Para as autoras, não importa se o ciúme deriva da natureza, da criação ou de ambos. Sabemos por experiência própria que podemos transformá-lo. Segue um episódio da vida de Dossie sobre a luta de lidar com esse sentimento:

> Minha amante está atrasada para voltar para casa. Espero que ela esteja bem – saiu chorando hoje de manhã. Ontem à noite, choramos até muito tarde. Tomara que não esteja muito brava comigo, ou que a raiva dela seja mais fácil de aguentar que a dor. Ontem, pensei que meu coração ia partir ao meio sentindo a dor dela.
>
> E é minha culpa, minha escolha, minha responsabilidade. Estou pedindo que ela atravesse o inferno por razões que o mundo considera irresponsáveis, ou pelo menos francamente repreensíveis: eu não posso, e nem quero, ser monogâmica.
>
> Faz mais de quarenta anos que me livrei do violento pai da minha filha. Com hematomas e grávida, briguei para sair de casa dizendo que ia telefonar aos meus pais para pedir dinheiro, mentindo. Depois que escapei do Joe, ele ameaçou me assassinar. Chegou a pôr fogo ao redor da casa onde achava que estávamos. Depois que eu saí, vi que ele tinha razão: eu sou uma promíscua, quero ser uma, nunca mais vou prometer monogamia. Não voltarei a ser propriedade de ninguém, não importa quão valiosa seja considerada essa propriedade. Joe me fez virar uma feminista, uma promíscua feminista.

Minha amante chegou e me trouxe uma flor. Ainda não quer que eu a abrace. Sente que sua casa foi invadida por uma energia estranha. Tive muito cuidado com a limpeza, tudo está arrumado, o jantar está pronto, quero paz e conciliação. Vou fazer qualquer coisa para não me sentir tão mal.

Por que eu insisti em fazer isso? Minha coautora e eu estávamos esperando pacientemente para retomar essa parte de nosso relacionamento somente quando minha querida parceira mais nova estivesse pronta. Ela já superou os medos do sexo em grupo — amanhã teremos um casal para o jantar e minhas palmadas de aniversário, uma celebração que ela mesma arranjou sem que eu pedisse. No último ano, ela teve mais experiências sexuais novas que nos 48 anos anteriores, e encarou tudo com naturalidade.

Exceto o fato de sua amante ter um encontro com uma terceira pessoa. Ela odeia se sentir excluída e está magoada por ter sido em nossa casa, não em território neutro. Talvez isso tenha sido um erro. Talvez eu cometa muitos erros.

Meus amigos e amantes a acolheram de braços abertos na família. Muitas vezes, amantes formam redes de parentesco a partir de suas conexões sexuais. Daí, começam os costumes, uma espécie de cultura própria. Faz parte da minha cultura que os amantes de uma pessoa acolham amantes mais recentes, não como competidores, mas como um complemento à comunidade. Mas essa não é a cultura dela.

Agora, minha amante está pronta para conversar. Ela está seriamente chateada e magoada comigo por cada pensamento triste e angustiado que teve hoje. Está furiosa por ter sido submetida à experiência nua e crua de atravessar seus próprios sentimentos. Ela não disse isso, eu é que estou interpretando assim. E isso também não foi o que eu disse — não era hora de ser arrogante sobre limites claros e a importância de assumir seus próprios sentimentos. Eu a escutei. Dessa vez, eu escutei sem interromper, tentando apenas demonstrar que a amo, que sinto sua dor, que estou aqui para ela. Ela está furiosa comigo, e eu não vou me defender. Com isso, sofro.

Uma história assim não tem um final certinho. Nós conversamos por horas, ou talvez eu tenha escutado sobre quanto foi difícil para ela, como ela se sentiu invadida, como temia que minha outra amante não fosse gostar dela, como se sentiu atacada por ela e por mim, quanto temia que eu a abandonasse. Não chegamos a nenhuma frase de efeito boa para um livro – acabamos descarregando nossa angústia e indo dormir exaustas, nos amando e trabalhando essa questão da melhor maneira possível.

Já se passaram vinte anos desde que Dossie escreveu o texto acima, e ela não está mais com essa amante. O relacionamento terminou por muitas razões, nenhuma delas particularmente relacionada a ciúme. Incluímos o episódio no livro porque é importante que nossos leitores saibam que até mesmo promíscuas habilidosas lutam contra a dor, a falta de comunicação, os desejos incompatíveis, a raiva e, sim, o ciúme.

O QUE É CIÚME?

Nunca vamos cansar de nos perguntar. O que é ciúme para você? Será que o ciúme realmente existe e é o que pensamos ser? Quando escolhemos confrontá-lo, ao invés de fugir dele, vemos com mais clareza o que o ciúme significa para cada um de nós. Ciúme não é um sentimento único. Pode surgir como dor ou raiva, ódio ou autodepreciação. É uma palavra abrangente que inclui uma ampla gama de emoções que sentimos quando nossos parceiros se conectam sexualmente com outra pessoa.

Ciúme pode ser uma expressão de insegurança, medo de rejeição, receio de abandono, de sentir-se excluído, inadequado, horrível, de não ser uma pessoa boa o suficiente. Seu ciúme pode estar baseado em territorialidade, competitividade ou algum outro sentimento que está gritando para ser ouvido sob o tumulto causado na sua cabeça. Às vezes, pode aparecer como uma fúria escandalosamente cega – e, por ser cega, é muito complicado se dar conta do que está acontecendo.

Dossie, quando começou a refletir e a enfrentar seu ciúme, sentiu uma sensação quase insuportável de insegurança, algo do gênero "ninguém nunca vai me amar porque algo está errado comigo e eu não sou digna de amor". Ela descobriu isso sobre si mesma nos primórdios do feminismo. Trabalhar a autoestima e construir uma base segura que não precisasse ser respaldada por outra pessoa e que não fosse abalada por ninguém coincidiu com suas explorações feministas. Você provavelmente consegue ter ideia do quanto essa lição foi valiosa e quantos jeitos ela encontrou para se sentir segura dentro de si. Obrigada, ciúme. Sem essa lição que você deu, Dossie não teria segurança o suficiente para escrever este livro.

Se para você o ciúme se manifesta como uma raiva absurda, talvez fosse bom aprender o que outras pessoas fazem para lidar com isso. Ler a respeito e frequentar um curso de controle emocional são maneiras possíveis de se familiarizar com outras estratégias e talvez chegar a um acordo com a própria raiva, a um lugar onde você e seus amantes nunca mais precisem temê-la. Não valeria a pena trabalhar nisso?

Muitos encontram dentro de si tipos de ciúmes que são, na verdade, bem fáceis de lidar – dúvidas insistentes, nervosismo em relação ao desempenho sexual ou à própria imagem corporal. Outros são sugados por um turbilhão de medo ou dor, difícil até mesmo de ser encarado, muito menos de ser identificado com outros sentimentos como medo de abandono, perda ou rejeição. Por que às vezes nos sentimos assim? A terapeuta Dossie tem uma teoria a respeito, baseada não somente em sua própria experiência, mas também na de muitos clientes com quem trabalhou.

O ciúme é muitas vezes a máscara usada pelo conflito interno mais difícil que você tem no momento, um conflito que grita para ser resolvido e que você nem se dá conta de que existe. Por estar arraigado lá no fundo, é incrivelmente difícil identificar quando surge no horizonte: nós nos torcemos, contorcemos e retorcemos tentando não o sentir. É nesses momentos que nossas emoções têm mais possibilidade de causar dor – quando você acredita que precisa evitá-las a qualquer custo.

Uma maneira de não sentir um sentimento é projetá-lo em seu parceiro. Projeção é uma defesa psicológica pela qual se tenta remover de si um sentimento doloroso projetando-o em outra pessoa, como se essa pessoa fosse uma tela para seus medos e fantasias, e não um ser humano. Pode ser que essa seja a única definição real de ciúme: é a experiência de projetar os sentimentos desconfortáveis no parceiro.

Mas temos boas notícias. Se você se identifica com algum ponto dessa descrição, uma parte de você decidiu que é forte o suficiente para reconhecer a emoção implícita no ciúme: ou seja, você está em excelente posição para começar a se curar agora mesmo. Use seu ciúme como uma placa que diz: "Trabalhe esse sentimento!". Faça um curso, junte-se a um grupo, encontre um bom terapeuta, comece a praticar meditação, faça uma análise interna. Você pode se beneficiar dessa oportunidade se fizer o trabalho que está à sua frente: cicatrize velhas feridas, abra novas possibilidades, conquiste saúde, liberte-se do medo... e, em algum momento, quase como um bônus surpresa, você também conseguirá alcançar sua liberdade sexual.

Às vezes, o que identificamos como ciúme é, na verdade, outra coisa. Pense nos detalhes de como funciona com você. O que mais incomoda? Será que você *não quer* que seu parceiro faça certas coisas com outra pessoa, ou será que *quer* que ele as faça com você? Ciúme pode ser, na verdade, inveja, e inveja é fácil de solucionar: por que não conversar com seu amante e fazer as coisas das quais está sentindo falta?

Ciúme pode estar enraizado em sentimentos de tristeza e perda, que podem ser mais difíceis de interpretar. Na nossa cultura, aprendemos que, quando nosso parceiro faz sexo com outra pessoa, perdemos algo. Não queremos parecer idiotas, mas essa lógica nos confunde. Quando nossos parceiros chegam em casa depois de um encontro erótico, muitas vezes estão animados, excitados e têm novas ideias que gostariam de experimentar em casa. Nós duas aqui não conseguimos enxergar nenhuma perda numa situação dessas.

Será que essa sensação de perda que você sente não é a perda de um ideal, de uma imagem que você mantém em sua cabeça sobre o que é um relacionamento perfeito? Lembre-se de que todos os relacionamentos mudam com o tempo: as necessidades e os desejos das pessoas mudam de acordo com a idade e as circunstâncias, e os relacionamentos de longo prazo mais bem-sucedidos são os que têm flexibilidade suficiente para se redefinir com o passar dos anos.

De vez em quando, nosso desconforto significa que percebemos num nível intuitivo que nosso parceiro está se afastando de nós. Isso acontece. Pensar que em todo lugar há pessoas supostamente monogâmicas que muitas vezes deixam um parceiro para se unir a outro alguém não serve de muito consolo quando acontece com você.

Vimos um amigo passar por uma tristeza e um sentimento de perda profundos quando percebeu que o amante de sua parceira estava tentando fugir com ela. Neste caso, a dor colocou em evidência a desonestidade e a manipulação por parte da terceira pessoa, e proporcionou à parceira força para se separar do amante externo e encontrar outros amantes que tivessem mais respeito por seu relacionamento primário. Por outro lado, essa história poderia facilmente ter culminado em término; vamos falar mais a respeito de términos e de como lidar de maneira ética e cuidadosa com seus sentimentos e os do parceiro no capítulo 22, "Altos e baixos dos relacionamentos".

O ciúme também pode estar associado a sentimentos de competitividade e de querer ser o número um. Há uma razão pela qual não há olimpíadas de sexo: conquistas sexuais não são mensuráveis. Não podemos nos classificar num tipo de escala hierárquica do mais ao menos desejável, ou de quem fode melhor. Se você descobre algo que gostaria de acrescentar ao seu repertório, certamente pode aprender a fazê-lo sem desperdiçar tempo culpando-se por não ter ficado sabendo disso antes.

O medo de ser sexualmente incompetente pode se acumular junto a feridas muito profundas e secretas. Mas garantimos que, no final das contas, quando você conseguir estabelecer o estilo de vida dos seus sonhos, terá familiaridade com tantas maneiras de expressar sua sexualidade que não precisará mais se perguntar como sua sexualidade se compara à de outra pessoa: você saberá por experiência própria. Grandes amantes não nascem, se criam. Você pode aprender com seus amantes, os amantes de seus amantes e os amantes dos amantes de seus amantes a ser a potência sexual que gostaria de ser.

DESAPRENDA

Mudar a maneira como se experimenta um sentimento leva tempo. Por isso, espere um processo gradativo, de tentativa e erro, adquirindo aprendizados conforme você dá os passos de sua caminhada. Haverá provações, e você cometerá vários equívocos.

Comece dando a si mesmo permissão para aprender. Permita-se não saber o que você não sabe, ou seja, permita-se ser ignorante: os budistas chamam isso de "mente de principiante". Permita-se também cometer erros. Você não tem escolha. Então, acalme-se: não há uma maneira tranquila para desaprender ciúme. É como aprender a andar de skate – você tem que cair e fazer papel de bobo algumas vezes antes de se tornar tão elegante sobre as quatro rodinhas quanto um cisne no lago.

O desafio está em aprender a estabelecer dentro de você uma base sólida de segurança em relação ao seu relacionamento que não dependa da exclusividade sexual. Esse trabalho difícil faz parte da árdua tarefa de entender seu poder pessoal e aprender a compreender e amar a si mesmo sem precisar da validação de outrem. Você se torna livre para dar e receber aprovação, não por necessidade ou obrigação, mas por amor e carinho. Recomendamos encarecidamente que você se esforce em aprender a se valorizar. Você merece.

Muitos descobrem que, na verdade, à medida que desenvolvem suas famílias poliamorosas, obtêm validação de muitas pessoas e, assim, tornam-se menos dependentes da aprovação de apenas uma delas. Suas necessidades e fontes de apoio emocional se espalham por um território mais amplo.

RETIRE O PODER DO CIÚME

Ciúme não é um câncer que você pode eliminar. É uma parte sua, uma maneira como você expressa medo e mágoa. O que você pode fazer é mudar a vivência e aprender a lidar com ele, assim como descobre a superar qualquer outro sentimento que te faz mal: trabalhe nele até que não seja insuportável; não é que ele se tornará necessariamente agradável, mas sim tolerável – uma chuva quente de verão, ao invés de um tufão.

Uma mulher com quem conversamos nos deu algumas ideias muito boas sobre o que fazer com o ciúme:

> Notei que ciúme vem e vai, dependendo de como estou me sentindo comigo mesma. Quando não estou tratando de conseguir o que quero, é fácil sentir ciúme e pensar que qualquer pessoa está conquistando o que eu não estou. Preciso me lembrar que é meu trabalho satisfazer minhas necessidades. Eu sinto ciúme, mas não tenho vontade de agir baseada nele. Daí ele quase sempre desaparece.

Quando você passa a parar de agir de acordo com seu ciúme, torna-se livre para começar a reduzir o poder que ele exerce sobre você. Uma maneira é simplesmente se permitir sentir. Apenas sinta. Vai doer e você vai se sentir assustado e confuso, mas se ficar quieto e ouvir a si mesmo com compaixão e apoiar a criança assustada lá dentro, a primeira coisa que aprenderá é que consegue sobreviver à experiência do ciúme.

Uma grande parte da dificuldade com o ciúme vem das tentativas de evitar sentir algo assustador ou doloroso. Talvez há muito tempo, quando éramos crianças, sem nenhum poder no mundo e com poucas ferramentas para lidar com as próprias emoções, sentimos algo assustador e decidimos: "Nunca mais vou sentir isso de novo; é horrível demais. Vou morrer. Vou me matar". Então, colocamos o sentimento e o evento que o inspirou num pote e fechamos bem firme. Com o passar dos anos, sempre que surge algo que nos remete ao pote, que tenta afrouxar um pouco a tampa, nós a pressionamos – às vezes nem lembramos mais o motivo. E a pressão só aumenta, não tanto pelo que está lá dentro, mas pela batalha frenética de manter a tampa firmemente fechada.

Quando crescemos e precisamos destampar o pote para lidar com a realidade emocional como uma pessoa adulta, é assustador. No entanto, muitas vezes, quando olhamos e sentimos o que está no pote, vemos que é uma coisa muito mais fácil de lidar. Acredite: você pode abrir seus potes, verificar o que está fermentando lá dentro e colocar a tampa de volta. Suas antigas defesas continuarão funcionando bem, se você quiser.

Já ouvimos promíscuos acusarem uns aos outros de serem ciumentos, como se isso fosse um crime: "Você está com ciúmes, não está? Não tente negar!". É particularmente importante para você e para as pessoas com quem tem intimidade que você assuma seu ciúme. Se tentar fingir que não está se sentindo assim quando na verdade está, os outros podem acreditar e não enxergar que você precisa de apoio ou cuidado — porque, afinal, você está bem, certo? Ou podem concluir que você não está assumindo a responsabilidade sobre seus próprios sentimentos. Quando você nega o ciúme dentro de si mesmo, perde a oportunidade de ser solidário consigo mesmo, de oferecer apoio e conforto a si mesmo.

Vale lembrar que *sentir* ciúme (ou qualquer outro sentimento) não é proibido. Sentimentos são sentimentos e eles estão lá, mesmo que você não os reconheça. Mas, quando você empurra os sentimentos de volta para o pote, eles podem tentar traçar caminhos tortuosos para chamar a sua atenção, manifestando-se como raiva intensa e irracional, comportamento insensato, ansiedade destrutiva, ataques de raiva, choro ou até mesmo doença física. Negar o ciúme pode levar à exteriorização de sentimentos de um jeito que você não entende, sendo motivado por emoções que você recusa a reconhecer, de maneiras das quais você pode se arrepender mais tarde.

Às vezes, a exteriorização se concretiza em exigências sobre o que seus parceiros podem ou não fazer — ou, pior, em tentativas de fazer valer "acordos" retroativos atuando com superioridade moral, indignando-se, porque, por exemplo, como assim ninguém se deu conta de que não era bacana sua parceira ir ao cinema com o Beto para ver o filme que *você* queria ver, olha que gente sem consideração! Não há como lidar de maneira construtiva com o ciúme tentando fazer com que a outra pessoa esteja errada. Impor seus sentimentos a terceiros é uma estratégia sem saída: simplesmente não funciona. Ciúme é um sentimento que surge dentro de você; nenhuma pessoa ou comportamento pode "deixar" você com ciúme. Goste ou não, a única pessoa que pode fazer com que o ciúme doa menos ou se afaste é você.

Quando um amante está com ciúme e sofre, achamos mais fácil ficar com raiva e afastá-lo do que se aproximar com empatia, de ouvidos abertos. Quando culpamos alguém por sentir ciúme, o que realmente queremos dizer é que não aguentamos ver a pessoa que amamos sofrendo no momento em que saímos para nos divertir com outrem. Essa aparente indiferença é uma maneira mesquinha de evitar lidar com a própria culpa.

Existem soluções mais fáceis. Sentimentos gostam de ser ouvidos — tanto os de outras pessoas quanto os nossos. Assim que você entende que *está* fazendo algo útil apenas por escutar ou pedir que alguém o escute, consegue externalizar sentimentos problemáticos e aprender a satisfazê-los. A ideia é ser gentil com seus sentimentos, recebê-los como convidados, até que se sintam satisfeitos e vão embora. Lembre-se, você não precisa consertar nada: tudo o que precisa fazer é ouvir, a si mesmo ou a outra pessoa, e entender o que machuca. Ponto final.

Janet e um parceiro de vida passaram por um momento difícil quando ela disse que estava apaixonada por uma de suas amantes:

> Fazia um tempo que eu estava saindo com uma mulher quando, para minha surpresa, percebi que meus sentimentos por ela tinham ido além da simples amizade sexual, tornando-se um sentimento romântico profundo, que identifiquei como uma paixão. Quando contei ao meu parceiro de vida, seu primeiro impulso foi se sentir ameaçado, inseguro e, sim, ciumento. Dava pra ver que ele estava prestes a explodir. Era difícil para mim não tentar consertar as coisas, retirar o que eu havia dito sobre estar apaixonada ou simplesmente abandonar a discussão, porque me sentia assustada e culpada.
>
> Mas ele permaneceu íntegro, permitindo que seus sentimentos aparecessem sem fazer com que o levassem a agir com raiva ou na defensiva. Ele me fez algumas perguntas sobre o que exatamente isso significava para nós, e eu expliquei que não estava planejando deixá-lo, que meu amor por ela não era de forma alguma uma ameaça ao meu amor por ele, que ela e eu não esperávamos construir uma parceria primária — em resumo, que na verdade nada havia mudado, exceto minhas próprias emoções e as palavras que eu estava usando para descrevê-las.

Continuamos voltando a essa discussão de tempos em tempos, especialmente quando as nossas agendas ocupadas me permitiam passar mais tempo com minha amante.

Ela e eu nos distanciamos depois, bem facilmente, quando nossas vidas tomaram novos rumos... E, na verdade, o mesmo aconteceu comigo e com ele, mas não foi tão fácil. Mas nós três que nos envolvemos nesse triângulo podemos olhar para trás com orgulho pela forma como demos o espaço e o respeito necessários uns aos outros para processar uma mudança que, a princípio, pareceu terrivelmente ameaçadora para todos nós.

Você pode sentir ciúmes e não agir. Ficar furioso e quebrar todos os pratos, ligar a cada quinze minutos para o amante de sua amante e desligar em seguida na primeira noite que passar em claro, ou brigar com quem está do seu lado; mas isso não vai ajudar você a se sentir melhor. Todas essas são atitudes que as pessoas tomam para tentar *não* sentir ciúmes, *não* experimentar a sensação de estar assustadas ou ser insignificantes. A raiva pode ajudar a proporcionar uma sensação de força quando a usamos para afastar sentimentos vulneráveis, mas ela não nos torna propriamente mais fortes ou seguros.

Quando conseguir manter o ciúme em silêncio, descobrirá que é possível sentir algo difícil sem fazer nada que você não tenha escolhido. Assim, terá dado o segundo passo para enfraquecê-lo, e terá demonstrado que não permitirá que esse sentimento leve você a fazer algo que possa destruir seus relacionamentos amorosos.

No livro *O profeta*, Khalil Gibran escreveu algo verdadeiramente profundo sobre a natureza da dor: "A dor é a ruptura da aparência que lhes enclausura a compreensão".

NAVEGANDO EM ÁGUAS BRAVIAS

Aqui estamos, então, navegando pelo sofrimento. O que fazer? Acomode-se e veja como pode aprender a surfar com as ondas, ao invés de se afogar nelas. Reúna coragem para sentir o que está sentindo.

Explore seus sentimentos, alimente-os, valorize-os – eles são a sua parte mais essencial.

Seja bom consigo mesmo e lembre-se de que a parte mais importante do amor não é amar a beleza, a força e a virtude de alguém; o verdadeiro teste do amor se dá quando as pessoas enxergam nossas fraquezas, besteiras e mesquinharias, e ainda assim continuam nos amando. Amor incondicional é o que queremos de nossos amantes, e não devemos esperar menos de nós mesmos.

Lembre-se, ao olhar para si, de ser generoso. E lembre-se também de que você não está administrando nenhuma conta-corrente: descobrir algo de que não gosta ou que deseja mudar não descontará nada de suas virtudes. Quando você aprende a refletir sobre seus pontos fortes, fica mais fácil encarar as fraquezas com aceitação e compaixão. Valorize e saiba apreciar ao máximo suas virtudes.

Comece tentando passar um curto período de tempo com seu ciúme – por exemplo, uma noite ou uma tarde quando seu parceiro está com outra pessoa. Faça um pacto consigo mesmo de que permanecerá na companhia de seus sentimentos, sejam eles quais forem, por esse breve período. Se uma tarde ou uma noite parecer muito tempo, comece com cinco ou dez minutos e depois encontre algo para se distrair, um filme, um livro, o que quer que seja.

PODE SER MAIS FÁCIL DO QUE VOCÊ PENSAVA

Um dos resultados possíveis, e de fato mais comuns, é que seu parceiro irá se encontrar com outra pessoa e você ficará bem. Surpresa! Sua expectativa era muito pior que a realidade. Promíscuos experientes muitas vezes descobrem que apenas de vez em quando se sentem ciumentos. Quando sentem ciúmes, analisam as experiências concretas para ver o que podem aprender sobre si e para pensar em estratégias que deixem esse tipo de situação mais segura e fácil.

Um casal com quem conversamos está se esforçando para manter o relacionamento em meio a uma situação difícil: um deles viaja muito a trabalho, de maneira que grande parte do que realizam com outros parceiros acontece em circunstâncias que os impedem de se reconectar fisicamente depois. Um dos acordos do casal é que eles devem se falar pelo telefone todas as noites, independentemente de onde estejam, não importa se estiverem muito ocupados. Muitas vezes, as conversas acontecem depois de um deles ter passado tempo conectando-se a um parceiro externo. Um deles relata como se desenvolvem essas conversas:

> Ele aceita os meus sentimentos. Não hesito em dizer o que quero; na verdade, ele me incentiva a fazê-lo. Descobri que apenas o fato de poder dizer certas coisas, de falar sobre meu ciúme e tristeza, já serve para enfraquecê-los de alguma forma. Eles perdem muito poder, porque não encontram a resistência do meu parceiro; ele apenas escuta meus sentimentos e deixa que existam.

SINTA SEUS SENTIMENTOS

Sentimentos dolorosos, mesmo os mais intensos, tendem a seguir seu curso, se você permitir. Então, uma estratégia inicial é achar uma posição bem confortável e esperar. Encontre seus sentimentos ciumentos — mágoa, raiva ou o que quer que seja — e deixe-os fluir através de você, como um rio. Sua cabeça pode estar acelerada com pensamentos desagradáveis, raiva ou acusações, concentrando-se em algum detalhe que lhe dá absoluta certeza de que os outros agiram mal, deixando-o obcecado com a ideia de que alguém está se aproveitando de você ou ignorando brutalmente suas emoções. Você está sofrendo profundamente, então "com certeza deve ser culpa de alguém". No entanto, às vezes há muita dor e nenhum vilão. Vamos tranquilizar você: todo mundo passa por isso. Não morra de vergonha, apenas deixe esses pensamentos passarem.

Assuma o compromisso de cuidar de si. Sentimentos, uma vez descobertos, podem ser mais bem compreendidos se nos aproximamos deles amigavelmente. É útil ter ferramentas e estratégias para o autoconhecimento. Escrever um diário pode ser uma boa maneira de desabafar e ao mesmo tempo aprender sobre si mesmo. Não há problema em cobrir páginas inteiras com "PORRA PORRA PORRA ODEIO ISSO!" em tinta vermelha vibrante. Se isso faz você se sentir bem, recomendamos um diário bem grande. Tente registrar seu fluxo de ideias, ou seja, qualquer coisa que vier à cabeça, com ou sem sentido, e veja o que sai. Joias de autoconhecimento são muitas vezes encontradas assim.

Você pode adquirir um caderno grande de desenho e uma caixa de giz pastel – o giz de cera para adultos. Esse tipo de material estimula a expressão com cores brilhantes e ajuda a não se prender aos detalhes. Muitas vezes, você desenha e obtém rabiscos, o que é ótimo; o mínimo que conseguir criar já ajuda a ficar parado um tempo e a descarregar suas emoções na forma de cores. Outras vezes, você vai se surpreender com um desenho que é profundamente significativo para você.

Algumas pessoas gostam de expressar seus sentimentos de maneira física e saem para correr, exercitam-se, limpam a cozinha ou cuidam do jardim. Uma observação para sua segurança: se seus sentimentos gostam de se expressar corporalmente de maneira intensa, você precisará manter uma parte da sua mente alerta, visto que estará com a adrenalina elevada e se sentirá mais forte do que realmente é. Então, preste atenção no que pode fazer sem se machucar.

Tente encontrar músicas que combinem com o seu estado furioso, triste ou frenético e dance seus sentimentos. Comprar uma raquete de tênis de plástico bem barata para espancar o sofá também pode ser extremamente prazeroso: ajoelhe-se na frente do sofá, levante a raquete acima da cabeça e golpeie o estofado com toda a sua força. Mantenha os olhos abertos, imagine qualquer coisa no sofá que a esteja irritando, exceto você mesma, e grite alto como se sente.

Quando você se expressa, passa a se conhecer melhor e trabalha de forma construtiva um pouco do estresse mais intenso. Sua cozinha vai, no mínimo, ganhar uma faxina. Tente se concentrar no que seu corpo está expressando, em que lugar está sentindo as emoções: na garganta, no peito, no estômago? Voltar a atenção para as sensações físicas pode intensificá-las e trazer à tona lágrimas, mas elas passarão se você se permitir senti-las fisicamente. Se vier raiva, você pode espancar o sofá, como já dissemos, ou o colchão, o travesseiro... Se começar a chorar, deixe fluir: lembre-se da sensação de alívio que vem depois de expressar uma emoção intensa em lágrimas.

Às vezes, você tenta liberar a raiva de uma maneira e descobre que piorou. Faça uma xícara de chá calmante e não repita essa técnica – ela não funciona para você.

Algumas pessoas têm dificuldade em fazer isso porque aprenderam que é errado sentir pena de si mesmas. Se você tem permissão para se sentir mal por qualquer pessoa que conhece, por que não pode tirar um tempo para se sentir mal por você mesmo? É uma situação difícil e você está sofrendo. Por isso, seja gentil consigo mesmo.

Novos estudos neurológicos mostram algo realmente interessante: medo não consegue coexistir com gratidão. Então, se você estiver com medo ou se sentindo inseguro, tente se lembrar de três coisas pelas quais é grato e veja se algo muda.

A QUEM CULPAR?

À medida que você desenvolve as habilidades de encontrar e expressar sentimentos, pode partir para uma tarefa mais desafiadora: ver se consegue escrever ou falar com um amigo sobre eles sem culpar ninguém – nem seu amante, nem o amante de seu amante e, em especial, nem você. Este não é um exercício fácil: você ficará surpreso com a rapidez com que todos nós caímos na tentação de culpar alguém, mas vale muito a pena aprender a assumir seus sentimentos sem transferi-los a outra pessoa.

Prestar atenção em como atribuímos nossas intenções também ajuda. "Você está fazendo isso apenas para me chatear" – quantas vezes você acredita que isso é realmente verdade? Praticamente nunca magoamos alguém de propósito; as consequências não são normalmente agradáveis. É fácil inventar propósitos para as outras pessoas para justificar algo que você está sentindo, mas para elas pode ser muito difícil falar sobre suas verdadeiras intenções se alguém as acusa de ter intenções que nunca tiveram.

Somente quando estamos dispostos a assumir as consequências dos nossos sentimentos e a deixar que nossos amantes e amigos assumam as suas próprias emoções é que temos o poder de mudar e evoluir.

QUANDO VOCÊ É O TERCEIRO

Todas as ideias de cuidar bem de si se aplicam na mesma medida se você estiver solteiro ou comprometido, mas quem mora sozinho precisa se preparar de maneira diferente para evitar ficar isolado com seus sentimentos (escrevemos extensamente sobre isso no capítulo 21, "Promiscuidade solteira"). Você precisa ir atrás de seus amigos íntimos, frequentar um grupo de apoio ou experimentar um *munch* nas redondezas. Combine com os amigos de conversar sobre seus sentimentos. Não se esqueça de planejar um momento para se comunicar seriamente com aquele parceiro em questão. Ser solteiro, ou não ser o parceiro de vida de alguém, não significa que você nunca passará por ciúmes ou qualquer outro sentimento difícil.

Quando se está namorando, mas não morando junto, pode ser difícil encontrar tempo para discussões sérias sobre sentimentos, diferenças ou mesmo sobre como cada um entende e aprecia o relacionamento. Para aproveitar o tempo juntas, muitas pessoas dão um valor especial a noites que conseguem passar inteiramente na companhia uma da outra, acordando depois sem pressa nenhuma e desfrutando do bom e velho café da manhã. Se a cada vez que você e seu parceiro se encontram existe a expectativa de sexo erótico e intenso, pode ser complicado encontrar espaço para conversas simples, falar sobre sentimentos, escutá-los, dar chance de se conhecerem, de valorizar um ao outro, de se conectarem. Se não costumam passar a noite juntos, tentem marcar de se encontrar para almoçar ou tomar café, ou agendem um encontro para fazer uma trilha nas montanhas, caminhar pela praia, visitar um jardim botânico ou um museu.

MIME-SE

Quando suas emoções são devastadoras e caóticas, é útil perguntar a si mesmo se há algo que você pode fazer para ajudar a se sentir um pouquinho mais seguro. Deixe de lado o contexto geral. Talvez seja amplo demais para ser compreendido por completo agora. Respire profundamente algumas vezes, relaxe os músculos conscientemente, coloque uma música tranquila. Experimente enrolar-se em um cobertor macio. Pode não parecer muito, mas quando você consegue fazer qualquer coisa que melhore um pouquinho o seu humor, por mínimo que seja, você está caminhando na direção certa para ter a confiança de que conseguirá aprender a lidar com seu ciúme.

Cuide bem de si enquanto aprende a lidar com sentimentos difíceis. Faça como se estivesse gripado: cuide-se. O que traz conforto para você? Faça coisas para si mesmo: chocolate quente, toalhas macias depois de um longo banho, uma longa sessão do filme ou jogo de computador preferido, o ursinho de pelúcia favorito. O autocuidado efetivo muitas vezes se dá através da consciência corporal, por isso experiências físicas agradáveis – massagens, banhos quentes, hidratante para a pele, pijamas de flanela – podem proporcionar conforto e segurança mesmo quando sua mente está preocupada e seus pensamentos, uma bagunça. Deixe-se cuidar da melhor maneira possível.

Quando antecipar que vai sentir ciúmes, faça planos para ocupar o tempo. É um pouco demais pedir que você marque um encontro excitante sempre que seu amante tiver um. Afinal, a agenda da maioria das pessoas é bastante complicada. O que fazer, por exemplo, se o encontro do seu parceiro ficar doente? Você também cancela o seu compromisso? As pessoas com quem você se compromete contam com você, o tempo que elas reservaram para o encontro é precioso. Terceiros parceiros também têm direito a alguma previsibilidade na vida deles.

No entanto, mesmo que você não consiga marcar um encontro excitante, provavelmente ainda tem chance de encontrar um amigo para ver um filme, falar sem parar (com o devido cuidado com as informações confidenciais, obviamente), comer doces, roer as unhas, enfim, qualquer coisa que funcione. Não recomendamos beber e se drogar, pois ficar alterado pode muito bem aumentar a intensidade do seu incômodo, fazendo com que você se esqueça de sentir seu ciúme sem agir de acordo com ele. Alguma dose de escapismo não tem problema, mas se você se anestesiar a ponto de não sentir nada perderá a oportunidade de desenvolver habilidades para lidar com o que está sentindo.

Adquirir tais habilidades requer prática, assim como aprender a meditar ou andar de skate. No começo, você se sente idiota e se pergunta por que está fazendo isso, e nada funciona muito bem. Mas, se você pratica o cuidado de si, depois de um tempo sua visão de mundo muda: ele se torna um lugar muito mais amigável e acolhedor, porque foi você quem o criou.

AGUENTE FIRME

Quando não há opção melhor disponível, não há nada de errado em soltar fogo pelas narinas, enfrentar o problema e atravessar as dificuldades até que tudo melhore. Dossie lembra-se do primeiro desafio que encarou depois que decidiu nunca mais ser monogâmica:

> Eu estava ficando casualmente com um rapaz e havia dito, numa longa conversa, que não estava disponível para nada sério e que não tinha intenção de voltar a ser monogâmica. Um dia, ele veio me visitar quando minha melhor amiga estava em casa, todos fumamos um pouco de maconha e ele começou a seduzi-la. Ela gostou dele, não sabia que nós estávamos tendo algo e o rala e rola começou bem ali no meio da minha sala. Ai! Meus pensamentos aceleraram enquanto eu os observava: "Bom, não é que eu queira me casar com ele, ou que esteja com vontade de me juntar a eles, e não creio que minha amiga seja bissexual, então o que faço?". Não tinha um manual de boas maneiras para a situação. Por um tempo, para dizer a verdade, fiquei sentada, gelada. Finalmente, pensei comigo mesma: "Ok, já que não tem roteiro pronto, vou ter que inventar um. O que eu estaria fazendo se minha amiga e meu novo amante não estivessem rolando agarrados no chão?". Imaginei que es-

taria fazendo anotações do livro de tarô que estava lendo, então subi e fui estudar, soltando fogo pelas narinas. Concentrar-se nas minhas anotações me deu um pouco de alívio, já que ocupei a minha mente. Em dado momento, eles foram embora e eu tive uma noite estranha e solitária. Não me senti precisamente ótima, mas pelo menos fiquei orgulhosa de mim mesma por ter sobrevivido. Não me senti machucada, estava realmente bem. O que eu tinha conseguido controlar foi a minha própria força, então, por mais estranho que fosse, essa foi minha primeira travessia bem-sucedida pelo ciúme.

VÁ PELO CAMINHO DIFÍCIL

Esta é uma boa pergunta para se fazer quando você está tentando entender o ciúme: "Quais são as imagens específicas que mais me incomodam?". É provável que você já as esteja imaginando ao ler essas linhas, então seguramente não se sentirá pior pensando no que o assusta.

Tais imagens perturbadoras, as que realmente incomodam você, não mostram o que seu parceiro está fazendo — na verdade, você não tem como saber o que ele está fazendo. Quando não sabemos, poucos de nós conseguem se contentar em dizer "não sei" e parar de pensar a respeito. Queremos respostas e, para isso, inventamos algo. O que você imagina quando busca explicações não tem nada a ver com a realidade: trata-se do seu medo. Ou seja, agora você sabe o que é amedrontador, mas não sabe o que está realmente acontecendo.

Nossa mente, como a natureza, abomina o vácuo. Ficamos nervosos. Pense na última vez que você estava esperando o retorno de uma ligação ou que alguém da família estava muito atrasado para voltar para casa. Você acionou a polícia rodoviária, enviou textos desesperados, imaginou possibilidades terríveis? Talvez possam combinar de ligar quando um de vocês sai da casa dos respectivos amantes apenas para evitar esse tipo de preocupação.

Reconhecer os medos é uma maneira poderosa de resolvê-los: "Sim, tenho medo disso". A realidade é quase sempre menos aterrorizante que a ficção; ou seja, receios podem ser combatidos ao serem confrontados com os fatos.

Preste atenção também às coisas que você imagina que são menos perigosas, que são criadas pela sua ansiedade. Você pode se surpreender ao descobrir que imaginar seu amante fazendo sexo com outra pessoa é menos assustador do que pensava, ou que imaginar ele beijando alguém incomode mais que fantasiar sexo com penetração e assim por diante. Tente escrever o que vem à mente em cartões e os organize do mais para o menos perturbador.

Você, então, saberá o que assusta mais e o que transmite mais segurança. Agora você tem acesso a algo em que se concentrar para ajudar a se sentir um pouco mais seguro. Foi dado o primeiro passo no caminho pela busca da tranquilidade.

PENSE NAS COISAS BOAS

Faça uma lista de tudo o que você valoriza no seu relacionamento e guarde para um dia de chuva. Seja otimista, volte sua mente para o lado positivo das coisas. Valorize o que você tem e o que recebe do seu parceiro: tempo, atenção, amor, coisas boas que o preenchem. Evite ser a pessoa pessimista que se concentra no que falta, na energia que está sendo direcionada para outro lugar. Essa energia não é subtraída do que você recebe; relacionamentos não são compensados como talões de cheques. Quando se sentir carente, lembre-se de todas as coisas boas que você recebe do seu relacionamento.

COMPARTILHANDO

Você e seu parceiro precisam treinar falar sobre ciúmes. Um casal que conhecemos conta ter desenvolvido o seguinte acordo: qualquer um dos dois pode pedir por um "momento movediço". Nesse momento, cada um pode dizer o que está incomodando. Pode ser medo, ciúme, nervosismo pela despedida do fim de semana, por sentir-se insignificante ou tonto. Nessas horas, os joelhos se sentem como se estivessem presos em areia movediça. O compromisso firmado é de escutar, mostrar simpatia, aceitar. Essa é a reação apropriada. Ao invés de dizer: "Tudo bem, vou cancelar meu encontro com a Beatriz", dizer: "Meu amor, sinto muito que está se sentindo mal. Eu amo você e logo estarei de volta".

Quando dizemos aos nossos parceiros que temos ciúmes, nos colocamos numa posição vulnerável de maneira bastante profunda. Se respondem com respeito, nos ouvem, validam nossos sentimentos, nos apoiam e confortam, sentimos que somos mais bem cuidados do que se nenhuma complicação tivesse surgido. Por isso, recomendamos fortemente que você e seus parceiros dediquem-se profundamente a compartilhar vulnerabilidades. Somos todos humanos e vulneráveis, e precisamos de aceitação.

Estratégias para sobreviver a períodos de ciúmes serão muito úteis para o resto da vida, e você usará repetidas vezes o que aprender sobre si mesmo com a prática. Todas as técnicas explicadas até aqui são aplicáveis a outras ocasiões difíceis, como entrevistas de trabalho ou a preparação do currículo. Agora você tem um repertório variado de ferramentas de como lidar não somente com surtos de ciúme, mas também com outras emoções dolorosas que podem aparecer pelo caminho. Então, quando percorrer distâncias longas assim, parabenize-se. Comemore seu sucesso, escreva "eu sou um gênio" duas dúzias de vezes em muitas cores brilhantes. Compre algo bacana. Você trabalhou duro e merece uma recompensa.

CAMINHO ESPIRITUAL?

Quando você evolui para além do ciúme, percorrendo o processo de cura que o sentimento pedia, também deixa para trás antigos paradigmas e suposições tipicamente familiares para adentrar o desconhecido — o que pode ser assustador. Trabalhar para mudar sentimentos requer que você se abra, esteja disposto a sentir, recue quando for necessário, torne-se mais consciente. Não é isso a espiritualidade, uma consciência aberta e expandida?

O ciúme pode se converter em um caminho não apenas para curar velhas feridas, mas também para a abrir o coração: expandir seu amor a amantes e a si próprio da mesma maneira que abre seus relacionamentos para acomodar todo amor, sexo e satisfação disponíveis de verdade para você.

Uma nota final sobre o amor: um remédio para combater o medo de não ser amado é se lembrar de como é bom amar alguém. Se você está se sentindo mal e quer viver algo melhor, vá amar alguém e veja o que acontece.

SOBRE ROMANCE

Uma das palavras mais usadas para se referir a relacionamentos é "romântico". No consultório terapêutico de Dossie, o cliente às vezes desdenha uma nova conexão, dizendo: "Ah, não é um relacionamento romântico". Como esta é uma palavra que nenhuma de nós duas usa muito, fomos descobrir o que significa.

Perguntamos a alguns amigos. O que aprendemos é que "romance", para muita gente, tem a ver com a profundidade da emoção, do comprometimento e/ou com quanto isso tudo se encaixa numa história específica e idealizada. Romance, para muitos, define um tipo particular de narrativa, em vez de um sentimento. Pense, por exemplo, na distinção que muitas pessoas fazem entre relacionamentos "românticos" e relacionamentos "sexuais": no primeiro, há uma trajetória implícita. Todos nós já vimos essa história repetidas vezes em livros, filmes e na televisão: um garoto conhece uma garota (ou um rapaz conhece outro rapaz, ou uma moça conhece outra moça), eles têm um primeiro encontro, um segundo e um terceiro, em que fazem sexo, há entendimentos e mal-entendidos, trocam presentes e momentos engraçados/peculiares, e depois há o casamento, no qual cada parceiro promete "passar o resto da vida juntos, até que a morte os separe".

Não vemos nada de errado nisso, até chegar ao final. Poucos de nós leram histórias nas quais quem ia viver feliz para sempre eram três pessoas (ou quatro, ou mais). Também não foi considerada a possibilidade de uma querer, digamos, "viver juntos para sempre" com fulano de um jeito e com sicrano, de outro. Menos gente aprendeu que se separar e redescobrir um ao outro como amigos dividindo a criação dos filhos também pode fazer parte de uma história romântica.

Como crescemos cercados por um certo tipo de história romântica, usada em diversas narrativas, de fábulas da carochinha a contos eróticos, muitas vezes criamos expectativas que interferem nos nossos objetivos de promíscuos éticos. A abordagem única da narrativa "romântica" nos induz a tentar encaixar todos os relacionamentos no padrão, sendo ou não uma boa opção para você, para a pessoa não fictícia à sua frente e para o relacionamento que vocês poderiam construir juntos.

Se você é o tipo de pessoa que sonha com uma rosa vermelha de presente e um passeio na praia ao pôr do sol, aproveite esse lindo sonho e saiba que você pode aprender a sonhar detalhes diferentes com pessoas diferentes, de quantas maneiras sua imaginação e libido permitirem.

16

ACEITANDO CONFLITOS

Nada contribui tanto para criar intimidade quanto dividir fraquezas. Obviamente, nunca vamos menosprezar tudo de maravilhoso que obtemos ao compartilhar amor — risadas, felicidade e sexo —, mas o que aprofunda mesmo a intimidade são as experiências que dividimos quando nos sentimos destruídos, assustados e vulneráveis, e vemos que nossos amantes estão lá conosco, dispostos a compartilhar tais emoções assustadoras. Esses são os momentos que mais nos aproximam.

O que você ganha com isso?

Há quem se surpreenda ao descobrir que gente promíscua também enfrenta inseguranças avassaladoras, mas a verdade é que a safadeza pode apresentar tantas aflições quanto outros estilos de vida. Afinal, não se nasce sabendo técnicas para aliviar ansiedades. A sua própria liberdade pode se revelar muito mais fácil de aceitar que a de seus parceiros, ou vice-versa. Sair e ficar em casa são situações distintas, como comer e cozinhar: cada uma oferece recompensas próprias e requer habilidades específicas.

Quando surgem conflitos, uma boa pergunta a fazer é: "O que espero tirar de uma situação dessas?". Por que é que você está fazendo todo esse árduo trabalho para se tornar promíscuo? A resposta depende da situação individual de cada um, mas, para muitos, liberdade é a maior recompensa. Ou seja, temos que aprender a proporcionar liberdade aos parceiros, se quisermos obtê-la nós mesmos.

Para proporcionar e conquistar liberdade, precisamos conhecer boas maneiras de lidar com os conflitos inevitáveis que surgem sempre que sentimentos intensos estão em jogo. Existem muitas alternativas favoráveis. Comece verificando consigo mesmo o que você já sabe sobre conflitos. Você provavelmente tem conceitos bastante firmes a respeito, que foram aprendidos, literalmente, no colo do seu pai ou da sua mãe, ou talvez quando você estava encolhida chorando no canto.

Analisar padrões vividos na infância ajudará a entender muito sobre como você reage hoje à raiva e ao conflito. Quando criança, você não tinha escolhas. Tinha que se encaixar de alguma forma nos padrões de sua família. Como fazia para se proteger?

Você nunca teve esse problema? Pessoas que cresceram em famílias saudáveis geralmente são tranquilas e destemidas. A desvantagem de crescer numa família excepcionalmente saudável é a dificuldade em entender por que todo mundo fica tão angustiado.

A maioria de nós, no entanto, aprendeu a se esconder por segurança, a lutar para se proteger, ou a se menosprezar para despertar pena das outras pessoas. Se você reage a conflitos de algum desses jeitos — na defensiva, com raiva, abstendo-se, chorando —, com certeza há um bom motivo por trás desse comportamento.

Depois que compreende como aprendeu a reagir dessa maneira, outras opções aparecem. Converse com seus parceiros. Como foram criados? O que acontece quando A realmente quer ouvir como B se sente, mas B está tentando se esconder para se manter seguro? Pode ser que cada um tenha adquirido qualidades diferentes para lidar com conflitos. Nada impede que ensinem novas maneiras um ao outro.

BRIGA LIMPA

Pensar que laços íntimos se fortalecem compartilhando sentimentos de vulnerabilidade leva-nos ao nível máximo da intimidade: brigas. Muitos acreditam que confrontos entre parceiros devem ser evitados a qualquer custo, mas a maioria dos terapeutas de casal discorda. Brigas de casal parecem ser uma experiência universal: na verdade, pouca gente gosta, mas são necessárias, pois é um elemento construtivo na criação de uma relação sólida, baseada em crescimento e mudanças — assim como os incêndios, que possibilitam novo crescimento em velhas florestas.

É preciso aprender uma boa maneira de comunicar a raiva num relacionamento de longo prazo, assim como deve existir um bom jeito de negociar desentendimentos. Primeiro, você precisa descarregar um pouco a irritação, encontrando, por exemplo, uma maneira segura e construtiva de vivenciar e liberar o que está sentindo. Você provavelmente precisará fazer acordos prévios: não descontar no parceiro, na frente das crianças, enquanto estiver ao volante, depois de ficar alterada ou beber etc. Existe um lugar seguro para você poder gritar o mais alto que conseguir?

A questão, a nosso ver, não é evitar a briga, mas aprender a discutir de maneira não destrutiva – física, moral ou emocionalmente. Uma boa briga é muito diferente de abuso. Numa briga limpa, há respeito pela segurança e pela reciprocidade, de modo que ambas as pessoas expressam plenamente seus sentimentos e terminam mais fortes e próximas do que antes: unidas pela chama, por assim dizer.

O conceito de "briga limpa" foi enunciado pela primeira vez por George R. Bach em seu maravilhoso livro *O inimigo íntimo: como brigar com lealdade no amor e no casamento*. Publicado em 1968, o livro está absurdamente desatualizado, mas seu material sobre comunicação e as descrições detalhadas de jeitos construtivos de compartilhar raiva com o parceiro são inestimáveis. Você também pode fazer uso de qualquer obra recomendada ao final deste volume. Independentemente da escolha, ler um livro com seu parceiro os colocará na mesma página. Vocês serão expostos aos mesmos conceitos e poderão conversar sobre o modo como se comunicam sobre o que é importante para vocês.

Pode ser que você decida ignorar algo que incomoda porque parece muito banal. Mas, se o problema continua aparecendo na sua cabeça, é óbvio que ainda há questões a serem resolvidas. Que tal começar uma conversa com: "Há algo pequeno que vem me incomodando"? Se sentimentos gostam de ser ouvidos e a raiva é um sentimento difícil de ouvir, como descarregá-la sem criar mais problemas do que soluções?

SOLUÇÕES BOAS PARA TODOS

Uma boa briga começa com o entendimento de que, para ser bem-sucedida, todo mundo tem que sair ganhando. Se uma pessoa ganha e a outra perde, o problema que causou a briga não foi resolvido: é ingênuo imaginar que, porque você "perdeu", parou de ter interesse no assunto em jogo. Quando você sente que foi dominada, desarmada ou vencida no grito, fica magoada e o problema continua sendo um problema. A única maneira real de chegar à vitória é encontrar uma solução em que todas as partes envolvidas sintam que ganharam. Numa luta limpa e justa, os sentimentos de cada pessoa são ouvidos e considerados, e as soluções, decididas em comum acordo, e não pela "lei do mais forte".

Podemos ter uma briga justa estabelecendo regras e limites e respeitando o direito de todos de expressar seus sentimentos e opiniões, inclusive os nossos. Agendar um horário para brigar e cumprir com esse combinado ajuda. Intimidar o parceiro no banheiro ou quando está saindo para trabalhar não contribui para brigas construtivas. As brigas devem ser agendadas para o momento em que podemos dedicar toda a nossa atenção a elas.

Agendar brigas traz a vantagem extra de poder se preparar, organizar pensamentos e saber que haverá um momento em que certo problema específico será resolvido. Se você se sente mal com as contas do mercado na terça-feira e sabe que marcou de discutir o assunto na quinta, fica simples deixar a chateação de lado até chegar a hora certa. A maioria das pessoas não consegue ignorar os problemas quando parece que eles nunca serão abordados.

"Mas, como assim, agendar uma briga? Elas não são simplesmente explosões, como as dos vulcões? E, quando brigamos, ninguém obedece a nenhuma regra ou respeita nenhum limite, certo? Não estamos falando de explosões emocionais intensas?" Sim, é disso que estamos falando, mas não acreditamos que você consiga resolver problemas quando seu emocional está intensamente alterado. Quando sentimentos entram em erupção, é importante reconhecê-los e prestar atenção.

Por pior que seja a sua reação, essa é a sua verdade — e uma que você obviamente sente intensamente; portanto, é uma verdade importante.

CAUSA E EFEITO

Por que, às vezes, somos levados a sentir emoções extremamente fortes, particularmente em momentos de conflito íntimo? Todas passamos por isso, não só você. Dossie se lembra de ter ataques de pânico do nada quando tinha dezenove anos — até que um dia ela notou que algo havia passado rapidamente perto do seu rosto. Seu pai costumava ter explosões repentinas de raiva que resultavam num forte tapa no rosto da filha. Dossie percebeu que sempre que alguma coisa se movia repentinamente perto de seu rosto — mesmo que fosse a pessoa amada — ela acreditava que estava prestes a ser estapeada. Depois disso, pôde olhar em volta e conferir que nada no momento a ameaçava, para que os ataques de pânico desaparecessem.

Novas pesquisas sobre o funcionamento do cérebro têm proporcionado informações bastante úteis sobre como desencadeamentos de causa e efeito funcionam no nível fisiológico. Temos no cérebro uma área denominada amígdala, que faz o trabalho de recordar situações associadas a emoções fortes, tanto prazerosas quanto assustadoras, e nos deixa preparados para agir. A manifestação mais comum desse fenômeno em sua forma mais extrema são os *flashbacks* experimentados por sobreviventes de abuso sexual e veteranos de guerra.

A amígdala tem conexão direta com a glândula pituitária e consegue acionar o sistema de resposta a emergências antes do raciocínio conseguir se atualizar. Quando flui adrenalina na circulação sanguínea, as sinapses são inundadas por noradrenalina e as células liberam açúcares nas veias para proporcionar a energia necessária para lutar ou fugir do perigo. Nosso sistema é invadido por reações químicas e de repente tudo parece ser extremamente urgente. Desencadeamentos de causa e efeito são particularmente comuns (e intensos) em brigas de casal, quando é possível que todos os antigos gatilhos que adquirimos quando criança sejam estimulados. Para complicar, muitos de nós aprendemos, por um motivo ou outro, a reprimir nossos sentimentos — ou seja, muitas vezes desencadeamos o efeito sem entender a causa.

A primeira coisa a reconhecer é que nada pode ser resolvido quando se está nesse estado. As reações de fuga ou luta proporcionadas pela adrenalina produzem uma energia tremenda para sobreviver a uma crise, mas não para estimular o bom senso.

Porém, há duas coisas que acontecem durante a resposta fisiológica ao estresse, e podemos aprender a usá-las. A primeira é que, se pudermos nos ocupar por quinze ou vinte minutos sem estimular novamente o que causou estresse, o organismo volta ao normal, bem como a sensatez. O processo de tomar um tempo para se acalmar será descrito daqui dois parágrafos.

É ainda melhor saber que toda vez que conseguimos investir quinze minutos cuidando de nós mesmos da maneira mais gentil possível, curamos efetiva e fisicamente nossas amígdalas, desenvolvendo fibras mais integradoras, que fornecem neurotransmissores calmantes. Assim, toda vez que conseguimos administrar uma crise, aumentamos a capacidade de nos acalmar. Portanto, pratique muito ser gentil consigo mesmo.

Quando acontece de você ou um parceiro acionarem algo que desencadeia uma reação estressante, encontre uma maneira de interromper a conversa para cada um ir para um lado. Em seguida, por quinze minutos, faça algo focado no autocuidado: nada que volte a disparar o sistema de reação de emergência, até que a adrenalina baixe e as duas partes se sintam relativamente calmas.

Com cada um dos parceiros, você precisará negociar acordos antecipadamente. Primeiro, todos devem entender que dar um tempo para se acalmar não tem absolutamente nada a ver com assumir ou transmitir culpa. Se algo que vocês fizeram ou falaram foi a causa da reação, ambos precisam parar para frear a adrenalina, o que pode ser complicado: é quase certo que alguém se sentirá abandonado, cortado bruscamente ou ignorado. Lembre-se de que é por apenas quinze minutos, não para sempre.

Visto que vocês provavelmente precisarão estar em cômodos separados por alguns minutos, conversar antes sobre qual aposento cabe a cada um é uma boa. Onde estão os computadores, os livros, a poltrona de leitura? Se alguém gosta de ouvir música ou assistir à televisão, precisa ter fones de ouvido para proporcionar silêncio para a outra pessoa? Se alguém for sair, é bom combinar de ligar em vinte minutos para garantir que está tudo bem.

Algumas pessoas gostam de combinar uma palavra para indicar que precisam desse tempo sozinhas. "Tempo separado", "vermelho" ou alguma palavra boba pode ajudar a aliviar a raiva.

Se vocês têm filhos e eles estão em casa, os cuidados ficam a cargo de quem? Crianças podem ficar nervosas ou querer mais segurança quando adultos brigam, o que de forma alguma é errado. Mas talvez elas se sintam carentes ou apegadas num momento que você preferia estar livre para se concentrar em suas próprias necessidades. Façam um acordo para honrar o tempo separado em silêncio. Pensar em mais de uma coisa ao mesmo tempo provavelmente desencadeará outra liberação de adrenalina e prolongará o problema.

Você e seu parceiro devem conversar previamente sobre tudo isso para planejar esse tempo inicial sozinhos. Depois, procurem uma ocasião para treinar. Tentem, para praticar, pedir um tempo por um problema não tão grave.

Sempre que sentir que as emoções desconfortáveis mais comuns estão crescendo e que alguma reação intensa está sendo acionada — irritação, frustração, raiva ou sofrimento —, peça para ficar sozinha um tempo. Emoções fortes muitas vezes aparecem rápido e são difíceis de prever. Assim que você se lembrar dessa tática e perceber que esse tipo de sentimento está começando a inundar você, sinalize que precisa de tempo.

Retirem-se da conversa e dirijam-se para os lugares acordados. Faça o que você acha que poderia acalmá-lo, nada que estimule ainda mais os ânimos. Respire fundo algumas vezes e lembre-se de expirar completamente: reduzir o gás carbônico de seus pulmões ajuda a baixar a adrenalina. Gostamos de atividades que ocupam a mente — nenhuma das autoras consegue meditar quando se sente assim; se você consegue, vá em frente, mas não se sinta mal se não puder esvaziar a mente neste momento. Nossas opções incluem folhear um livro ou revista, navegar pela internet, jogar paciência, escutar música ou ver um filme antigo. Tente evitar atividades que liberam mais adrenalina. Cuidado com jogos violentos, discussões on-line ou músicas com letras agressivas. Algumas pessoas gostam de extravasar a raiva dançando *hip-hop*, outras acham essa atividade muito estimulante. Com o tempo, você aprenderá o que funciona melhor.

Talvez você queira escrever a respeito dos seus sentimentos, ou desenhá-los. A qualidade da arte resultante do processo é irrelevante; é só para você. Uma das autoras tem registros no diário que começam com projeções insanas somadas a acusações terríveis, que gradualmente evoluem a ponderações incrivelmente livres de julgamento sobre o que ela e seu parceiro discutiram, e às vezes culminam em novas percepções sobre o que a aborreceu tanto.

Depois de quinze minutos, verifique: sente-se melhor? O tempo sozinha pode ser mais longo nas primeiras vezes, até aprender o que funciona para você, a fim de ganhar mais confiança no processo.

Quando estiverem prontos para se falar, façam algo fácil e reconfortante. Saiam para passear no parque, peçam sua comida favorita, cozinhem algo juntos, assistam a um filme fazendo companhia um ao outro. Daí, combinem um horário para retomar a discussão que acionou o pedido de tempo.

Esse processo dificilmente será elegante, bonito ou minimamente prazeroso. Mas precisamos dele quando estamos emocionalmente sobrecarregados e definitivamente distantes do nosso melhor momento. Estejam preparados para se perdoar mutuamente e a si mesmos por serem humanos. Quando vocês reatam, prontos para harmonia e compreensão, os resultados valem a pena.

USAR "EU" PARA COMUNICAR

Boa comunicação começa quando todos falam sobre seus sentimentos, muito antes de começar a discutir os prós e contras de qualquer solução. Boa comunicação baseia-se na identificação dos sentimentos, na sua expressão e validação — nosso parceiro ouve e compreende o que dizemos, estando ou não de acordo. Emoções não são opiniões, são fatos: verdades sobre o que as pessoas estão experimentando.

Tente usar frases que começam com "eu me sinto...". Há uma enorme diferença entre "você está me fazendo sentir muito mal" e "eu me sinto muito mal". Mensagens que começam com "eu" são uma declaração pura de sentimento, não carregam acusação. Quando seus amados não se sentem atacados nem estão na defensiva, estão livres para ouvir o que você realmente diz. Por outro lado, se sua frase começa com "você", especialmente "você sempre", o ouvinte pode receber como um ataque e responder na defensiva.

As palavras "eu me sinto" devem ser seguidas por uma emoção — triste, louco, alegre, bravo — ou uma sensação física — enojado, nervoso, magoado, instável. Mensagens que começam com "eu sinto que" frequentemente expressam mais uma crença que um sentimento, como "eu sinto que não deveríamos fazer tanto sexo", ou uma mensagem que diz respeito a "você", como "eu sinto que você é louco". Muitas vezes, somos tentados a descrever nossas emoções na voz passiva, como "eu me sinto julgado/atacado/traído". Essas são, no fundo, mensagens que dizem: "Você está me julgando/atacando/traindo".

A maioria de nós se sente incomodado quando outra pessoa quer nos dizer como nos sentimos, independentemente se tem ou não razão. É uma violação de limites quando alguém supõe qual é nossa verdade interior. Tente fazer perguntas respeitosas: "Como você está se sentindo agora? Estou pensando se você está triste...".

Não podemos pedir aos nossos amados que fiquem parados enquanto jogamos acusações contra eles, usando-os como alvo para nossas frustrações; isso seria pedir que consentissem ser maltratados, e estão certos em resistir. Mas podemos pedir que ouçam como nos sentimos, porque deixar de lado a própria vida por alguns minutos e ouvir nossos sentimentos é algo que podem fazer. Para aprender a usar "eu" nas mensagens, tente falar sobre um problema que o incomoda atualmente sem usar a palavra "você", e sem falar sobre qualquer outra pessoa, apenas sobre os próprios sentimentos. Essa técnica exige um pouco de prática, mas é menos difícil do que parece.

Quando for a sua vez de ouvir como seu amado se sente, coloque-se inteiramente em modo de ouvinte. Lembre-se de que sentimentos gostam de ser ouvidos e validados, por isso não analise ou tente explicar as coisas. Apenas ouça. Pode ser que você seja surpreendido com algo que não sabia. Pode aprender como é o mundo a partir dos olhos de outra pessoa, pode valorizar sentimentos, validar a posição em que ela está e demonstrar compreensão. Desse jeito, as soluções vão fluir de modo mais livre e natural. Não existem soluções erradas, nem corretas — apenas acordos que se encaixam bem conforme o que sentimos.

HÁ AJUDA DISPONÍVEL

Você não precisa fazer tudo isso sozinho. Há muitos livros, cursos, oficinas e outros recursos maravilhosos disponíveis. É uma boa ideia separar tempo e energia para aprender sobre comunicação e fazê-lo com a pessoa com quem você está tentando se comunicar.

Muitas oficinas excelentes de fim de semana focam a comunicação para casais; algumas igrejas oferecem retiros de fim de semana para casamentos; e alguns consultórios têm cursos de comunicação e controle da raiva. Vale a pena participar de oficinas e cursos, mesmo quando não abordam a promiscuidade especificamente. Nunca conhecemos um casal que não ganhou novas habilidades ou ideias depois de frequentar uma oficina de comunicação ou intimidade. Algumas existem especificamente para trabalhar questões decorrentes da não monogamia. Não hesite em participar, e lembre-se de que o facilitador tem experiência em criar ambientes seguros para explorar questões profundamente emotivas. Muitos casais repetem as oficinas quando surge uma nova questão em suas vidas. Nós incentivamos que você participe. Se dinheiro for problema, alguns cursos oferecem desconto em troca de ajuda com logística e tarefas. Só de saber que outras pessoas enfrentam alguns dos mesmos problemas que você, já pode ajudar.

Apoio, ideias e informações também podem ser encontrados por meio de grupos presenciais e virtuais. Veja o capítulo 19, "Estabelecendo conexões", para sugestões de como achá-los.

Uma opção mais cara, mas excelente, são sessões de terapia de casal. Em geral, essa seria nossa recomendação depois de já ter feito algumas aulas e oficinas – a menos que você esteja preocupado com privacidade, o que dificultaria as opções coletivas.

Pesquise algumas dessas fontes para verificar se aceitam bem um relacionamento aberto. Psicólogos antiquados e organizadores de oficinas e retiros podem achar que seu desejo por muitas pessoas é sintoma de distúrbio psicológico; você pode não se sentir adequadamente apoiado num ambiente hostil. Se precisar de ajuda para encontrar um terapeuta ou grupo simpatizante, tente perguntar aos amigos ou procurar "terapeuta poliamor [nome de sua localização]" em seu mecanismo de busca favorito. Hoje em dia, nos Estados Unidos, muitos terapeutas têm páginas na internet onde listam suas habilidades, experiência e alguma informação sobre sua filosofia: você pode enviar uma mensagem e perguntar que experiência de trabalho eles têm com relacionamentos não monogâmicos.

É altamente recomendado que você pesquise esse tipo de ajuda o quanto antes. Quase todo mundo pode se beneficiar com um ajuste ocasional nas habilidades de comunicação, e se você esperar até que seu relacionamento esteja em crise, enfrentará um trabalho muito mais difícil do que se já viesse praticando essas habilidades.

O TEMPO A FAVOR É SEU AMIGO

Em algumas culturas, é costume esperar vários minutos depois que uma pessoa termina de falar para responder: é rude e mal-educado não pensar no que a pessoa disse, e falar imediatamente indica que você só estava esperando que ela se calasse para começar a tentar mudar sua cabeça. Recomendamos esperar antes de responder a qualquer comunicação séria, principalmente quando se trata de algo importante para quem está falando. Muitas vezes, quando você intencionalmente diminui a velocidade de fala, escuta algo novo.

As pessoas frequentemente encaram discordâncias como algo que precisasse ser resolvido imediatamente. Elas se esforçam em encontrar uma solução poucos minutos após descobrirem que não concordam com algo com que, talvez, nunca cheguem a concordar.

Vocês, porém, podem estar convivendo com esse desentendimento há muito tempo, e não fará muita diferença continuar assim um pouco mais. Então, considere a seguinte estratégia: reconheçam o desentendimento, deem a cada um a oportunidade de apresentar seus sentimentos usando os princípios que você aprendeu nesse capítulo, e depois reservem dois dias para digerir o que escutaram.

Quando retomarem a discussão, provavelmente estarão bem mais calmos. Você poderá ter uma compreensão mais clara do que é importante para você e reconhecer melhor o que é importante para o seu amado, e por quais razões. Ou seja, vocês estarão num estado melhor para negociar uma solução feliz para todo mundo. Ou, depois de dois dias, talvez tenha se tornado tão fácil que vocês não precisarão de um roteiro especial para chegar a um acordo. Lembrem-se: quando não há emoções envolvidas, o tempo está a seu favor.

POR ESCRITO

Às vezes, nossos sentimentos são tão complicados que parece impossível lidar com eles em conversas cara a cara. Sob tais circunstâncias, pode ser que você queira escrever uma carta bem pensada para informar seu amado sobre todas as preocupações de maneira ponderada, para que possam ser absorvidas e processadas em seu próprio tempo. A correspondência não substitui a conversa real, mas pode ser um bom preparativo, uma maneira um pouco mais segura de abrir a discussão.

É vital, no entanto, que você envie a carta somente depois de ter tido tempo para pensar a respeito. A desvantagem da correspondência é que ela não consegue transmitir todos os detalhes da comunicação

— expressão facial, linguagem corporal, tato. O lado positivo é, ou deveria ser, que uma carta pode ser escrita com cuidado, sem sobrecarga emocional indevida. Se você clica "Enviar", ou posta o envelope nos correios antes de ter a chance de pensar no conteúdo, obterá todas as desvantagens sem nenhuma vantagem.

Comece escrevendo a carta que você não enviará, expressando todos os seus sentimentos e preocupações. Janet mantém cartas salvas na pasta "Rascunhos" do e-mail; Dossie as escreve em seu programa de texto e depois as transfere para o e-mail. Escreva todos os seus sentimentos, deixando de lado qualquer preocupação sobre a reação do parceiro, para que você possa se expressar completamente. Em seguida, feche o arquivo e vá fazer outra coisa. Volte e inclua (ou edite) mais conteúdo por alguns dias, e então revise o que escreveu, certificando-se de que está assumindo a responsabilidade de seus próprios sentimentos e fazendo uso das mensagens que começam com "eu". Nós geralmente excluímos as frases que começam com as palavras "seu idiota". Mais tarde, quando reler a mensagem e conseguir imaginar que seu parceiro realmente entenderá o que está incomodando, é hora de enviar.

Esperamos não precisar lembrar que seu blog, página de mídia social ou lista de e-mail particular com algumas dúzias de amigos muito íntimos não são lugar para treinar esse tipo de correspondência privada. Enfrente sozinha essa dificuldade, ou, se isso parece impossível, consulte um único amigo de confiança, alguém que seu amante também aceitaria, para ter certeza de que você está realmente dizendo o que está tentando dizer.

Dossie escreveu uma carta assim recentemente para um amante. Primeiro, fez um rascunho num momento em que estava profundamente chateada, numa sexta-feira. Estava ocupada durante o fim de semana, mas conseguiu revisitar a carta algumas vezes. Na segunda, os problemas seguiam, mas depois de ter processado um pouco, pareciam mais administráveis. Então ela telefonou para o amigo, eles conversaram e... resolveram os problemas com bastante facilidade e tranquilidade. A carta nunca foi enviada.

ASSUMA O QUE É SEU

Quando você está disposto a assumir suas dificuldades, seu amante consegue consolá-lo e oferecer tranquilidade e amor no momento em que as coisas estão difíceis. Mesmo quando vocês não concordam sobre como vão lidar com um problema, ainda podem trocar amor e carinho. Recomendamos que todo mundo esteja aberto a pedir apoio, amor, abraços, conforto e coisas do gênero. Muitos de nós crescemos em famílias que ensinaram a não pedir o que precisávamos, e nos julgavam carentes quando queríamos atenção.

O que há de errado em querer atenção? Não há muito disso por aí? Lembre-se da economia de escassez: não subestime os seus desejos. Você não precisa se contentar com pequenas doses de consolo, atenção, apoio, tranquilidade e amor. Você tem direito a ser reconfortado e tranquilizado se quiser. Junto com as pessoas de seu círculo íntimo, você pode compartilhar muito, muito, muito mais e, durante o processo, descobrir que tudo o que você tem para compartilhar vai além do que imaginou ser possível. Portanto, concentre-se na abundância e crie uma ecologia de relacionamentos próspera nas coisas boas da vida: aconchego, afeto, sexo e amor.

17

COMO FAZER ACORDOS

A maioria dos relacionamentos bem-sucedidos — de casos de uma só noite até a monogamia de uma vida inteira — baseia-se em suposições que, na verdade, são acordos não declarados de comportamento: você não beija o carteiro, por exemplo, nem dá gorjeta para sua mãe. Essas são regras não escritas que aprendemos desde cedo, com nossos pais, amigos de infância e a cultura em que somos criados. Quem quebra regras não declaradas costuma ser considerado estranho, às vezes até louco. Os valores e juízos por trás dos acordos sociais de relacionamentos estão tão profundamente enraizados que normalmente nem estamos cientes de que estabelecemos um.

Em muitas relações cotidianas, com vizinhos e colegas de trabalho, por exemplo, tudo bem confiar nos acordos implícitos já incorporados. Mas, quando você está experimentando algo tão complicado e sem precedentes como promiscuidade ética, é muito importante não considerar nada garantido. Converse sobre acordos e negocie condições, ambientes e comportamentos que atenderão às suas necessidades e respeitarão os limites de todos.

Muitas vezes, você escuta as pessoas falando das regras de seus próprios relacionamentos. Mas "regra" implica rigidez, a existência de um caminho certo e outro errado para se relacionar. Implica também que, se você errar, haverá penalidades. Para nós, existem muitas maneiras diferentes de se relacionar, então preferimos usar a palavra "acordos" para descrever decisões conscientes e acertadas previamente entre as pessoas, flexíveis o suficiente para acomodar individualidade, crescimento e mudanças. Às vezes, os acordos são um pouco confusos, especialmente se você está acostumado com a rigidez das regras. Um pouco de imprecisão não tem problema: seu acordo pode ser esclarecido mais tarde, se necessário. Se não, provavelmente já está claro o suficiente.

Como saber que precisamos de um acordo? Você saberá escutando suas emoções. Se aparecer algo que o deixa chateado, bravo, carente, essa pode ser a área em que você e seu parceiro precisam chegar a um acordo. Esqueça já a ideia de que é possível prever cada situação e, portanto, criar uma regra que contemple tudo. Acordos perfeitamente válidos são feitos conforme a vida acontece: surge o problema e, em vez de discutir de quem é a culpa, os envolvidos fazem um acordo para tentar evitar que ele se repita, ou para lidar melhor com ele da próxima vez que ocorrer.

Nossos amigos Laurie e Chris tornaram-se pessoas extraordinariamente flexíveis para elaborar acordos, graças a muita prática:

> Nós nos conhecemos em uma feira medieval, e nos conectamos na hora. Embora não estivéssemos prontos para casar imediatamente, cerca de cinco meses depois firmamos o compromisso do *handfasting* [antigo ritual celta de compromisso romântico], que incluía, no nosso caso, o acordo de que, se ainda quiséssemos ficar juntos um ano e um dia depois, nos casaríamos. E assim fizemos.
>
> Quando decidimos pelo *handfasting*, Chris propôs que fôssemos sexualmente livres com outras pessoas durante o festival, mas em nenhuma outra ocasião. Laurie ficou chocada com a vontade dele e insegura sobre o que poderia acontecer. Decidimos, então, adiar a decisão até o festival do verão seguinte, que seria depois do nosso casamento.
>
> Durante o primeiro ano do nosso casamento, o acordo era apenas para a feira. Depois, nós o ampliamos também para os finais de semana de oficinas preparatórias. Em um deles, Laurie conheceu um rapaz com quem se envolveu bastante seriamente – foi nosso primeiro relacionamento contínuo fora do casamento. O casamento estava aberto a ponto de Laurie passar muito tempo com o outro amante, e Chris não gostar muito. Ele sentia que não estavam conseguindo passar tempo suficiente juntos.
>
> Então, nós renegociamos. Decidimos que os dois poderíamos dormir com outros parceiros duas vezes por mês. Sentimos que duas vezes por mês era suficiente para se divertir, mas não tão frequente para in-

centivar um vínculo ameaçador com outra pessoa. Isso tem funcionado muito bem faz um tempo, embora tenhamos discutido caso a caso uma ou duas vezes.

Ainda estamos trabalhando nos desafios – pensamos, por exemplo, em nos tornar pais em breve, e não temos certeza de como um bebê afetará nosso relacionamento. Mas nossos acordos sempre foram pelo menos toleráveis, e algumas vezes ofereceram uma válvula de escape que nos impediu de fugir aterrorizados da relação.

Nos vinte anos desde que essa entrevista foi feita, os filhos de Laurie e Chris já se tornaram adolescentes e o casal segue junto, alegremente promíscuo.

CONSENTIMENTO

O que constitui um bom acordo? Em nossa opinião, a marca mais importante é o consentimento, que definimos como a colaboração ativa para o prazer e o bem-estar de todos os envolvidos – direta ou indiretamente. No caso do poliamor, devemos considerar os sentimentos de outros parceiros, filhos e pessoas cujas vidas são afetadas por nossos acordos – e obter seu consentimento sempre que necessário.

Queremos lembrá-lo de que não existe uma forma de fazer uma lista de acordos que cubra cada incerteza e seja tão clara que nunca possa ser mal interpretada. Quando surgirem dificuldades, recomendamos gastar o mínimo de tempo possível tentando descobrir o que deu errado. Em vez disso, invista energia para descobrir o que você faria em seguida.

Definir consentimento pode ser complicado, às vezes. Se alguém dá seu consentimento sob pressão, não achamos que atenda ao critério de "colaboração ativa". E você não pode consentir algo que não sabe. Uma situação como "Bom, você não disse que eu *não* poderia voar para Salvador por duas semanas com o comissário de bordo que acabei de conhecer" não tem nada a ver com consentimento.

Para alcançar consentimento ativo, todos os envolvidos devem aceitar a responsabilidade de assumir os próprios sentimentos e comunicá-los, mas isso nem sempre é fácil. Às vezes, as emoções não querem ser trazidas à tona para que possam, então, ser examinadas. Você simplesmente sabe que se sente mal. Dê a si mesmo tempo e apoio para conhecer o sentimento, talvez usando algumas das estratégias que discutimos no capítulo 15, "Mapas para atravessar os ciúmes". Se sentir que precisa de ajuda para definir o que está acontecendo, não há problema em pedir a um parceiro ou amigo que entende de vários relacionamentos, por exemplo, que dedique um tempo para ouvi-lo. Ter alguém que ofereça conforto físico ou verbal muitas vezes faz uma enorme diferença, e às vezes um amigo sábio ou um terapeuta fará as perguntas certas para ajudá-lo a desvendar um sentimento complicado. Quando você começa a escutar seus próprios sentimentos, adquire mais facilidade em comunicar suas necessidades e seus desejos, de forma que todo mundo pode ouvi-los e fazer acordos para ajudar.

Muitos de nós precisamos de apoio para pedir o que queremos. Precisamos ter certeza de que as necessidades que revelamos não serão usadas contra nós. A maioria de nós se sente bastante vulnerável quando se aproxima dos próprios limites emocionais; por isso é importante reconhecer a validade de tais limites: "Preciso sentir que você me ama", "Preciso sentir que sou importante para você", "Preciso saber que você me acha atraente", "Preciso que você me ouça e se preocupe comigo quando eu me sentir magoado".

Culpar, manipular, maltratar e condenar moralmente não faz parte do processo de chegar a um acordo. Um bom acordo deve incluir o compromisso de todos os interessados em ouvir as preocupações e sentimentos dos outros de maneira aberta e sem preconceitos. Se você está esperando seu parceiro revelar uma fraqueza para usá-la como munição para "vencer", você não está pronto para fazer um acordo satisfatório.

Perder-se em sutilezas de regras é outro inimigo dos bons acordos. Conhecemos um casal que tinha combinado que qualquer um deles informaria ao outro com um prazo de 24 horas se fosse fazer sexo com uma terceira pessoa. Ele ligou de outra cidade para que ela soubesse que tinha tido sexo na noite anterior. "Mas você disse que me contaria com 24 horas de antecedência!", foi o que ela gritou, raivosa. "Eu nunca disse 24 horas *antes*", foi o que ele retrucou. Essa conduta de buscar lacunas legais deixou o sentimento de que o acordo não tinha funcionado. Moral da história: seja claro, específico e, acima de tudo, negocie de boa-fé; não se trata de traição.

Acordos precisam ser realistas e definidos com clareza — se você não tem certeza se está cumprindo um acordo, talvez seja hora de redefini-lo. Não é realista, por exemplo, pedir aos seus parceiros que nunca estabeleçam interações sexuais com pessoas com as quais eles se importam "demais". Não há como definir "demais", e poucos de nós percebem a utopia promíscua como um mundo no qual você só teria permissão para compartilhar sexo com pessoas com quem não se importa. Nenhum de nós pode sinceramente concordar em se sentir apenas desta ou daquela maneira: nossos acordos precisam incluir espaço para emoções reais, sejam elas quais forem. Um acordo mais concreto seria limitar os encontros externos a uma vez por mês, o que pode acabar servindo ao mesmo propósito.

Acordos não precisam ser iguais. As pessoas são diferentes e únicas, e o que toca os pontos fracos de um pode não causar absolutamente nenhum problema para outro. Assim, um parceiro pode querer ouvir todos os mínimos detalhes do que a pessoa amada faz com seu outro amante — mas, quando os papéis se invertem, a pessoa não quer nenhum detalhe além do que seja realmente necessário sobre os envolvimentos externos do parceiro. Alguém acha muito importante que seu parceiro não passe a noite fora, enquanto esse mesmo parceiro gosta de ficar sozinho para assistir a um filme e comer bolachas na cama.

Uma amiga conta:

> Bill e eu temos necessidades muito diferentes quando se trata de relacionamentos. Não sinto necessidade alguma de ser monogâmica; fico bastante confortável em ter sexo com as pessoas de que gosto, mas elas não chegam a entrar no meu coração — ao passo que as conexões sexuais dele são ou muito casuais, como em festas, ou muito profundas e de longo prazo. Nós estabelecemos acordos que atendem às necessidades de ambos — as minhas de ter amigos coloridos, e as dele de estabelecer relacionamentos secundários de longo prazo.

Ao pensar em acordos para um relacionamento aberto, muitos começam listando o que o parceiro não deve fazer: não beije na boca, não trate o outro melhor do que a mim. Alguns "não farás" *são* imprescindíveis: acordos sobre conexões sexuais com amigos, parentes, vizinhos e colegas de trabalho, por exemplo, precisam ser feitos.

Muitos acordos com muitas negativas são, na verdade, sobre como proteger seu parceiro de se sentir magoado ou com ciúmes; não somos grandes fãs deles, embora reconheça que eles podem ser úteis numa etapa intermediária. Achamos que os melhores acordos para proteger o parceiro da dor emocional são os positivos, ao invés dos restritivos: "Vamos ter um final de semana especial: vou dedicar todo o tempo para ouvir suas mágoas e vou repetir sem parar quanto amo você".

Todo mundo precisa de um senso mínimo de segurança para se sentir tranquilo num relacionamento aberto. Firmar acordos que garantam bem-estar emocional a ambos os parceiros pode ser bastante complicado. No processo para desaprender o ciúme, todos nós, em algum momento, pediremos aos nossos parceiros que assumam riscos, enfrentem sentimentos dolorosos e caiam algumas vezes para aprender a andar na bicicleta emocional do amor verdadeiramente livre.

Uma maneira de chegar a acordos respeitando limites emocionais é perguntar o que faria com que você se sentisse *um pouco* mais seguro – conforto, elogios, carinho, um ritual especial ao chegar em casa depois de um encontro? Quando isso funcionar e você se sentir melhor, dê um passo adiante em direção a uma sensação de segurança ainda maior, e logo você se sentirá seguro o suficiente para expandir cada vez mais suas explorações. Cada pequeno passo em direção à liberdade acabará por levá-lo até ela. Uma das coisas que funcionam para trazer mais conforto é entender que nosso parceiro ou parceiros, ou talvez até mesmo os parceiros de nossos parceiros, estão dispostos a ajudar com nossos sentimentos. Quando isso acontece, nos sentimos mais seguros e precisamos de menos proteção à medida que avançamos.

O mais importante é lembrar que o propósito do acordo é encontrar uma maneira de todos saírem ganhando.

CRIAR ESPAÇO PARA AS DIFERENÇAS

Você e seu amor podem ter visões diferentes do que será o relacionamento de vocês. Para um, trata-se de muito sexo lúdico, encontros quentes de uma única noite e festas. O outro deseja um relacionamento primário e outro secundário igualmente especiais. Algumas pessoas desfrutam de relacionamentos que se tornam famílias estendidas a partir de seus amantes e dos amantes de seus amantes; outros procuram por casamentos em grupos de três ou quatro pessoas.

A negociação de diferenças, no entanto, pode ser feita com sucesso todos os dias. O que acontece se uma pessoa quer BDSM, tantra e orgias selvagens, enquanto a outra deseja caminhar na praia ao pôr do sol? Depois que você abre seu relacionamento a outras pessoas que aceitam melhor esses desejos, tudo é possível. Os acordos podem ser assimétricos para dar conta de diferentes emoções e sentimentos, e cada indivíduo precisa de um tipo diferente de conforto: o que gosta de relacionamentos se sente tímido e antiquado, enquanto o amante de festa se sente julgado ou ameaçado por parceiros de longo prazo, e cada um deles precisa ter seus sentimentos validados e valorizados.

ACORDOS

Perguntamos a amigos e colegas quais tipos de acordos de relacionamento funcionam para eles. Listamos abaixo o que ouvimos de promíscuos muito bem-sucedidos. Observe quantos tipos diferentes de acordos existem — alguns são sexuais, outros são orientados para os relacionamentos; alguns são "farás e não farás"; alguns são logísticos e outros, sentimentais. Não estamos recomendando nenhum deles. Você verá que alguns são mutuamente exclusivos. Oferecemos essa lista como ponto de partida para que você possa discutir com seu(s) parceiro(s), não como regra. No entanto, há uma regra que todos *devem* seguir: acordos sobre saúde sexual e sexo seguro.

- Sempre passamos a noite juntos, exceto quando um de nós está viajando.
- Nós nos revezamos para cuidar das crianças de todo mundo no fim de semana.
- Nenhum de nós fará [ato sexual específico] com outros parceiros.
- Sempre avisamos com antecedência sobre outros parceiros em potencial.
- Não me/nos conte(m) sobre outros parceiros.
- Conte-me/nos tudo o que você fez com os outros parceiros.
- Outros parceiros têm que ser [gênero específico].
- Novos parceiros devem conhecer todo mundo envolvido.
- Sexo com terceiros só se dará em: sexo em grupo/festas de sexo/sexo anônimo/sexo comprometido etc.
- Devemos nos consultar mutuamente depois de ter estado com uma pessoa nova para confirmar que está tudo em ordem.
- Todo mundo contribui para o pagamento da babá.
- Tenha o cuidado de guardar alguma energia sexual erótica para mim/nós.
- Sexo com terceiros não está permitido na nossa cama/casa.
- Temos limites de ligações, tempo na internet etc. com outros parceiros.
- Programamos tempo de qualidade quando estamos juntos.
- Nunca tiramos a aliança que simboliza o nosso relacionamento.
- Temos que fazer acordos sobre quem é muito próximo para virar parceiro sexual: vizinhos, colegas de trabalho, amigos próximos, antigos relacionamentos, o médico, o terapeuta do parceiro?
- Depois, vamos passar uma hora abraçados um ao outro para nos reconectar.

PREVISIBILIDADE

Pela nossa experiência, a maioria das pessoas precisa de algum tipo de previsibilidade para lidar com as tensões dos relacionamentos abertos: é mais fácil lidar com uma situação estressante se você sabe quando vai acontecer e quando vai terminar. Você pode planejar fazer algo que ajude, como passar tempo com um amigo, ir ao cinema, visitar a mãe etc., e repetir a si mesmo que só precisa lidar com a situação por um determinado período de tempo, que depois seu amor voltará e quem sabe vocês organizem uma celebração de reencontro.

Muitas pessoas têm dificuldade em lidar com surpresas, que parecem minas terrestres explodindo. Poucos de nós se sentem confortáveis com a possibilidade de o parceiro trazer outra pessoa para casa a qualquer hora, de qualquer festa, do restaurante onde estávamos apenas tomando um café. Nenhum lugar ou momento seriam seguros. O parceiro de uma conhecida nossa estava trabalhando do outro lado do país, numa época em que tentava, pela primeira vez, lutar para lidar com seu ciúme. O acordo era que ele queria saber quando sua parceira estava se divertindo com outra pessoa, porque, como ele disse: "Se eu sei quando ela saiu com alguém, também sei quando não saiu, então posso relaxar na maior parte do tempo".

Se você acha que planejar tira muito da espontaneidade da vida, então cogite declarar uma noite ou fim de semana livres por mês, assim você pode decidir se vai com seus parceiros buscar por diversão, ou se dessa vez ficará tranquilo em casa. Um acordo feito para ser imprevisível em alguns momentos específicos é, afinal, previsível.

QUAL É O CUSTO EMOCIONAL?

Considerar o potencial custo emocional para cada um dos envolvidos é uma maneira de elaborar possíveis acordos. Já falamos sobre as emoções que vocês estão sujeitos a encontrar quando começam a explorar o novo mundo. Esses sentimentos difíceis e dolorosos são o custo emocional. Conversar a respeito ajuda a limpar muita poeira do caminho e a esclarecer o que está atrapalhando a negociação. Aliás, simplesmente conversar quando certas questões surgem pode ser um dos acordos: muitos sentimentos se resolvem só por serem ouvidos.

Se você imagina pouco ou nenhum custo emocional em qualquer acordo que esteja contemplando, talvez seja hora de tentar se desafiar um pouco mais. (Ou talvez você seja um promíscuo brilhantemente talentoso, que nunca tem dificuldade emocional alguma com nenhum parceiro, em qualquer tipo de conexão. Nesse caso, estamos ansiosas para ler o *seu* livro.) Por outro lado, se o custo parece tão grande a ponto de você não imaginar administrá-lo ao mesmo tempo que vive o resto da sua vida, talvez você esteja superestimando suas habilidades: considere negociar algo um pouco mais fácil.

O DIREITO DE VETO

Ao tomar a decisão de se abrir para novos parceiros, muitas pessoas em relacionamentos fechados experimentam o "direito de veto" – ou seja, quando os parceiros preexistentes têm o direito de "vetar" novas conexões externas sexuais ou românticas.

A ética promíscua básica não permite que você abuse disso, impedindo que seu parceiro faça sexo com qualquer pessoa ao vetar todo mundo – uma estratégia tentadora, porque até você desaprender o ciúme, todos os relacionamentos externos parecem muito ameaçadores. Às vezes, você precisa juntar forças, enfrentar seus medos e desaprender conforme avança. E às vezes, ao fazê-lo, verá que é mais fácil do que pensava e que você é mais forte e seguro de si e do seu amor do que imaginou.

Entretanto, reconhecemos que o poder de veto pode trazer tranquilidade quando você está dando os primeiros passos em direção a uma estrutura de relacionamento mais aberta. De qualquer maneira, incentivamos que você pense sobre o que essa tranquilidade representa de fato.

Segundo o poder de veto, "se você quiser sair com um parceiro com o qual eu não me sinto à vontade, posso dizer como me sinto, e você não continuará a se relacionar com essa pessoa". Mas o que acontece se o parceiro proponente decide continuar se relacionando com a pessoa vetada? Bem, supomos que o parceiro que está vetando tem duas escolhas: engolir e seguir adiante (geralmente, depois de algum conflito muito doloroso) ou abandonar o relacionamento.

O que é – surpresa! – exatamente a mesma escolha que todos enfrentam quando um parceiro externo entra num relacionamento, seja ou não de comum acordo. Aliás, essa é a escolha fundamental que está em jogo quando surge qualquer tipo de conflito: a decisão de fazer o trabalho árduo de permanecer no relacionamento, ou o igualmente difícil (embora diferente) trabalho de sair dele. Então, será que o poder de veto oferece algo que você ainda não tem?

Se vocês concordam que o poder de veto aumenta a sensação de segurança durante o começo da abertura do relacionamento, tudo bem. Mas suspeitamos que, se você deixar de lado o poder de veto formal e caminhar para um processo mais fluido de aceitação de parceiros externos, notará muito pouca diferença na forma como seu relacionamento realmente funciona – a menos, é claro, que passe a funcionar de fato melhor.

QUANDO NÃO HÁ ACORDO

É provável que, para muitos problemas da vida, você não sinta necessidade de chegar a acordo algum. Todo mundo lida com diferenças o tempo todo, como pode confirmar qualquer pessoa notívaga casada com uma pessoa diurna. No entanto, falta de concordância nas relações íntimas sexuais pode ser algo mais complicado. Quando os ânimos estão aquecidos, especialmente sobre questões sexuais, é fácil querer acreditar que seu caminho é o correto e que todos os outros estão errados.

Para evitar a armadilha de transformar a diferença numa discussão moral, analise cuidadosamente as responsabilidades: nesse desacordo, quem é responsável pelo quê? Quanto fulano investiu nessa escolha em particular, qual a diferença de como sicrano está se sentindo, e qual é nosso medo, se não concordarmos? Tentem deixar bem claro como cada um se sente antes mesmo de pensar sobre o que querem fazer.

Lembre-se de que, na vida, você convive com diferenças e discordâncias o tempo todo, a partir do momento que conhece alguém. Quando você de repente descobre uma discrepância sexual com uma pessoa, encontra algo que já estava lá. Vocês se dão bem sem ter criado nenhum acordo em relação a essa diferença. Se chegaram até aqui, conseguem viver um pouco mais sem discutir nada. Deixe que o tempo trabalhe a seu favor. Quando se trata de uma diferença complicada, deem tempo ao tempo para processar detalhadamente os sentimentos causadores do desacordo, e concordem que terão uma vida gratificante enquanto o analisam. Vocês podem, de repente, concordar em discordar. Entre o "sim" do acordo absoluto e o "não" da discordância radical, existe uma grande área cinzenta de "ainda sem acordo", "desacordo tolerável" e até "quem se importa?". Você acaba descobrindo que, às vezes, é possível fazer um acordo, e outras vezes, não.

Vez ou outra, no entanto, haverá um assunto cujo acordo será tão necessário quanto impossível. Para muitas pessoas, a questão da não monogamia pode ser um deles; ter filhos é outro ponto frequente de discórdia. Sugerimos flexibilidade e comprometimento na busca, se possível com a ajuda de terapeutas qualificados.

Mesmo que vocês simplesmente não consigam chegar a um acordo, as habilidades que você aprendeu pelo caminho serão bastante úteis, uma vez que você praticou não atribuir culpa à outra pessoa, não a julgar e não a manipular, além de ter trabalhado para mudar ou, se nada deu certo, ter terminado um relacionamento em que não foi possível conciliar as diferenças.

Algumas pessoas podem concordar em terminar um relacionamento e, depois, quando o estresse da separação diminui, descobrem que conseguem chegar a um acordo para tentar um novo tipo de relação com a mesma pessoa. Outras, não. Seja como for, uma discussão direta e franca sobre acordos e desacordos levará a um desfecho mais limpo e menos estressante.

CHEGAR A UM ACORDO

Como encontrar um acordo que funciona para todos? Definir os objetivos é um bom lugar para começar. Objetivo não é o mesmo que acordo: objetivo é o que você está tentando conseguir, e acordo é o que fará para chegar lá. Por exemplo, se o objetivo é evitar que alguém sinta que estão tirando proveito dele, o acordo pode ser garantir que ninguém terá tempo, espaço ou pertences pessoais infringidos. Daí, podem começar deixando claro o que significa "infringir" para cada um, e usar essas definições para estabelecer as diretrizes do acordo.

Muitas vezes, você descobrirá o objetivo ao tropeçar no problema: "Ontem à noite, quando você e Sam estavam juntos no nosso quarto, meus pés estavam congelando e eu não podia entrar para pegar as meias". Se o objetivo é evitar que esse problema surja de novo, que tipos de acordos podem ajudar? As respostas exigirão uma visão honesta (e muitas vezes difícil) do *verdadeiro* problema: será que seus pés estavam mesmo frios, ou você estava se sentindo indignado de ter sido expulso do próprio quarto, estava se sentindo excluído?

Depois de definir o problema e o objetivo, é hora de começar a pensar num bom acordo. Pode ser oportuno fazer um ensaio e colocar um prazo (um fim de semana, uma semana, um mês, um ano) no acordo recém-alcançado para ver como todos se sentem. Depois que o tempo expirar, vocês conversam sobre o que funcionou e o que não funcionou, e se desejam continuar o acordo, revisá-lo ou descartá-lo.

Em nossa experiência, é raro que um acordo dure uma vida inteira sem mudanças: seres humanos mudam e os acordos, também. Quando alguém não concorda mais, chegou o momento de modificar. Janet e um de seus parceiros, por exemplo, iniciaram o relacionamento concordando que poderiam ter relações sexuais com outras pessoas, mas que não poderiam se apaixonar por ninguém. Então, um deles se apaixonou. (Janet admite que, olhando agora, esse parece ser um acordo bem ridículo, como se você pudesse simplesmente decidir que não vai se apaixonar.) Ela relembra:

> Houve um período em que um fazia "consultas" ao outro uma ou duas vezes por dia. Uma situação que nenhum dos dois havíamos planejado. Descobrimos que era muito importante aproveitar o momento e apoiar-se em situações concretas: "Sim, tudo bem ela dormir em casa se eu estiver fora da cidade"; "Não, não é aceitável você levar os dois para a mesma festa". Durante essa experiência e outras parecidas que ocorreriam depois, acabamos nos dando conta de que a expressão

"apaixonar-se" nos deixava um pouco em pânico, e que os acordos baseados em fatores mensuráveis, como tempo, comportamentos e espaço, funcionavam melhor para nós.

Prepare-se para tentar alguns acordos e descobrir que eles não funcionam, e esteja pronto para mudá-los. O processo melhora com a prática, e conforme o tempo passa você conhece tão bem suas necessidades e as de seu parceiro que negociar será fácil. Mas, no começo, enquanto está aprendendo, não importa se tudo for um pouco confuso. Tolerância é o elemento mais importante nessa fase.

Nas primeiras vezes, as discussões ficam bastante acaloradas: lembre-se de que a raiva é uma emoção que demonstra o que é importante para você. Esse período difícil é útil para ensinar muito sobre suas parcerias e sobre você mesmo.

Lembre-se também de que existem muitas maneiras boas para estruturar a promiscuidade. Não é a estrutura que protegerá você de sentimentos difíceis, mas sim sua capacidade de cuidar de si. Então, qualquer que seja o arranjo escolhido, mantenha-o razoavelmente flexível. Acordos não cuidam de você; você é quem cuida de si mesmo.

Não desanime – todos os promíscuos de sucesso, tão despreocupados agora, lutaram pelos seus acordos. Você também pode trilhar um caminho por esta teia emaranhada de suposições e emoções e aprender a amar com abertura e liberdade.

18

COMO ABRIR UM RELACIONAMENTO EXISTENTE

Muitas pessoas chegam a um momento em que desejam abrir a relação para mais parceiros sexuais. Mas, quando o relacionamento foi estabelecido sob acordos monogâmicos convencionais, não se pode esperar que basta dizer "abre-te, Sésamo" para que tudo se reorganize magicamente. Assim como todos os assuntos relacionados à promiscuidade ética e ao amor livre com ética, abrir um relacionamento existente requer cuidado, reflexão, treino e trabalho.

O relacionamento que você deseja abrir pode ser ou não uma parceria para a vida toda, assim como vocês podem ou não estar vivendo juntos. Talvez você pratique monogamia em série, com uma típica sobreposição ocasional. Ou pode ser que até agora mantinha os amantes compartimentalizados e decidiu mudar para algo mais parecido com uma família ou tribo. Pode ser que esteja procurando aventuras fora de uma tríade ou de um casamento em grupo. Ainda assim, independentemente da natureza do relacionamento preexistente, a abertura demanda trabalho.

CONVERTER UNS EM MAIS ALGUNS

Se você e seus amantes concordam que querem dar início à labuta para criar expansividade em suas vidas, então bem-vindos ao caminho. Vocês provavelmente vão se deparar com desacordos inesperados sobre como será essa vida nova. Portanto, não parece uma boa ideia pular este capítulo.

Pela nossa experiência, no entanto, o que costuma acontecer é uma pessoa estar pronta para abrir a porta a conexões externas e a outra jamais sequer ter considerado essa possibilidade e estar em choque com a ideia. Essa situação é definitivamente mais difícil, especialmente quando um parceiro externo, em potencial ou atual, conhecido ou secreto, está esperando nos bastidores, ávido pelo resultado do processo. Na verdade, muita gente nem pensa sobre estar ou não em uma relação monogâmica — até que se conecta com alguém que lhe desperta algo importante e, ao mesmo tempo, não quer abandonar o parceiro de longo prazo, se divorciar ou dividir as crianças. Você pode estar em qualquer uma dessas posições: a da pessoa com desejo de aventura, a do novo amor que não faz parte do casal ou a do parceiro chocado com a aventura em potencial.

Na física, o triângulo é considerado uma das figuras estruturalmente mais sólidas e equilibradas. Mas, nos relacionamentos, a expressão "triângulo amoroso" soa a drama sensacionalista. E o fato de que acontece desde que os relacionamentos surgiram não o torna mais fácil. Lembre-se de que é absolutamente normal, em qualquer relacionamento, haver diferenças de desejo — não há problema se vocês não se empolgam com o mesmo sabor de sorvete. Dar espaço e considerar os desejos de todo mundo *pode* funcionar. Conhecemos muitas pessoas que fizeram isso, estabelecendo configurações que funcionassem para todos os envolvidos. Vamos analisar o dilema a partir de três pontos de vista.

O AMANTE AVENTUREIRO

A vantagem de estar nesta posição é que você mais ou menos sabe o que quer. Talvez você tenha comprado este livro para um parceiro, com esperança de conquistar liberdade no futuro e desejando chegar a um acordo sem passar por muito sofrimento. No entanto, você e seu amado são, como todos nós, produtos de nossa cultura, e é preciso trabalhar duro para deixar para trás o paradigma em que toda a sua existência anterior se baseia.

Culpa é uma das emoções mais desconfortáveis que podemos sentir. A maioria das pessoas se sente culpada quando causa dor às pessoas que importam. Quando você coloca seu desejo de relacionamento aberto na mesa e alguém que você ama tem dificuldade para lidar com isso, você provavelmente sentirá bastante culpa. Não há como agitar a varinha mágica e mudar a cabeça de outra pessoa — esse é o trabalho duro que cada um de nós deve fazer por si. Vai doer. Talvez haja lágrimas, raiva e mágoa. E você sentirá culpa.

Libertinos são retratados na ficção como exploradores despreocupados, sem coração e desapegados de qualquer dor que possam provocar em outras pessoas. Não acreditamos que você quer ter sua liberdade à custa de se tornar um babaca insensível. Se você fez o convite para essa nova experiência às pessoas com quem se importa, isso demonstra que você não quer trair, que deseja viver sua vida de forma honesta e honrosa. Você tem nosso respeito. Muitas outras pessoas, porém, não a respeitarão.

O AMANTE EXTERNO

Não temos ideia de como chamá-lo, o que dificulta a conversa e possivelmente a reflexão sobre a sua situação. Seu papel — alguém potencialmente amoroso, com muito a oferecer, que está envolvido sexualmente com uma ou mais pessoas de um relacionamento oriundo de um compromisso preexistente — está tão distante dos conceitos da maioria que não existe uma palavra sem carga pejorativa para defini-lo: "destruidor de lares", "concubina", "a outra"? (Tampouco há uma expressão para "o outro homem", apesar de muitos deles existirem.) Mais civilizados, porém igualmente problemáticos, são conceitos como "secundário" ou "terciário": essa linguagem define a situação, mas a hierarquia implícita pode ser ofensiva. Você só conta quando é o número um? Ou todo mundo tem direitos nessas redes?

Se você é o amor, o amante ou qualquer outra definição, sua posição na rede acarreta vantagens e desvantagens. Do lado positivo, a maior parte do tempo com a pessoa amada será usada para diversão. Não se espera que você a sustente, nem que desista de sua carreira para ficar em casa com as crianças. Por outro lado, para quem você liga quando precisa chegar ao hospital? Quem você chama quando está triste ou quer apoio? Você tem direito a qualquer momento de seu amado, ou há alguém que o vê como rival, alguém com quem você nunca fala ou negocia? Embora sua posição carregue poucas responsabilidades, geralmente também implica poucos direitos.

AQUELE QUE NÃO ESCOLHEU NADA DISSO

Esperamos de coração que você não tenha ganhado este livro como uma surpresa no Dia dos Namorados, mas sabemos que pode ser o caso. Não é divertido ser chamado para expandir seu relacionamento de maneiras que você nunca pediu, nem lidar com os desejos de seu amado por outros amantes, depois de terem prometido que abririam mão de todas as outras pessoas. Pode ser que um abismo se abra sob seus pés, sem terra firme alguma para servir de apoio.

É claro que você está angustiado e com raiva — você não escolheu esse caminho. No entanto, aí está você, nesse turbilhão de sentimentos assustadores que nunca quis experimentar. Demora um pouco para perceber que isso está acontecendo de verdade. Mas em algum momento será preciso lidar com a situação: uma vez que o assunto de abrir o relacionamento está na mesa, ele não pode ser fechado de volta na gaveta. De uma forma ou de outra, você deve encontrar uma maneira de lidar com o que aconteceu e começar a pensar no que acontecerá.

É claro que é injusto que você esteja sendo solicitado a fazer um trabalho emocional difícil que você nunca escolheu. Existe alguma razão para se esforçar tanto? Há algo bom para você nisso tudo?

Bom, muito possivelmente, sim. Talvez esse trabalho o fortaleça. Talvez você tenha uma jornada inesperada de autoconhecimento. Talvez você também tenha a capacidade de amar mais de uma pessoa. Talvez isso melhore suas habilidades de comunicação e aprofunde seu relacionamento. Talvez saber que a pessoa amada voltará para os seus braços depois de uma aventura acabará fazendo você se sentir *mais* seguro. Talvez isso o liberte das visões tradicionais de relacionamento como propriedade, abrindo novos horizontes para mais conexão.

Talvez isso lhe proporcione um tempo sozinho bastante necessário. Talvez melhore sua vida sexual. Talvez você consiga ver uma pequena faísca de uma possível liberdade em algum lugar do horizonte.

Nós não podemos prometer que algo assim acontecerá. O que *podemos* prometer, se você enfrentar essa situação difícil e com ela aprender o que puder sobre si mesmo e sobre seu relacionamento, é que, no final, você terá uma escolha. Poderá optar por se separar; você e seu parceiro poderão escolher voltar à monogamia, tentar um relacionamento mais aberto... Seja qual for a decisão, ela será feita porque você está olhando para as possibilidades e *escolhendo*, não reagindo cegamente, ou fazendo o que lhe foi dito, ou escolhendo o caminho "fácil" só porque é "fácil", mas sim fazendo uma escolha própria, consciente e sincera.

Mais adiante neste capítulo sugerimos ideias de como fazer com que essa complicada negociação seja o mais produtiva possível. Mas, primeiro, queremos falar sobre uma situação que sabemos que alguns dos nossos leitores enfrentam.

TRAIÇÃO

Às vezes, o relacionamento já está aberto, ou algo do tipo, com o pequeno detalhe de que há alguém que ainda não sabe. Lidar com essa situação pode ser muito difícil, mas ela acontece, e com frequência.

Descobrir que você foi e continua sendo traído é horrível. Vem uma sensação de vergonha, deslealdade e perda de confiança. Muitas pessoas nessa posição são atormentadas com perguntas do tipo: "Eu não sou desejável?", ou: "O que fiz de errado?". São sentimentos legítimos, e nós não acreditamos que você tenha feito nada de errado, além de aceitar as histórias sobre o significado da expressão "felizes para sempre" que ouve desde pequeno.

Na hora, pense que um cônjuge que trai e que toma a iniciativa de abrir o relacionamento principal geralmente está em busca de *mais* honestidade, o que mostra respeito por você e pela relação de vocês. Ele não se daria o trabalho de enfrentar todo esse problema se quisesse se livrar de você.

No entanto, lembrar a boa vontade do parceiro é difícil quando você está lutando para digerir novidades indigestas. Embora possa ser reconfortante concentrar sua dor na indignação justa — e você tem toda razão —, algo precisa acontecer se você e seu relacionamento querem sobreviver e prosperar.

O que temos, quando analisamos a traição de mente aberta e com compaixão diante de todos os envolvidos? Nossa cultura gostaria que traição fosse uma coisa rara, uma anomalia. Kinsey descobriu o contrário há mais de meio século: na época, pouco mais da metade dos casamentos supostamente monogâmicos não o eram. Traição não é incomum e não é realizada apenas por viciados em sexo ou gente sem coração.

Segundo a sabedoria terapêutica convencional, traição é sintoma de que há algo errado no relacionamento, e trabalhar com esse problema fará com que a traição desapareça. Às vezes, é assim mesmo. Mas trair não é necessariamente uma falha de conexão, e é cruel dizer às pessoas que algo está errado com um relacionamento perfeitamente bom só porque o desejo deu um jeito de entrar em cena.

Talvez você se sinta traído, aflito ou furioso. Você foi lançado a esses sentimentos sem qualquer aviso prévio, e não por escolha própria. Pode ser particularmente difícil saber que seu parceiro está envolvido em atividades sexuais como *kink* ou travestindo-se (se você está tendo dificuldades com esse problema, consulte nosso livro *When someone you love is kinky* [Quando alguém que você ama é *kink*]).

Realizar o trabalho de abrir um relacionamento sob essas condições está longe de ser ideal. Como esperar que alguém que não consentiu nada encontre uma maneira de se sentir seguro e amado quando lhe puxaram o tapete? Muitas relações, no entanto, acabam encontrando o caminho em meio aos espinhos.

Estamos falando de uma situação de vida em que muitas pessoas experimentam uma raiva particularmente furiosa. Ao invés de apenas evitá-la como uma praga e explodir quando você não aguentar mais, é melhor tentar conhecê-la e compreendê-la. Comece pensando como um ecologista. Lembre-se das aulas de ciência na escola, quando ensinaram que tudo na natureza tem sua função (as larvas comem o rato morto e o transformam em solo rico para a rosa poder florescer etc.). Por que sentimos raiva? Como ela contribui para nossas ecologias emocionais e relacionamentos íntimos? Como a raiva ajuda? Como protege? Faça uma lista. Descobrir limites, ter energia para tomar uma atitude e liberar tensão são alguns exemplos.

Entender racionalmente uma traição não facilita o processo de superação quando você descobre que é o *seu* parceiro que está traindo, mas visualizar para onde você quer ir a partir daqui pode ajudar. É difícil imaginar o desafio de reconstrução da confiança. Por isso, vocês precisam descobrir uma maneira de se encontrar no meio do caminho. Seu amado não pode forçá-lo a confiar nele, tampouco consegue conquistar sua confiança como se fosse um salário. É você quem vai decidir se vale a pena confiar.

Além disso, há o problema de o amante externo estar esperando, pacientemente ou não, nas redondezas, enquanto você está começando do zero, tentando se orientar na situação. Essa pessoa também tem sentimentos e boas razões para não querer continuar sendo um segredo escondido.

Você e seu parceiro provavelmente terão que passar algum tempo juntos lidando com sentimentos de raiva, traição e culpa. Mas, quando tiverem as emoções mais controladas, terão que olhar para o futuro e começar a trabalhar — de preferência também juntos — nas soluções.

Pode ser que vocês acabem se separando, ou que retornem à monogamia. Sua livraria favorita com certeza oferece livros excelentes para ajudar em qualquer uma dessas alternativas. Este, no entanto, chama-se *Ética do amor livre*, por isso vamos assumir que pelo menos por enquanto você está considerando a possibilidade de ter mais abertura no seu relacionamento.

PRIMEIRAS ABERTURAS

Para que todos os envolvidos caminhem de onde estão agora — com raiva, medo e muita confusão — para algum lugar novo, vocês precisam se comprometer a se esforçar a sair da zona de conforto. Ainda que minimamente, você precisa se esforçar. Ninguém fará o trabalho por você, e você não pode fazê-lo por outra pessoa. Cada um precisa se desdobrar para descobrir que vocês são mais fortes do que pensavam.

Uma boa maneira de começar é encontrar um lugar tranquilo para sentar e conversar sobre a visão que cada um tem sobre um possível futuro mais aberto. Talvez cada um possa anotar algumas ideias sobre como seria o relacionamento de vocês se fosse perfeito e esplendidamente fácil. Ao comparar as anotações, pode ser que vocês descubram que têm visões bastante diferentes: uma quer ser a Rainha das Vadias nas orgias sexuais; o outro está à procura de uma amante com quem possa mochilar e namorar nas montanhas. Um de vocês quer sexo anônimo sem obrigações; o outro, um relacionamento duradouro com uma ou duas pessoas que estarão conectadas como parte da família.

Não entre em pânico. Vocês não precisam querer exatamente a mesma coisa e podem fazer acordos que possibilitam a realização dos sonhos de ambos.

Pode ser assustador olhar para o sonho sem ter ideia de como trazê-lo à realidade. Aqui, tome um momento para abandonar o pânico. O próximo passo é descobrir como chegar daqui até lá. Não há necessidade de se teletransportar em um segundo – você vai chegar onde quiser dando um passo de cada vez. Não se aprende a nadar pulando no mar, e não há como se sentir bem castigando-se por já não estar se sentindo confortável.

Escolha um objetivo muito concreto para focar, um que lhe cause certa ansiedade. Questões do poliamor incluem ver juntos perfis de outras pessoas, apresentar amantes, marcar um encontro, dormir fora de casa, conversar sobre sexo seguro. Para treinar, escolha um tópico que hoje seja relativamente fácil para você.

Pense nos passos que você teria que dar para ir daqui até lá – acordos, negociações, pedidos, tempo prévio para agendar o compromisso, encontrar uma babá e assim por diante. Escreva cada uma dessas etapas num cartão. Se algum passo parecer extenso demais, subdivida-o em mais alguns passos. É mais ou menos como ensinar uma criança de três anos a fazer biscoitos: cada passo deve ser muito simples antes de prosseguir para o próximo.

Em seguida, distribua os cartões e coloque-os em ordem, do mais fácil para o mais difícil, ou do mais seguro para o mais assustador, de acordo com a intensidade da sensação que lhe provoca quando você pensa em cada um deles. Assim, você pode aprender novas informações a respeito de si mesmo. Então, pegue o cartão mais seguro e fácil. Descubra como você pode dar esse passo e seguir em frente. Quando você tiver completado a missão e aprendido com aquele cartão, livre-se dele e passe para o próximo, que agora é o passo mais fácil disponível.

Nunca tome nenhum passo que não seja o mais fácil.

DESENHANDO SUA CURVA DE APRENDIZAGEM

Os acordos feitos por promíscuos para lidar com as zonas de conforto emocional pertencem, em geral, a duas categorias: acordos que evitam sentimentos assustadores; e acordos que propiciam o risco de sentir algo que pode ser desconfortável ou assustador, mas não aterrorizante. Faça uma lista de todos os acordos com os quais você considera concordar e os divida em "a ser evitado" e "de risco". As estratégias a serem evitadas incluem não perguntar e não contar; não dizer nada que vá trazer instabilidade; "não me deixe descobrir"; "eu nunca vou conhecer seu amante"; "somente nas noites de quinta-feira, quando eu estiver com o meu amante, assim nunca estarei sozinha em casa". São bons acordos para quem está começando a traçar um caminho, pois assumem os menores riscos, no ambiente mais limitado possível. É assim que damos vida a uma curva de aprendizagem.

Se, no entanto, você escolhe apenas estratégias a serem evitadas, pode terminar paralisado no estágio atual. Elas proporcionam segurança, mas são as estratégias de risco que trazem crescimento. Se vocês são obrigados a manter suas atividades em segredo uns dos outros, acabam efetivamente tendo um segredo bem grande. Guardar segredos individualmente não serve para aproximar – pelo contrário, geralmente cria mais distância. Vamos supor que você teve uma briga com um amante externo e seu parceiro percebe que você está chateado. Como lidar com a realidade e não falar nada sobre as conexões externas? Ou você não sabe de algo que todos da sua comunidade já sabem, e acaba descobrindo por um amigo que acha que você já sabe. Muitas pessoas percebem que, na ausência de informações, as histórias imaginadas são mais assustadoras que a realidade. Como se tranquilizar sem saber o que está acontecendo?

Há quem ache mais fácil não saber os detalhes da noite que seu amado passou com outras pessoas, e não vemos problema algum nisso. Em algum momento, talvez esse tipo de informação se torne excitante para você, mas não há necessidade de começar por aí, ou mesmo de chegar aí, a menos que tal compartilhamento seja importante para um de vocês. A divulgação plena é um ideal encantador, mas muitas vezes uma realidade muito desconfortável.

Pense seriamente sobre qualquer acordo que resulte em "não se divirta muito". É necessário ter acordos sobre sexo seguro, é claro. Mas, a longo prazo, pedidos como não beijar alguém, não fazer isso ou aquilo e mais uma longa lista de proibições não vão proporcionar mais segurança. Tudo o que você vai conseguir é se perguntar se esse ou aquele acordo está sendo mantido — o que causará muito desconforto se suspeitar que não está.

Você tem o direito de esperar que seu amado seja honesto com prováveis parceiros sobre a sua existência. Ele pode se surpreender ao descobrir que, para algumas pessoas, isso os tornará mais atraentes do que uma pessoa solteira — trata-se de uma terceira pessoa que pode se divertir sem se preocupar com um compromisso mais sério. Quando você e seus amados são honestos sobre quais tipos de relacionamento procuram, atraem pessoas que estarão prontas e dispostas a lidar com as realidades da sua vida.

Há vantagens nítidas em se conectar com promíscuos experientes: a experiência pode lhe ser muito útil. Mas, se a possível nova conexão for um novato em poliamor, você precisará negociar outros acordos e estabelecer uma curva de aprendizagem para esse relacionamento também.

ASSUMINDO PEQUENOS RISCOS

Uma das estratégias de poucos riscos escolhida por novatos é verificar juntos perfis em aplicativos. Quais fotos atraem cada um de nós? Como você se sente a respeito? O que seu parceiro acha das pessoas que você acha atraente? Vocês também podem ir juntos a um bar e conversar sobre como seria flertar com qualquer uma das pessoas que virem por lá.

Vocês podem fazer um experimento ao assumir o risco de despertar alguma emoção assumidamente assustadora, para ver como se sentem, aprender sobre si mesmos e testar como conseguem cuidar e tranquilizar um ao outro em uma situação de ciúme. Tentem escrever sobre como se sentem. Talvez vocês possam inventar uma história fictícia com esse sentimento, na qual vocês são as personagens que descobrem uma solução feliz para o impasse.

Um risco que aconselhamos tomar: encontrar tempo para falar sobre como estão se sentindo com tudo isso. Já dissemos que nada cria intimidade como compartilhar fraquezas e vulnerabilidades — por isso, aconselhamos que vocês aproveitem toda a proximidade que virá ao assumir riscos.

Vocês também podem se apoiar em outros trechos deste livro, como o capítulo 23, "Sexo e prazer", listando tudo relacionado a iniciar e manter uma vida poliamorosa: encontro para um café, responder a um *match*, trocar número de telefone numa festa, flertar, todos os passos para fazer um encontro acontecer, dormir fora e vários tipos de atividades eróticas. Os itens que terminarem na lista do "sim" são os primeiros a serem adotados. Depois, vocês podem negociar o que é necessário para atingir segurança suficiente a ponto de tentarem algo na lista do "talvez". A lista do "não" representa os limites absolutos do momento presente, e talvez para sempre. Compare essas listas aos cartões de hierarquia de dificuldade deste capítulo (p. 227). Cada vez que você se aprimora num desafio, o nível de apreensão dos demais itens mudará. Toda vez que você aprende algo novo, torna-se mais forte e confiante.

Intencionalmente, sugerimos aventuras extremamente fáceis — como procurar perfis ou comentar sobre as pessoas num bar — para começar. São maneiras muito seguras de assumir um pequeno risco. Preste atenção nos sentimentos que surgem e fale sobre eles. Lembre-se de que sentimentos gostam de fluir. Por favor, não ache que o que você sente hoje é como você sempre se sentirá: o propósito de todo esse esforço é abrir opções de sentimentos.

Você pode se surpreender com a dificuldade ou a facilidade da emoção. Dê a si mesmo uma estrela dourada para o que é fácil — esse é um ponto forte que você já tem — e outra estrela somente por cogitar fazer algo difícil — esse é o trabalho que você está planejando fazer.

Temos mais sugestões de como lançar sua parceria rumo à promiscuidade feliz no capítulo 20, "Casais e grupos", e no capítulo 23, "Sexo e prazer". Também listamos bons livros nas obras recomendadas ao final do livro, e o mecanismo de busca no computador pode ser um bom aliado em suas pesquisas.

Todas essas sugestões demandam tempo e energia. Por favor, não se esqueça, no entanto, de também reservar tempo e energia para compartilhar experiências prazerosas com o parceiro que você já tem: dancem, vão à praia, vejam um filme juntos, deem risada, comam no restaurante favorito de vocês. Compartilhar prazeres é a base sólida que tornará possível todas essas explorações maravilhosas — cheque seu e-mail mais tarde.

PARTE QUATRO

A PAIXÃO NA PROMISCUIDADE

19

ESTABELECENDO CONEXÕES

Qualquer pessoa que faz parte de uma minoria sexual enfrenta desafios peculiares para encontrar parceiros e amigos — e, como promíscuo ou candidato a promíscuo, você muito provavelmente é membro de uma minoria sexual. Em muitos ambientes sociais, o poliamor não é compreendido ou aceito — pelo menos não logo de cara. Se você é, além disso, gay, lésbica, bissexual, assexual, transgênero ou tem interesse numa área específica da sexualidade, como *cross-dressing* ou BDSM, o desafio é muito maior. Apesar disso, encontrar e estabelecer as conexões dos seus sonhos não é apenas possível, mas bastante alcançável, como podem comprovar milhares de promíscuos bastante conectados.

No entanto, seríamos as últimas pessoas a dizer que será sempre fácil. Ouvimos e vivemos muitas histórias tristes e frustrantes que quase se tornaram perdas: parceiros que estão bem com o relacionamento aberto até que alguém se apaixona, e diante do desespero vem a exigência da monogamia; parceiros que a princípio estão entusiasmados com a abertura sexual e o amor livre, mas desmoronam quando confrontados com a realidade. Alguns se tornam poliamorosos com êxito, mas, em algum momento, as necessidades, os desejos e os limites simplesmente deixam de funcionar.

Ainda assim, muitas pessoas atingem o sucesso de encontrar outros relacionamentos que variam de casuais a de longo prazo. Como encontrar amigos, amantes e potenciais parceiros que não apenas compartilham seus valores e crenças, mas que também são emocional, intelectual e sexualmente compatíveis?

O QUÊ?

Imaginar que tipo de relacionamento você quer é um bom lugar para começar. Alguém para dividir casa e constituir família, alguém para encontrar uma vez por ano para um fim de semana quente e intenso de diversão e *roleplay*, ou para algo mais imediato mesmo? Saber o que você quer de antemão ajuda a evitar muitos mal-entendidos e sofrimentos posteriores.

Se você está inquieto pensando que ninguém vai querer o que você tem a oferecer, não se preocupe. Embora pareça mais difícil, certamente é possível encontrar alguém que queira ser um parceiro secundário, um amigo de *roleplay* ou que vai assumir o papel de pai dos seus filhos. Na verdade, há sem dúvida pessoas por aí que procuram exatamente tais situações.

Entre o caso de uma única noite até o compromisso matrimonial, há muitas maneiras de se relacionar. Você não consegue prever que tipo de relacionamento desenvolverá com a pessoa que o intriga hoje, e talvez ela acabe não se encaixando em nenhum espaço que você pensava querer preencher na sua vida. Aceitar as pessoas como elas são e no momento presente pode levá-lo a surpresas maravilhosas que compensarão as eventuais decepções. Portanto, preste atenção nos seus preconceitos e esteja pronto para se aproximar de novas pessoas com mente e coração abertos.

Espere uma mudança em várias situações. Alguém que você pensava ser apenas um companheiro ocasional pode evoluir para uma figura muito importante na sua vida. Quando isso acontece – e aconteceu com nós duas –, é importante manter essa pessoa, e qualquer outra envolvida, totalmente informada sobre as mudanças emocionais que você está vivenciando. Pode ser que seu amigo esteja sentindo o mesmo em relação a você, e isso pode ser o começo de uma linda amizade; mas pode ser que a pessoa que você deseja não acha apropriado nenhum comprometimento emocional profundo no momento atual.

De qualquer forma, encare a transformação no relacionamento como uma nova relação – até porque, de certa maneira, é disso que se trata. Pode ser que vocês dois sigam conectados do jeito casual como foi no começo, ou talvez tenham que se separar por um tempo para redescobrir o equilíbrio original. Atenção plena, muita empatia e bastante comunicação honesta são altamente recomendadas. Passar um tempo lembrando como era erótico e maravilhoso, e depois se preparar para abrir espaço para um novo tipo de relacionamento, possivelmente com a mesma pessoa, pode ajudar.

QUEM?

Em seguida, comece a pensar em *quem* você está procurando. A dica para tomar essa decisão é não ser nem muito específico, nem muito vago. Se sua lista inclui basicamente qualquer pessoa que respira e que está disposta a fazer sexo com você, talvez você esteja ampliando um pouco demais o campo. Mesmo que não tenha fortes preferências em relação a gênero, idade, aparência, formação ou inteligência, você provavelmente quer alguém que não irá mentir, roubar, prejudicá-lo ou explorá-lo. Higiene básica, honestidade e respeito constam na maioria das listas. Também é perfeitamente correto reconhecer o que é genuinamente importante para você: se prefere homens a mulheres, pessoas da sua idade ou gente mais velha ou mais jovem – não tem problema nenhum pensar sobre o assunto.

Por outro lado, se a sua lista de "quem" se assemelha a um conjunto de especificações técnicas – gênero, idade, peso, altura, cor, modo de vestir, histórico acadêmico, tamanho dos seios, tamanho do pênis, práticas sexuais não convencionais –, suspeitamos que você possa estar mais interessado em fazer amor com sua própria fantasia do que com uma pessoa real. Muitos estão condicionados a reagir sexualmente a um padrão de aparência e comportamento bastante ilusório: reis e rainhas da pornografia são divertidos para assistir nos filmes, mas raramente aparecem na sala de casa. Se você espera que seu novo amado seja lindo, inteligente, amoroso e extremamente sexual o tempo todo, vai passar a vida se decepcionando. Poucas pessoas podem alcançar esses padrões e ninguém pode mantê-los 24 horas por dia.

Não saberíamos dizer quando exatamente a preferência saudável se transforma num desejo irreal; só você tem a capacidade de olhar dentro de si para saber. É fato que acreditamos que aparência física, patrimônio e posição social têm muito pouco a ver com a pessoa em si, e se qualquer um desses critérios aparece no topo da sua lista talvez você esteja um pouco confinado à sua fantasia. Tente conhecer pessoas que *não* atendem a esses critérios. Temos o pressentimento de que, se você as conhecer e gostar delas, descobrirá que elas possuem uma beleza própria, apenas esperando para ser notada.

Na próxima vez que você estiver num lugar público, como um aeroporto ou shopping, encontre um lugar para sentar e olhe as pessoas sem chamar muita atenção. Cada pessoa que você olhar, imagine: qual seria a parte favorita dessa pessoa para o amante dela? Eles caminham a passos largos, têm sorriso doce, olhos que brilham, ombros largos, cabelos que parecem macios ao toque? Quase todo mundo é ou já foi amado por alguém — veja se você consegue imaginar o que torna essa pessoa em particular digna de amor e tesão, mesmo que ela não seja o tipo de pessoa que você está acostumado a ver dessa maneira.

Uma observação importante: até mesmo as pessoas que *são* lindas, ricas, gostosas etc. não gostam de sentir que sua beleza, carteira ou físico são sua qualidade mais atraente. Quem se relaciona com gente assim frequentemente considera tais características um bônus, que tem pouco ou nada a ver com o motivo pelo qual escolheram estar com essa pessoa em primeiro lugar.

ONDE?

Onde os promíscuos se reúnem? Quais são os melhores locais para encontrar a companhia dos sonhos para a cama, as brincadeiras, a vida?

Nas duas décadas que se passaram desde que publicamos este livro pela primeira vez, a resposta para essa pergunta mudou muito. "Poliamor" agora consta no *Oxford English Dictionary*. Jornais, revistas e portais da internet em todo o mundo vêm publicando textos detalhados que descrevem esse novo estilo de vida. Grupos de apoio se espalham em todas as principais cidades dos Estados Unidos, por exemplo, assim como em algumas menores; numerosos congressos anuais reúnem mentes promíscuas de todo o planeta.

É impossível listar a ampla variedade de lugares relacionados ao poliamor, simplesmente porque são muitos e mudam muito rápido, mas o buscador da internet é seu amigo: termos de pesquisa como "poliamor", "relacionamentos abertos", *swing*, "promiscuidade ética", "não monogamia" ou "relacionamentos alternativos", junto com qualquer termo mais específico (como localização, gênero e orientação sexual), vão ajudar você a encontrar páginas úteis do seu interesse.

Um pequeno aviso: existem inúmeras definições para a maioria dessas palavras, assim como uma quantidade muito grande de pessoas que as usam. Você pode confrontar alguém que insiste que o que você está fazendo (*swing*, grupos de pau-amigo, diversão casual, sexo em grupo etc.) não é exatamente o que você pensa: a definição mais conservadora de poliamor, por exemplo, abrange apenas relacionamentos de múltiplos parceiros comprometidos a longo prazo. Neste caso, como em tantos outros, uma grande pergunta a ser feita é: "O que exatamente você quer dizer com isso?".

Se por qualquer motivo as comunidades virtuais não parecem o lugar certo para a sua busca, há muitas opções para procurar promíscuos na vida real. É difícil encontrá-los em boates – a música, alta demais, dificulta a troca ideias ou planos. Tente pesquisar na internet por "promiscuidade ética" e "poliamor" com "*munch*", "encontro" e "BDSM", mais o nome da sua região, e conheça pessoas que gostam de se reunir e conversar sobre esse estilo de vida. Já achamos muitos promíscuos éticos experimentando realidades alternativas: tente encontrar a Society for Creative Anachronism [Sociedade para o anacronismo criativo], bem como outros grupos de encenação histórica, e saiba que, nos Estados Unidos, muitas feiras renascentistas são praticamente congressos libidinosos. Confira as convenções de ficção científica e os grupos de RPG que se encontram pessoalmente. Se sua promiscuidade tem inclinação espiritual, diversos grupos neopagãos são muito mais abertos a estilos de vida alternativos do que as religiões judaico-cristãs tradicionais (muitos também não são; portanto, não tire conclusões precipitadas). Grupos ateus e céticos também têm sua parcela de pessoas interessadas em explorar a promiscuidade.

Oficinas, seminários e encontros relacionados à sexualidade e à intimidade humana também são lugares propícios para suas pesquisas. Embora procurar por sexo não seja, compreensivelmente, permitido em alguns desses encontros (pessoas expondo suas vulnerabilidades estão fazendo um trabalho difícil que pode ser interrompido se tiverem que ficar de sobreaviso para lidar com investidas indesejadas), os participantes muitas vezes se reúnem socialmente após o término desses eventos. Muitos congressos desse tipo são frequentados por diversas almas simpáticas à promiscuidade.

Quando você vai a eventos onde encontra pessoas que pensam como você, precisa de tempo para se tornar um membro daquele grupo. Comece fazendo amigos, e não seja amigável apenas com as pessoas que despertam o seu desejo. Faça quantos amigos puder, e as pessoas começarão a confiar em você. Uma boa tática inicial é encontrar gente parecida com você, mesmo que não sejam necessariamente o seu número, e fazer amizade: elas provavelmente conhecem pessoas das quais você vai gostar.

A maioria das reuniões e eventos só acontece graças aos voluntários que trabalham duro. Por isso, a melhor maneira de conhecer pessoas de um grupo que você gosta é se voluntariar para fazer algo útil: dar as boas-vindas na chegada, ajudar com o lanche, ser parte da equipe de limpeza. Você conhecerá muita gente que ficará agradecida depois. Ambas as autoras viraram integrantes ativas de muitas comunidades voluntariando-se para fazer certas tarefas e oferecendo nossas casas como lugar de encontro para grupos de apoio e outros eventos sociais (dessa maneira, nem precisamos sair de casa para participar).

ANÚNCIOS PESSOAIS

Promíscuos têm se descoberto por anúncios pessoais há décadas, e esse método se expandiu muito nos últimos vinte anos, impulsionado pela ampla disponibilidade de acesso à internet.

Uma pesquisa por "anúncios pessoais poliamor", talvez com o nome de sua cidade ou estado, mostrará portais que trazem anúncios de gente poliamorista e outras relações alternativas para pessoas de todos os gêneros e orientações. Outra opção gratuita são algumas mídias sociais voltadas para quem compartilha de um interesse sexual específico, como BDSM. Nos Estados Unidos, esses sites não apenas oferecem anúncios (geralmente geolocalizados), mas também hospedam grupos com interesses específicos onde você conhece quem tem os mesmos desejos e curiosidades. Muitos desses grupos promovem alguns encontros ao vivo.

Você também pode baixar aplicativos em seu dispositivo móvel que permitem encontrar, na sua área, pessoas com quem compartilha certos interesses. Alguns são usados principalmente para conexões imediatas, enquanto outros podem unir pessoas interessadas em ligações de longo prazo: sugerimos que você descubra para qual finalidade serve cada aplicativo, caso queira evitar mal-entendidos.

Alguns portais são especializados em sugerir relacionamentos. Geralmente são pagos e direcionados principalmente para quem procura uma relação de longo prazo. Outros se especializaram em determinadas orientações religiosas, posição profissional, categorias raciais, idade ou estilos de vida. Por enquanto, muitos desses serviços não apoiam estilos de vida não monogâmicos, e alguns até removem anúncios que mencionam a palavra "poliamor", mas esperamos que isso mude conforme a comunidade se torne mais visível.

DIVULGAR UM ANÚNCIO

Muitas pessoas têm dificuldade em criar um perfil, página ou anúncio pessoal nas mídias sociais, pois eles exigem um grau de autoanálise e marketing pessoal que parece extremamente desconfortável. Afinal, quase ninguém gosta de pensar em si mesmo como um produto a ser comercializado. No entanto, quando você prepara um anúncio, é exatamente isso que está fazendo. Uma das autoras, ex-redatora publicitária, tem algumas sugestões para deixar essa atividade um pouco menos dolorosa.

Você quer atrair o maior número possível de pessoas qualificadas ou apenas algumas? Sua resposta determinará algumas estratégias na criação dos anúncios. Se você é jovem, cisgênero, hétero ou bi, magra, mulher e saudável, um anúncio muito amplo trará muitas respostas e você não conseguirá responder a todas. Portanto, é melhor "restringir", incluindo informações que farão com que pessoas que não se encaixem no perfil procurem em outro lugar. (Ainda assim, você receberá muitas respostas que não fazem sentido, mas poderá eliminá-las de acordo com os aspectos que não preenchem seus pré-requisitos. Janet publicou anúncios pessoais por um tempo, e neles se descrevia como de meia-idade, gordinha, bissexual, caminhoneira, comprometida e praticante de BDSM, e mesmo assim recebeu dezenas de respostas de rapazes que claramente tinham lido apenas que ela era mulher e que estava disponível.)

Por outro lado, se você se enquadra numa categoria "menos procurada" — ou seja, sejamos sinceros, a maioria de nós —, então terá que decidir quanto de abrangência está a fim de encarar. Se você sabe que é charmoso, fácil de conviver, mente aberta e inteligente, talvez o leitor do anúncio não precise saber neste exato momento que você acha que está alguns quilos acima do peso, ou que uma condição de saúde o impede de se divertir tanto quanto gostaria. (Faz parte da brincadeira, no entanto, mencionar de antemão se você já está num relacionamento em que seus amados têm qualquer influência sobre como você organiza sua vida romântica.)

Será que você quer incluir uma foto? Anúncios com fotos atraem mais respostas que os sem foto, então sua estratégia vai determinar a resposta. Muitas pessoas preferem escolher uma imagem em que não são reconhecidas de imediato, por motivos de privacidade, ou um rosto parcialmente encoberto ou distante da câmera. Certifique-se de que a foto é recente e que parece com você — afinal de contas, você espera conhecer ao vivo pelo menos uma das pessoas que viu seu anúncio em algum momento, e não quer dar início a um novo relacionamento em potencial com qualquer tipo de equívoco. Não recomendamos usar fotos de partes íntimas, a não ser que você esteja apenas procurando por uma rapidinha. E, ainda assim, há muita gente que considera esse tipo de foto ofensivo.

Uma vantagem da internet em relação aos anúncios pessoais das revistas e jornais de antigamente é que você consegue ajustá-lo se não estiver funcionando como deseja. Se está sobrecarregado de respostas não apropriadas, inclua peculiaridades e defeitos. Se não está recebendo respostas suficientes, remova-os.

Ainda não deu em nada? Peça socorro a um amigo próximo ou, ainda melhor, a um ex com quem você tem uma boa relação. Quem sabe vocês possam escrever o anúncio um do outro? Talvez você não vá usar exatamente o que escreveram, mas pode ser uma ótima ajuda para descobrir o que seus amigos amam a seu respeito, que é o que seu futuro amante em potencial também amará.

Independentemente da sua escolha, nossa recomendação é que você seja você mesmo – assim, conhecerá alguém interessado exatamente em como você é. As consequências de escrever um anúncio muito empolgante incluem acordar no dia seguinte ao lado de alguém que está louco por uma pessoa que não é você. E isso não vai trazer benefício algum.

O QUE ACONTECE DEPOIS?
Quando você conhece pessoas por um anúncio, o processo se dá em etapas, começando com troca de mensagens, depois conversa telefônica e posteriormente um encontro informal num local público para tomar um café, jantar ou almoçar, para que possam se familiarizar com calma e a menor pressão possível. Esteja ciente de que você não sabe nada sobre essa pessoa, além de palavras numa tela, então tome as mesmas precauções que tomaria ao se encontrar com qualquer desconhecido.

Um caso especial: e se você se apaixona por uma pessoa que quer monogamia? Será uma situação delicada. Sabemos que se trata de uma discordância válida, uma diferença muito básica. Em nossos momentos mais idealizados, despreocupadamente acreditamos que, uma vez que essa bela pessoa que conquistou nosso coração descobrir que a promiscuidade ética é possível, imediatamente vai querer participar. Mas nem sempre é o caso.

Lembre-se, por favor, de que ninguém está certo ou errado. São duas maneiras diferentes de estruturar um relacionamento, e ambas – ou todas – as opções são válidas. Para o momento presente, você talvez queira continuar vivendo o relacionamento, porque é precioso e quer ver como as coisas evoluem, mesmo que possa se desapontar no futuro. Vocês dois precisam concordar em tolerar a ambiguidade de saber que querem algo diferente. Entrar num relacionamento com a ideia de mudar seu parceiro não é respeitoso e pode resultar em grandes problemas mais tarde.

Faça acordos sobre como vão viver "por enquanto" e busquem informação e experiência que ajudem a entender o ponto de vista do outro. Leiam juntos este ou outro bom livro sobre intimidade. Não falem mal das opções alheias. Participem juntos de oficinas – uma sobre poliamor e outra que trate de monogamia de um jeito erótico. Juntem-se a grupos de apoio na internet sobre tópicos relevantes e encontrem tempo para discutir o que aprenderem com todas essas fontes.

Considerem o amplo leque de opções de relacionamentos disponíveis para vocês – talvez o que melhor atende às suas necessidades não é o que vocês achavam que estavam procurando. Entretanto, temos certeza de que vocês entraram nessa situação potencialmente difícil porque vocês valorizam bastante esse relacionamento em particular, e porque *o amor que sentem um pelo outro* supera as diferenças entre vocês. Independentemente de vocês acabarem amigos, amantes, esposos ou qualquer outra configuração, esperamos que encontrem uma maneira de continuar nutrindo esse amor.

20

CASAIS E GRUPOS

Promíscuos se relacionam nos mais variados estilos e combinações. Será que existe uma tipologia para relacionamentos que inclui cada uma dessas possibilidades maravilhosas? Obviamente que não: todo relacionamento é único e, portanto, mesmo que haja uma tentativa de pensar em tipos e formas, não é possível expressar as verdades essenciais do que acontece quando amamos as pessoas.

Eis uma relação particular bastante incomum que prezamos: a nossa! Em 25 anos, as autoras já foram amantes, coautoras, melhores amigas e nunca moraram juntas. Nós duas vivemos com outros parceiros durante esses anos e também ficamos solteiras por um breve período. Nosso relacionamento é muito precioso, e nenhum outro parceiro pode contestá-lo. Fazemos isso há muito tempo e não pretendemos parar. Claro que, se quiséssemos viver juntas, provavelmente já teríamos feito isso, então tampouco representamos uma ameaça para qualquer parceiro de vida (contanto que você não se sinta ameaçado lendo detalhadamente sobre as aventuras sexuais de sua parceira e a coautora dela – um problema que poucas pessoas terão que enfrentar). Para nós, é um milagre que nossa parceria tenha sido tão proveitosa, serena, íntima e exploratória durante todo esse tempo. Concordamos que morar juntas seria correr um risco horrível, que poderia estragar algo bom.

Todo mundo deveria ter um coautor. Mas mesmo que você não seja escritor, conseguirá se imaginar estabelecendo conexões que lembram algumas das possibilidades que discutiremos aqui.

Embora todas as conexões possam ser guiadas pelos princípios básicos que discutimos nos capítulos anteriores, novos conceitos e habilidades são desenvolvidos diariamente por promíscuos brilhantes que desejam explorar as recompensas e os desafios de um estilo de vida próprio e personalizado. Neste capítulo, discorreremos sobre formas de explorar relações sexualmente abertas e tornar as conexões sustentáveis. Mesmo que você não se identifique de imediato com qualquer uma dessas formas de relacionamento, sugerimos ler o capítulo inteiro – há ideias que podem ser aproveitadas por todo mundo, originadas de experiências alheias, e às vezes uma voz que vem de um lugar longínquo proporciona a peça exata que estava faltando para completar o quebra-cabeças.

Todos nós crescemos num mundo em que se supunha não existir nada entre transar sem emoção, só por diversão, e relacionamentos de longo prazo com casamento, deixando livre o amplo território entre os dois extremos a ser descoberto por pioneiros de relacionamentos de todos os tipos, incluindo nós mesmas. Que maneiras interessantes de se relacionar poderíamos encontrar entre esses dois polos? Quando incluímos *todas* as nossas conexões no panorama geral de relações, expandimos a definição do que pode ser um relacionamento.

Se permitirmos, cada relacionamento encontra a sua própria dimensão. Com base nesse princípio, podemos dar boas-vindas a cada um de nossos parceiros exatamente pelo que são: não precisamos que eles sejam mais ninguém, ou que nos proporcionem recursos ou habilidades específicos. Se você não quer jogar tênis comigo, convido outra pessoa, e se você não quer participar do *bondage*, outro parceiro virá – nosso relacionamento não será menos importante por conta disso. O que compartilhamos é valioso pelo que compartilhamos. Ponto final.

Gostamos de ser descontraídas em relação a sexo, mas o que as pessoas chamam de "sexo casual" nos parece bastante depreciativo. Por sexo casual entende-se que devemos estar distantes: não se aproxime muito, não espere demais, evite qualquer demonstração de intimidade ou vulnerabilidade.

Temos ouvido as pessoas se referirem a alguns de seus amantes como "amigos coloridos", um conceito interessante. Por que não compartilhar os variados benefícios do sexo com nossos amigos, fazendo do sexo uma parte natural do amor, da honra, da lealdade e da sinceridade que já compartilhamos?

Nós aprendemos mais, nos divertimos mais e fazemos as conexões mais maravilhosas e ricas quando recebemos cada pessoa nova em nossas vidas exatamente como elas são, sem tentar forçá-las a fazer parte da imagem rotulada de "relacionamento" em nossas cabeças. Essa é a nossa verdade, quer estejamos solteiras, acompanhadas, pertencendo a uma família ou comprometidas com alguma das inúmeras opções de relacionamento imaginadas por promíscuas criativas e amorosas.

TORNAR-SE UM CASAL

Muito frequentemente, escutamos relatos de pessoas que se deleitam num estilo de vida promíscuo até "se apaixonarem". Então, talvez estimuladas pelas mensagens culturais de que amor deve equivaler a casamento, que necessariamente significa monogamia, mergulham na tentativa de um estilo de vida convencional, muitas vezes com consequências desastrosas. Ambas as autoras provaram não estar imunes a esse tipo de acontecimento. Atenção: sexo e romance, por mais espetaculares que sejam, não são indicadores confiáveis de satisfação e paz de espírito permanentes num relacionamento de longo prazo.

Não há motivo algum para que as bênçãos do casamento, ou seu equivalente, distanciem você da sua antiga turma. Muitos promíscuos conseguem combinar a estabilidade de um compromisso com os prazeres sexuais e a intimidade com outras pessoas.

No entanto, não há dúvida de que ser promíscuo dentro de um relacionamento com compromisso apresenta desafios. Não raro, até os libidinosos mais experientes descobrem (às vezes, para sua própria surpresa) que suas expectativas num relacionamento com compromisso incluem o direito de controlar aspectos da vida de seus parceiros.

Mesmo que tenhamos escolhido escrever sobre casais por uma questão de clareza, todos os princípios se aplicam igualmente a trisais, quadras e mais pessoas juntas. Cada relacionamento toma sua própria forma, mas os melhores tendem a compartilhar alguns princípios básicos: bons limites, atenção plena e desejo mútuo pelo bem-estar de todos os envolvidos.

Como você provavelmente pode imaginar, não apreciamos a ideia de o compromisso resultar em ter direitos sobre a outra pessoa — a não ser o direito de respeito e cuidado mútuos. No entanto, a expectativa de posse é comum. O que acontece quando se separa amor romântico do conceito de propriedade? Uma conhecida nossa, que nunca tinha tido um relacionamento aberto, se surpreendeu ao descobrir que muitos de seus velhos hábitos não faziam mais sentido: "Por que devo me preocupar em procurar fios de cabelo alheio no travesseiro, tentando farejar qualquer sinal de infidelidade, quando sei que, caso meus parceiros transem com outra pessoa, eles simplesmente me contarão?". Mesmo assim, é imprescindível tratar de questões como limites, responsabilidade e gentileza, que geralmente acompanham as relações de posse, mas que ajudam a promover a sustentabilidade do relacionamento.

Então, como promíscuos apaixonados constroem uma vida juntos? Nossos amigos Ruth e Edward contam:

> Fazia dezesseis anos que tínhamos um relacionamento monogâmico quando resolvemos abrir e começar a interagir com outras pessoas. Agora, estamos tentando descobrir o que nos deixa confortáveis com os outros e o que queremos guardar para o nosso próprio relacionamento. Às vezes, a única maneira de encontrar o limite da nossa zona de conforto é cruzá-lo e vivenciar o desconforto. Tentamos dar passos pequenos, para que a dor seja mínima. Estamos definitivamente comprometidos um com o outro e dispostos a não fazer algo que parece ameaçador para um dos dois.

Aqui estão algumas dificuldades específicas que podem aparecer para casais promíscuos. Ao buscar o equilíbrio, cada relacionamento percorre um roteiro distinto. Alguns caminham para parcerias de vida, que podem incluir dividir a casa, posses materiais e, às vezes, a criação de filhos. Outros assumem formas diferentes: encontros ocasionais, amizades, compromissos românticos permanentes etc. No entanto, muitas pessoas descobrem que, por hábito, acabam deixando o relacionamento virar uma parceria de vida exclusiva (alguém inteligente cunhou o termo "escada rolante de relacionamento" para esse padrão, porque assim que você pisa nele, não consegue sair até chegar ao fim).

Amigos e conhecidos bem-intencionados têm algum papel nesse processo quando assumem que você e seu amigo são um casal antes de vocês decidirem se tornar um. Além disso, muitas pessoas se juntam por acidente, em virtude de uma gravidez não planejada, um romance que se fortaleceu pelo fato de um dos parceiros não ter onde morar e acabar se mudando para a casa do outro, ou simplesmente conveniência. Como lembra Janet,

> No meu primeiro ano de faculdade, conheci um rapaz de que gostei muito – quieto e tímido, mas que realmente me encantava quando dizia algo. Finn e eu acabamos saindo algumas vezes e transando outras. Quando o ano letivo terminou, trocamos cartas durante as férias. Então, veio o semestre seguinte, e eu comecei a procurar um lugar para morar fora da residência universitária. A única opção que encontrei foi um quarto de tamanho duplo que eu só conseguiria pagar se dividisse com alguém. Liguei para o Finn e propus que dividíssemos, colocando uma divisória no meio e dormindo em colchões separados, e ele concordou.
>
> Na primeira noite que passamos lá, Finn já tinha conseguido um colchão, e eu, ainda não – acabamos dividindo o dele. De alguma forma, nunca chegamos a comprar outro colchão. Acabamos morando juntos por uns dois anos, depois nos casamos. O colchão nunca adquirido levou a um casamento de quinze anos e dois filhos.

Por mais incentivos que ofereçamos a quem opta por fazer parte de um casal, gostamos quando as pessoas fazem suas escolhas com um pouco mais de reflexão. Sugerimos que, antes de se deixar envolver por algo que você não quer de verdade, pense e converse a sério, sozinho e em dois, sobre qual é o melhor formato para esse relacionamento específico. Falem sobre o que significa o amor para vocês e como um se encaixa na vida do outro.

Vocês podem descobrir que, embora ambos gostem da companhia e do sexo, os hábitos em relação a casa, dinheiro, posses materiais e assim por diante são totalmente incompatíveis. Em tal situação, podem fazer o que outras gerações já fizeram: ir morar juntos e passar anos tentando mudar o outro, frustrando-se e magoando-se no processo; ou podem repensar as suposições que carregam. Vocês precisam morar juntos? Por quê? Por que não aproveitar seu amigo pelo que você aprecia nele e encontrar outra pessoa para compartilhar as outras coisas? Promiscuidade significa também que você não precisa depender de uma pessoa única para satisfazer todos os seus desejos.

Se você sabe que tende a querer se unir a alguém, sugerimos que dedique um tempo tentando entender por que entrou nesse padrão e o que almeja quando faz parte de um casal. É uma ótima ideia para todo mundo aprender a viver solteiro, descobrir como satisfazer suas necessidades sem ter um parceiro e, assim, não buscar alguém para suprir necessidades que você mesmo consegue preencher. Você também pode considerar experimentar relacionamentos diferentes dos que já teve no passado: em vez de procurar sua alma gêmea, pode sair com pessoas de que gosta e em quem confia, mas não necessariamente ama, ou talvez ama de maneira mais tranquila, sem arrepios pelo corpo.

O segredo é criar seu próprio senso de segurança interna. Se você gosta de si mesmo, se ama e se cuida, seus outros relacionamentos podem se organizar ao seu redor. Esperamos que, se e quando você se unir a alguém, seja porque assim escolheu.

DESAFIOS ESPECÍFICOS DE CASAIS

A forma mais comum de relacionamento em nossa cultura, e em muitas outras, é o casal: duas pessoas que escolhem compartilhar intimidade, tempo e talvez espaço e bens materiais no tempo presente e no futuro próximo. Embora haja muito de positivo sobre unir-se a alguém – construir uma vida dá trabalho, e quanto mais mãos envolvidas, mais leve se torna o trabalho –, viver a dois também oferece desafios especiais. As ideias nesta seção foram escritas para casais de duas pessoas por uma questão de simplicidade, mas a maioria se aplica também a trisais, quadras e mais pessoas.

COMPETIÇÃO

Um problema que pode surgir entre parceiros em promiscuidade é a competição para ser o mais popular — uma preocupação que a maioria de nós carrega no fundo da alma desde a época da escola. Às vezes, competimos para ver quem consegue marcar mais pontos ou conquistar as vitórias mais desejadas. Eis a receita para o desastre.

Vamos continuar reforçando: isso não é uma competição, não é uma corrida e ninguém é o prêmio. Uma estratégia para superar qualquer sentimento de competição é brincar de cupido um para o outro, investir na felicidade sexual de seu parceiro tanto quanto você investe na sua. Alguns poliamorosos usam a palavra "compersão" para descrever o sentimento de alegria decorrente de ver seu parceiro sexualmente feliz com outra pessoa.

Janet se lembra de ir tomar um café para conhecer uma pessoa nova da internet e escutá-la contar uma de suas fantasias sexuais preferidas, que era surpreendentemente parecida com a de sua parceira na época. Janet marcou um primeiro encontro para sua nova conhecida e sua parceira para o final daquela semana, e as duas (com Janet juntando-se mais tarde) desenvolveram um longo e intenso relacionamento.

PAQUERAS

Já mencionamos que é impossível prever qual será a profundidade dos sentimentos em qualquer relacionamento. Muitos casais novatos em relacionamentos abertos tentam deixar os encontros sexuais externos limitados ao nível casual e recreativo, a fim de evitar a ameaça assustadora de ver o parceiro apaixonado, ou minimamente atraído, por outra pessoa. É verdade que às vezes um relacionamento externo ameaça se tornar primário e suplantar o parceiro existente. Quando isso acontece, todos se sentem horríveis, especialmente o parceiro deixado para trás: é realmente frustrante passar meses, ou anos, lutando para dominar os ciúmes e o medo de abandono para simplesmente acabar sendo abandonado.

Mas não é possível prever quando ou com quem uma paixão, ou qualquer outro sentimento profundo, vai acontecer. Além disso, a maioria das paixões passa com o tempo e não precisa desencadear uma separação. Certamente não queremos travar os limites dos nossos acordos tão restritamente a ponto de excluir todo mundo de que gostamos. Não há regra que nos proteja de nossos próprios sentimentos. Por isso, precisamos olhar além das regras, em direção às soluções e à sensação de segurança.

Dar às suas fantasias e expectativas um banho de realidade pode ajudar. Novos relacionamentos muitas vezes são empolgantes justamente porque são novos, irradiam despertar sexual e ainda foram pouco testados para revelar os inevitáveis conflitos e perturbações que vêm com a verdadeira intimidade ao longo do tempo. Todo relacionamento tem uma fase de lua de mel, e luas de mel não duram para sempre. Algumas pessoas são viciadas na lua de mel (que talvez você conheça como limerência ou ERN, Energia do Relacionamento Novo) e acabam pulando de parceiro em parceiro, sempre imaginando que o próximo será o perfeito. Essas pessoas infelizes nunca ficam com alguém por tempo suficiente para descobrir a intimidade e segurança mais profundas que resultam do enfrentamento, do sofrimento e da conquista das partes mais difíceis da intimidade.

Como sabiamente coloca nossa amiga Carol:

> Para a maioria de nós, o tempo sexual está conectado ao tempo íntimo; acabamos dependendo de nossos parceiros para vários tipos de apoio emocional. É fácil entrar no padrão de compartilhar todas as nossas necessidades emocionais mais difíceis – o trabalho que dá viver juntos na saúde e na doença, na riqueza e na pobreza – com nosso parceiro de vida, e guardar o melhor do nosso comportamento para os outros parceiros. No entanto, apesar de um relacionamento de longo prazo envolver deixar para trás parte da excitação proporcionada por um novo parceiro desconhecido, a intimidade que você recebe em troca é também valiosa, e você não pode conquistá-la com alguém que conheceu há duas semanas. O segredo é encontrar um jeito de manifestar em sua vida essas duas possibilidades – a intimidade do compartilhamento e o calor da novidade.

Lembre-se, por favor, de que fantasia não é realidade. Aproveite suas fantasias ao mesmo tempo que mantém seus compromissos. Quando você tem a expectativa de que uma paquera será passageira, mesmo que seja uma experiência maravilhosa, você e seu parceiro podem vivenciá-la com relativa serenidade, sem destruir a estabilidade de longo prazo e o amor que têm pelo outro.

CASAIS OU GRUPOS COM MÚLTIPLAS CASAS

Nem todos os casais ou grupos vivem juntos. Nos últimos anos, tornou-se mais comum que as parcerias, mesmo com toda a proximidade e durabilidade do casal, possam abranger duas ou mais casas, às vezes até em cidades diferentes. Às vezes, acontece por acaso: compromissos acadêmicos ou profissionais, por exemplo, podem acarretar distância geográfica. Outros fizeram uma escolha consciente, como um casal conhecido nosso que já mantém um vínculo de uma década e decidiu, há cerca de três anos, morar em residências separadas. Segundo eles, isso salvou o relacionamento.

Acreditamos que essa escolha de vida venha a se tornar ainda mais comum no futuro. Em tempos de segurança financeira, compartilhar a casa não é mais uma necessidade econômica. Indivíduos nesse tipo de arranjo podem dividi-la com colegas, e não necessariamente desperdiçar recursos vivendo sozinhos. Alguns são poliamorosos, outros são mais ou menos monogâmicos. Discussões sobre quem dorme onde se tornam desnecessárias quando todos têm suas próprias camas, mas essa não é a principal razão pela qual as pessoas vivem separadas: a maioria sente simplesmente que seus relacionamentos funcionam melhor dessa maneira. Nós duas, por exemplo, somos coautoras e amantes há um quarto de século e nunca decidimos viver juntas: entendemos o nosso relacionamento como um presente mágico que a convivência diária poderia muito bem destruir (se a inexplicável necessidade de Dossie por louça limpa não arruinasse tudo, a atitude demoníaca de Janet em relação às contas vencidas certamente o faria).

Não devemos supor que tais relacionamentos padecem de falta de intimidade ou comprometimento. Em vez de procurar o que está errado, queremos examinar o que é extraordinariamente maleável a respeito desses arranjos e quais habilidades ou conhecimentos especiais se desenvolvem a partir dessas parcerias que desafiam tantas suposições.

Frequentemente, parceiros que vivem separados criam rituais que mantêm a conexão fortalecida quando não estão juntos — telefonemas, maneiras de reafirmar o amor em encontros e despedidas, estar atento ao que acontece na vida do outro, momentos e lugares juntos, e momentos e espaços individuais.

Fazer o arranjo funcionar requer habilidades em agendar e manter compromissos, então devem-se discutir diferenças entre como cada um lida com tempo e pontualidade. Discrepâncias de desejo sexual podem se tornar problemáticas quando as oportunidades não acontecem todas as noites.

Como respeitar o espaço do parceiro nesse tipo de combinado e se sentir seguro no seu próprio espaço? Vocês precisam ir embora para casa quando querem um pouco de distância, ou conseguem imaginar uma maneira de ter seu espaço próprio na casa que pertence a somente um de vocês? Quanto das suas coisas você pode deixar lá?

As pessoas têm diferentes níveis de conforto sobre quanto contato manter quando estão separadas — algumas conversam pelo telefone ou enviam mensagens de texto duas ou três vezes por dia, enquanto outras acham essa ideia perturbadora.

As diferenças que todas as parcerias precisam administrar não desaparecem quando se mora separadamente: desavenças de sociabilidade, arrumação, horários de sono, padrões de trabalho, foco na carreira, administração das finanças, quantas vezes sua mãe vem jantar — não há duas míseras pessoas com padrões idênticos em qualquer um desses aspectos, muito menos em todos eles. E pedimos desculpas por revelar, mas morar separado não é proteção automática contra falta de sexo. Tampouco transforma automaticamente todo encontro entre vocês em um evento erótico.

Suspeitamos que os casais que vivem separados não são tão diferentes em seus estilos de vida sexual daqueles que vivem juntos. Casas separadas podem, no entanto, fazer com que o encontro seja uma ocasião muito especial. Parcerias assim tendem a respeitar esses momentos e se esforçar para torná-los especiais.

Uma pergunta comum sobre esse tipo de arranjo é: "Como vocês sabem que são um casal?". Dá para saber pela maneira como se sentem um com o outro e, consequentemente, pelo quanto compartilham das suas vidas. Gostaríamos de ver um mundo onde todos os nossos relacionamentos fossem honrados e valorizados, e onde se entendesse que o amor de um casal e sua jornada juntos não são menos importantes apenas porque ocorrem em duas ou mais casas, ao invés de uma.

RELACIONAMENTOS DE METAMOR

A palavra "metamor" foi recentemente cunhada para descrever o relacionamento com os amantes do amante. Ser um metamor levanta questões de etiqueta com que a *socialite* Glória Kalil jamais sonhou.

Como conta Dossie:

Uma vez, eu estava num relacionamento com um homem que tinha uma parceira primária que eu ainda não conhecia. Pedi para conhecê-la, e ela estava pensando se se sentia segura o suficiente para isso. O combinado deles era que, quando Patrick tivesse um encontro comigo, Louisa sairia com seu outro amante. Assim, esperávamos que todos se sentissem seguros e bem cuidados. Infelizmente, o outro amante da Louisa frequentemente furava com ela, o que levava Patrick a furar comigo, o que eu comecei a achar inaceitável. Depois de muitas idas e vindas, Louisa finalmente concordou em me conhecer. Nosso primeiro encontro não foi exatamente caloroso e acolhedor; foi mais um esforço um tanto distante para sobreviver à ocasião. No entanto, ela concordou que Patrick poderia me ver não importando se ela tivesse ou não um outro encontro, e nós teríamos o cuidado de nos certificar de que ela seria avisada com a máxima antecedência, que ele voltaria para casa na hora, e que ela teria muito apoio de nós dois. Enquanto cuidávamos disso, eu e Louisa nos aproximamos bastante — eu me lembro particularmente de uma noite em que estávamos preocupadas com Patrick e conversamos até tarde, enquanto ele dormia no quarto ao lado. Louisa e eu nos tornamos melhores amigas e sócias, organizando oficinas e apresentações de teatro. Patrick e eu acabamos nos separando como amantes, mas a minha amizade com Louisa continuou.

Será que você deve conhecer seu metamor? Nós achamos que sim: se não o fizer, quase certamente acabará imaginando uma pessoa mais *sexy*, mais perigosa e mais ameaçadora do que ela realmente é. Além disso, quem sabe? Você pode acabar gostando dela.

Para o primeiro encontro, escolha um ambiente fácil e não estressante: um almoço ou café, um passeio no parque, um filme (vocês poderão falar sobre o filme caso tenham dificuldade em encontrar assunto).

Faça o seu melhor para gostar da pessoa. Se você não gosta de um dos amantes do seu parceiro, as coisas podem ficar bastante confusas, e será difícil encontrar um equilíbrio feliz. Às vezes, vemos os amantes de que não gostamos de cara como sogros e cunhados: podemos não exatamente adorar a esposa do nosso irmão ou o novo marido da nossa mãe, mas reconhecemos que essa pessoa se uniu à família e tem direitos e sentimentos como todos os outros. Assim, encontramos maneiras de ser cordiais nos encontros que temos.

Alguns dos nossos melhores amigos são pessoas que conhecemos porque alguém com quem estávamos transando também estava transando com elas. Quem sabe você acaba cogitando formar uma ligação como essa? Conversamos com uma mulher cuja primeira experiência com relacionamentos abertos aconteceu quando sua namorada estava dormindo com outra mulher, e nossa amiga acabou se apaixonando por essa outra mulher. "Minha namorada ficou meio irritada", ela lembra, com ironia. "Somos todos uma família unida agora, mas demorou uma década para chegar até aqui." Sugerimos um autoexame de consciência para garantir que sua motivação seja amorosa ou libidinosa, em vez de vingativa ou competitiva. Se você "passar no teste", vá em frente. Não deve surpreender o fato de que você pode gostar das mesmas pessoas que seu parceiro, e atrações mútuas como essas podem formar o núcleo de um pequeno grupo duradouro e muito recompensador.

Por outro lado, às vezes nos deparamos com promíscuos que sentem que *devem* ser sexuais com os amantes de seus amantes. Em alguns casos, as duas partes do casal têm um trato para se divertir com uma terceira pessoa somente quando estão juntos. Tais acordos exigem que ambos se sintam confortáveis com os potenciais terceiros — ser sexual com alguém que você acha pouco atraente ou desagradável é uma ideia muito ruim para você e para eles.

Você pode simplesmente sentir que, porque o seu parceiro gosta e deseja tanto essa pessoa, você também deve se sentir assim — para amenizar a culpa do parceiro ou satisfazer algum senso obscuro de justiça. Por favor, não proceda assim. Se você simplesmente não se sente atraído pelo parceiro sexual do seu parceiro sexual, não ache que precisa transar por educação: há outras milhares de maneiras maravilhosas de se relacionar. Prepare um jantar saboroso, vá com essa pessoa ao cinema, jogue baralho, ou encontre algum outro jeito de ajudá-la a se sentir acolhida na sua vida.

Isso nos leva à próxima pergunta importante: quanta responsabilidade você tem em ajudar os amantes de seus amantes a se sentirem seguros e acolhidos? Nós duas já passamos muitas horas ao telefone convencendo metamores de que, "sim, está tudo bem *de verdade*. Divirta-se, querida". Achamos que a prioridade deve ser as suas próprias necessidades; se você realmente não pode ser receptivo e favorável, então a simples civilidade será suficiente. Por outro lado, também acreditamos que é gentil ser o mais amigável possível sem ter que cerrar os dentes e forçar um sorriso.

Sugerimos que, no mínimo, você tente proporcionar alguma certeza de que isso não é uma competição, de que você não está sendo prejudicado por nada que está acontecendo, e que você é capaz de cuidar de suas próprias emoções — em outras palavras, você faz uma promessa de assumir suas próprias questões e não culpar a terceira pessoa. Afinal de contas, elas entram na sua vida porque vocês compartilham algo muito importante: a crença de que seu parceiro é a coisa mais saborosa andando por aí. Eles provavelmente têm coisa melhor para fazer com seu tempo e energia do que ficar imaginando em como destruir a sua felicidade.

Alguns casais levam muito a sério o encontro e a entrevista de potenciais parceiros. Sugerimos essa estratégia quando seu modelo de poliamor exige a inclusão de qualquer novo parceiro na família. Pessoas com filhos, por exemplo, se preocupam muito com quem frequenta a casa, pois poderia acabar se tornando um "tio" ou "tia" para as crianças. Algumas pessoas poliamoristas não têm relações sexuais com um amante até que todas as questões tenham sido esclarecidas – são comportamentos válidos se se encaixam no seu estilo de vida. Nesse caso, compromissos de longo prazo podem ser uma ideia bastante apropriada.

Depois que a paixão passa, algumas pessoas encontram um lugar de longo prazo em sua vida, muitas vezes inesperado, como o amante que se tornou o "tio" favorito do seu filho, ou o sócio de negócios do seu parceiro. Outros podem partir, e quando se vão com sentimentos calorosos podem voltar no futuro, quando mais uma vez houver lugar para eles na sua vida, ou para você na deles. É assim que promíscuos poliamorosos infinitamente conectados constroem teias de famílias estendidas.

Duas de nossas promíscuas favoritas estão juntas há quase vinte anos, amando uma a outra e a muitas pessoas maravilhosas. Certa vez, para o aniversário de Tina, Trace comprou o que consideramos o presente de aniversário perfeito para um promíscuo: três ingressos para uma série de concertos excelentes: um para Tina, um para Trace e um para qualquer amante que Tina escolhesse para cada evento (Dossie teve o privilégio de prestigiar o músico indiano Ravi Shankar ao lado de Tina e Trace).

LADO A LADO A LADO A...

Alguns promíscuos bastante habilidosos mantêm mais de um relacionamento primário. Dossie conhece um desses casais, Robert e Celia, há quase quatro décadas. Juntos, eles criaram dois filhos de relacionamentos anteriores e, posteriormente, alguns netos. Cada um tem outra parceira primária, ambas geralmente mulheres, e relações familiares com todas as suas ex. A parceira externa de Robert, Maya, era originalmente a amante da amante de Celia, Judy, nos idos de 1985, que depois tornou-se amante de Celia e, finalmente, desde 1988 até o presente – e, se depender deles, também no futuro –, de Robert. Há alguns anos, Miranda e Celia moravam no andar de cima, e Robert e Maya, no de baixo. Atualmente, Cheryl, outra das namoradas anteriores de Celia, mora no andar de cima e ajuda com os netos; Miranda, outra ex de Célia, vem visitar dois dias na semana, porque mora fora da cidade, mas frequenta a escola nas proximidades.

Já se perdeu? Todas essas pessoas, além de muitos outros amigos e amantes com diferentes graus de intimidade, do presente e do passado, e a maioria dos amigos e amantes deles, formam uma família estendida de longo prazo que viveu, amou e criou filhos juntos por quase quarenta anos e que tem planos de cuidar um do outro na velhice. Eles nos deixam impressionadas.

SOBRE CASAMENTO

Uma das questões que casais de promíscuos enfrentam é a de firmar ou não a parceria legal chamada "casamento". Mesmo um relacionamento homossexual não está isento de ter que lidar com a questão: a união civil entre pessoas do mesmo sexo foi aceita legalmente nos Estados Unidos, Canadá, em muitos países da Europa, no Brasil e outros lugares, e nós aprovamos. No entanto, também acreditamos que é muito importante que todo mundo analise cuidadosamente as entrelinhas dos direitos matrimoniais.

O casamento, hoje, é resultado da imposição dos padrões do sistema político sobre os relacionamentos pessoais, legislando um mandato único para a forma como as pessoas envolvidas em vínculos sexuais ou domésticos devem viver suas vidas. É construído para apoiar um estilo muito específico de união, em que os parceiros se casam jovens, têm filhos, e um dos cônjuges trabalha enquanto o outro fica em casa. Muitos casamentos não se encaixam nesse padrão e, portanto, não são assistidos pelas leis atuais. Nos Estados Unidos, muitos estados têm leis de propriedade comunitária, o que significa que qualquer renda ou dívida que um dos cônjuges crie durante o casamento pertence a ambos os cônjuges: conhecemos uma mulher cujo futuro-ex-marido os levou intencionalmente à falência porque ela estava planejando sair de casa.

O casamento é, segundo nos contam, um sacramento — um ritual amoroso em que a fé e a comunidade abençoam a união. Por que, então, é o governo que insiste que devemos obter uma certidão? Se o casamento é sagrado, e concordamos que seja, por que o reconhecimento legal de um relacionamento, juntamente com privilégios como herança e direitos parentais, está restrito a quem está disposto a moldar sua vida para se encaixar ao projeto de outra pessoa? Por que se supõe que seja apenas para parcerias românticas? Por que você não pode se casar com sua melhor amiga, se ela é a pessoa com quem você quer passar o resto da sua vida? O parceiro com quem Dossie compartilhou a casa por mais tempo, com quem ela criou sua filha, era um homem gay.

Se nós duas fôssemos responsáveis pela gestão do mundo, o casamento como conceito legal seria abolido. As pessoas estariam autorizadas a estabelecer relações contratuais conforme permitido pelas leis perfeitamente adequadas que já governam outras formas de parceria legal. Modelos de contrato seriam fornecidos por instituições, advogados, igrejas, editoras e redes de apoio. Aqueles que desejassem realizar o matrimônio como sacramento o fariam sob a tutela de qualquer instituição religiosa ou social que lhes agradasse. Sob tal sistema, nenhum acordo seria dado como certo; exclusividade sexual, compartilhamento de dinheiro, herança e tantas outras questões atualmente cobertas pelas inflexíveis leis do casamento seriam conscientemente escolhidas, ao invés de previstas em lei.

Sempre há, obviamente, a necessidade de leis sobre as responsabilidades básicas que adultos têm sobre crianças e outros dependentes. Incentivos fiscais e outros tipos de apoio extremamente necessários ainda estariam disponíveis para quem cuida de crianças e idosos.

Amor é algo maravilhoso. E acreditamos que seria ainda mais maravilhoso se todos pudéssemos agir como adultos responsáveis e fizéssemos arranjos ponderados sobre os fundamentos físicos e financeiros de nossas vidas.

21

PROMISCUIDADE SOLTEIRA

Na maior parte das culturas, viver sozinho é algo incomum. A maioria das pessoas considera seus períodos solteiros como temporários, geralmente acidentais e que devem terminar o quanto antes. Você está se recuperando de seu último relacionamento, lamentando um rompimento ou está muito ocupado dedicando-se à carreira para lidar com romance. Talvez não haja bons candidatos nas redondezas agora. Algo melhor certamente virá em breve. Então você espera, sem ao menos cogitar transformar a maneira como está vivendo hoje em seu estilo de vida.

Como seria ser *intencionalmente* solteiro, escolher viver sozinho por um tempo? Parceiros em potencial podem aparecer quando você menos espera – e, numa cultura construída em pares, qualquer relacionamento que tenha algum potencial é considerado escada rolante para se tornar um casal. Desse jeito, o que fazer para ficar solteiro?

Qual seria sua rede de apoio? É possível satisfazer suas necessidades e sentir-se amado e protegido por meio de uma comunidade de amigos, amantes, familiares, mentores – seus recursos humanos pessoais? Construir uma rede sozinho pode ser difícil no começo – ninguém além de você para fazer ligações, programar as datas para almoços ou cinema, se conectar. Mas cabe somente a você construir uma família e cuidar de si mesmo de coração aberto.

Seu relacionamento consigo mesmo é um compromisso vitalício. Quando você está solteiro, tem uma oportunidade única para aprofundar esse relacionamento, descobrir quem você é e celebrar sua jornada em qualquer relacionamento em que se encontra conforme percorre a vida. Viver solteiro e apaixonado por muitos é uma viagem de autodescoberta, uma oportunidade de conhecer a si intimamente e de trabalhar em qualquer mudança que você quer trazer para sua vida.

Dossie estava solteira quando enfrentou pela primeira vez o ciúme; ter tempo para si mesma facilitou o processo de se enxergar internamente, em vez de culpar alguém, e tomar decisões conscientes sobre como queria lidar com seus sentimentos.

Ser solteiro ao invés de estar com alguém não é uma escolha entre essa ou aquela opção. Mas nossa cultura tende a desconsiderar a solteirice como um estilo de vida; portanto, poucas pessoas escolhem permanecer solteiras, o que significa que há recursos limitados e uma posição social restrita para as pessoas solteiras. Se ser solteiro fosse um estilo de vida aceitável, até mesmo valorizado, as parcerias poderiam se desenvolver mais por escolha e menos por um senso de necessidade ou por uma busca desesperada pela salvação.

Parceiros compartilham o básico de suas vidas — trabalham juntos pelas mesmas metas, combinam finanças, dividem o trabalho árduo de criar filhos. Parceiros também têm um ao outro quando as coisas não são tão bonitas — e todos nós precisamos de alguém para dizer que nos ama quando não estamos no melhor dia. O desafio para o promíscuo solteiro é encontrar maneiras de aprofundar a intimidade nos relacionamentos que podem não ser para toda a vida.

Ser solteiro oferece a oportunidade de passar o tempo sendo puramente quem você é. Solteiros desfrutam de mais liberdade para explorar, menos obrigações e a capacidade de se espreguiçar pela casa vestindo uma camiseta surrada e jogando videogame, sem ninguém saber.

Talvez você seja solteiro por razões negativas, mas válidas. O último relacionamento foi um desastre e você está com medo de tentar novamente. Você só se sente seguro controlando suas próprias finanças, sua própria cozinha, sua própria vida. A única maneira que você conhece para estar num relacionamento é tentando ser a esposa, o marido, o amante ou o provedor perfeitos, e agora está exausto de tentar ser alguém que você não é. Você está se recuperando de um rompimento; quer evitar qualquer tipo de romance; precisa de tempo para sofrer. Você simplesmente não encontrou ninguém com quem realmente queira viver.

Talvez você esteja ativamente escolhendo viver solteiro neste momento. Viver sozinho o deixa livre para explorar qualquer tipo de relacionamento que cruzar seu caminho. Você pode amar alguém que não seria uma boa parceria, ou alguém que já tem um parceiro e não precisa de ajuda para pagar a casa, ou para levar as crianças ao dentista. Você pode escolher a solteirice porque ama a alegria da busca, a magia do flerte, o mistério e a excitação do que é novo. Ou quer explorar como desenvolver conexões sexuais com pessoas de que gosta, mas não ama, ou aprender a amar sem possessividade, ou explorar qualquer um dos inúmeros relacionamentos que são possíveis sem se tornar um casal. Cada pessoa inteiramente única que você encontra oferece um novo espelho no qual você pode ver uma nova visão de si mesmo: cada novo amante aumenta seu conhecimento de mundo – e seu autoconhecimento também.

A ÉTICA DA PROMISCUIDADE SOLTEIRA

Quais são os direitos e as responsabilidades do parceiro sexual solteiro? Comece com direitos: você tem e precisará declará-los. É comum que nossa cultura veja o parceiro solteiro como "secundário", "o de fora", "um caso", um "destruidor de lares", e o seu lugar na ecologia de qualquer vida, relacionamento ou comunidade é considerado irrelevante, na melhor das hipóteses. O que uma pessoa solteira precisa fazer para ser levada a sério em qualquer grupo social? Se você estiver nessa posição, pode começar a pensar sobre direitos e responsabilidades a partir das ideias de respeito, honra e consideração pelos sentimentos de cada pessoa, incluindo os seus.

DIREITOS DO PROMÍSCUO SOLTEIRO

- Você tem direito a ser tratado com respeito – você não é uma pessoa pela metade só porque é solteiro.
- Você tem direito a ter seus sentimentos ouvidos, respeitados e correspondidos.
- Você tem direito a pedir o que quiser – a pessoa a quem você pede pode não lhe dar, mas você está definitivamente autorizado a perguntar.

- Você tem direito a ter datas e planos cumpridos, não sendo alterados por terceiros simplesmente porque essa pessoa tem precedência.
- Você tem direito a tomar uma canja quando estiver doente e ter qualquer outro apoio de emergência de que possa precisar – carona até o hospital, ajuda quando o carro quebra. Seus amantes são seus amigos, e amigos se ajudam quando algo dá errado.
- Você tem direito a negociar feriados em família, como Natal e finais de semana, que envolvam seus filhos e os de seus amantes: você faz parte da família em qualquer relacionamento. Como isso funciona vai depender dos valores da família, mas você tem direito de pedir para ser mais do que apenas o segredo indecente de alguém.
- Você tem direito a ter e estabelecer limites: o que faz ou não, o que é ou não negociável para seu bem-estar emocional e ecologia pessoal.
- Você tem direito a não ser responsabilizado por problemas nos relacionamentos de outras pessoas.
- Você tem direito a se recusar a ser o depósito de aflições conjugais de outra pessoa – você pode não querer ouvir sobre quanto o seu amor quer um divórcio, nem tem que se submeter a isso.
- Você tem direito a ser incluído. Todo mundo importa, inclusive você.
- Você tem direito a ser valorizado e se sentir bem-vindo e respeitado como o ser humano maravilhoso que é.

RESPONSABILIDADES DO PROMÍSCUO SOLTEIRO
- Você é responsável por desenvolver e manter bons limites sólidos. Limites demonstram onde você termina e a próxima pessoa começa: bons limites são fortes, claros e flexíveis; limites ruins são fracos, nebulosos e frágeis.
- Você é responsável por fazer acordos claros. Faça e mantenha acordos sobre tempo, comportamento em espaços públicos e privados, e gentilezas em espaços compartilhados.
- Você é responsável por ser claro quando não quer algo. Não enrole e não faça promessas que você não pode ou não vai cumprir.

- Você é responsável por escolher a quem confia informações sobre seus relacionamentos. Fofoca pode ser uma força destrutiva, mas ainda assim a maioria de nós precisa desabafar com alguém. Seja claro sobre quem são essas pessoas.
- Você é responsável por respeitar os outros relacionamentos de seus amantes, especialmente seus parceiros de vida, e por tratar tais pessoas com respeito, empatia e sinceridade.
- Você é responsável por fazer sexo seguro: iniciar conversas com possíveis parceiros, tomar suas próprias decisões sobre o nível de risco aceitável, respeitar as decisões de outras pessoas e aprender a ser adepto dos pequenos utensílios essenciais de borracha.
- Você é responsável por se apossar de seus sentimentos. Aprenda a lidar com suas crises e obtenha apoio de outras pessoas que estão disponíveis em momentos específicos.
- Você é responsável por ser direto sobre suas intenções. Quando você é abertamente carinhoso com seus amantes, eles podem acabar esperando mais de você do que você está disposto a oferecer, e você deve estar disposto a falar e esclarecer seus desejos para todos os envolvidos.
- Você é responsável por encontrar maneiras de dizer o que outra pessoa pode não querer ouvir. Promíscuos solteiros precisam declarar verdades desconfortáveis em relacionamentos que podem não ter a intimidade esperada para tais discussões delicadas.
- Você é responsável por promover intimidade em todos os seus relacionamentos. Se ser solteiro significa que você está comprometido a ser friamente seguro em todas as situações, viverá em um mundo gelado e solitário.
- Você é responsável por valorizar e acolher todos os seus amantes como os seres humanos maravilhosos, brilhantes e únicos que certamente são.

ARCO-ÍRIS DE CONEXÕES

Se você é solteiro e promíscuo, vai acabar interagindo com variadas pessoas em muitos tipos de relação diferentes. A seguir, abordamos algumas interações que tivemos e que você também provavelmente encontrará.

SOLTEIROS COM SOLTEIROS

Não é engraçado como chamamos as pessoas solteiras de "disponíveis"? Disponível para o quê? Quando você está solteiro, seus amantes podem ser outros solteiros, mas isso não significa que um relacionamento será igual ao outro.

Você pode estar namorando com frequência, regularmente, irregularmente ou raramente qualquer pessoa. Quantidade nem sempre significa qualidade. Quando todos estão solteiros e ninguém se sente pressionado a encontrar um parceiro, o relacionamento é livre para buscar sua própria dimensão, e haverá menos obstáculos para conseguir desenhar o relacionamento que se encaixa perfeitamente para vocês dois.

Só porque você é solteiro e não planeja mudar nada imediatamente, por favor, não considere seus amantes como algo garantido. Expresse como eles são preciosos e valiosos para você. É comum dizerem que devemos ser mais reservados. E nós dizemos: vamos mudar isso. Nós amamos bons encontros eróticos e também adoramos carinho.

DE PARCERIA EM PARCERIA

Você pode estar namorando alguém que tem um parceiro de longo prazo com quem compartilha a vida – por serem casados ou estarem morando juntos. Quando você está namorando essa pessoa, os sentimentos da outra pessoa devem ser levados em conta.

Talvez você se encontre na posição de passar a noite com alguém que está traindo o parceiro. Independente da sua opinião a respeito da ética envolvida – os promíscuos fazem escolhas diferentes nessa área –, é certo que podem surgir dificuldades quando o parceiro do seu amante não sabe da relação que vocês têm. Às vezes, são necessários malabarismos para impedir que o parceiro descubra – e mesmo com toda a esperteza e preparação do mundo, não há como guardar um segredo tão grande para sempre. Esse tipo de segredo pode impor sérios limites: se o relacionamento de vocês consiste em encontros secretos semanais num motel, que conexão pode realmente ser estabelecida? Se o relacionamento vai bem, alguém pode muito bem acabar querendo mais. Num caso desses, é o amante "de fora" que provavelmente será abandonado se alguém for descoberto.

Talvez o acordo com seu amado seja do tipo "não pergunte, não conte". Muitos casais novatos na não monogamia o experimentam numa tentativa de se sentirem mais seguros. Na nossa experiência, às vezes isso cria problemas para todos os envolvidos. Primeiro, muitas pessoas encontram seus amantes em seus grupos sociais, então mantê-los separados pode ser difícil ou impossível. Ou mentiras precisam ser contadas para proteger o acordo – e então voltamos ao paradigma de traição que acabamos de discutir. Manter mentiras, mesmo quando lhe é pedido, pode criar distância em qualquer relacionamento e ser particularmente prejudicial nas parcerias de quem vive junto, quando é muito mais difícil manter segredos.

Por outro lado, as coisas são geralmente mais simples quando todos são informados sobre o envolvimento. Mesmo que comece desconfortavelmente, estar fora do armário possibilita que se trabalhe para melhorar as relações. Se o seu amante faz parte de um casal ou família poliamorosa experiente, todos os envolvidos conhecem os limites da relação e poderão ensiná-los a você, o que ajudará a trazer muito mais clareza. Se todos são novos nesse tipo de relacionamento, boa-fé e disposição para conversar sobre os problemas ajudarão a enfrentar a maioria das dificuldades.

As autoras descobriram que são mais felizes quando todos conhecem e reconhecem a todos. Boa educação é essencial, assim como evitar qualquer sentimento de competição ou superioridade. Brigas entre mulheres são divertidas apenas na pornografia.

Nós duas preferimos conhecer as parceiras de nossos parceiros e, quando possível, estabelecer amizade. Às vezes, elas não têm certeza nenhuma de que querem ser nossas amigas e, vez ou outra, sabem que preferem não ser. Mas com paciência e boa vontade, a maioria dá o braço a torcer. Afinal, temos pelo menos uma coisa em comum: ambas amamos a mesma pessoa.

Não há razão para que nossos interesses sejam opostos aos das parceiras de nossos amantes. Todos nós queremos colaborar para um final feliz em que todos são respeitados e têm suas necessidades e desejos atendidos. A longo prazo, estamos todos do mesmo lado.

Promíscuos experientes podem tomar a iniciativa de se aproximar de maneira gentil e sincera de parceiros assustados. Momentos delicados, em que um sente ciúme ou raiva do outro, aproximam as pessoas e ajudam a formar intimidade. O surgimento de potenciais sentimentos amigáveis será o retorno mais importante.

Cuidar do parceiro de um parceiro transando com ele é opcional. Raramente é uma boa ideia ter momentos íntimos com alguém só porque ele se sente excluído. De repente, você acaba descobrindo uma brecha e se torna amante de um casal, como discutiremos em breve. Mas evite se comprometer com uma interação de que você não gosta muito, ou que sabe que não quer. Concordar com sexo para amenizar o ciúme quase nunca faz o ciúme desaparecer. Você pode respeitar seus próprios limites oferecendo apoio, carinho e boas-vindas ao amante de seu amante.

Um caso especial: às vezes, você se encontra num relacionamento com alguém cuja parceria de vida já não é tão sexual, seja por conta do esfriamento normal da paixão à medida que os relacionamentos amadurecem, por doença ou deficiência. Nesse caso, lembre-se de se aproximar do parceiro prévio com cuidado e respeito extras. Eles podem estar felizes por você estar fazendo o parceiro deles feliz, mas quem sabe estão também um pouco tristes por não serem capazes de desempenhar eles mesmos esse papel. Isso ajuda a reconhecer e honrar as contribuições valiosas que a pessoa *realmente* faz.

RELACIONAMENTOS DEFINIDOS POR PAPÉIS
Há relacionamentos definidos pelas funções que cada parte desempenha quando se está junto – funções que os demais parceiros talvez não queiram ou não gostem de desempenhar. A conexão pode ser simples, como gostar de assistir ao futebol na televisão juntos, ou mais

complicada, como ser um parceiro do mesmo sexo com alguém que tem um casamento heterossexual. Os papéis podem estar relacionados a BDSM, *roleplay* erótico, exploração de gênero, jornada espiritual ou outro que a parceria do casal original não fornece. Essa participação faz de você parte da ecologia da família, da engrenagem que a faz funcionar sem problemas. Ao mesmo tempo que é uma alegria, é uma responsabilidade que não deve ser encarada levianamente.

AMANTE DE UM CASAL
Às vezes, as conexões sexuais desabrocham entre várias pessoas – um trisal, uma quadra ou qualquer outra configuração. Se você tem a sorte de vivenciar essa experiência, saiba honrar o privilégio de fazer parte desse relacionamento e sinta-se como uma parte muito especial dele. O sexo pode ser bastante voluptuoso – imagine as possibilidades de contar com um par de mãos a mais! – e tomar várias formas de dois sobre um, ou dois sobre dois, ou três sobre um, ou... Que delicioso ter mais de uma pessoa atendendo seus desejos, que fascinante dividir o ato do amor ativo com outras pessoas. Quando se ganha prática, é uma sinfonia virtuosa.

Pode ser que, em certos momentos, alguém tenha pouco a fazer e se sinta excluído. Quando isso acontecer com você, pense em como suas mãos podem ser úteis ao movimento e gentilmente junte-se a ele. Certa vez, Dossie foi temporariamente excluída enquanto o casal formado por seus amantes transava. Ela estava um pouco tímida, pensou em se juntar a eles, mas então percebeu que essas duas pessoas, que estavam juntas há uns bons anos, eram incrivelmente graciosas em sua profunda conexão. Então, decidiu se acomodar para assistir à performance e ficou bastante contente de simplesmente testemunhar tamanha beleza. Quando eles terminaram, deram boas-vindas a Dossie e outras delícias se seguiram. Valeu a pena esperar.

Se quiser, você pode focar apenas a parte divertida, deixando qualquer assunto sério para os parceiros que vão embora para casa juntos depois. Ou talvez você prefira estar lá para ajudar quando as crianças contraírem catapora. Lembre-se do privilégio que é ser o parceiro externo. Como diz um amigo nosso: "Eu consigo ser a sobremesa!".

GRUPOS

Quando seu amante tem um monte de parceiros, fazer acordos lembra grandes negociações de tratados. Pode ser que os outros membros queiram se conhecer e se aprovar – o que é fácil. Alguns desejam que todos os parceiros externos estejam a par das limitações e limites do grupo, especialmente sobre sexo seguro – o que é ótimo. Ficamos felizes em ver como alguns círculos poliamorosos estão extremamente atentos em como estabelecer conexões com uma pessoa nova e como investir tempo para que tudo funcione.

Alguns grupos preferem que você se junte a eles de uma determinada maneira – fazendo sexo com o grupo, indo morar com o grupo, tornando-se parte de um casamento grupal – que pode ou não ser adequada para você. Obviamente, você tem a possibilidade de analisar o que está sendo pedido e decidir se é isso que deseja, bem como definir seus próprios desejos e limites.

Muitos desentendimentos iniciais podem ser resolvidos se todas as partes envolvidas tiverem mente aberta e boa-fé. Se não, o ideal é se dar conta logo no início. Um amigo nosso se conectou com alguém que tinha dois parceiros primários e o queria como secundário. Mas quando ele perguntou o que aconteceria se ele arranjasse um parceiro primário, os novos amigos disseram: "Ah, não, isso não é aceitável". Então, nosso amigo caiu fora.

A maioria dos casamentos em grupo e círculos que encontramos é bem descomplicada e abre-se tranquilamente a potenciais novos parceiros – que um dia podem se juntar ao grupo como um todo, pouco a pouco, um passo de cada vez. Dossie fez parte de uma família assim quando sua filha era bebê. Não havia exigências formais para fazer parte do grupo, e todos se encaixavam e cresciam juntos, com parcerias se formando, se desmanchando e se reformulando em seu próprio tempo. Todos eram responsáveis pelas crianças. Esse arranjo flexível funcionou muito bem por uns bons anos: não para sempre, mas por um longo, feliz e memorável período.

MONÓLOGO SOLTEIRO

Dossie compartilha:

> Certa vez, num curso, alguém me perguntou: "Você não se sente solitária morando sozinha?". Demorou um segundo para eu entender que ele não estava tentando me fazer sentir mal. Sem querer, podia ter aberto alguma ferida antiga. Eu apenas disse: "Sim, claro que me sinto sozinha". Ainda assim...
>
> Vivi solteira cerca de metade da minha vida adulta. Há algumas coisas difíceis de fazer sozinha. Comprei minha primeira casa há alguns anos – e como eu quis um parceiro! Mas, de algum jeito, consegui. Enfrentei meus medos, assim como enfrentei corretores de imóveis, financiadores, reformadores de telhado e fiscais, e agora tenho uma casinha linda na floresta que, assim como eu, é minha para compartilhar quando e como eu escolher.
>
> Alguém me perguntou se eu temia ficar sozinha na velhice. Já passei dos setenta anos e pode ter certeza de que tenho medo disso. Mas tenho também um modelo a seguir: minha mãe viveu quase trinta anos a mais que meu pai.
>
> Nada dura para sempre. Eu ainda quero a emoção de me apaixonar, o sonho de um romance tão mágico que nunca poderá desaparecer. Estou mais calejada, mas sou uma pessoa que prefere a paixão ardente à razão, e não me considero muito boa em compromissos. Meu compromisso com minha própria sobrevivência é aprender a viver solteira e ter uma vida muito boa: um compromisso vitalício comigo mesma.
>
> Em 1969, quando era feminista principiante e pela primeira vez decidi ser promíscua, quis viver solteira por cinco anos para descobrir quem eu era quando não estava tentando ser a esposa de alguém. Mas como fazer aquilo dar certo? Não queria criar minha filha num mundo frio, sem afeto ou intimidade, então bolei um plano para compartilhar amor com amantes com quem eu não tinha a intenção de viver.
>
> Inventei maneiras de encarar o risco de compartilhar carinho abertamente com pessoas que eu não tinha "assegurado", se é que posso colocar assim. Eu dizia o que gostava nelas, as elogiava. Procurava

oportunidades para demonstrar o que sentia. Insistia em chamar o sentimento que eu tinha por cada um dos meus amantes pelo seu verdadeiro nome: amor. E, quando tinha a coragem de amar, o resultado era receber muito amor de volta. Compartilhar o carinho expansivo por quem e o que eu amo se tornou a base do meu estilo de vida, estando ou não com um parceiro.

Estou segura de que esta abordagem pode funcionar para todos, independente do seu estilo de vida: o mundo não seria um lugar melhor se fizéssemos questão de honrar, estimar e valorizar abertamente todas as pessoas com quem estabelecemos alguma conexão?

Eu moro no campo e sinto esse mesmo tipo de amor expansivo quando caminho numa praia, observo o mundo do alto de uma pequena montanha, ou descubro, depois de uma curva na trilha, uma majestosa árvore de dois mil anos de idade. Não sinto desespero nem desejo de me apegar. Apenas sinto-me feliz.

Será que às vezes me sinto solitária? Claro! Será que amo a minha vida? Imensamente. Às vezes, me considero a pessoa mais sortuda do mundo.

22

ALTOS E BAIXOS DOS RELACIONAMENTOS

Com muita alegria, contamos entre nossos amigos atuais um grande número de antigos amantes, e ficamos encantadas em como as relações sexuais podem se transformar em laços de família. Há uma limitação real: você tem apenas 24 horas por dia para dedicar à sua vida amorosa, e provavelmente precisará de algum tempo para trabalhar, dormir etc. Portanto, há uma quantidade finita de tempo para cada um dos seus amantes. Para fazer justiça a todos eles, só é possível encaixar um determinado número de pessoas em sua vida.

Acreditamos que a maioria das pessoas não tem problema em deixar seus parceiros irem e virem conforme pareça adequado. Relacionamentos sexuais em famílias estendidas tendem a se afastar lentamente, mais do que terminar. Uma das maravilhas na construção de amizades sexuais é que, enquanto relacionamentos passados e paqueras menores vêm e vão ao longo dos anos, cada par tem sua própria intimidade e características únicas. Você as cria da mesma maneira como aprende a andar de bicicleta – por tentativa e erro, derrapando e caindo, e, em última análise, juntando todas as partes pelo caminho. Assim como andar de bicicleta, você nunca esquecerá essa intimidade em particular, ou o seu papel nela. Mesmo depois da mais amarga das separações, quando a discórdia tiver ido embora e o tempo, curado as feridas, quem sabe você descobrirá que retomar essa conexão cairá como uma antiga e confortável luva.

Por outro lado, às vezes o conflito num relacionamento íntimo se prolonga por tanto tempo, ou parece tão impossível de resolver, que ameaça seus próprios alicerces. Esperamos que você traga o mesmo nível alto de ética e preocupação para um relacionamento conflituoso quanto ao que dedica a um relacionamento feliz.

É sempre tentador reagir a um conflito sério no relacionamento atribuindo culpa a alguém. Na infância, aprendemos que a dor, na forma da punição vinda de nossos pais todo-poderosos, é consequência de quando fazemos algo errado. Então, quando nos machucamos, queremos entender essa dor tentando encontrar alguém que fez algo errado – de preferência, outra pessoa.

É importante lembrar que a maioria dos relacionamentos termina porque os parceiros estão infelizes uns com os outros, e ninguém é culpado: nem você, nem seu parceiro e nem o amante de seu parceiro. Mesmo que alguém tenha agido mal ou sido desonesto, é pouco provável que seu relacionamento principal esteja desmoronando por esse motivo – as relações tendem a acabar devido às próprias tensões internas. Até mesmo as autoras têm dificuldade em lembrar disso quando estão no meio de um rompimento doloroso.

Quando você perceber que está querendo culpar alguém, lembre-se de um lugar-comum das terapias de relacionamento: qualquer problema pertence ao próprio relacionamento, não a qualquer uma das pessoas envolvidas. É inútil tentar determinar quem está "certo" e quem está "errado". A pergunta é: o que precisa acontecer agora? Se você encara os conflitos como problemas a serem resolvidos, em vez de tentar decidir quem é responsável, dá um primeiro passo importante para resolvê-los.

Algumas pessoas costumam arcar com o ônus de ser responsáveis pelo bem-estar emocional de todo mundo, e se sentem de alguma forma culpadas por não conseguirem fazer desaparecer a dor e os problemas num passe de mágica. Essas pessoas precisam aprender a assumir o que lhes cabe e deixar que cada um tome para si as próprias responsabilidades.

Também é comum um parceiro assumir pouca responsabilidade. Pessoas que têm a autoestima ligada à capacidade de manter um relacionamento podem sentir a necessidade de transformar o parceiro num monstro, justificando assim a vontade de sair da relação. Essa estratégia é injusta para os dois: dá ao "vilão" todo o poder pelo relacionamento e enfraquece a "vítima". Decidir que você não tem escolha a não ser ir embora porque seu parceiro é horrível nega o fato de que sempre há escolhas. Os problemas de um relacionamento quase sempre apresentam dois lados: se você consegue reconhecer sua parte, pode trabalhar para resolver o conflito.

Uma exceção importante: se os problemas do relacionamento incluem violência física ou sexual, ou abuso emocional ou verbal, é hora de obter ajuda profissional para aprender a resolver os conflitos de maneira não destrutiva. Alguns minutos na sua ferramenta de pesquisa favorita na internet mostrarão como entrar em contato com grupos na sua região que ajudam os parceiros que sofrem abuso e os abusivos. Apenas você consegue decidir quanto perigo está correndo. Se sente que está em risco, você realmente precisa ir embora – o quanto antes. Muitas vezes, ajuda profissional é uma boa ideia para lidar com abuso de substâncias – nenhum parceiro, por mais maravilhoso que seja, pode dar conta de resolver algo como o alcoolismo apenas com amor. Se uma criança está sendo abusada de qualquer forma, a segurança se torna a primeira prioridade, e você precisa partir *agora mesmo* – você consegue se esforçar para resolver os problemas a uma distância segura.

TÉRMINOS

Acontecem. Boas habilidades de relacionamento e altas doses de ética não significam que você estará com o mesmo parceiro ou parceiros para todo o sempre. Vem da nossa experiência saber que relacionamentos se transformam, pessoas partem pra outra, as coisas mudam. Alguns términos que tivemos, quando olhamos para trás com a perspectiva atual, foram na verdade movimentos construtivos em direção ao crescimento pessoal e a uma vida mais saudável para cada um de nós. Na época, porém, nos sentimos horríveis.

Lembre-se de que, no mundo contemporâneo, um rompimento não significa que você e seu ex fizeram algo terrível. A maioria de nós já passou por algum término na vida, possivelmente mais de um. Em vez de se esconder ou se torturar com o que fizemos de errado, o que aconteceria se pensássemos antecipadamente sobre como gostaríamos de nos separar?

Quando um casamento tradicional termina, ninguém toma isso como prova de que monogamia não funciona. Então, por que será que as pessoas se sentem compelidas a aceitar o rompimento de um relacionamento promíscuo como prova de que o amor livre é impossível? A separação pode se dar por razões não relacionadas à abertura do relacionamento. De qualquer forma, ela provavelmente não é indício de que você não nasceu para ser promíscuo: em primeiro lugar, você não teria todo o trabalho duro para viver desse jeito se não tivesse um forte anseio pela promiscuidade.

Quando um relacionamento muda drasticamente, é ótimo quando todos se sentem calmos o suficiente para se separar com afeição e serenidade. Mas, muitas vezes, as parcerias acabam de uma forma bruta, com sentimentos dolorosos, raivosos, feridos e/ou amargos. O luto pela perda de um relacionamento machuca profundamente, e enquanto estamos no doloroso processo da separação indesejada, ninguém está no seu melhor. Toda uma rede de amigos e amantes pode ser afetada pelo rompimento de quaisquer dos parceiros internos, e você pode ser chamado a apoiar um amante que está sofrendo por alguém que não é você.

Encare o luto como um trabalho produtivo. Perdas deixam buracos na vida, e você precisa se debruçar sobre o que valorizou enquanto aprende a preencher o vazio e a cicatrizar a ferida. Provavelmente, você precisará fazer esse trabalho sozinho – seu ex não pode fazê-lo por você. Sentimentos de dor, abandono, raiva e rancor, hoje avassaladores, daqui dois meses ainda deixarão você triste, mas serão mais administráveis. À medida que os sentimentos mais intensos diminuem, você conseguirá encontrar uma boa oportunidade para voltar a se comunicar com seu ex – tomar um café, ir ao cinema ou algo assim. Seria uma pena não sair desse rompimento com pelo menos uma amizade, depois de tudo que vocês compartilharam.

ETIQUETA DE TÉRMINOS NO SÉCULO XXI

Lamentavelmente, muitas pessoas encaram o final de um relacionamento como uma autorização para fazer drama. Além disso, algumas pessoas simplesmente não conseguem sair bem da relação. Elas precisam de alguém a quem culpar – um vilão, um agressor, uma pessoa má – para se sentirem bem consigo mesmas ou para deixar a consciência mais tranquila.

A internet nos fornece tecnologias fabulosas para a concretização de dramas interpessoais – tornando-se amigo de um, excluindo outro, publicando julgamentos sábios e perversos sobre o ex, espalhando indignação sobre tudo. Portanto, se por um lado navegar pela rede acarreta novas oportunidades, trazendo muitas informações e alegrias à vida dos promíscuos contemporâneos, também oferece oportunidades sem precedentes de encenação, especialmente durante o período sensível próximo a um término.

Todas as regras que dizem respeito a quem confidenciar seus problemas devem ser triplicadas quando envolvemos comunicação eletrônica. Se você tem o hábito de usar seu blog ou perfil na rede social como diário pessoal, considere manter uma página separada. Se estiver on-line, bloqueie para que seja visível apenas para você. Nós realmente preferimos a versão em papel para esse fim. Você pode expressar raiva, culpa, pesar e todas as outras emoções que são importantes de sentir, mas que são inadequadas para compartilhar com toda a sua comunidade on-line. Depois, pode queimar tudo.

Quanto a um comportamento infantil – como, por exemplo, o drama em relação à exclusão de alguém da sua lista –, bom, simplesmente não vá por esse caminho. Se já não é apropriado que um indivíduo tenha acesso às suas informações pessoais, pense em postar menos por um tempo. Ou, se for absolutamente necessário, basta remover essa pessoa da sua lista de amigos sem fazer qualquer comentário. Deixar de ser amigo de alguém nas redes para poder falar mal dele pelas costas é tolo e mal-educado, e, de qualquer jeito, ele provavelmente saberá disso por algum amigo em comum.

Se você der uma olhada em colunas de etiqueta de revistas e jornais do início do século XX, verá como era considerado grosseiro usar a máquina de escrever para redigir uma carta pessoal: as novas tecnologias parecem, a princípio, muito impessoais, e o e-mail não é exceção. A desvantagem do e-mail e das mídias sociais é que, na tela do computador, você não usa seu rosto ou corpo para se comunicar, e os ícones de desenho não ajudam muito. Se fosse uma comunicação por voz, essas tecnologias poderiam auxiliar no esclarecimento de uma situação delicada ou perigosa, mas a mensagem também pode soar muito mais ríspida do que você gostaria, já que seu sorriso simpático se perdeu em algum lugar da nuvem.

QUEM FICA COM OS AMIGOS?

Uma das ótimas consequências de levar um estilo de vida sexualmente aberto é que todo mundo tende a se interconectar na família estendida, no círculo sexual ou na tribo. Quando um casal termina de forma muito dolorosa, todo o círculo é afetado. Para quem está sofrendo, parece que não há privacidade. Seus amigos e outros amantes estão cheios de ideias sobre quem fez mal a quem. Eles sentem sua dor, então todo o círculo começa a procurar alguém para culpar.

Eticamente falando, o par da separação tem alguma responsabilidade em relação ao seu círculo íntimo, e o círculo tem alguma responsabilidade em relação a esse par. Quem está se separando deve se abster de tentar dividir o grupo. Em outras palavras, não exija que todos os seus amigos interrompam qualquer amizade que eles têm com seu ex, e não divida os amigos entre os que estão do seu lado e os que estão contra você.

Privacidade é um assunto delicado, porque ninguém gosta das consequências incontroláveis da fofoca, mas todos nós precisamos de um confidente para contar nossos problemas, especialmente em tempos difíceis. O casal que está se separando pode entrar em acordo sobre com quem eles concordam em compartilhar assuntos particulares e quem não querem que saiba da roupa suja.

Se você acha que você e seu ex não devem ir às mesmas festas por um tempo, precisam resolver isso entre si, e não acabar gritando com o anfitrião por ter convidado os dois para o mesmo evento. É particularmente antiético pedir que o organizador de uma determinada festa desconvide seu ex, ou ameaçar não ir se seu ex for convidado. Isso equivale a impor aos seus amigos um trabalho que cabe a você. É sua tarefa definir seus limites e fazer tratos com seu ex — e, se você se sentir mal em qualquer lugar onde ele também esteja socializando, a decisão é sua de permanecer ou ir embora. Se decidir que quer muito participar do evento, a ponto de lidar com a presença do ex, bom para você: começará a ganhar experiência em dividir o espaço social, o que será útil eventualmente, a menos que um de vocês se mude para Tombuctu. Em algum momento, com a prática, você vai ficar bem ao lidar com seus sentimentos em relação ao seu ex, vai doer menos e você estará mais próximo de alcançar a resolução — e, possivelmente, a amizade depois do rompimento amargo.

Seu círculo de amigos e familiares é responsável por não se separar, por ouvir sem julgar e por entender que todos nós temos pensamentos extremos enquanto nos separamos. Valide o quanto seu amigo se sente mal e releve sem julgar qualquer condenação. A exceção a essa regra ocorre quando um rompimento é baseado na revelação de assuntos sérios, como estupro, violência doméstica ou uso abusivo e destrutivo de substâncias: nesse caso, não há respostas fáceis, porque um círculo de parceiros sexuais realmente precisa tomar decisões sobre tais assuntos. Mas, na maioria das vezes, as acusações são sobre como o ex-parceiro é negligente, egoísta, insensível, carente, mal-educado, desonesto, manipulador, passivo-agressivo, rude e estúpido. Todos nós, em algum momento, já fomos tudo isso, então somos capazes de entender e perdoar.

FINAIS FELIZES SÃO POSSÍVEIS

Apesar dos rompimentos serem bastante difíceis para todos os envolvidos, e embora a gente saiba que você se sentirá irritado, triste, abandonado ou maltratado por um tempo, imploramos que você lembre que o seu futuro-ex-parceiro ainda é a mesma pessoa maravilhosa que você costumava amar. Não destrua nenhuma ponte. Como nos conta a Janet:

> Depois do nosso divórcio, Finn ficou muito bravo e muito deprimido comigo, e eu me senti muito culpada. Ainda assim, para o bem das crianças, cuja guarda dividíamos, fizemos questão de manter uma relação de civilidade. Agora, trinta anos depois, eu o considero um dos meus melhores amigos e acabei sendo uma das pessoas que o apoiaram durante a grave doença que ele teve há alguns anos. Se tivéssemos sido cruéis um com o outro quando as feridas estavam abertas e complicadas, não acho que estaríamos em bons termos hoje, e nós dois teríamos perdido uma amizade muito importante e gratificante.

Promíscuos inteligentes sabem, mesmo que às vezes, no calor do conflito, se esqueçam, que um rompimento não precisa significar o fim de um relacionamento – pode ser, ao contrário, uma mudança para um tipo diferente de relação, possivelmente entre conhecidos amigáveis, amigos ou talvez até amantes. Quem conta é a Dossie:

> Namorei o Bill por dois anos, durante os quais nossa conexão em todos os níveis foi maravilhosa, especialmente a intensa conexão sexual: juntos, experimentamos uma porção de primeiras vezes. Decidimos morar juntos, o que durou seis meses, até que explodimos numa briga homérica e nos separamos. Nós realmente tínhamos objetivos de vida muito diferentes. Demorou cerca de um ano até podermos estar próximos um do outro, mas começamos a namorar de novo, e o sexo era ainda mais excitante e profundo que antes. A gente se encontrou uma vez por mês pelos nove anos seguintes, como bons amigos e amantes, dando continuidade ao adorável sexo fumegante que nos unira em primeiro lugar.

Uma das coisas boas da promiscuidade com ética é que você pode se relacionar com seus amigos e amantes das mais variadas formas, não importando o número de amigos e amantes que tiver. Depois de ter sobrevivido a um término, nada muito pior pode acontecer. A relação com um ex é uma segurança real, uma amizade com alguém que viu você no seu pior. Quando conhecemos alguém tão profundamente como conhecemos nossos ex, com todo o pacote de falhas e defeitos, temos a base de um relacionamento verdadeiramente íntimo e importante que pode continuar a mudar, evoluir e nos fornecer apoio por muitos anos vindouros. Como escreveu Edna St. Vincent Millay:

> Afinal, meu querido de antigamente,
> Não mais estimado meu,
> Precisamos dizer que não foi amor
> Só porque pereceu?

23

SEXO E PRAZER

Sexo é ótimo e prazer faz bem para você. Já dissemos isso antes e vale a pena repetir. Nós duas apreciamos sexo simplesmente pelo sexo em si, com naturalidade, mas queremos que você saiba que nem sempre foi fácil. Numa cultura que ensina que sexo é desprezível, desagradável, sujo e perigoso, o caminho para a sexualidade livre tende a ser difícil e é repleto de riscos. Se você escolher segui-lo, tem nossos parabéns, apoio, incentivo e, o mais importante de tudo, informação. Para começar, saiba que nós e praticamente todo mundo que gosta de sexo sem restrições aprendeu a ser assim apesar da sociedade em que crescemos. Isso significa que você também pode aprender.

AFINAL, O QUE É SEXO?

A palavra "sexo" é usada como se todos concordassem com sua definição, mas, se você pergunta às pessoas o que elas realmente fazem durante o sexo, ouvirá uma enorme gama de comportamentos e interações.

Já falamos sobre o sexo ser parte de tudo e tudo fazer parte do sexo. Agora, vamos falar sobre o que a maioria das pessoas chama de sexo: as atividades que envolvem lábios e mamilos e clitóris e paus e orgasmos. Sexo *pode* envolver essas coisas, mas não acreditamos que se trate apenas disso; as genitálias e outras zonas erógenas são "como", não "o quê".

Sexo é uma jornada para um estado extraordinário de consciência no qual sintonizamos tudo o que é alheio às nossas emoções e sentidos, viajamos para um reino de sensações deliciosas e mergulhamos em uma conexão profunda. Esta jornada é uma viagem de despertar, como se os nervos que transmitem sentimentos de deleite estivessem adormecidos, mas de repente saltassem atentos, ardentes, em resposta a uma mordida ou carícia.

Talvez o que chamamos de preliminares seja uma maneira de ver quão despertos conseguimos ficar — em estado de alerta, dos dedos dos pés até a raiz dos cabelos —, o formigamento da cabeça, a dormência da sola do pé. O glorioso milagre da anatomia sexual é que qualquer um desses despertares pode desencadear inchaço no ventre, lábios, mamilos, nádegas, pau e buceta, que por sua vez despertará outras redes nervosas mais intensas ocultas dentro de nós, até ficarmos inteiramente excitados, como fogos de artifício.

Sexo é qualquer coisa que você faz, pensa ou imagina, e que coloca o trem em movimento: a cena de um filme, uma pessoa atraente que você vê na rua, botões de flores silvestres explodindo no campo, a fragrância que estimula seu olfato, o calor do sol na parte de trás da cabeça. Se você tem vontade de explorar tais sentimentos incrivelmente sensuais, pode aumentar a tensão do intumescimento e seu foco sensual com quaisquer tipos de pensamento, toque ou conversa concebíveis pelos humanos: carícias, beijos, mordidas, beliscões, lambidas e vibrações, sem mencionar arte erótica, dança, música sensual e materiais sedosos em contato com a pele.

Sendo assim, sexo refere-se a um território muito maior do que a estimulação genital que leva ao orgasmo. Sexo que se limita a preliminares superficiais e, em seguida, a uma corrida pela via expressa até o orgasmo é um insulto à capacidade humana de prazer.

Eis uma maneira feliz de responder à pergunta sobre o que é sexo: se você ou o seu parceiro estão se perguntando se estão fazendo sexo em determinado momento, vocês provavelmente estão. Nós gostamos de usar a definição ampliada de sexo, incluindo mais do que genitais, mais do que relações sexuais, mais do que penetração e — embora nós definitivamente não fôssemos deixar essas coisas de fora — muito mais do que os estímulos que levam ao orgasmo. Gostamos de pensar que todo estímulo sensual é sexual, desde uma emoção dividida a um orgasmo compartilhado.

Quando expandimos nosso conceito do que é sexo e o deixamos ser qualquer coisa que nos agrade, se decidimos que sexo sem penetração é perfeitamente prazeroso por si só, conseguimos nos libertar do que chamamos de tirania da hidráulica, da tarefa de cronometrar tudo para se adequar a uma ereção, de interrupções para evitar gravidez e providenciar proteção.

Prazer faz bem para você. Então, faça o que lhe proporciona prazer e não deixe que ninguém lhe diga do que você deve gostar.

JUNTANDO AMOR SIMPLES E SEXO

Você se lembra do amor simples, aquele focado no momento e sem expectativas, de que falamos anteriormente neste livro? É uma habilidade que você pode trazer para sua vida sexual baseando-se na ideia de se fazer presente e aceitar a si mesmo.

Direcione sua mente de volta à infância, para algum momento feliz. Crianças são naturalmente especialistas em estar no momento. Para recuperar essa consciência, vá a um parque, mexa naquele pedaço instigante de galho que você achou sobre a terra. Vá à praia, tire os sapatos e passeie na beira da água: como os seus dedos se sentem na grama, na areia, com as ondas? Cave um buraco quando o mar se aproximar. Preste atenção ao seu redor, à sua experiência.

Depois, dedique a mesma atenção alegre e arrebatada a seu amado; provavelmente terá uma sensação prazerosa. Repita a atitude algumas vezes — você é uma pessoa bacana, seu amado também, e ambos merecem se sentir bem.

O toque das mãos sobre a pele é uma ótima maneira de trazer alguém para o presente, para estabelecer conexão, para amar. Encontre um bom hidratante e massageie os pés do seu amado. Deixem as imaginações de lado: será que isso levará ao sexo? Quem se importa? Vocês dois estão no momento, sentindo os pés.

As autoras não se opõem de modo algum à intensa beleza do sexo genital. Mas todos nós precisamos nos esforçar para prestar atenção ao que sentimos no momento e como isso nos conecta às pessoas que amamos. Nós não podemos apreciar o momento quando estamos planejando o futuro. Muita alegria sensual maravilhosa se perde quando se projeta o que vai acontecer a seguir. Aprenda a apreciar o mistério, o discreto frio na espinha de perceber que você está a caminho de algo interessante. Siga esse caminho e descubra seus meandros. Aprecie o milagre. Não perca o esplendor do momento no entusiasmo de percorrer a virilha o mais rápido que você puder, como se fosse uma estrada. No aqui e agora, não estamos interessadas em eficiência.

Os pés estão relaxando, quando você ouve um gemido de êxtase: será que deve deslizar sua mão para cima dessa linda perna? Opa! Deixe isso de lado e volte sua atenção para os pés macios e delicados. Ninguém pode relaxar e sentir os pés se estiver preocupado com o que você fará em seguida. Quando você foca toda a sua atenção em fazer com que aqueles pés desfrutem da melhor sensação, você está vivendo o momento, e seu parceiro também, perdido no prazer da dormência hidratada da sola do pé. Este pode ser um bom momento para posicionar-se sobre ele, envolvê-lo num forte abraço, saborear *este* contato por alguns minutos e depois sussurrar: "Você gostaria de algo mais?".

Independentemente do que seja esse "algo mais", prometa estar presente nisso também. Presença e aceitação perfeitas são o ideal, talvez algo jamais completamente alcançado, mas até a tentativa de se atingir esse ponto é transcendental. É uma prática feliz deixar de lado o que não é necessário agora, largar todas as pedras e a poeira de suas histórias e expectativas, e se abrir o mais completamente possível para conhecer outra pessoa na plenitude do coração aberto e em espera.

QUE OBSTÁCULOS VOCÊ ENFRENTA?

Sexo bom deveria ser fácil de atingir — mas, muitas vezes, diz a experiência, não é. De ignorância a distração, tudo pode atrapalhar o sexo responsável e prazeroso. Segue a nossa lista de principais empata-fodas.

MENSAGENS CULTURAIS COM VISÃO NEGATIVA DO SEXO

Vergonha e constrangimento paralisam muitos de nós, mesmo quando temos total consciência de que não queremos ficar embaraçados quando se trata de sexo. As crenças culturais que nos ensinam que nosso corpo, desejos e sexo são sujos e errados dificultam o desenvolvimento de uma autoestima sexual saudável.

Muita gente passa a adolescência afundada na culpa por conta dos seus desejos e fantasias e pelo fato de se masturbar muito antes de conseguir se juntar a outro ser humano. Quando chega a hora de se conectar com o outro, a pessoa fica tão obcecada com o próprio desempenho, tão preocupada em pensar se está fazendo algo de errado, que se esquece de sentir como é bom.

Quando temos desejos e fantasias que vão além de um casamento monogâmico com alguém do sexo oposto, sofremos ataques extras à nossa autoaceitação. Para alguns, somos tarados histéricos por sexo, objetos do desprezo alheio e, não raro, de nós mesmos. Para outros, até Deus nos odeia. É difícil ficar bem em relação à sexualidade expandida quando você se sente tão mal a respeito de si mesmo a ponto de só querer se esconder.

IMAGEM CORPORAL

Nunca nos achamos sensuais o suficiente. As indústrias da publicidade e da moda consideram adequado enriquecer à custa da miséria coletiva em relação ao corpo e nos incentivam a comprar mais roupas, maquiagem e até mesmo a fazer cirurgias estéticas, exacerbando nossa tentativa desesperada de se sentir bem com a própria imagem. Mesmo quem é jovem, magro e bonito sofre constantemente com a aparência: qual seria o outro motivo das filas nos consultórios dos cirurgiões plásticos e esteticistas?

Quanto maior o número de pessoas com quem você quer compartilhar sexo, mais pessoas terão acesso ao seu corpo nu — não tem jeito. Para desfrutar de uma sexualidade livre, você precisa entrar em acordo com o corpo em que vive, a menos que queira esperar até perder dez quilos, o que pode levar uma eternidade. Ou até você parecer mais jovem — espere sentado. Lembre-se: sua sensualidade é sobre como você se sente, não sobre sua aparência.

IDADE E DEFICIÊNCIA

É ignorante e indelicado supor que pessoas com deficiências físicas não façam sexo. Quem tem habilidades corporais diferentes se engaja em formas variadas de sexualidade, o que não implica ausência absoluta de sexo. Pessoas com lesões na medula espinhal que perderam todas as sensações abaixo do pescoço relatam orgasmos: há aí uma lição para todos nós sobre como as orelhas e os lábios podem ser sensíveis.

Sexo para uma pessoa com deficiência física não é tão diferente de sexo para qualquer outra pessoa. Concentre-se no que você consegue fazer, o que estimula o prazer e como experimentar as sensações mais intensas que esse corpo específico consegue sentir. Aprenda sobre seu corpo como qualquer outra pessoa faria. O que o ajuda a movimentar ou alcançar certas partes? Como você lida com algum aparato médico? Que precauções de segurança você precisa ter em mente?

Mais importante de tudo: do que você gosta? Pessoas que perderam sensibilidade física num acidente, às vezes, precisam de bastante tempo redescobrindo o que seu novo corpo pode fazer e sentir — descobrir o que é bom é a parte prazerosa da jornada. Pessoas com deficiência desde o nascimento ou a infância são frequentemente tratadas como seres não sexuais e podem precisar trabalhar essa questão quando crescerem e descobrirem sua sexualidade.

Não se esqueça das vantagens de usar acessórios — vibradores extraem toda sua força e resistência da rede elétrica e nunca sofrem lesões por esforço repetitivo. Próteses conseguem chegar onde muitos braços não alcançam, e travesseiros são um ótimo apoio a qualquer membro que precise de sustentação. Sexo com a voz — conversas eróticas e sexo pelo telefone — é uma capacidade de muitas pessoas que não dominam algumas questões físicas. Medicamentos, como hormônios que mantêm vaginas flexíveis e úmidas, ou pílulas que ajudam a sustentar a ereção, podem auxiliar em mudanças sexuais relacionadas ao envelhecimento ou a problemas de saúde.

Investigue possibilidades. Independentemente de se as condições são visíveis ou invisíveis (como asma ou diabetes), você pode explorar o que funciona para você e contar com a cooperação de seus parceiros para contornar qualquer situação que seu corpo esteja impossibilitado de realizar.

Se para você tornar-se amante de uma pessoa com deficiência física é algo difícil de imaginar, não se esqueça de que um dia a velhice chega para todos. Com que idade você planeja deixar de gostar de sexo? Desistirá na primeira artrite que aparecer, com uma pontada dolorosa? Esperamos que este livro o ajude a compreender sua sexualidade da maneira que melhor funciona para você. Lembre-se: o órgão sexual mais importante sempre estará entre as orelhas.

DESINFORMAÇÃO SEXUAL

Outro obstáculo são as informações incorretas ou simplesmente ruins sobre sexo. Por muitos anos, os conhecimentos sobre comportamento sexual básico foram censurados, juntamente com grande parte da discussão em torno do prazer. Dependendo culturalmente de onde você vive, consegue ou não ter acesso a boas referências. Precisamos nos tornar ativistas e lutar para proteger nosso direito à informação sexual precisa e positiva.

Para adquirir conhecimento básico a respeito de atividades e ciclos de respostas sexuais, recomendamos fortemente que você leia um ou vários bons livros. Eles fornecem muitas informações – mais do que podemos dar em um capítulo – sobre como o sexo acontece e o que fazer quando não está funcionando tão bem quanto você gostaria. Exercícios de autoajuda são geralmente fornecidos para questões de ereção e orgasmos, *timing*, gozar muito cedo ou muito devagar e como agir quando você não consegue encontrar nada que o excite. Você pode aprender estratégias para garantir sexo seguro e métodos anticoncepcionais, e maneiras novas de conversar mais facilmente com seus parceiros sobre todas essas alegrias. Alguns promíscuos espertos leem com o parceiro um capítulo de um bom livro por semana, e quem sabe o discutem na sexta-feira durante o jantar – uma ótima maneira de se preparar para o fim de semana.

Hoje em dia, há também muita informação e discussão na internet. Nós aplaudimos a liberdade de informação, mas sugerimos que você seja cuidadoso, porque muito do que se lê e ouve sobre sexo é incorreto. Além disso, na internet o que não falta é pornografia, que é roteirizada, dirigida e encenada para excitar as pessoas, não para as ensinar, e frequentemente contêm comportamentos ilusórios para pessoas reais, com corpos reais, em quartos reais.

Como a sexologia é uma ciência bastante nova, e como é difícil compilar pesquisas – muitas vezes, inconclusivas – sobre o que as pessoas realmente fazem no sexo, abundam contos de fada, e pode ser difícil encontrar relatos reais. Junte todas as informações que puder, use o que funciona para você e nunca leve tudo ao pé da letra. A melhor parte do aprendizado sexual é que você vai adorar a lição de casa.

CALADOS
Se você não fala sobre sexo, como vai pensar a respeito? A censura histórica sofrida pela discussão sexual nos deixou outra incapacidade: colocar em palavras o que fazemos na cama é difícil e embaraçoso. Embora a maioria de nós já tenha tido uma experiência sexual de alguma forma malsucedida, muitos nunca tiveram a oportunidade de obter apoio de amigos e amantes – a disfunção sexual se torna uma vergonha secreta, o que virtualmente impossibilita qualquer atitude para descobrir como melhorar.

A limitada linguagem que usamos para falar sobre sexo é repleta de julgamentos negativos. Ou você fala em linguagem médica sobre vulvas e intromissão peniana, ou tem à disposição a vulgar linguagem de rua (buceta fodida, rola dura) que faz tudo soar como insulto. Se você não fala, dificilmente refletirá a respeito. Pessoas que não conseguem usar palavras recorrem frequentemente à tentativa de se comunicar sem elas: pressionando a cabeça do parceiro para baixo, movendo os quadris para tentar posicionar a língua do parceiro no lugar certo, fingindo êxtase quando a mão se movimenta vagamente na direção desejada... Enquanto isso, espera-se desesperadamente que o parceiro confuso descubra o que você está tentando pedir. Não seria mais fácil se simplesmente disséssemos: "Eu ia realmente adorar se você passasse seu dedo ao redor do meu clitóris em círculo, em vez de para cima e para baixo", ou: "Preciso que você pegue no meu pau com mais força"?

SEXO ORIENTADO POR UM OBJETIVO

A tirania da hidráulica é um obstáculo tremendo para o sexo fantástico, e não da maneira que os fabricantes de certos medicamentos querem que você acredite. Muitas pessoas supõem que, se não houver pênis com ereção, nada de excitante pode acontecer (lésbicas discordam disso veementemente, claro). Muitos donos de pênis sentem que não podem nem mesmo se envolver nas preliminares enquanto estão moles, e muitas de suas parceiras se sentem insultadas quando descobrem um pênis molenga — e ainda mais pessoas ficam completamente perplexas se o pinto em questão decide gozar num momento inconveniente para o resto da atividade, como se não houvesse sexo após a ejaculação. Queremos incentivá-los a pensar além da hidráulica da ereção e permitir que suas divertidas explorações caminhem para onde quiserem, não importa em que parte do ciclo de resposta sexual os participantes estejam.

Quando o sexo se orienta pelo objetivo, corremos o risco de apressar o orgasmo tão obcecadamente que nem percebemos todas as adoráveis sensações prévias (e, já que estamos falando do assunto, as posteriores também). Quando concentramos a atenção no sexo genital e excluímos o resto do corpo, deixamos de fora da conversa a maior parte de nós mesmos. Quando ignoramos a maioria das partes boas, aumentamos nossa chance de desenvolver disfunção sexual e perdemos inúmeras possibilidades deliciosas.

PAPÉIS DE GÊNERO

Para sermos realmente livres para explorar nosso potencial sexual ao máximo, muitos de nós precisam examinar o que aprenderam sobre como alguém do seu gênero deveria desfrutar do sexo. Espera-se que os homens sejam sexualmente agressivos e as mulheres, que reajam passivamente. Nós gostamos de ambos os papéis, e também de muitos outros. Quando se trata do que é bom, cada um de nós é altamente individual.

Ao proibir alguém de ser proativo, de certa forma bloqueamos a possibilidade de essa pessoa solicitar preliminares ou outras atitudes sensoriais. Daí, se ela não se excita automaticamente quando o parceiro se excita, acaba-se concluindo que é frígida e impotente, quando na verdade tudo o que precisa é de uma leve mordida nas orelhas.

Quem foi criado para se relegar à passividade pode acabar caindo na armadilha da Bela Adormecida: um dia meu príncipe chegará e eu vou desabrochar. No mundo real, no entanto, quem se dá a oportunidade de revezar e desempenhar o papel de parceiro ativo está no caminho certo para descobrir, em benefício próprio e dos amantes, o que funciona para excitar-se de verdade.

Ativo e passivo são ótimas atribuições se não estiverem implicadas em gênero. Pense em sexo oral — meia-nove seria a única maneira de desfrutá-lo? Ou alternar incita prazeres diferentes? Quando nos concentramos no papel ativo, todos conseguimos ser excelentes amantes e atingir o orgasmo através do prazer dos parceiros. Agora, quando é a vez de receber, podemos apreciar profundamente o presente que nos está sendo dado, além de gozar da liberdade de poder gritar, gemer e mergulhar completamente naquela sensação maravilhosa.

Adoraríamos ver um mundo onde todos soubessem o tanto de sexo magnífico que podem proporcionar quando assumem o papel ativo, e quanto prazer provocam aos parceiros quando são os que recebem.

COMO APRENDER A FAZER SEXO BOM?

Diz a lenda que, uma vez que você começa a fazer sexo, tudo acontece naturalmente. E se isso não ocorre, então você deve ter algum problema psicológico profundamente enraizado. Certo? Não temos certeza do motivo que leva algumas pessoas a colocarem o sexo na categoria "nascer sabendo". Se você quer se dar bem em qualquer atividade, de cozinhar a jogar tênis ou entender de astrofísica, terá que dedicar tempo e esforço para aprender. Por que seria diferente com o sexo?

Uma amiga nossa teve seu primeiro orgasmo aos 34 anos, depois de ler pela primeira vez em um manual sobre sexo popular, no início dos anos 1970, que não havia problema em se masturbar – ela tinha sido criada na geração que ensinava que a masturbação deixava as pessoas doentes ou loucas. Uma história horrível. Quantos anos de orgasmo essa mulher perdeu devido à má informação?

Tudo que você faz agora você aprendeu em algum lugar, de alguma forma. Então, se quiser, é possível aprender habilidades ou hábitos sexuais novos e diferentes. O aprendizado requer esforço, mas as recompensas são grandes e sabemos que você será corajoso e persistente. Muitos dos livros que recomendamos no final deste volume incluem exercícios que você pode usar para expandir suas habilidades sexuais e seu repertório – experimente-os.

FALAR SACANAGEM

Converse sobre sexo com as pessoas. Pergunte-lhes sobre as experiências delas e compartilhe as suas. Uma amiga costumava acreditar que ela era a única pessoa no mundo cujas bochechas ficavam doloridas depois de chupar um pau grande. Conversando com algumas amigas, descobriu que isso também acontecia com a maioria delas. Converse com seus amigos íntimos e outras pessoas que você respeita e que são acessíveis. Quebrar o gelo pode ser assustador no começo, mas valerá a pena discutir sobre sexo com amigos e amantes, mesmo tendo que encarar alguns minutos de constrangimento inicial. Se você acha que não pode falar de forma íntima e explícita sobre sexo pessoas próximas, como poderá lidar com um problema ou tentar algo novo?

SE O SEXO NÃO É MAIS SENSUAL

Qualquer um pode desenvolver resistência ao sexo, seja pelo medo de não o fazer bem ou pelo desapontamento de não ter conseguido satisfazer as suas necessidades e seus desejos. Sempre que qualquer etapa do sexo se torna difícil, pode acumular rancor se não for discutida e tratada. Responder a essa resistência com agressividade, a ponto de ignorar os sinais de seu parceiro, definitivamente não é uma opção. Conquistar alguém que não quer ser conquistado só funciona nos filmes. O que você *pode* fazer é convidá-lo a colaborar com você num passeio pelo jardim das delícias terrenas e descobrir o que agrada a vocês dois.

É muito raro que todos sintam exatamente a mesma quantidade de desejo por sexo — seria como insistir que todos tivessem padrões idênticos. Para superar os momentos em que um parceiro está com fome de sexo e outro faminto de sono, ter uma atitude positiva em relação à masturbação é uma grande vantagem. Se você realmente quer ser o melhor amante do mundo e quer saber o que mais satisfaz o seu parceiro, experimentem se masturbar no mesmo cômodo. Quem sabe se você vai gostar de assistir? Para nós, é uma maneira formidável de excitação. Observando ou demonstrando, vocês ensinarão e aprenderão o perfil individual de prazer de cada um e se tornarão os amantes mais satisfeitos que poderia existir.

Então, a sua primeira habilidade promíscua para manter a chama acesa é conversar sobre os aspectos práticos do que funciona para cada um e planejar a superação conjunta qualquer problema. Conhecimento é o afrodisíaco mais poderoso.

O QUE VOCÊ QUER?

Alguns amantes desenvolvem um ritmo, um roteiro sexual prazeroso que funciona para ambos. Experimentar novas sensações sexuais não significa desistir do roteiro; muito pelo contrário, você adiciona novas habilidades ao seu excelente repertório. O que já era bom continua bom, e você retornará a esse lugar repetidamente, como volta a uma fonte de água doce.

Se o ritmo desandou e se tornou rotina, se soa como obrigação, se é fonte de repetidas decepções, é hora de conversar sobre como expandir as opções. Agora pode ser um bom momento para o exercício "sim, não, talvez" deste capítulo (p. 301), sem deixar de incluir coisas que você nunca tentou, mas que gostaria de fazer. Ver a lista do amado pode chocar os iniciantes — "Eu nunca soube que você odiava isso!"

—, mas depois de se recuperar de qualquer surpresa, você dá início aos próximos passos com muitas informações úteis sobre o que funciona. E assumir o pequeno risco de revelar o que você realmente quer pode ser um estímulo bastante excitante.

Comparem seus perfis de desejo e prestem a devida atenção na variada gama que existe entre dar uma trepada rápida e conduzir um grande espetáculo. Você gosta de sexo cordial, caloroso e carinhoso? Aprecia voos rápidos em foguetes direcionados para o gozo? Sonha com viagens eufóricas que poderiam durar grande parte do sábado e, quiçá, um pouco da manhã do domingo? Sexo bom vai do simples pão com manteiga até sobremesas sofisticadas que levam horas para preparar. Grandes espetáculos obviamente não acontecem todos os dias, mas, felizmente, você não precisa escolher — pode ter um pouco de cada um.

Comece reservando tempo para o prazer. Pode ser mais difícil do que você pensa, mas é muito importante. Esperar até que as crianças estejam na cama, os e-mails respondidos, todas as mídias sociais checadas, você ter visto o noticiário da noite e se chocado com a terrível condição do mundo é receita para a frustração. Programe-se da mesma maneira que você agendaria qualquer outro compromisso importante, para um momento em que terá bastante energia disponível, e cumpra sua agenda sempre que possível.

ENCONTRANDO O TESÃO A DOIS

Excitar-se não equivale a enrijecer-se. Excitação diz respeito a entrar no clima, preparar-se para se concentrar nas sensibilidades sensuais e, porventura, sexuais. Muita gente acredita que tesão é como as condições meteorológicas — muda muito. Temos uma afirmação para você: "Eu sei que o que me excita está aqui em algum lugar e que conseguirei encontrar".

Fatores excitantes podem ser visuais, verbais ou sensuais; podem estar atrelados a toque, som, cheiro ou às sensações dos músculos tensionando e relaxando. Existem mais de mil e uma maneiras de se excitar. Faça uma lista das suas favoritas — não de como você gosta de atingir o orgasmo, mas de como gosta de começar. Excitar-se é como se drogar, acordar ou se aquecer: você está passando de um estado de consciência para outro. Toma tempo, mas desperta uma sensação boa. Trabalhar para encontrar o que o excita pode também provocar vulnerabilidade — mas fazer sexo vestindo uma armadura raramente servirá para alguma coisa.

Os sexólogos que estudam excitação afirmam que ela depende de dois fatores: segurança e risco. Você precisa se sentir seguro contra danos, garantir que suas condições sejam satisfeitas e seus desejos e necessidades, preenchidos. Precisa também se sentir levemente em risco, prestes a encarar um desafio, no limiar de algo milagroso e poderoso. Novos relacionamentos em geral são muito excitantes porque ainda há muito risco envolvido, enquanto relações maduras precisam justamente buscar maneiras de assumir mais incertezas, ir além do confortável e do familiar com algo novo e minimamente desafiador.

INFINITAS POSSIBILIDADES

Procurar o que excita você assemelha-se muito à busca por maneiras que ajudam a nutrir o relacionamento. Segue uma lista com algumas possibilidades úteis:

- Vista-se, arrume-se, desperte.
- Prepare o ambiente — lençóis especiais, velas, música.
- Tenha tempo suficiente — inicie seu encontro com três horas de antecedência, num lugar fora de casa.
- Passe no *sex shop*.
- Conversem sobre suas fantasias (vá em frente, fique vermelho).
- Brinque com um jogo de tabuleiro erótico.
- Massageie suave, gentil e lentamente, usando seus óleos favoritos... Quem sabe com um de vocês vendados, ou os dois.
- Não tenham medo de ser bobos.
- Como adolescentes, deem uns amassos no carro.
- Apoiem-se mutuamente enquanto o outro chora.
- Faça um jantar que se possa comer com as mãos.

- Comam chocolates deliciosos e experimentem os lábios um do outro.
- Leiam um livro erótico juntos – em voz alta.
- Assistam a um filme excitante para ambos.
- Vão juntos a um clube de *striptease*.
- Vão a um spa com banheira de hidromassagem e deleitem-se.
- Vão a qualquer lugar na natureza e beijem-se.
- Façam dos seus encontros a dois especiais.

PRIMEIRO, CONECTEM-SE

Há uma razão pela qual os encontros geralmente incluem um jantar: seja no restaurante ou em casa, é uma ótima oportunidade para se conectar, conversar, atualizar-se e, daí, quem sabe, planejar a aventura. Sair para jantar também propicia tempo para se vestir de modo *sexy* e é muito mais divertido do que ter que lavar a louça depois.

Lembre-se de quando você está ou não num encontro – algumas pessoas não gostam de ser tocadas enquanto lavam a louça, por exemplo (outras obviamente gostam, então é preciso conversar sobre isso também).

NA CAMA

Quando vocês chegam à cama, não é obrigatório estarem excitados no mesmo nível; ambos conseguem chegar lá com um pouco mais de tempo e uma cooperação bem-disposta. A pessoa que está mais no ponto pode ajudar a outra a chegar junto. Experimentem o que os terapeutas sexuais chamam de *proporcionar prazer sem demanda*, que inclui qualquer coisa que você sabe que seu parceiro gosta, sem forçar demais. Façam um teste: um dos parceiros propõe despertar o outro da maneira que quem está sendo excitado escolher – sem obrigações ou culpa se não funcionar.

SEXO BOM COMEÇA COM VOCÊ

O significado dessa frase é literal. Quando William Masters e Virginia Johnson iniciaram suas pesquisas sobre vida sexual, no final da década de 1950, queriam primeiro aprender sobre sexo bom para depois pesquisar disfunção sexual. Começaram selecionando 382 homens e 312 mulheres, incluindo 276 casais heterossexuais, todos com vida sexual satisfatória. Um fato surpreendente que descobriram foi que praticamente todas essas pessoas sexualmente satisfeitas se masturbavam – independentemente de terem ou não sexo com outra pessoa.

Escreva no seu espelho: pessoas sexualmente bem-sucedidas se masturbam. Você não está se masturbando ou batendo uma porque é um fracassado, porque não consegue encontrar ninguém para se divertir, ou porque está desesperado para desentupir os canos. Você está fazendo amor consigo mesmo porque merece prazer, e brincar com você mesmo faz com que se sinta bem.

Reserve um par de horas para o seguinte exercício. Desligue o telefone, tranque a porta da frente e livre-se de qualquer distração. Prepare-se como se estivesse se preparando para um encontro com alguém que lhe causa frio na barriga: coloque lençóis limpos e macios na cama e tenha ao alcance da mão todos os seus brinquedos sexuais favoritos. Em seguida, desfrute de um banho de espuma à luz de velas, ou tome uma ducha glamourosa, acompanhado de música suave e sensual. Faça um penteado no cabelo, passe perfume, corte as unhas, espalhe hidratante pelo corpo para que a pele esteja inteiramente macia e gostosa. Vista cuecas de seda, ou uma camisola sensual. Se gosta, tome uma taça de vinho.

Quando estiver pronto, diminua as luzes e deite-se. Comece a se estimular com o toque suave e gentil de suas mãos, imaginando que são o toque de seu amante perfeito. Não tenha pressa. Provoque-se com muitas preliminares usando as mãos, talvez a boca, quem sabe um brinquedo ou dois. Somente quando você absolutamente não aguentar mais – aquele momento em que estaria implorando por libertação, se houvesse alguém para implorar –, leve-se ao clímax, quantas vezes quiser. Fique ali parado e absorva o sentimento caloroso e enriquecedor de amar a si mesmo o suficiente para se proporcionar esse prazer lento e consciente. Seu amante perfeito está esperando por você quando você quiser... bem aí na sua própria pele.

Seu relacionamento consigo mesmo é o que você leva para um relacionamento com outra pessoa: é o que você tem a compartilhar, pessoal, emocional e sexualmente. Um bom orgasmo muda sua neuroquímica e nutre sua autoestima: quanto mais sensual você for para si mesmo, mais sensual será para seus amantes.

Pessoas que brincam consigo mesmas são boas amantes. Sexo com você é um bom momento para explorar novas fontes de estímulo, como se tocar em lugares diferentes, usar brinquedos sexuais ou tentar novas posições. Como você sempre vai perceber o que não lhe dá prazer, poderá melhorar o que está experimentando, e não precisará sentir constrangimento na frente de ninguém. A masturbação oferece, portanto, a oportunidade de praticar todos os tipos de coisas interessantes: se um dos seus objetivos é conseguir prolongar o sexo antes de gozar, por exemplo, pode praticar exercícios de relaxamento e aprender a desacelerar e acelerar suas reações. Se a sua preocupação é não conseguir gozar quando quer, prestará atenção no que funciona quando faz sexo com você mesmo para contar suas preferências específicas de estimulação sexual a seu parceiro. Experimente ritmos e estímulos diferentes para não entrar na rotina de conseguir gozar de apenas uma maneira. A prática leva à perfeição, então se masturbe muito.

Comece direcionando energia para melhorar a autoestima, criando um sentimento positivo sobre o corpo que você habita hoje – não o que você planeja ter no ano que vem, depois de ir à academia todos os dias e viver à base de alface. É difícil ter um bom relacionamento com o seu corpo quando você só o critica. Tente tratá-lo bem de vez em quando: um banho de espuma, uma visita à banheira de hidromassagem, uma massagem, roupa íntima de seda, tudo o que lhe faça sentir bem. Agrade seu corpo primeiro, para depois procurar satisfazer o corpo de outra pessoa, e assim a outra pessoa também será gentil com o seu corpo.

Alguém que alegremente se proporciona todos os orgasmos que quiser dificilmente entrará em outros relacionamentos em estado de desespero sexual. Autossuficiência de sexo é uma importante habilidade dos promíscuos, uma vez que nos torna menos propensos a se envolver com a pessoa errada só porque estamos com muito tesão. Seja seu melhor amante.

BRINQUEDOS PARA TODO MUNDO

Não se esqueça: adultos também se divertem com brinquedos. Há uma enorme variedade disponível de excelentes acessórios sexuais. Embora possam ser comprados on-line, caso o consumidor seja tímido, recomendamos visitar uma das centenas de *sex shops* que surgiram por aí. Elas oferecem ambiente acolhedor, seguro e livre para fazer compras, com funcionários prestativos e informados sobre os misteriosos dispositivos das prateleiras.

Se você nunca experimentou um vibrador, nunca é tarde demais. Vibradores que usam pilhas são menos potentes que os conectáveis na tomada e os recarregáveis. Procure testar todos os tipos: eles funcionam sobre a roupa, por isso não é tão difícil encontrar um jeito de experimentar. (Tampouco são apenas para quem tem vulva – muitos donos de pênis tiveram a vida transformadas por um vibrador em contato com o períneo). Você os encontrará em uma enorme variedade de tamanhos e formas, para atender a todas as necessidades. Há outros brinquedos texturizados com pelinhos macios falsos ou partes pontiagudas de gel, vendas de cetim e correias de veludo, e geralmente uma seleção cuidadosa de bons livros e filmes. Não há razão alguma para uma *sex shop* estar escondida num porão.

Brinquedos têm o potencial de aumentar o prazer e possibilitar experiências nunca antes imaginadas. Por exemplo, se você está curioso sobre prazer anal, começar de maneira menos invasiva pode ajudar. Os vibradores proporcionaram a muitas mulheres a garantia até então impossível de orgasmo: muitas compartilham sexo do jeito que lhes agrada e, se não atingem orgasmo durante a relação, aconchegam-se nos braços do amigo e recorrem ao vibrador – uma solução infalível.

ATENDA ÀS SUAS DEMANDAS

É difícil se concentrar em prazer quando você está preocupado em saber se o bebê está dormindo, a porta trancada, as cortinas fechadas e tantos outros motivos de inquietação. Descubra quais são os seus requisitos, o que você precisa para se sentir seguro e livre de preocupações para poder desfrutar do sexo integralmente. Resolva antecipadamente as suas necessidades.

Estabeleça acordos com seus parceiros sobre sexo seguro e métodos contraceptivos. Não é adequado argumentar sobre os limites das pessoas em relação a gravidez e redução dos riscos de contrair uma doença: respeite as decisões da pessoa mais conservadora, porque sexo é muito mais divertido quando todos se sentem seguros. Limites pessoais podem ser peculiares, e tudo bem também. Dossie tem uma pequena obsessão em estar limpa, gosta de ter lençóis trocados e de tomar banho para se sentir fresca e brilhando. Alguém pode não se importar tanto — e daí? Não há apenas um caminho certo na preparação para o sexo. Permita-se cuidar de suas próprias necessidades; será libertador.

Às vezes, você descobre que suas limitações não são tão rígidas assim, e que novidades proporcionam uma certa diversão especial. Janet relembra:

> Naquela noite, eu tinha ido a um show com dois amigos que eram amantes um do outro e comigo. Um de nós havia adquirido recentemente um verdadeiro tesouro: um automóvel Lincoln Continental 1964 do tamanho de um apartamento. No caminho de volta para casa, decidimos parar perto do rio para admirar o luar e, antes que percebêssemos, estávamos promovendo uma verdadeira orgia no banco da frente do carro. Sempre achei que não ia gostar de sexo no carro, mas quando me vi esticada no banco da frente com a cabeça no colo de um dos parceiros enquanto eu o masturbava por cima do meu ombro, e minha outra parceira ajoelhada no espaço para os pés do passageiro com a cabeça enterrada entre as minhas pernas, comecei a mudar de ideia. A cena terminou em risos histéricos: o parceiro que eu estava masturbando começou a gozar, e seu corpo, em espasmo orgásmico,

tocou a buzina – o carro emitiu uma explosão de som estrondosa vinda direto da Detroit dos anos 1960, que deve ter despertado todo mundo a quilômetros de distância, e nos fez pular dos nossos lugares.

COMUNIQUE-SE

A maioria de nós já se se sentiu idiota com a tarefa de comunicação mais assustadora de todas: pedir o que queremos. Existe alguém que nunca deixou de dizer ao parceiro quando queria ser estimulado com mais força ou de maneira mais gentil, lenta, acelerada, profunda ou superficial, de lado, em ambos os lados, por cima, por baixo, ao redor, ou de uma maneira que agradasse mais? Do nosso ponto de vista, se você quer conquistar a reputação de ser um amante excelente, deve perguntar a cada parceiro o que eles gostam e deixá-los mostrar como fazer da maneira exata: depois que o constrangimento inicial é superado, você se dá conta de que é realmente fácil e será um amante muito cobiçado.

SIM, NÃO, TALVEZ

Experimente fazer este exercício sozinho ou com um amante com quem você está bem familiarizado. Conforme se sentir confortável, repita-o com cada novo amante.

Primeiro, faça uma lista de todas as atividades sexuais que você consegue imaginar que alguém, não apenas você, gostaria de realizar. Você descobrirá imediatamente que este é também um exercício de desenvolvimento de linguagem, por isso preste atenção a qualquer constrangimento que sentir ao nomear as atividades. Você quer deixar que a vergonha o impeça de fazer o que tem vontade?

Note qual tipo de linguagem o deixa mais confortável: relação sexual ou foda, sexo oral ou boquete, chupeta, lambida? Como você chama seu próprio órgão sexual: pênis, pau, pinto, rola, buceta, xoxota, vagina, clitóris? Se você empacar, esforce-se um pouco para encontrar qualquer nome que descreva a atividade, respire fundo, repita as palavras cinco vezes e respire novamente. Faça a lista o mais completa possível e inclua tanto as atividades de que você não gosta quanto as que você aprecia. Há listas prontas na internet, mas assim você perde a experiência de nomear todas essas delícias indescritíveis.

Em seguida, cada um de vocês pegará um pedaço menor de papel e fará três colunas: SIM, NÃO e TALVEZ. SIM significa que eu já sei que gosto. NÃO significa que esse ato está fora dos meus limites e não será experimentado a curto ou médio prazo. TALVEZ significa que eu tentaria, se estivesse nas condições certas. Transcreva cada atividade da primeira lista numa das colunas, conforme ela se ajuste aos seus limites atuais.

Junte-se ao seu parceiro para cada um ler as listas um do outro. Conversem sobre quais atividades coincidem e onde há diferenças. Não há certo e errado. Pensem no que gostam e no que não gostam como se fossem sabores de sorvete. Observe a riqueza do que vocês dois gostam nas listas do SIM.

Esse exercício precisará ser feito mais de uma vez, já que os limites mudam com o tempo. Você também pode fazê-lo para descobrir que tipos de sexo quer compartilhar com qualquer parceiro em particular.

Depois de fazer as listas, há muitas outras possibilidades de atividades:

- Coloquem-nas na geladeira ou no banheiro, onde ficarão visíveis todos os dias.
- Escrevam um roteiro possível para o próximo encontro baseado inteiramente nos itens encontrados em ambas as listas do SIM.
- Escreva um roteiro a partir das listas do SIM para meia hora de prazer rápido que vocês poderiam ter durante a semana – um plano para uma rapidinha.
- Escolha um item da sua lista TALVEZ e pense no que você precisa para se sentir seguro o suficiente para tentar, e como seu parceiro pode ajudar.

Suas condições podem ser:

- Se eu me sentir seguro o suficiente.
- Se eu estiver excitado o suficiente.

- Se eu souber que não há problema em parar se eu me sentir mal.
- Se formos devagar o suficiente.
- Se tivermos um plano B.

Em seguida, reflita se você deseja convidar seu parceiro para uma jornada de exploração. Escolha um item da lista TALVEZ do seu parceiro e pense em como seduzi-lo. Converse com ele a respeito – essa não é bem a hora de pular e gritar: "Surpresa!".

RESPEITE OS PRÓPRIOS LIMITES
Estas são ideias de como você pode começar a se comunicar explicitamente sobre sexo e negociar acordos. Lembre-se de que definimos consentimento como uma colaboração ativa para o prazer, o benefício e o bem-estar de todas as pessoas envolvidas. Consentimento implica que todos os envolvidos devem concordar com qualquer atividade proposta, bem como se sentir seguros o suficiente para declinar, se desejarem. Acreditamos que, se você não está livre para dizer não, não consegue dizer sim. Também é essencial que todos compreendam as consequências de ambas as respostas: não é aceitável tirar proveito da ingenuidade de alguém.

Não vamos nunca nos cansar de dizer: você tem direito aos seus limites e está completamente certo de dizer não a qualquer forma de sexo de que não gosta ou com a qual não se sente confortável. Ter um limite não significa que você seja inibido, rígido, sem graça, ou vítima eterna do puritanismo; significa apenas que você não gosta de algo. Se você quer aprender a gostar, há melhores maneiras de fazê-lo do que sucumbir à culpa, à vergonha ou à intimidação declarada. Diga não ao que você não quer, e quando decidir tentar algo novo, peça muito apoio a seu parceiro, atenda às suas demandas e seja gentil consigo. Reforçar algo de maneira positiva é indubitavelmente a melhor maneira de aprender.

Em muitos lugares, educadores e terapeutas sexuais dedicados organizam oficinas e grupos de discussão sobre sexo em ambientes de educação reprodutiva, organizações que apoiam a saúde sexual e até mesmo igrejas. Todas as oficinas são planejadas para serem seguras, respeitar os limites de cada um e proporcionar o aprendizado de novas informações, aumento do nível de conforto e capacidade de expressar os próprios sentimentos e experiências. O que estamos defendendo é a comunicação por, com e para todos.

ENCONTRANDO O QUE EXCITA VOCÊ

Você já se propôs a fazer amor e descobriu que não conseguiu ficar excitado? Lá está você, perseguindo o estado indescritível de excitação e pensando o que há de errado, já que seu parceiro fez tudo o que você geralmente ama e sua resposta é simplesmente inexistente; ou, pior: você sente irritação ou cócegas. Algumas pessoas se perguntam por que não estão molhadas, outras ficam agoniadas com a ausência de ereção, todos fingem tesão ou ficam envergonhados. Acontece com todo mundo. De verdade, não é só com você.

Algumas pessoas perdem o tesão quando estão nervosas, estão com um novo parceiro ou numa nova situação. Para outras, a familiaridade reduz a excitação e dificulta incitar o desejo com as pessoas que mais conhecem e amam.

Excitar-se requer transição física e mental para um estado de consciência diferente. Toda noite, na hora de dormir, você passa por uma transição: apaga as luzes, veste-se confortavelmente, deita, lê tranquilo ou assiste a um pouco de televisão, mudando intencionalmente seu estado de consciência de acordado para sonolento. Algumas pessoas fazem isso automaticamente, enquanto outras têm que trabalhar para descobrir o que as ajuda a pegar no sono.

Da mesma forma, todos precisamos saber o que nos excita, o que funciona quando o tesão por conta própria simplesmente não aparece. Diz a lenda que não deveríamos conscientemente ter que nos excitar, que naturalmente deveríamos ser tomados pelo desejo avassalador, ou então há algo errado. Se assim fosse, seria difícil explicar pensamentos que vez ou outra nos assaltam, como "não tenho a mínima vontade de transar com essa pessoa ao meu lado", ou "foi um erro horrível que cometemos; e agora, o que faremos com as crianças?".

Aprendemos que a mera disponibilidade de um parceiro deveria ativar a ereção, sem qualquer estímulo sensorial real. Muita gente aprende também que o tesão deve ser uma resposta a qualquer estímulo de alguém por quem nutrimos alguma estima, e quando isso não acontece, somos frígidos ou estamos numa fase hostil. Essas são apenas algumas das lições destrutivas que talvez você tenha escutado por aí.

A primeira coisa que você precisa fazer quando o desejo não surge como um trovão é lembrar que muitos promíscuos já tiveram sucesso ao lidar com esse problema, e que você também pode ter. Vejamos como agir intencionalmente em busca da excitação.

Tem gente que apenas arregaça as mangas, dá início aos estímulos sexuais e continua até que o tesão chegue. Esse método funciona para muitos, na maior parte do tempo: Dossie teve um parceiro que gostava de pular nos lagos frios das montanhas quando iam acampar, insistindo que uma hora se sentiria mais aquecido só por estar se movimentando minimamente. Outras pessoas gostam de entrar com um dedo de cada vez, preparando-se gradual e sensualmente, dando tempo para as mudanças de sensibilidade acontecerem conforme se movimentam em seu ciclo de reações sexuais. Para alguns, só diminuir o ritmo já traz a oportunidade de entrar em sintonia com o tesão, e, quando o encontram, podem voltar a acelerar.

Muitas pessoas têm hipersensibilidade, ou seja, sentem cócegas, nervosismo ou irritação quando tentam absorver sensações que exigem muito foco ou que são muito intensas logo no início da jornada em direção à excitação. Essas coceguinhas muitas vezes desaparecem quando a pessoa fica completamente excitada, e podem voltar logo após o orgasmo. Para lidar com a hipersensibilidade, lembre-se de que nem todos ficam excitados quando sentem cócegas ou alguma irritação; portanto, dê tempo ao tempo. (O parceiro de Dossie que adorava mergulhar em lagos gelados também adorava que fizessem cócegas nele – é por isso que você precisa perguntar.)

Sinta-se à vontade para logo de início contar ao seu amante sobre hipersensibilidade e as sensações que você gosta, e como isso pode ser diferente mais tarde. A hipersensibilidade pode ser tratada com toque firme e aproximação gradual. Comece acariciando costas, ombros e partes menos sensíveis do corpo, verificando qualquer reação importante, antes de tocar nas áreas com mais nervos.

Conte a seus amantes o que o excita — uma fantasia, uma história, ter os dedos das mãos ou dos pés suavemente mordidos e lambidos? Pergunte a eles o que os estimula — mordidas no pescoço, escovar os cabelos? Vocês podem preparar essa conversa com uma lista individual de tudo que vocês sabem que gostam, e depois dividir o que listaram. Verbalizar tem seus riscos, e o risco em si às vezes é excitante.

Proporcione ao seu corpo prazeres sensuais, como imersão em banheiras de hidromassagem, banhos de espuma, pele nua próxima a uma lareira, massagem. Essas são ações tranquilas que nos dão tempo de concentrar no prazer físico e permitir que nossas mentes ocupadas desacelerem ou desviem o foco para a fantasia. Não é o momento de se preocupar com respiração ofegante ou movimentação de quadris — é hora para entrar no transe.

Fantasiar estimula muitas pessoas e, sim, é perfeitamente normal fantasiar enquanto seu parceiro faz algo sensual para você. Há quem sinta prazer em fantasiar sozinho, antes do encontro erótico. Assim, criam um ambiente mental excitante antes do contato. Talvez vocês dois gostem de se estimular com vídeos eróticos, lendo histórias adultas juntos, ou sussurrando confidências sobre seus desejos favoritos.

Embora o desejo por uma pessoa raramente seja saciado ao fazer sexo com outra, promíscuos experientes sabem que o tesão é transferível. O entusiasmo que você sente pelo sexo que planeja ter com João no fim de semana que vem pode facilmente acender a chama para o encontro que terá com Joana hoje à noite, porque a excitação é uma experiência física que pode ser usada para o que você quiser. A luxúria segue na sua mente, e ainda estará lá quando você encontrar o João — nós prometemos.

A excitação começa com um calor lento e gradual, e quando atinge a ardência, as portas se abrem para sensações mais intensas que explorem as sensibilidades de orelhas, pescoços, pulsos e dedos dos pés, ou línguas na boca. A respiração se aprofunda e os quadris começam a se mover por conta própria.

Quer dizer, então, que todo esse fogo sinaliza que é hora de pegar o trem expresso para a liberação orgástica? Só porque seu corpo está fisicamente pronto para desfrutar do sexo não significa que você precisa se apressar para satisfazê-lo. Por que não toma um pouco mais de tempo? Você está se sentindo bem, certo? Que tal prolongar um pouco mais essa sensação, aumentando ainda mais o tesão? Lembra-se de quando estava no colégio e podia ficar beijando por horas?

DESACELERE

Não queremos todos um amante com uma pegada lenta? O erro mais comum que as pessoas cometem quando ficam nervosas no sexo é querer apressar as coisas. A tensão tende a nos acelerar, e a maioria de nós contrai os músculos quando se aproxima do orgasmo, o que aumenta a pressa. Quando estamos realmente prontos, não há nada melhor que gemer e ofegar e se agitar e gritar e entortar os dedos dos pés no trem expresso em alta velocidade para o orgasmo. Mas há mais no sexo do que o orgasmo. Por isso, não podemos deixar de lado a sedução, a estimulação gradual, a construção de suspense, a exploração de todas as partes do corpo capazes de despertar os sentidos – queremos tudo isso. Para explorar toda a gama possível de intimidades sexuais e sensuais, é preciso aprender técnicas para desacelerar.

A primeira é muito simples. Respire fundo e segure. Coloque a mão no abdômen e sinta a rigidez dos músculos. Em seguida, expire lentamente, e você sentirá os músculos do tronco relaxarem. Quando estamos tensos, tendemos a respirar de modo ofegante, engolindo ar e exalando muito pouco; é assim que mantemos a tensão em nossos músculos e em nossas mentes. Quando expiramos, relaxamos. Então, sempre que você estiver tenso, em qualquer situação, pode relaxar um pouco respirando profunda, calma e longamente três vezes, certificando-se de expirar tão meticulosamente quanto inspira.

Você pode aprender mais sobre relaxamento praticando qualquer tipo de ioga ou massagem sensual, técnicas tântricas, ou simplesmente desacelerando durante um tempo suficiente para descobrir como é divertido se concentrar no que você está sentindo, quando o que sente é bom.

Apenas fazendo uso da técnica da respiração, você consegue reduzir o nervosismo para falar sobre sexo e também para desacelerar durante o ato sexual. Ao diminui a respiração enquanto está excitado, faça com que sua consciência se volte para o seu corpo. Examine cada parte com a mente, começando pelos dedos dos pés. Observe como se sente. É provável que você descubra muitas sensações boas até então desconhecidas. Os terapeutas sexuais chamam esse comportamento de "foco sensato" e o recomendam especialmente para quem procura desacelerar reações e desfrutar de mais sexo antes do orgasmo. Você pode adiar sua resposta sexual respirando, relaxando e concentrando a atenção para reduzir a tensão física, porque, além de tensionarmos os músculos antes de gozar, muitos de nós não conseguem gozar quando estão relaxados. Ou seja, o controle orgásmico não é atingido com gemidos e tensões, mas com relaxamento e deleite.

Diminuir a velocidade também é benéfico quando você experimenta novas atividades ou está nervoso por qualquer motivo. Nossa amiga Mandy relata uma de suas primeiras experiências de aprendizado com preservativos:

> Fazia muitos anos que Rob e eu éramos amantes ocasionais, e estávamos nos reunindo pela primeira vez depois de um longo intervalo. Tínhamos muito pouca vivência com sexo seguro na época, mas decidimos, devido às nossas várias experiências, que, se quiséssemos transar, deveríamos usar preservativo. Tudo corria bem na teoria, mas quando chegou a hora de colocá-lo, depois de bastante sexo sem penetração, foi Rob pegar aquele complicado pedaço de borracha para imediatamente perder a ereção. Tenho certeza de que isso nunca aconteceu com nenhum de vocês.
>
> Seguimos no amasso por um tempo e tentamos novamente, com a mesma reação — a mente e o pau de Rob não entravam num acordo. Fiquei motivada para assumir uma postura mais ativa e decidi usar o que havia aprendido na aula de educação sexual para adultos.

Consegui que ele se deitasse e me deixasse no comando. Então, melhorei o ambiente: velas cuidadosamente colocadas onde não fossem cair, lubrificante e toalhas à mão, dois ou três preservativos disponíveis, caso um furasse, e música lenta e sensual de um disco bem demorado. Acomodei-me entre as suas pernas – confortável o bastante porque queria todo o tempo do mundo para não ser interrompida por dor nas costas ou ombro contraído.

Comecei acariciando seu corpo – coxas, barriga, pernas – muito gentilmente, por um longo tempo, até que ele relaxou e depois reagiu com uma ereção. Esperei um pouco para que ele pudesse desfrutar da ereção sem qualquer responsabilidade em levar as coisas adiante. Então, comecei a acariciar suas partes íntimas, mas ainda apenas ao redor do pênis. Sua ereção baixou, voltei uns passos e continuei massageando sua pele até que ele ficasse duro novamente. Continuei dessa forma e decidi me aproximar de novo do pênis. Desta vez, a ereção arrefeceu apenas levemente e foi retomada depois de uns poucos segundos. A essa altura, sua respiração estava ofegante, e a minha também. Para mim, a experiência foi muito sensual, um transe quente e prazeroso: uma grande excitação.

Passei muito tempo acariciando ao redor do seu pau sem tocá-lo, até ele ficar de fato muito duro. Ele estendeu a mão para mim, mas eu dei um tapa: não me distraia, por favor. Quero proporcionar isso a você, entende? Quando a tensão estava praticamente insuportável, coloquei minha mão levemente sobre o pinto e ele deu uma tremida. Ter o pênis acariciado e as bolas gentilmente puxadas o estimulou ainda mais, e ele começou a gemer e a suar. Peguei o preservativo, checando para ter certeza de que estava desenrolando na direção certa. Ele perdeu a ereção quase instantaneamente. Voltei a acariciar em torno, não no pênis, e ele pulou novamente, meio impaciente... mas eu o fiz esperar, brinquei com seu órgão por um longo tempo com delicadeza suficiente para ele não gozar.

Na vez seguinte em que eu me aproximei com a camisinha, ele murchou apenas um pouco, e eu massageei um pouco mais. Seguimos assim algumas vezes até ele estar tão excitado que não podia mais pensar, com seu pênis bem levantado em linha reta enquanto eu desenrolava a proteção por cima. Continuei brincando com ele enquanto ele se acostumava à nova sensação.

A essa altura, eu estava seriamente excitada e um pouco mais que impaciente. Então quando liberei, ele partiu para o ataque com toda a intensidade. Nós finalmente pudemos foder rápido e forte. Digamos apenas que valeu muito a pena esperar!

Para resumir, e talvez recuperar o fôlego, a habilidade básica para o bom sexo é saber como relaxar e desacelerar, e depois enrijecer e acelerar. Uma vez que você domina as ferramentas, pode dar quantas voltas quiser, aproveitando cada minuto e acumulando tesão para o grande final. Relaxar a respiração e o corpo ajuda a trazer a consciência para o corpo e para o prazer, além de proporcionar mais opções na sua vida sexual.

RESPLENDOR

Às vezes, ficamos tão obcecados com os desafios de conduzir nosso trajeto com sucesso pelas corredeiras tortuosas que nos levarão até o fim que não prestamos atenção onde chegamos. O resplendor, aquele estado sublime, exausto e doce que segue após o rala e rola esbaforido e escandaloso, é um momento delicioso. Desfrute dele. Descanse nele, abraçado ao seu parceiro. Esqueça a bagunça e flutue no relaxamento profundo. Sinta a conexão com seu amado, conforme vocês boiam juntos numa piscina aquecida cheia da energia, rodopiando no conforto do amor saciado. Sintam-se bem.

Por que será que você nunca ouviu seus vizinhos fazendo sexo? Por que eles nunca ouviram você? Você acredita que seu parceiro deve fazer muito barulho, mas você não? Por quê? Masturbe-se produzindo o máximo de barulho que puder. Movimente seus quadris no ritmo de sua respiração. Abra ao máximo sua boca e garganta. Respire com força, produza gemidos, grite, berre. Veja quanto barulho você e seu parceiro conseguem fazer na próxima vez que fizerem amor. Sorria quando vir seus vizinhos.

24

SEXO EM PÚBLICO, SEXO EM GRUPO, ORGIAS

Você tem vontade de ser um promíscuo adepto de orgias? É uma escolha sua. Não importa quais boatos você possa ter escutado, sexo em grupo não é obrigatório em relacionamentos abertos, e nós conhecemos muitos promíscuos despudorados que não participam de orgias e tampouco promovem sexo a três ou a quatro em casa. Também conhecemos casais monogâmicos que frequentam ambientes sexuais públicos pelo simples prazer de se divertirem num lugar especial e sensual, com o bônus de ter uma audiência interessada.

Se você já fantasiou em fazer amor com cinco pessoas ao mesmo tempo, em ter um par extra de mãos proporcionando-lhe prazer, em contar com muitas pessoas excitantes com quem você pode liberar seus impulsos, ou em ser o protagonista diante de um público empolgado com a esfregação e gritos de prazer... em outras palavras, se a ideia de festas sexuais o atrai, este capítulo é para você. Aqui diremos o que você precisa saber para se divertir e lidar com as dificuldades que podem surgir.

Acreditamos que é um ato político fundamentalmente radical desprivatizar o sexo. Muito da opressão em nossa cultura está baseada na vergonha do sexo: a submissão das mulheres, as diferentes – mas ainda prejudiciais – atribuições culturais dos homens, o preconceito contra minorias culturais e sexuais. Todos esses tipos de opressão são instaurados em nome da proteção da família, como se famílias não tivessem qualquer relação com sexo. Todos aprendemos, em algum momento da vida, que nossos desejos, nosso corpo e nossa sexualidade são motivos de vergonha. Haveria melhor maneira de derrotar a opressão do que se reunir em grupos e celebrar as maravilhas do sexo?

Ir a uma festa de sexo se apresenta como um desafio emocionante. É uma oportunidade para crescer e amadurecer a maneira como você lida com o medo do palco, a ansiedade de desempenho e a tensão maravilhosa e assustadora de planejar e se preparar para ter sexo elaborado, num ambiente intensamente sexual. Todo mundo está nervoso, e a vulnerabilidade compartilhada aumenta a excitação. Adoramos o inebriante sentimento de conquista quando conseguimos vencer todos esses obstáculos e criar um encontro sexual picante. Não há muito espaço para pudor ou vergonha em uma orgia, e quando nos divertimos em grupo recebemos um poderoso reforço na mensagem de que sexo é bom e bonito, e que somos pessoas quentes e sensuais.

POR QUE SEXO EM PÚBLICO?

Ambas as autoras apreciam sexo em público e participam regularmente de festas em que as pessoas se reúnem para desfrutar de uma ampla variedade de sexo e erotismo. Identificamos um tipo de tesão sinérgico quando a excitação dos outros alimenta a nossa, e nos sentimos conectadas e excitadas com toda a atividade sexual feliz acontecendo ao nosso redor.

Sexo em grupo proporciona a oportunidade de experimentar novos parceiros num ambiente seguro, cercado por amigos — temos até mesmo a oportunidade de analisar uma pessoa que nos cativa enquanto ela faz amor com alguém. Sexo em grupo traz o desafio de mostrar nossa sexualidade em público, mas com bastante apoio para superar os medos e a timidez, e muitas pessoas acolhedoras para aplaudir nossos êxtases.

Em um ambiente de sexo grupal, aprendemos novas atividades cercados de apoio: podemos assistir a outra pessoa fazendo algo que só havíamos visto em nossas fantasias, e perguntar, quando terminarem, como é que fazem aquilo. Nós aprendemos muitas das nossas habilidades de sexo seguro em orgias, onde proteção é a norma e há suporte mútuo para manter a segurança e o bem-estar de todos. A maioria dos espaços de sexo em público fornece preservativos, luvas de borracha e tudo o que você precisa para brincar com segurança.

Festas lúdicas podem ajudar a superar uma autoimagem corporal desagradável. Como já dissemos antes, as pessoas fazem sexo em todas as idades e com todos os tipos de corpos, e em qualquer orgia você comprova isso. Uma boa maneira de se preparar para a sua primeira aventura orgiástica é visitar uma praia ou águas termais de nudismo, caso você nunca tenha tido essa experiência, para ver como as pessoas são sem roupa e experimentar a sensação de estar nu em público. Você começará a notar a beleza em muitos corpos que não se parecem nada com o que as revistas ou a pornografia mostram. Além do que, há muita satisfação erótica em ter o sol quente e a brisa suave percorrendo todas as partes do corpo.

Para nós, depois de anos praticando sexo em público, é incrível pensar que muita gente nunca teve a chance de ver outra pessoa fazendo sexo. Isso nos preocupa – parece uma privação terrível. Recordamos como receávamos parecer tontas com as pernas para o alto e o rosto acabado de tanto gritar de êxtase. Você se sentirá muito melhor sobre sua aparência, seu desempenho e sobre quem você é quando tiver a chance de ver pessoas reais fazendo sexo real. Aprenderá que todos são lindos quando estão completamente excitados: na festa do sexo, todos somos estrelas e brilhamos o máximo que podemos.

LUGARES DE FESTAS

Clubes de sexo são ambientes muito especiais. Muitas cidades possuem uma seleção deliciosamente ampla de ambientes orgiásticos para escolher. Há lugares de festas apenas para mulheres, homens, casais, entusiastas de BDSM e amantes de *drag* e fantasias, e ambientes especializados em praticamente todas as práticas sexuais que você pode imaginar – algumas é preciso ver para crer. Você pode conferir as *cuddle parties* [festas de aconchego] para ter novas ideias sobre como reunir as pessoas, e quem sabe adentrar com mais segurança o mundo das conexões em grupo. Nessas festas, todo mundo usa pijama e se acomoda para explorar intensa proximidade, sem culminar em sexo real. Outras localidades promovem eventos beneficentes chamados *masturbate-a-thon*, referência às maratonas, em que os participantes procuram patrocinadores para seu amor grupal, arrecadando dinheiro para instituições de caridade que trabalham pela perspectiva positiva do sexo.

As festas podem ser anunciadas abertamente ao público, divulgadas apenas em boletins informativos ou em grupos de apoio, ou são privadas, com entrada permitida somente a convidados. Existem clubes públicos, como as saunas gays, que estão abertas 24 horas por dia, sete dias por semana; e há espaços menores, como a sala de jogos adaptada no porão de uma casa cujos proprietários organizam festas uma ou duas vezes por mês. Outros grupos organizam pequenas reuniões íntimas na sala de casa.

Muitas cidades possuem espaços para festas que dedicam um ou dois andares para áreas sociais e salas de jogos lúdicos. Alguns alugam espaço para grupos privados, que organizam festas uma vez por mês para uma lista particular de convidados.

Todos os espaços para festas devem ser extremamente cuidadosos ao garantir que todos os participantes deem consentimento pleno, não forçado e sóbrio a tudo que acabam fazendo. Os papéis que se costuma assinar ao entrar mostram quais são as regras para aquele espaço em particular, se você precisa perguntar antes de qualquer ação simples, como colocar a mão no ombro de alguém, ou se é esperado que esse alguém diga "não, obrigado" a qualquer toque indesejado. Se você está em dúvida, encontre um dos responsáveis pela festa e pergunte quais são as regras. A maioria dos espaços também dispõe de normas rígidas sobre entorpecentes: alguns permitem certo uso, mas o expulsarão se você parecer chapado; outros não permitem de maneira alguma. É importante lembrar que esses espaços só podem continuar realizando seu fabuloso trabalho se todos se sentem seguros o suficiente para participar, e a única maneira é garantir que todos possam dizer não quando não querem, e saber que serão respeitados.

As primeiras festas de sexo em grupo que Dossie vivenciou foram realizadas num apartamento coletivo em São Francisco, na Califórnia, organizadas sob a genialidade de Betty Dodson. Todos que moravam ali dedicavam-se ao feminismo, à liberação gay e à liberação sexual, e aquela comunidade era uma experiência consciente para mudar radicalmente as condições em que podíamos aproveitar o sexo. Todas as portas e móveis eram retirados, fazendo do sótão um extenso espaço contínuo. Num dia típico, era possível encontrar várias pessoas peladas na sacada tomando sol, outras organizando o jantar, duas mais jogando xadrez, um casal trepando e uma pessoa do outro lado da sala vibrando em busca do próprio orgasmo. Havia festas maiores três ou quatro vezes por ano, cheias de pessoas fazendo amor em grupos, em duplas, ou isoladamente, muita massagem e praticantes tântricos cantando "ommmm" em sintonia com o sempre presente zumbido dos vibradores. Esse era um espaço privado, acessível apenas a amigos e amantes das seis ou sete pessoas que moravam ali, todas com muitos amigos e amantes.

Ambientes sexuais públicos, sejam grandes clubes públicos ou pequenas casas de festas, têm a função comum de propiciar um espaço agradável no qual você pode ser sexual. Embora a decoração e o mobiliário dos ambientes de sexo em grupo variem tanto quanto a imaginação sexual humana permite, existem princípios básicos que você encontrará na maioria desses espaços. Haverá uma pessoa na porta para fazer o registro de chegada, e pode ser que peça que você assine um termo de responsabilidade e/ou um acordo de confidencialidade. Haverá uma área social, com lugares para sentar, conversar e conhecer pessoas, e geralmente algumas opções de aperitivos e bebidas. Geralmente, não há sexo na área social; por isso, se você está se sentindo tímido, pode ficar ali até a coragem aparecer. Haverá armários, cabides, prateleiras ou um lugar onde você pode colocar a roupa que está vestindo e eletrônicos (muitos estabelecimentos pedem que você deixe o celular em casa, ou tape a lente da câmera com uma fita adesiva), para então colocar o traje de festa ou simplesmente se despir. Alguns eventos são praticamente nus. Outros oferecem uma deslumbrante variedade de trajes para preencher toda e qualquer fantasia sexual.

Pode ser que ofereçam produtos e ambientes de limpeza, incluindo banheiros e chuveiros. E haverá uma ou mais salas lúdicas.

As salas para as brincadeiras variam de cubículos minúsculos, muitas vezes em labirintos, com uma cama grande o suficiente apenas para transar, até grandes salas com paredes espelhadas e pisos acarpetados para montes de pessoas, apalpação em grupo e outras atividades orgiásticas. Às vezes, há banheiras de hidromassagem, salas de vapor e jardins para você desfrutar e relaxar. Ou uma área para dançar. Quase sempre há música intensa para despertar seu ritmo natural e proporcionar privacidade auditiva, para você não se distrair com a respiração ofegante ou os gritos de prazer do vizinho. As luzes estarão baixas e muitas vezes serão vermelhas ou laranjas para que todos pareçam um pouco bronzeados, quiçá um pouco mais sensuais. Pode ser que tenham quartos com mobília posicionada para fazer sexo, como mesas de exame médico, fitas elásticas, camas com espelho, ou calabouços para fantasias excêntricas, ou talvez um colchão d'água gigantesco para quem gosta de ondas.

Nos últimos anos, hotéis que organizam encontros para grupos que celebram estilos de vida alternativos têm permitido que os espaços para festas sejam bem decorados, até mesmo como calabouços, e utilizados para o deleite dos convidados. Essas festas são organizadas por responsáveis de congressos e muitas vezes contam com a ajuda de voluntários e a cooperação da equipe do hotel para manter o espaço reservado. Os hotéis tendem a gostar dos nossos encontros: não bebemos muito, somos educados com a equipe, damos boas gorjetas e usamos roupas incríveis. Pense no ato político radical de desprivatização do sexo. As principais redes hoteleiras já contam com políticas para festas lúdicas. Viva!

Espaços para festas tendem a agregar grupos e comunidades. As pessoas geralmente experimentam as várias opções de eventos da sua região e retornam a um ou dois grupos com os quais mais simpatizaram. À medida que se conhecem e compartilham a intimidade especial da conexão sexual, muitas vezes se tornam amigas e formam famílias estendidas. É comum um clube de festas de sexo promover um evento beneficente para um integrante que sofreu um acidente ou está com uma doença grave. Estas são comunidades, e comunidades se cuidam.

SWING

Os heterossexuais, mais suscetíveis às pressuposições de expectativas baseadas no papel de gênero e na monogamia, criaram seus próprios espaços e cultura de sexo em público. Antigamente, as interações heterossexuais não monogâmicas eram chamadas de "troca de mulheres", termo com viés sexista que achamos ofensivo. Hoje, héteros em busca de sexo sem compromisso e fora de uma relação primária geralmente procuram a comunidade do *swing*. Vale a pena observar esses grupos pelo que eles têm a ensinar sobre como homens e mulheres heterossexuais interagem fora dos "deveres" da corrente de cultura monogâmica.

Swing é um termo amplo usado para definir uma grande variedade de interações: de casais sexuais de longo prazo a orgias com muitas pessoas no sábado à noite. Os praticantes de *swing* são principalmente héteros. Embora a bissexualidade feminina seja comum, a bissexualidade masculina é desaprovada em algumas comunidades — embora isso esteja começando a mudar, segundo um número crescente de homens que orgulhosamente se intitulam bi. No geral, os praticantes vêm com um par e tem visão política, estilo de vida e valores pessoais mais conservadores do que outros tipos de promíscuos. Alguns grupos de *swing* limitam-se a interações sexuais e não incentivam conexões emocionais fora dos casais primários, enquanto outros incentivam todas as formas de intimidade romântica e sexual.

O *swing* ofereceu a muitas mulheres heterossexuais sua primeira oportunidade de explorar a sexualidade livre de culpa e mesquinharia — na verdade, conhecemos muitas mulheres que foram relutantes à sua primeira festa de *swing*, hesitantes à segunda e animadas às seguintes. Também gostamos da sofisticação na evolução da simbologia para comunicar interesse sexual sem indiscrição (um clube de *swing* extinto de São Francisco costumava ter um código fascinante de abrir portas e janelas para se comunicar, que variava de "mantenha distância", "olhe, mas não encoste", a "venha e junte-se a nós").

ETIQUETA DE SEXO EM GRUPO

Sabemos que não ensinam na escola como se comportar em uma orgia, e apostamos que seus pais tampouco lhe deram essa lição.

Há uma etiqueta particular necessária para ambientes de sexo em público, já que todos ali abriram mão de alguns de seus limites costumeiros para se aproximarem uns dos outros. As fronteiras sociais servem para manter as pessoas a uma distância previsível, para que todos se sintam confortáveis em seu espaço. Sexo em grupo implica o desafio de descobrir como se sentir segura ao mesmo tempo que se aproxima muito intimamente de um monte de pessoas supostamente bacanas e sensuais. Novos limites devem ser criados, aprendidos e respeitados para que todos consigam se divertir.

Como dissemos, muitas casas de festas disponibilizam uma lista de regras assim que você chega, ou a deixam visível na parede. Leia. A maioria especifica o nível exigido de precauções de sexo seguro e fornece preservativos, luvas, lubrificantes, proteções para sexo oral etc. Mesmo que você e seu parceiro não tenham problemas em trocar fluidos, pode ser pedido, ou vocês sentirão que é educado, usar barreiras num ambiente público. Promíscuos com ética obedecem às regras das festas que escolhem frequentar, independentemente de seus costumes em casa.

A confidencialidade é obrigatória em todos os ambientes de sexo em grupo. Se você reconhece no supermercado alguém que acariciou na orgia da noite anterior, sorria, acene com a cabeça e siga em frente; talvez eles estejam fazendo compras com a mãe. Se você sabe que alguém adotou um nome diferente para o ambiente sexual, seja muito cuidadoso para usar o nome apropriado conforme o local do encontro. E compartilhar a história da noite maravilhosa que você teve ontem com o Joca, sem obter o consentimento prévio dele, é antiético e uma ótima maneira de ser expulso permanentemente do local que tornou possível aquela deliciosa experiência.

Voyeurismo também requer responsabilidade. Você pode observar o que as pessoas fazem em locais públicos, mas sempre de uma distância respeitosa. Se os participantes estão cientes da sua presença, você está muito perto. Cada evento tem suas regras quanto à masturbação de alguém assistindo a uma cena, mas é sempre educado manter discrição da sua própria excitação para não distrair os generosos amigos que estão dando um show tão bom — de qualquer jeito, eles provavelmente não estão encenando nada para você. Esteja ciente de que, quando você está perto de pessoas que estão se divertindo, elas podem ouvi-lo — este não é o melhor lugar para contar ao seu amigo tudo sobre seu chefe horrível, ou sobre sua recente visita ao proctologista.

O limite entre o espaço social/de conversa e o espaço para brincadeiras é muito importante — quando você entra no espaço de diversão, ingressa num estado diferente de consciência que tende a tirá-lo do seu modo de raciocínio para muito rapidamente colocá-lo em contato com o seu corpo. Falar demais pode levá-lo de volta à consciência cotidiana: verbal e não sexual.

A procura por sexo se dá de maneira ativa, mas não invasiva. O ideal é que você será solicitado de modo respeitoso e, por isso, merece dar uma resposta respeitosa, ou seja, não há problema em perguntar e, se a resposta for "não, obrigado", tudo bem. Lembre-se: pessoas que frequentam orgias são muito sofisticadas e estão aqui porque sabem o que querem. Se alguém que você achou atraente não quer brincar com você agora, acalme-se e encontre outra pessoa. Incomodar qualquer um numa festa de sexo é indescritivelmente rude e lhe renderá rapidamente um convite para o mundo exterior.

Ir atrás de sexo em festas de sexo em grupo não é tão diferente de procurar sexo em qualquer outro lugar, embora talvez nesse caso seja mais franco e direto. Normalmente, você começa se apresentando: "Oi, eu sou o Bráulio, qual é o seu nome?" é muito melhor do que "Oi, você gosta do meu pau grande?". As pessoas conversam um pouco, flertam um pouco mais e depois perguntam bem diretamente: "Você gostaria de se divertir comigo?". Quando a resposta for sim, a negociação continua: "O que você gosta de fazer? Existe algo que você não gosta? Vamos garantir que nós dois temos o mesmo entendimento de sexo seguro e, a propósito, tenho essa fantasia..."

COMO FUNCIONA

Só para você começar a pensar em como seria sua primeira festa de sexo, aqui está uma história real de alguém que teve uma aventura incrível:

> June nunca tinha estado numa dessas festas antes. "Isso é evidentemente o que eles chamam de orgia na Califórnia", ela pensou. "Bem, pelo menos é uma orgia lésbica. Como foi mesmo que eu me tornei a convidada de honra de uma orgia?"
> Na verdade, ela sabia como aquilo tinha acontecido. Ela estava visitando sua querida amiga Flash em São Francisco, quando Flash contou que tinha alugado uma casa no interior para o final de semana, e queria dar uma festa e apresentar June a suas amigas. "Parece divertido", pensou a convidada. Foi então que Flash começou a falar sobre ter uma espécie de ritual das moças para comemorar a chegada da primavera, deixando colchões e suprimentos para sexo seguro no meio da sala de estar.
> June discordou, mas Flash a convenceu, assegurando que ela não precisava fazer sexo com ninguém se não quisesse. June finalmente disse que tudo bem, acrescentando que, se ela não gostasse, caminharia até o café do bairro com um livro. Flash continuou preparando a casa para o evento, enquanto June se refugiava na cozinha preparando patês – uma função de festa que ela entendia.
> Quando as convidadas começaram a chegar, June passou a se perguntar se conseguiria participar do evento. Ela foi apresentada a um cortejo de sapatões das mais escandalosas que já vira, de sapatilhas a caminhoneiras tal qual aves de plumagem brilhante, ostentando roupas exóticas desenhadas para uma exposição numa galeria de tatuagens, brilhando aqui e acolá com joias em partes do corpo que June nem queria imaginar. E todas eram tão jovens! June sentiu o peso de seus 48 anos. Percebeu que não havia como errar sendo educada, en-

tão repetiu o mesmo "tudo bem?" que usaria em qualquer outra ocasião, imaginando sua reação se uma daquelas animadas promíscuas *realmente* lhe revelasse como estavam se sentindo.

Finalmente, um casal de mulheres de meia-idade se aproximou. Uma delas, Carol, era sósia da sua tia-avó Mary, caso ela alguma vez tivesse optado por se vestir dos pés à cabeça com a indumentária caminhoneira, além de botas e chapéu de caubói. June se sentiu aliviada por ter encontrado uma mulher que podia associar a alguém conhecido. Foi aí que Carol abriu um sorriso deslumbrante e anunciou que gostaria de enfiar a mão na buceta de June.

June engoliu a seco e muito educadamente disse que realmente não se sentia pronta para aquilo, ao que Carol respondeu de maneira atenciosa: "Tudo bem, então. Volto a falar com você mais tarde". "Minha deusa do céu", pensou June, "não há escapatória". June sabia sobre *fisting*,[24] tinha aprendido com uma amante que apreciava a prática, e sabia que era seguro quando feito corretamente – mas parecia uma maneira estranha de abordar alguém cujo nome ela só tinha aprendido na última meia hora.

Daí, foi a vez da Lottie aproximar. Ela aparentava uma idade próxima à de June, mas não se vestia como tal. Seus cachos ruivos flamejantes obviamente tingidos destacavam o vestido de chiffon preto através do qual claramente se viam longas meias pretas, um espartilho de couro preto e voluptuosas e alvas curvas. "Como ela se equilibra nesses saltos?", June se perguntava, enquanto Lottie abraçava, beijava e conversava com a aglomeração cada vez menos vestida de festeiras. June ouviu Lottie agradecendo várias mulheres por terem ido a uma orgia anterior realizada em comemoração ao seu quinquagésimo aniversário. "Será que alguma vez essas pessoas se reúnem e *não* fazem sexo?", indagou-se.

Alguns montinhos de pessoas começaram a se formar no chão em frente ao sofá onde June estava sentada – montes de mulheres se contorcendo e se acariciando, sorrindo e gargalhando, Lottie e Carol vi-

---

24 Referência à palavra *fist* (punho, em inglês), que diz respeito à prática sexual que envolve a inserção da mão, do punho ou antebraço na vagina ou no ânus. [N.E.]

sivelmente entre elas. June decidiu sair para a varanda, onde talvez pudesse afogar seu terror na banheira de hidromassagem.

O ambiente da banheira estava mais tranquilo. June conseguiu conversar com algumas mulheres e começou a se sentir um pouco mais à vontade. Então, Lottie surgiu. Ela se livrou do vestido, das meias, dos sapatos — June se deu conta de que estava imaginando se podia ver a xoxota de Lottie, e imediatamente se perguntou se alguém notara. Lottie deslizou para dentro das águas quentes e de imediato perguntou se June poderia massagear sua nuca, que estava rígida. "Claro", June escutou sua própria voz dizendo, "com prazer". "Oh, não", ela pensou, "onde foi que me meti?".

A pele de Lottie estava quente e sedosa sob seus dedos. June relaxou seguindo o ritmo da massagem e ficou mais tranquila, pois Lottie começou a abordar tópicos perfeitamente normais: seu trabalho e o de June, suas filosofias de vida, o budismo de June, o paganismo de Lottie. Finalmente, o pescoço de Lottie relaxou, a banheira começou a ficar quente demais e ela sugeriu animadamente que elas fossem ver o que estava acontecendo lá dentro. Saiu da banheira, vestiu as meias e os saltos e voltou correndo para dentro de casa. "Minha nossa senhora", pensou June, "será que devo segui-la?". "Não", decidiu com firmeza, "não posso". June achou uma mesa no canto da varanda e, decidida, começou a admirar as estrelas.

Lottie, nesse meio tempo, se deu conta de que também tinha uma ou outra questão a ser pensada. Na sala, suas amigas se divertiam alegremente nos sofás, poltronas e em frente à lareira, mas ela não conseguia parar de pensar em June. "O que é que ela tem que me atrai tanto? Será que ela gosta de mim? Vai se divertir comigo? Parece que ela não está acostumada a brincar em festas... Bom, sempre há uma primeira vez. E agora, onde ela foi parar?"

Lottie procurou pela sala de estar, mas não havia June nenhuma para encontrar. A cena ali na sala estava realmente muito interessante, e ela cogitou desistir da busca e encontrar uma amiga para brincar, mas a curiosidade venceu. Caminhou até a cozinha, passando por várias pessoas felizes aqui e parando para apreciar uma atividade particularmente excitante ali. Quando parou para experimentar o patê e reabastecer o açúcar no sangue, olhou pela janela e lá estava June, escondendo-se na varanda.

Munida de petiscos num prato, Lottie saiu para oferecê-los a June. No entanto, embora a conversa estivesse fluindo bem, ela sentia que não estava se conectando. Suas investidas mais promissoras não causavam reação alguma: June, petrificada, só respirava profunda e conscientemente, mantendo-se o mais imóvel possível. Frustrada, Lottie decidiu-se pela aproximação direta: "Eu achei você realmente atraente. Gostaria de brincar comigo? Que tipos de atividades você gosta de fazer?". June, mais uma vez encurralada, gaguejou: "Não acho que estou pronta para fazer sexo em público, desculpe".

Bem nesse momento, Carol, ainda de botas mas sem camisa, caminhou até a mesa e sentou-se. Enquanto June se perguntava como fazer para desaparecer no mato sem deixar vestígio, Lottie colocou sua coxa no colo de Carol. E Carol, uma mulher que sabia como agir, prontamente acariciou e admirou a perna de Lottie. Lottie, não por vingança, mas simplesmente pelo desejo de não desperdiçar uma festa perfeita, perguntou a Carol: "Como está sua noite? Teria espaço para mim?".

Carol perguntou qual era a sua fantasia, Lottie sugeriu que fantasiava com um punho sensível, e Carol disse que ficaria feliz em providenciá-lo, mas que primeiro teria que checar com Susie sobre os planos que tinham para depois. Ambas foram alegremente tomar as devidas providências, deixando June sozinha. Será que ela estava aliviada? Bom, não exatamente. Ela estava curiosa o bastante para seguir Carol até a sala para ver o que aconteceria a seguir.

Alguns minutos depois, Lottie ficou surpresa ao ver Carol e June sentadas frente a frente no banco da janela, com os pés no meio. Lottie, que não perdia uma boa oportunidade, caminhou pelo aposento, sentou-se nos dois pares de pés e proclamou: "Cá estou!". Carol, bem versada nos modos das *femmes*, pediu luvas e lubrificante e empurrou Lottie com firmeza para o colo de June: "Você pode segurá-la para mim, por favor?". E foi assim que ela se viu ali, segurando o corpo de Lottie, que delicadamente se contorcia. "Incrível", pensou June, "simplesmente incrível". Ela segurou Lottie bem firme, respirou profundamente e entregou-se à experiência.

June se concentrou em manter-se bem e tentar não notar as várias mulheres sorridentes que se acomodaram para assistir à ação no assento da janela, enquanto Carol se pôs a trabalhar para excitar Lottie, lubrificá-la e levá-la ao orgasmo. "Meu deus do céu", pensou June, "como vou superar isso? Estou tocando o peito dessa mulher que mal conheço". "Talvez", ela pensou, "eu consiga imaginar que é alguém com quem eu já fiz amor."

Lottie havia apoiado a perna no ombro de Carol contra a moldura da janela e se empurrava energicamente em direção à mão dela. Ela soltou um gemido escandaloso quando a mão de Carol deslizou para dentro, e ambas começaram a foder forte, e com barulho. June fazia de tudo para evitar que Lottie escorregasse e caísse no chão. Lottie finalmente gozou — em alto, muito alto, e bom som, notou June, que percebeu também que fazia tempo que não respirava —, e deu então uma profunda e ofegante inspiração. As três deixaram seus corpos relaxarem no banco da janela e permaneceram alguns momentos apenas se sentindo bem.

Em algum momento, elas voltaram à realidade. Lottie se sentou e educadamente ofereceu para foder Carol em troca. Carol disse: "Não, obrigada, eu já me comprometi com a Susie". Lottie e Carol seguiram em direções diferentes, deixando June sozinha no banco da janela, ainda um pouco atordoada. "Devo ter caído em algum outro universo", maravilhava-se. "Foi divertido e acho que me saí bem. Mas ainda assim foi demais. Acho melhor ir dormir."

Passou um dia. De volta à sua casa, Lottie percebeu que não conseguia parar de pensar em June. Decidiu ligar para Flash e descobriu que June tinha voado de São Francisco naquela manhã. Dois dias depois, June receberia a seguinte carta:

> *Querida June,*
> *É uma linda manhã nas montanhas onde vivo, com o sol a fluir pelos pinheiros vermelhos. Ontem, subindo a trilha, vi um coelho enorme perambulando por um campo de minúsculas flores brilhantes. Se eu conseguir que minhas montanhas te atraiam, você vem me visitar?*

De qualquer maneira, quem é você? Como, sendo budista, você lida com desejo e paixão? Meu caminho espiritual me faz agarrar meu desejo e levá-lo à comunhão com o Tao. Eu me preocupo que isso não seja aceitável para você. Embora eu esteja acostumada a ser inaceitável para muitos, prefiro acreditar que não será esse o caso.
Gostei de verdade da conexão que tivemos na casa da Flash. Por favor, escreva e revele-se para mim. Quais são seus pensamentos sobre sexo, arte, natureza? Aposto que você tem ótimas fantasias na hora de dormir.
Gostaria que você estivesse aqui – escrever para você está me deixando nervosa e um abraço me faria bem. Finalizo esta carta tentando decidir quão longe devo ir, e percebo que provavelmente já fui longe demais. Bom, é o que eu acabo fazendo sempre.
Com amor,
Lottie

Oito meses e cerca de três mil dólares em contas telefônicas depois, para não mencionar algumas passagens aéreas impulsivas, June colocou todos os seus pertences em sua caminhonete, Lottie voou para encontrá-la, e elas percorreram a grandiosa cadeia de montanhas que corta os Estados Unidos de norte a sul em direção a uma pequena e doce cabana no interior, onde viveram juntas por muitos anos felizes.

DIFERENÇAS DE GÊNERO

Vivemos numa sociedade em que as pessoas aprendem ideias muito distorcidas sobre sexo. Meninas assimilam que não devem ser sexuais sem se apaixonar; meninos, que sexo é uma mercadoria que você recebe de outra pessoa. Mas sexo em grupo só funciona quando todos são reconhecidos como pessoas: ninguém gosta de ser tratado como um meio para um fim. Para evitar problemas, muitos ambientes de sexo coletivo abertos a homens e mulheres restringem o número de homens solteiros, ou impedem a entrada de homens sem parceiros. Infelizmente, é um recurso extremo para lidar com uma desagradável realidade, e nós concordamos que é injusto que homens de boa vontade sejam penalizados pelo comportamento intrusivo dos que evidentemente não sabem como se comportar. Mas é assim, e a única maneira de mudar é trabalhar nosso comportamento próprio e ensinar o que aprendemos a nossos amigos e amantes.

Procurar por sexo é diferente para cada gênero, e essas diferenças tornam-se muito visíveis quando você compara ambientes de homens gays a orgias lésbicas, e percebe como eles se assemelham e se diferenciam das dinâmicas hétero ou bissexual. Os homens homossexuais parecem estar mais seguros em relação ao sexo anônimo – esse tipo de busca por homens gays em saunas ou clubes é frequentemente não verbal. Um homem olha o outro, sorri, atravessa a sala e encosta no ombro do outro, abraçando-o, com pouca ou nenhuma comunicação verbal. Lésbicas geralmente são mais cautelosas e gostam de conversar um tempo antes de ir direto para o quarto.

As mulheres, em todos os ambientes de sexo em grupo, tendem a ser menos abertas do que os homens ao sexo anônimo e a preferir comunicação e conexão pessoal primeiro. A aproximação com cautela provavelmente se dá porque as mulheres têm sérios motivos para não se sentir nem um pouco seguras em relação ao sexo com estranhos, e precisam de apoio para confiar o bastante e baixar a guarda. Não há certo ou errado nessa situação – ou melhor, há muita coisa errada na nossa história social que não podemos mudar.

Em muitos ambientes, as transexuais precisam ser ainda mais cautelosas: muitas vezes, as pessoas ficam com raiva quando são atraídas por alguém que acaba sendo de um gênero surpreendente. A atração é provavelmente real; gostaríamos que não houvesse necessidade de surtar com isso.

Uma das coisas de que gostamos e que pessoas trans e não binárias trazem para nossas festas é a constante experiência de propor exceções a todas essas regras incômodas sobre gênero e apresentar exemplos interessantes de como todos nós podemos ser livres para ser exatamente quem queremos ser. Todo mundo, de todos os gêneros e orientações, tem o direito de se sentir seguro e livre para apreciar o sexo.

ESTABELECENDO CONSENTIMENTO

O consentimento é um requisito absoluto. Pessoas ingênuas, às vezes, assumem que, quando dois, três ou quatro indivíduos já estão fazendo sexo, não há problema em simplesmente se juntar e começar a acariciar alguém. Na maioria das festas, não é apropriado – primeiro porque você não perguntou, segundo porque você não sabe o que essas pessoas querem ou quais são seus limites. Você estará fazendo a coisa errada e as pessoas às quais você tentou se juntar terão que interromper a diversão para lidar com você. Elas ficarão bravas com razão. Com você.

Como conseguir o consentimento das pessoas no meio de uma foda quente? Cutucando-as no ombro e perguntando: "Poderiam parar um momento, por favor, para que eu possa perguntar se posso me juntar a vocês?". Não há nenhuma maneira de se juntar a uma interação sexual que já começou, a não ser que você já seja amante de todas as pessoas envolvidas, e mesmo assim você deve ser cuidadoso. Quando nos perguntamos se não haveria problema em nos juntarmos a amigos que já começaram a se divertir, geralmente assistimos de uma distância respeitosa até que alguém nos vê observando e nos convida ou não para participar da ação. O respeito pelos limites, como dissemos antes, é obrigatório, se todos querem se sentir seguros o suficiente para brincar livremente e sem restrições. Não seja a pessoa que torna o ambiente inseguro.

Se você está brincando numa festa e alguém invade o seu espaço, você está completamente certa em dizer a essa pessoa que se afaste. Também é apropriado informar ao anfitrião sobre pessoas intrusivas e insistentes – os organizadores de festas desenvolvem habilidades para conversar sobre comportamento apropriado e para explicar como funciona a etiqueta, e se a pessoa inconveniente não aprender, o anfitrião tem o poder de removê-la da lista de convidados.

ATENÇÃO ÀS EXPECTATIVAS

A maioria das pessoas vai à sua primeira festa sexual com um turbilhão de medos, fantasias e expectativas selvagens sobre o que pode ou não acontecer – o que é pior ainda. Recomendamos fortemente que você se observe, reconheça que realmente não sabe o que vai acontecer e vá à festa com a expectativa de orgulhar-se de si mesmo caso consiga entrar pela porta. Se você ficar por uma hora, observando, ganha uma estrela dourada. Se conseguir se apresentar a alguém e conversar, dê a si uma medalha de honra.

Ir a uma orgia é muito desafiador. É normal ficar nervoso, preocupado. Espere ter uma crise por não saber o que vestir, e separe pelo menos duas horas para se arrumar. Dica útil: coloque algo feito de algum material considerado sensual – seda, couro, látex – para que você se sinta sensual também. Evite antiguidades frágeis ou roupas caras de grife, se você quiser transar com elas. Vista-se para sentir-se erótico, irresistível e confortável – já é suficiente ter o estômago embrulhado; você não precisa de sapatos apertados.

Muitas festas têm um intervalo para a chegada e deixam claro quando as portas abrem e fecham. Caso contrário, todas essas pessoas nervosas chegariam muito atrasadas, depois de passar horas criando coragem e investindo no visual, deixando os anfitriões sem tempo nenhum para a diversão.

Se esta é sua primeira festa, tenha paciência consigo mesmo. Prometa a você e a seus companheiros que irá embora se alguém for muito desagradável. Combinem um sinal, talvez a mão no cotovelo, para que eles saibam que você precisa de um lugar reservado para conversar, ou que precisa de apoio. Use outro sinal para dizer que você gostaria de ir embora logo, com o acordo de que alguém que está alegremente procurando por sexo, flertando ou se divertindo precisará de tempo para finalizar o que está em andamento.

Vá com o objetivo de fazer algumas amizades e familiarizar-se com a cena e suas reações a ela. Se você se sentir inspirado e encontrar alguém que queira se divertir com você, tudo bem. Caso contrário, tudo bem também. Lembre-se sempre de que esta é sua primeira festa, a primeira de muitas possíveis. Você não precisa realizar uma vida inteira de fantasias hoje à noite; tem o resto da vida para fazer isso. Só precisa dar os primeiros passos.

CASAIS E GRUPOS NA ORGIA

É importante estabelecer acordos com os seus relacionamentos existentes antes de ir para a festa. Vocês vão juntos exibir sua incrível sensualidade? Estão à procura de alguém para fazer amor com ambos, ou com todos vocês? Ou estão indo como indivíduos separados, para conhecer pessoas e compartilhar sexo com elas? Se um de vocês se conecta com alguém atraente, os outros estão convidados a participar? Você precisa do consentimento de alguém antes de se divertir com uma pessoa nova?

Se você precisa de uma pausa durante um flerte para verificar com seus relacionamentos existentes se tudo bem seguir com o xaveco, ganhará a admiração de promíscuos experientes pela consideração e integridade. Vocês combinaram de ir embora juntos, ou tudo bem se alguém dormir fora? E se todo mundo quiser passar a noite fora, o que acontece com a babá? Tudo isso deve ser decidido com antecedência, porque é muito desagradável ter uma divergência sobre esse tipo de assunto em público. Uma discordância provavelmente causará constrangimento e raiva, resultando em grande confusão.

Dois amigos nossos tiveram que enfrentar uma discórdia sobre festas de sexo. Ambos queriam ir, mas um queria se divertir com o outro, e o outro queria jogar com o time todo. O que fazer? Bom, na região em que viviam há festas assim pelo menos uma vez por mês. Eles decidiram, então, ir uma vez como casal para se divertirem juntos, e no mês seguinte para se apoiar em buscas separadas, cada qual aberto a ser "cupido" do outro, ou seja, ajudando a direcionar potenciais pares eróticos em direção ao outro.

Gostamos de ver casais fazendo amor nas festas – você pode observar a intimidade e como eles conhecem bem o jeito do outro, como se encaixam perfeitamente, como o ato de fazer amor pode se tornar admiravelmente orquestrado com anos de prática. Apreciamos por ser uma ótima experiência para quem é *voyeur* e porque podemos aprender muito vendo pessoas que são especialistas uma na outra. Mostrar a beleza maravilhosa que vocês contêm juntos é uma excelente publicidade para a próxima vez, quando forem à festa prontos para acolher novos parceiros.

Esse tipo de evento também pode oferecer a oportunidade de processar medos e ciúmes. Como se sente ao ver alguém que você ama transando com outra pessoa? É horrível de verdade? Você pode se surpreender ao descobrir que se sente bastante neutro, algo como: "Puxa, pensei que isso iria me incomodar, mas na verdade, não!". Talvez você goste da oportunidade de observar um amante, como ficam poderosos quando agem com força, como parecem ferozes quando gozam. Pode ser até que você se excite. Quando assumimos riscos, definitivamente há excitação para ser encontrada. Algumas pessoas acham que sexo em grupo pode revolucionar a vida sexual em casa, apresentando muitos estímulos, novas ideias para experimentar e motivação e energia para fazer da vida doméstica tão quente quanto uma orgia.

BOTÕES E PRECONCEITOS

Tenha a expectativa de descobrir seus preconceitos e ter seus botões pressionados. Numa festa de sexo em grupo, você vai compartilhar uma intimidade sem precedentes com um bando de estranhos, e às vezes isso será difícil. Você pode começar com sexo a três que inclua uma pessoa de um gênero novo para você — o que parece ser uma ideia interessante, mas pode acabar ativando alguns botões. Sim, sabemos que vocês dois se prepararam para fazer amor um com o outro, mas aí estão com uma nova pessoa, de modo sexual e provavelmente tendo contato físico. Como se sentem?

Gostamos de frequentar festas de sexo em grupos pansexuais, o que significa que os participantes podem se identificar como gays, lésbicas, bissexuais, heterossexuais, transgêneros ou o que quer que seja, mas geralmente estão confortáveis e contentes de se divertir ao lado de pessoas cujos desejos e identidades podem ser inteiramente diferentes dos seus. Estamos sempre nos deparando com questões relacionadas à novidade: a lésbica que nunca esteve nua na presença de homens; o gay que teme o julgamento das mulheres ou a violência dos homens heterossexuais; a mulher trans que imagina se a pessoa que está tão atraída por ela sabe o que ela tem embaixo da saia. Será que vocês se importam? Caso afirmativo, o que farão?

Quaisquer que sejam seus preconceitos (todo mundo nessa festa é muito velho, muito jovem, muito masculino, muito feminino, muito *queer*, muito heterossexual, muito gordo, muito magro, muito branco, muito não branco, seja lá o que for), é bom aprender a ser melhor que seus preconceitos – além de ser *sexy* também.

TUDO DE CONSTRANGEDOR QUE VOCÊ NUNCA PENSOU FAZER EM PÚBLICO

Em nossas fantasias, todos somos tão incríveis quanto Fred Astaire e Ginger Rogers levados pela música numa onda crescente de paixão. Às vezes, é exatamente assim. Mas você precisará treinar primeiro, assim como Fred e Ginger. A ereção pode custar a chegar quando você se aproxima do momento da verdade, especialmente quando de repente você se lembra de que precisa envolvê-la num preservativo. Pode ser mais difícil de se concentrar no orgasmo em um ambiente barulhento e com um parceiro desconhecido. E se você combina de brincar com alguém e não consegue se excitar?

Se você entrar internamente em pânico, nossa dica é: respire. Acalme-se. Lembre-se de que você não está nas Olimpíadas. Você não tem que provar nada – você e seu novo amigo estão empenhados em proporcionar prazer aos seus corpos. Tocar é prazeroso. Acariciar é gostoso. Dar tempo ao tempo é bom. Desacelere o suficiente para que você possa realmente sentir o que está fazendo. Preocupar-se com o futuro não ajudará a chegar lá: concentre-se no que está sentindo no presente. Ereções e orgasmos vêm e vão, mas você nunca vai errar fazendo o que proporciona prazer.

O barulho e a energia agitada de uma festa podem levar as pessoas a se apressar, quando na verdade a tranquilidade seria a melhor maneira de se conectar com o seu tesão. Pessoas diferentes se excitam de maneiras muito diferentes. Nesses momentos, um tipo muito importante de autoconhecimento é útil: saiba o que excita você. Seja morder o pescoço ou chupar a parte de trás dos joelhos, quando você sabe o que faz sua seiva fluir, peça. Seu parceiro, então, saberá o que fazer e se sentirá mais à vontade para dizer o que o deixa excitado. E, antes que percebam, lá estão todos vocês, completamente excitados, flutuando no rio da luxúria desenfreada.

A EXTRAORDINÁRIA TRADIÇÃO GAY DE ATIVISMO POLÍTICO E IDEAIS COMUNITÁRIOS

Todos nós que nos qualificamos como minorias sexuais nos tornamos, em muitos aspectos, excluídos da cultura dominante. Quando precisamos manter um guarda-roupa no trabalho, quando nossos parentes não nos deixam levar nossos dois parceiros para as festas de família, quando não somos bem recebidos na igreja onde crescemos, a menos que finjamos ser "normais", perdemos a porta de acesso para o apoio de nossas famílias, nossas religiões, nossas comunidades. Os homens gays desenvolveram uma resposta clara para esse problema: unir-se para construir comunidades próprias. Dossie viveu nessas comunidades por três décadas (Janet queria, desesperadamente, mas estava ocupada sendo uma mãe heterossexual, convencional e monogamicamente casada).

Observe, por favor, que a linguagem usada naquela época era muito diferente da terminologia de hoje — nossos conceitos sobre gênero e orientação mudaram, muitas vezes por causa das pessoas sobre as quais estamos escrevendo. Além disso, relatamos principalmente a realidade de São Francisco, porque é a comunidade que conhecemos melhor.

Os pioneiros da cultura *queer* têm sido historicamente os mais visivelmente diferentes e, portanto, os membros mais oprimidos das comunidades homossexuais — aqueles para os quais os armários não são uma possibilidade. No final da década de 1950, dois homens notáveis de lados opostos do espectro de gênero começaram a construir a cultura que hoje está muito mais disseminada. Lembre-se de que aquela era a época em que até usar roupas do gênero "errado" podia conduzir a uma penalidade criminal. Na verdade, ser pego tendo relações com pessoas do mesmo sexo podia implicar um longo período na cadeia (dividindo cela com pessoas do mesmo sexo que você, vai entender).

No final da década de 1950, um imitador do sexo feminino (*drag queen*) chamado José Sarria, cansado de ser assediado, espancado e preso, decidiu tomar as ruas em trajes escandalosos num ato ferozmente político. A polícia invadia as suas festas, e ele contratava bons advogados e revidava. Num dado momento, ele estabeleceu um "concurso de beleza" no qual homens disputavam os títulos de Imperatriz e Imperador de São Francisco. Se você ganhasse o título, tinha que dedicar um ano de sua vida a organizar encontros das diversas comunidades para angariar fundos para grandes instituições de caridade.

Foi assim, pela capacidade de Sarria de levantar dinheiro se divertindo, que a reputação *queer* melhorou na comunidade em geral. Sua organização, a Imperial Court System [Sistema judicial imperial], pode ser encontrada atualmente em cidades de toda a América do Norte, e segue na luta ativa pelas nossas liberdades, promovendo encontros de visibilidade escandalosa e em números grandes demais para serem contestados, e em grandiosas festas que arrecadam dinheiro para organizações beneficentes. Sarria é lembrado com carinho por reunir todos os seus fãs no fim do expediente na calçada oposta à da delegacia onde estava preso, para cantarem "God Bless Us Nellie Queens", em referência ao hino nacional britânico — procure no YouTube.

Enquanto isso, em Chicago, Chuck Renslow, um fotógrafo gay e editor de revistas de nudez masculina, assumiu-se em público ao abrir o bar gay Gold Coast em 1959. Renslow deu início a um concurso anual parecido ao de Sarria, que mais tarde viria a ser o International Mr. Leather [Sr. Couro Internacional], um dos maiores eventos da cidade de Chicago. Calabouços são construídos nos salões dos hotéis, enormes doações são arrecadadas e, durante um final de semana, todos os hotéis e todas as ruas da cidade estão repletos de pessoas felizes montadas como *drags* usando couro.

No final da década de 1960, o Verão do Amor abriu muitas cabeças para a possibilidade de um mundo mais livre no futuro, incluindo a deliciosa liberdade de expressão em sexo e gênero. Promíscuas escandalosamente *queer* construíram instituições surpreendentes durante a era da vida comunal, das viagens espirituais e do ativismo político, como a Kaliflower Commune, que publicava um boletim informativo semanal distribuído a todas as comunidades da região de São Francisco. The Angels of Light [Os anjos da luz], pioneiros do movimento da fluidez de gênero, organizava uma espécie de redistribuição dos alimentos em benefício dos produtores, chamada *food conspiracy* [conspiração alimentícia], e realizavam teatro de rua que repensava os gêneros. Os Cockettes [Pintudinhos] produziam peças e chegaram a realizar uma turnê internacional.

Ao final dos anos 1960, havia desfiles de ursos, caminhoneiras e *drag queens* em plumagem brilhante, abrindo um mundo de possibilidades para homens e mulheres de todas as orientações. Esses desbravadores de gênero representaram a vanguarda da emancipação gay, que culminaria na Rebelião de Stonewall, em 1969, em que transgêneros — *drag queens* e caminhoneiras — lutaram contra a violência e o assédio policial.

O desenvolvimento da comunidade continuou nos anos 1970: edifícios eram comprados e empresas, criadas. O desenvolvimento do bairro Castro, em São Francisco, e outros parecidos em diferentes cidades encabeçou a nova liberdade que permitia que pessoas visivelmente *queer*, pela primeira vez, encontrassem empregos e alugassem apartamentos sem precisar se esconder. O ano de 1970 viu surgir os primórdios do que se tornaria a San Francisco Gay Pride, a marcha do orgulho gay de São Francisco, um evento extremamente popular que acabou se tornando a marcha triunfal que celebramos hoje na cidade, novamente criando uma plataforma para ativismo político e arrecadação de fundos beneficentes, ao mesmo tempo que promove uma enorme festa.

No final da década de 1970, a comunidade gay, excluída das igrejas convencionais, avançou para criar suas próprias instituições religiosas. A Metropolitan Community Church (MCC), ou Igreja da Comunidade Metropolitana (ICM), foi fundada pelo pregador batista Troy Perry em 1968 para receber fiéis LGBTQ de todas as denominações. Existem atualmente 222 Igrejas da Comunidade Metropolitana em todo o mundo, em 37 países. Em 1978, foi fundada a Order of Perpetual Indulgence, ou Ordem da Perpétua Tolerância, conhecida pelas paródias infames dos hábitos das freiras e nomes engraçados de "santidades", como a Irmã da Posição Missionária e a Irmã Frieda Peeples. Uma irmã deve passar por estágios importantes de iniciação, como postulante e novata, antes de fazer votos. A ordem defende que as irmãs dediquem sua vida à caridade, à educação, ao teatro político de rua e, em geral, a auxiliar as pessoas. Elas trabalharam incansavelmente ao longo da década de 1980 para educar o público sobre sexo seguro e dar apoio aos que sofreram com a aids. As Radical Faeries, ou Fadas Radicais, também surgiram por volta de 1979, criando uma prática espiritual excepcionalmente *queer*. As fadas formavam "santuários" comprando terras não produtivas e criando acampamentos e cabanas, convidando todos a celebrar os Grandes Sabás e gerando uma cultura própria. Existem hoje oito santuários das *faeries* nos Estados Unidos, e mais em outros países.

Com o desenrolar da epidemia de aids, muitos desses homens gays, belos e corajosos adoeceram terrivelmente; centenas de milhares de pessoas morreram apenas nos Estados Unidos. Mais uma vez, a comunidade gay arregaçou suas elegantes mangas e foi ao trabalho. A San Francisco Aids Foundation tornou-se a primeira de muitas, visto que a comunidade percebeu que precisava de seus próprios serviços sociais para garantir o tratamento de seus membros doentes. Ativistas pelo combate à aids estimularam o investimento do governo em pesquisa, e protestaram até que centros de tratamento adequados fossem abertos. Em 1984, a Folsom Street Fair tornou-se um festival anual de sexualidades felizes e extravagantes. Desafiadoramente colorida diante de tanta tragédia, arrecadava dinheiro para instituições de caridade, que agora eram suas próprias instituições.

As estatísticas atuais colocam o San Francisco Gay Pride e a Folsom Street Fair como o segundo e o terceiro maiores eventos públicos da Califórnia. Das sementes plantadas por José Sarria e Chuck Renslow, esses eventos e comunidades grandiosos e transformadores de tantas vidas desabrocharam e continuam a florescer: um grande símbolo do crescente poder e força da comunidade *queer*, dos sistemas de apoio que criaram e da aceitação crescente que conquistaram mundo afora. Há cinquenta anos, costumávamos começar protestos dançando nas calçadas, cantando: "Fora do armário e para a rua!". Nosso ativismo começou na rua, mudou muitas vidas e muitas, muitas cabeças.

CONCLUSÃO
UMA UTOPIA PROMÍSCUA

Bem, cá estamos, no final do nosso livro. Antes de você voltar aos seus afazeres, queremos deixá-lo com um conceito final que pode ser útil para moldar seu pensamento enquanto você planeja a própria vida, cheia de todo tipo de sexo e amor que quiser.

DE DOIS A MUITOS

O mundo é muito apegado a oposições binárias: preto e branco, masculino e feminino, mente e corpo, bons e maus. Esses pares, como todos aprendemos, são opostos: há o caminho certo e o caminho errado, e nossa tarefa é lutar para defender o certo e destruir o errado. Esse tipo de pensamento domina os tribunais, a política e os programas de entrevistas, com resultados absurdos: algumas pessoas, por exemplo, acreditam que quem gosta de sexo fora do casamento, ou gosta de um tipo de casamento diferente do delas, está atacando o casamento *delas*. Qualquer coisa diferente deve ser obrigatoriamente rejeitada: é o inimigo.

Quando o certo e o errado são suas únicas opções disponíveis, você acredita que não pode amar mais de uma pessoa, ou que não pode amar de maneiras diferentes, ou que sua capacidade de amar é finita – que "muitos" deve ser, de alguma forma, o oposto de "um", ou que suas únicas opções são estar apaixonado ou estar sem amor algum, não tendo permissão para diferentes graus ou tipos de amor.

Gostaríamos de propor algo diferente. Ao invés de se preocupar sobre o que é certo ou errado, tente valorizar o que está à sua frente sem ver nada em oposição a nenhuma outra situação. Acreditamos que, se puder fazer isso, descobrirá que existem tantas maneiras de ser sexual quanto há maneiras de ser humano, e todas elas são válidas: uma abundância de maneiras de se relacionar, amar, expressar gênero, compartilhar sexo, formar famílias, estar no mundo... e nenhuma delas reduz ou invalida qualquer uma das outras.

Quando abrimos nossas cabeças para um mundo além de opostos, nos tornamos capazes de enxergar além da perfeição irrealista e dos objetivos inatingíveis. Podemos nos libertar para estar plenamente conscientes de toda a variedade e diversidade maravilhosa que existe agora mesmo no mundo, bem aqui, no presente, disponível para nós.

Assim, a promiscuidade pode se tornar um caminho para a transcendência: a libertação da mente, do espírito e do corpo, um modo de estar no mundo que permite expansão da consciência, crescimento espiritual e amor além da imaginação.

MANIFESTO PROMÍSCUO

Examinando as questões que limitam nossos relacionamentos e a compreensão do que podemos ser, planejamos uma sociedade que seja conveniente à forma como muitas pessoas vivem hoje – uma que atenda à nossa necessidade de mudança e crescimento enquanto alimenta nosso desejo fundamental de pertencimento e família.

Acreditamos que a monogamia continuará a prosperar como sempre prosperou, uma escolha perfeitamente válida para aqueles que realmente a escolheram. Queremos abrir nossa visão para acomodar a monogamia bem como uma infinidade de outras opções, para planejar famílias e estruturas sociais que tenham espaço de crescimento, que continuem a se estender e se adaptar, que atendam às nossas necessidades no futuro. Acreditamos que novas formas de família estão evoluindo agora e continuarão a evoluir, não para substituir a família nuclear, mas para complementá-la com novas possibilidades: um mundo inteiro de escolhas sobre como compartilhar família, sexo e amor. Queremos libertar você para inventar a sociedade em que você quer viver.

Nossa visão de utopia tem o amor livre — em todas as suas formas — como a fundação de nossas crenças sobre realidade, sobre possibilidade, sobre permanecer no momento e planejar o futuro. Acreditamos que a liberdade de amar ajuda-nos a ver nossas vidas como realmente são, com a honestidade de nos percebermos claramente e a fluidez para permitir que sigamos adiante conforme nossas necessidades se alteram, como um eu em transformação e crescimento, com parceiros mutantes e em amadurecimento, num mundo em transformação e expansão.

Vemos a promiscuidade ética conduzindo-nos a um mundo onde respeitamos e honramos os limites de cada indivíduo, mais do que veneramos qualquer conjunto pré-concebido de regras que ditam quais deveriam ser tais limites.

E, ao expandir nossa vida sexual, prevemos o desenvolvimento de uma sexualidade avançada, na qual podemos nos tornar mais naturais e mais humanos. Sexo e intimidade realmente são expressões físicas de diversas riquezas que, de outra maneira, não teriam existência física: amor e alegria, imensa emoção, intensa proximidade, profunda conexão, consciência espiritual, sentimentos incrivelmente bons, às vezes até êxtase transcendente. Em nossa utopia, o intelecto não é uma armadilha na qual ficamos presas, mas uma ferramenta reconhecida que usamos para dar forma à nossa experiência. Libertamos nosso eu natural abrindo nossa inteligência para a percepção sensual de nossos corpos, e quando não estivermos mais presos ao raciocínio poderemos nos tornar livres para receber o espírito: intuitivamente, experimentando a alegria da vida pelo simples prazer de experimentar, em comunhão com nós mesmos, uns com os outros e além.

NOSSA FANTASIA PREDILETA: ABUNDÂNCIA EM SEXO E AMOR

Queremos que todos sejam livres para expressar o amor de todas as maneiras possíveis. Queremos criar um mundo onde todos tenham o que precisam em abundância: comunidade, conexão, contato, sexo e amor. Queremos que nossos filhos sejam criados numa família estendida, uma aldeia conectada em meio à alienação contemporânea, onde há adultos suficientes que os amam e querem bem uns aos outros, onde há muito amor, atenção e cuidado — mais do que o suficiente para todo mundo. Queremos um mundo onde os doentes e os idosos sejam cuidados por pessoas que os amam, onde os recursos sejam compartilhados por pessoas que se preocupam umas com as outras.

Sonhamos com um mundo onde ninguém seja movido por desejos que não possam ser realizados por falta de esperança, onde ninguém sofra por — e tenha vergonha de — seus desejos ou se sinta constrangido por seus sonhos, onde ninguém morra de fome de amor ou sexo. Sonhamos com um mundo onde ninguém esteja limitado por regras que ditam que eles sejam pessoas menores do que podem ser.

Almejamos um mundo onde ninguém a não ser você e seus amantes possam opinar sobre suas escolhas de vida, quem você escolhe amar ou como você escolhe expressar esse amor. Nós sonhamos com um tempo e um lugar onde todos seremos livres para declarar publicamente nosso amor, não importa quem sejam nossos amados ou a maneira que amamos. E que todos possamos ansiar por uma vida inteira de sonhos tornados realidade.

GLOSSÁRIO DA PROMISCUIDADE

Novas palavras e terminologias são cunhadas constantemente, o que é um desafio tanto para as escritoras quanto para os promíscuos. Esse progresso é inevitável: nós *temos* que refinar nossa linguagem à medida que nos libertamos para adentrar novas experiências, porque é quase impossível pensar com clareza e tomar decisões sobre escolhas para as quais não existe linguagem disponível.

Muitos dos termos deste livro podem ser desconhecidos para você, e alguns podem ser definidos de outras maneiras em diferentes regiões e comunidades. Além disso, novos termos são inventados com frequência, e os mais antigos às vezes caem em desuso ou têm seu sentido alterado. Neste glossário, definiremos como entendemos hoje algumas palavras e expressões, e outras você encontrará em comunidades abertamente sexuais.

ABERTURA DO CORAÇÃO Acolher o mundo com compaixão e sem defesas; abrir-se para qualquer amor ou conexão que a vida lhe oferece.

AMIZADE COLORIDA Expressão atual para definir alguém com quem você pode fazer sexo sem a necessidade de se comprometer em um relacionamento amoroso para a vida toda.

AMIGO DE FODA/PAU-AMIGO No uso comum, um relacionamento amigável baseado numa conexão sexual.

ANARQUIA RELACIONAL Estilo de relacionamento em que os participantes escolhem não hierarquizar suas relações, baseadas no acordo mútuo de seus integrantes.

ASSEXUAL Alguém que não sente atração sexual. A comunidade assexual, que é estimada em pelo menos 1% das pessoas nos Estados Unidos, construiu um extenso vocabulário para todos os sabores e tipos de assexualidade — se você fizer uma pesquisa na internet sobre "assexual", encontrará muitas informações sobre essa orientação raramente discutida.

BDSM/*BONDAGE*, DISCIPLINA, SUBMISSÃO, SADISMO E MASOQUISMO Atividades em que uma pessoa controla o comportamento de outra e/ou a coloca em uma posição de submissão e/ou lhe proporciona sensações intensas. BDSM deriva de B/D para *bondage* ["submissão", em inglês] e disciplina, D/S para dominação e submissão, e S/M (ou ainda SM ou S&M) para sadomasoquismo. Você também pode escutar os termos *kink*, "troca de poder erótico" ou simplesmente SM.

CENTRISTA/CÊNTRICO/CENTRISMO Usado para chamar a atenção para a naturalização do modo como as coisas "deveriam" ser. Usamos termos como heterocêntrico, eurocêntrico, masculinocêntrico, femininocêntrico, queercêntrico e casalcêntrico. As crenças casalcêntricas, por exemplo, são aquelas que tratam o casal como a unidade primária de nossa cultura, colocando como fora da norma qualquer pessoa que não faça parte de um casal.

COMPROMISSO No uso comum, parece significar um acordo para a monogamia vitalícia. Obviamente, não usamos a palavra dessa maneira neste livro. Para nós, *compromisso* significa fazer uma promessa para o futuro e cumpri-la — seja uma promessa de "unir-me a você apenas" ou de marcar um único encontro erótico anual.

COMPERSÃO Um sentimento feliz ou mesmo erótico que surge ao ver o prazer que seu amado sente com outra pessoa. Para muitas pessoas, se satisfazer com a compersão ajuda a reduzir a sensação de ciúme.

CUPIDO Um amigo que ajuda a direcionar potenciais parceiros em direção a você. Um ex ou atual amante podem ser um excelente cupido — quem sabe mais sobre o que o torna desejável do que alguém que já o desejou?

CULTURA DO COURO/*LEATHER* Outra maneira de falar sobre BDSM e comportamentos afins. O termo é geralmente mais usado em círculos gays, lésbicos e *queer*.

DRAMA Um termo levemente pejorativo para os conflitos que frequentemente envolvem mal-entendidos, sentimentos feridos e assim por diante. Aqueles de nós que escolheram evitar o caminho bem pavimentado das expectativas sociais sobre as relações devem abrir passagem através de alguns arbustos bastante densos — ou dramas — para traçar trajetórias próprias.

ENERGIA DE RELAÇÃO NOVA (ERN) Os sentimentos intensos que tendem a acompanhar a fase de "lua de mel" de uma nova conexão; também chamado de "limerência".

ESCADA ROLANTE DE RELACIONAMENTO Uma maneira de abordar os relacionamentos em que cada passo leva inevitavelmente ao seguinte: do namoro à exclusividade sexual, do noivado ao casamento, aos filhos, e assim por diante. A maioria dos promíscuos pulará muitos degraus para evitar entrar nessa "escada rolante".

FIEL/FIDELIDADE Fora destas páginas, geralmente significa ter sexo apenas com uma pessoa. No entanto, o dicionário define fidelidade como "demonstração de contínua lealdade e apoio", e isso nos soa correto.

FODA/FODER Pode significar sexo genital em geral ou, especificamente, sexo com penetração. Ainda é uma palavra que causa reações fortes, mas nos parece uma pena que uma atividade tão boa seja usada como um xingamento.

GÊNERO O *slogan* usado nos círculos que exploram a ideia de gênero é: "Seu sexo é o que está entre suas pernas; o seu gênero é o que está entre os seus ouvidos". Alguém que nasceu com genitais e cromossomos femininos, mas prefere interagir com o mundo como um homem (possivelmente empregando cirurgia e/ou hormônios para avançar nesse objetivo) é, dessa maneira, do gênero masculino. Aqueles que preferem ocupar um lugar entre os extremos do gênero binário, ou que gostam de ser lúdicos com sua apresentação de gênero, são descritos como não binários, *queer* ou fluidos.

HETERONORMATIVIDADE A crença que legitima que heterossexualidade é normal, que a normalidade é desejável e que qualquer outra escolha não é normal, portanto, errada.

HUMILHAÇÃO DE PROMÍSCUAS/VADIAS Tratar alguém com menosprezo, insultá-lo ou prejudicá-lo porque faz sexo de uma maneira que o falante acha errado ou excessivo.

INTERSEXO Alguém que nasce com as características físicas de mais de um sexo. As pessoas intersexuais muitas vezes lutam pela liberdade de crescer nos corpos em que nasceram, em vez de enfrentar cirurgias e outros tratamentos médicos invasivos desde o nascimento para forçá-las a estar em conformidade com o gênero masculino ou feminino.

KINK Qualquer forma de sexo que foge da cultura convencional, muitas vezes usado especificamente para BDSM, couro e/ou fetiche.

LIVRE DE JULGAMENTOS Atitude livre de moralização irracional ou injustificável. Não significa "aceitar tudo". Significa estar disposto a julgar uma atividade ou relacionamento com base no quanto funciona para todos os participantes, e não em um determinado padrão externo de certo ou errado.

MAIS OU MENOS MONOGÂMICO Estilo de relacionamento praticado por parceiros que estão socialmente conectados em um casal, mas cujos acordos permitem algum grau de conexão sexual com parceiros externos. A palavra foi inventada pelo colunista/ativista Dan Savage.

MARCHA DAS VADIAS Manifestações realizadas anualmente em muitas cidades grandes para combater ações que humilham pessoas cujo visual e comportamento são considerados "de vadias".

METAMOR O amante do amante. "Meus metamores e eu gostamos de nos reunir para tomar café da manhã de vez em quando."

MONONORMATIVIDADE A crença cultural de que a monogamia é normal e que todas as outras escolhas são definidas em relação à monogamia.

MUNCH Encontro social de pessoas poliamoristas num restaurante ou local similar. Muitos *munches* foram estabelecidos por muitas comunidades on-line. Outras formas de conhecer pessoas que pensam como você incluem reuniões, festinhas, jantarzinhos, conferências etc.

NEGATIVIDADE SEXUAL A crença de que sexo é perigoso, que desejo sexual é errado, que a sexualidade feminina é destrutiva e maligna, que a sexualidade masculina é predatória e incontrolável, que a tarefa de todo ser humano civilizado é confinar a sexualidade dentro de limites muito estreitos, que sexo é o trabalho do demônio, que Deus odeia sexo... Deu para ter uma ideia?

ORIENTAÇÃO Geralmente significa gay, lésbica, bissexual, heterossexual ou assexual. Muitas pessoas se envolvem em sexo, romance e/ou intimidade além dos limites de sua orientação, sem sentir a necessidade de mudar sua orientação. É bem possível que a orientação tenha tanto a ver com a cultura quanto com o sexo.

PANSEXUAL Termo inclusivo de todos os gêneros e orientações. A palavra também é, às vezes, usada para substituir "bissexual" por pessoas que acham que "bissexual" se refere apenas ao gênero binário (ainda que não seja esse o caso).

PATOLOGIZAR Tratar qualquer comportamento, incluindo um padrão sexual ou de relacionamento, como perturbado ou como se fosse uma enfermidade, geralmente por não se estar familiarizado com ele.

POLÉCULA Poliamor + molécula. Uma rede de pessoas conectadas por meio de interações românticas ou sexuais.

POLIAMOR Essa palavra nova vem ganhando grande valor nos últimos anos. Algumas pessoas acham que inclui todas as formas de relacionamentos sexuais para além da monogamia, enquanto outras restringem seu significado a relacionamentos amorosos de longo prazo (excluindo assim o *swing*, o contato sexual casual, as amizades coloridas e outras formas de intimidade). Nós gostamos porque, ao contrário da "não monogamia", ela não assume a monogamia como uma norma. Por outro lado, o seu significado ainda é um pouco vago.

POLIFIDELIDADE Um subconjunto do poliamor no qual mais de duas pessoas, possivelmente dois ou mais casais, formam um grupo sexualmente exclusivo. Às vezes, é adotado como estratégia de sexo seguro.

POSITIVIDADE SEXUAL A crença de que sexo é uma força saudável em nossas vidas. Esta frase foi criada por educadores sexuais estadunidenses no Fórum Nacional do Sexo no final dos anos 1960. Descreve uma pessoa ou grupo que mantém uma atitude otimista, aberta e sem julgamento em relação a todas as formas consensuais de sexualidade.

PROMÍSCUO(A) A pessoa que celebra a sexualidade e o amor erótico de mente e coração abertos.

QUEER Uma palavra recuperada recentemente, usada no final do século XIX como um insulto destinado a pessoas homossexuais. Em algumas comunidades, significa especificamente gay ou lésbica. No entanto, a palavra é usada cada vez mais como uma autodefinição política/sexual por qualquer pessoa que não se encaixa perfeitamente nas expectativas sexuais convencionais. Muitas vezes é usada para se autodescrever, inclusive no âmbito do gênero.

REIVINDICAÇÃO Se alguém usar uma palavra na tentativa de insultar ou ofender você, as opções são sentir raiva ou esvaziar a conotação negativa do termo, usando-o por conta própria para que ele não seja mais um insulto. Palavras como *"queer"*, "sapatão", "bicha", *"tranny"* (para transgênero) e, sim, "promíscua" foram reivindicadas dessa maneira.

RELACIONAMENTO ABERTO Relacionamento em que as pessoas envolvidas têm algum grau de liberdade para foder e/ou amar pessoas fora do relacionamento. Logo, um casamento em grupo com oito pessoas pode ser "aberto" ou "fechado".

RELAÇÃO SEM PENETRAÇÃO/SEXO SEM PENETRAÇÃO Sexo que se concentra em partes do corpo além dos genitais. A atividade geralmente não remete a penetração ou troca de fluidos, mas a mãos e bocas na pele, brinquedos sexuais, masturbação mútua, sexo por telefone, *roleplay* e outros tipos de estímulos. Pode ser uma boa estratégia de sexo seguro e método contraceptivo, além de ser uma ótima maneira de encontrar o que lhe provoca tesão e de ser uma atividade divertida por si mesma.

SEXO Sinceramente, não importa qual definição *nós* usamos – sexo é algo definido por você e as pessoas com quem você se relaciona. Independentemente do que vocês pensam, nós aprovamos – porque todas as formas de sexo consensual são maravilhosas.

TRANS ("homem trans", "mulher trans" etc.) Alguém que se identifica como um gênero diferente do que aquele ditado por seus cromossomos e/ou genitais. Pessoas trans podem decidir tomar ou não hormônios e/ou se submeter ou não a cirurgias para mudar sua aparência física.

VÍCIO EM SEXO Refere-se ao comportamento sexual compulsivo que toma proporções tão grandes que acaba interferindo no andamento saudável dos relacionamentos, do trabalho ou de outros aspectos da vida. É usado com muito mais frequência do que deveria como uma forma de patologizar pessoas promíscuas felizes, e é assunto de acalorados debates em comunidades de terapia sexual.

VÍNCULO DE FLUIDOS Estratégia de sexo seguro em que os parceiros comprometidos concordam em fazer sexo desprotegido apenas uns com os outros e em usar proteção e/ou manter comportamentos sexuais de baixo risco com todos os outros parceiros.

OBRAS RECOMENDADAS

Decidimos não incluir portais da internet nesta edição, porque eles vêm e vão muito rapidamente, e porque alguns minutos com seu buscador favorito o direcionam para as informações de que precisa. Sugerimos cuidado ao usar termos sexuais em sua pesquisa, a menos que você queira ver sua tela repleta de *links* para pornografia (o que é bom quando você quer pornografia, mas não tão bom quando procura informação); se não há como evitar, adicione a palavra "educativo" – o que deve eliminar a maior parte da obscenidade: punhos na vagina/*fisting* educativo. Comece com uma palavra não vulgar e sem julgamento para o assunto que lhe interessa e, em seguida, adicione outros termos para filtrá-la. Se você quiser encontrar recursos em sua área, inclua o nome da sua cidade ou de uma cidade próxima, assim: poliamor sexual Curitiba. Se o que você procura tem mais de duas palavras, use aspas: "relacionamento aberto" trans Macaé.

No entanto, nós ainda preferimos os livros. Em seguida, listamos títulos que consideramos úteis para o poliamor e outros estilos de vida sexualmente aventureiros. Novos livros estão proliferando como coelhinhos na primavera, e não conseguimos acompanhar todos eles – então, pedimos desculpas se deixamos de fora o seu favorito.

Os livros com que estamos mais familiarizadas são todos ótimos, e cada um oferece pontos de vista que os outros não têm. Porém, desde a pesquisa mais recente, fomos apresentadas a dezenas de outras opções, cada uma delas com muito a oferecer. Leia todos os títulos possíveis, mas, se você não puder gastar tanto, sugerimos os que listamos aqui – apresentados em ordem alfabética pelo sobrenome do autor principal.

LIVROS DISPONÍVEIS COM TRADUÇÃO EM PORTUGUÊS:

BACH, George R. & WYDEN, Peter. *O inimigo íntimo: como brigar com lealdade no amor e no casamento*. Tradução de Carlos Eugênio Marcondes de Moura. São Paulo: Summus, 1991. O conceito de "briga justa" foi exposto pela primeira vez pelo Dr. Bach neste livro maravilhoso. Publicado originalmente em 1968, está um pouco desatualizado, mas o material sobre comunicação, bem como as descrições detalhadas de formas construtivas de compartilhar sua raiva com um parceiro, são inestimáveis.

MORIN, Jack. *A mente erótica: descobrindo as fontes internas da paixão e satisfação*. Rio de Janeiro: Rocco, 1997. Uma investigação brilhante sobre o eterno conflito entre a facilidade confortável de relacionamentos de longo prazo e a tensão apaixonada que acende o fogo sexual.

PEREL, Esther. *Sexo no cativeiro: como manter a paixão nos relacionamentos*. Tradução de Adalgisa Campos da Silva. Rio de Janeiro: Objetiva, 2018. Qualquer pessoa que já fez parte de um relacionamento de longo prazo já experimentou a tensão entre o conforto do cotidiano do amor estabelecido e a excitação fumegante da novidade. Este livro inteligente e informativo pode ajudar você a encontrar maneiras de realizar as duas coisas, seja você monogâmico ou não.

ROSENBERG, Marshall B. & GANDHI, Arun. *Comunicação não-violenta: técnicas para aprimorar relacionamentos pessoais e profissionais*. Tradução de Mário Vilela. São Paulo: Ágora Editora, 2010. Um dos melhores livros contemporâneos para usar habilidades de comunicação ao lidar com conflitos de todos os tipos.

LIVROS DISPONÍVEIS EM INGLÊS:

BARKER, Meg. *Rewriting the Rules: An Integrative Guide to Love, Sex and Relationships* [Reescrevendo as regras: um guia integrativo de amor, sexo e relacionamentos] (Routledge, 2012). Uma perspectiva inteligente dos prós e contras de todas as maneiras pelas quais as pessoas no século XXI escolhem organizar suas vidas sexuais e relacionamentos.

BLACKBURN, Suzanne & WADE, Margaret. *Reclaiming Eros: Sacred Whores and Healers* [Recuperando Eros: prostitutas e curandeiros sagrados] (Suade Publishing, 2007). Entrevistas com pessoas ao redor do mundo que praticam trabalho sexual como cura.

CARRELLAS, Barbara. *Urban Tantra* [Tantra urbano] (Celestial Arts, 2007). Como utilizar técnicas do tantra – respiração, contemplação, movimentação etc. para trazer maior intensidade e conexão para suas brincadeiras sexuais. Inclui todos os gêneros e orientações, incluindo BDSM/couro.

DODSON, Betty. *Sex for One: The Joy of Self-Loving* [Sexo para um: as alegrias de amar a si mesmo] (Random House, 1996). A afirmação histórica da masturbação como um caminho para amar a si mesmo.

HAINES, Staci. *The Survivor's Guide to Sex: How to Have an Empowered Sex Life After Childhood Sexual Abuse* [Guia do sexo para o sobrevivente: como ter uma vida sexual fortalecida após o abuso sexual na infância] (Cleis Press, 1999). Uma discussão impressionante sobre os problemas que podem persistir e as formas como muitas pessoas conseguiram superá-los.

JOANNIDES, Paul. *The Guide to Getting It On* [O guia para começar] (Goofy Foot Press, 2009). Informação sexual abrangente e sem julgamento, destinada a adolescentes e jovens adultos.

LABRIOLA, Kathy. *The Jealousy Workbook: Exercises and Insights for Managing Open Relationships* [Livro de exercícios para o ciúme: tarefas e sugestões para gerenciar relacionamentos abertos] (Greenery Press, 2013). Uma gama de exercícios para fazer sozinho, com um parceiro ou em grupo. Confira também, da mesma autora, *Love in Abundance: A Counselor's Advice on Open Relationships* [Amor na abundância: lições de um conselheiro sobre relacionamentos abertos] (Greenery Press, 2013).

MOON, Alison. *Girl Sex 101* [Sexo para garotas nível básico] (Lunatic Ink, 2015). Tudo que você sempre quis saber sobre sexo com mulheres. Escrito principalmente para mulheres lésbicas e bissexuais (incluindo mulheres trans), mas um rico recurso para qualquer pessoa que ama mulheres.

A Legal Guide for Lesbian and Gay Couples [Um guia legal para casais lésbicos e gays] (Nolo, 2007) e *Living Together: A Legal Guide for Unmarried Couples* [Viver juntos: um guia legal para quem não é casado] (Nolo, 2008). Bons recursos para qualquer pessoa que não consegue, ou que escolhe, não se comprometer com o casamento civil.

QUEEN, Carol. *Exhibitionism for the Shy: Show Off, Dress Up, and Talk Hot!* [Exibicionismo para tímidos: exiba-se, arrume-se, fale sacanagens!] (Down There Press, 2009). Descobrindo sua promiscuidade interior, para pessoas tímidas de todos os gêneros e orientações.

QUEEN, Carol & REDNOUR, Shar. *The Sex & Pleasure Book: Good Vibrations Guide to Great Sex for Everyone* [O livro do sexo & prazer: guia de boas vibrações para o sexo ser bom para todos] (Good Vibrations, 2015). Conselhos atualizados sobre sexualidade para todas as idades, gêneros, orientações e configurações de relacionamento.

RYAN, Chris & JETHÁ, Cacilda. *Sex at Dawn: Prehistoric Origins of Modern Sexuality* [Sexo ao amanhecer: origens pré-históricas da sexualidade moderna] (Harper, 2010). Conversas sobre a ampla variedade de estratégias desenvolvidas pelos humanos para administrar sexo e reprodução, e como elas evoluíram para as formas como vivemos hoje.

SHEFF, Elisabeth. *When Someone You Love Is Polyamorous: Understanding Poly People and Relationships* [Quando alguém que você ama é poliamoroso: para entender pessoas e relacionamentos poliamoristas] (Thorntree Press, 2016). Um reconfortante pequeno volume para compartilhar com famílias, amigos e colegas de trabalho escandalizados.

SILVERSTEIN, Charles. *Joy of Gay Sex* [Alegrias do sexo gay] (William Morrow Paperbacks, 2006). O livro clássico sobre sexo homossexual, informativo e erótico.

SPRINKLE, Annie & STEPHENS, Beth. *The Explorer's Guide to Planet Orgasm: For Every Body* [Guia do explorador do planeta do orgasmo: para todos (os corpos)] (Greenery Press, 2017). Um guia ilustrado divertido, acessível e flexível, voltado para todos os gêneros e todos os tipos de orgasmos e como descobri-los.

VEAUX, Franklin & RICKERT, Eve. *More Than Two: A Practical Guide to Ethical Polyamory* [Mais do que dois: um guia prático para o poliamor ético] (Thorntree Press, 2014). Um guia completo e realista para relacionamentos múltiplos de longo prazo.

WOLF, Tikva. *Ask Me about Polyamory: The Best of Kimchi Cuddles* [Pergunte-me sobre poliamor: o melhor do afago kimchi] (Thorntree Press, 2016). Um livro inteiro de histórias em quadrinhos sobre poliamor. Com abordagem despretensiosa, é uma boa escolha para compartilhar com um familiar ou amigo incerto.

362 - 363

SOBRE AS AUTORAS

DOSSIE EASTON é terapeuta de casais e de família credenciada e especializada em sexualidades e relações alternativas. Acumula mais de 25 anos de experiência em aconselhamento de relacionamentos abertos. Autora de outros quatro livros, é uma promíscua com ética desde 1969. Mantém o site http://www.dossieeaston.com.

JANET W. HARDY é autora e coautora de doze livros e fundadora da Greenery Press, editora especializada em livros de aventuras sexuais. Possui mestrado em escrita criativa pelo St. Mary's College, na Califórnia. Desconjurou a monogamia em 1987. Mantém o site http://www.janetwhardy.com.

Dossie e Janet assinam vários outros livros disponíveis pela Greenery Press (sem tradução para o português):

When Someone You Love is Kinky [Quando alguém que você ama tem gostos sexuais excêntricos] é voltado para amigos, parentes, colegas de trabalho e parceiros de qualquer um envolvido numa sexualidade alternativa, como sadomasoquismo, *bondage*/submissão, couro, *cross-dressing*, ou fetiche (nota: Janet escreveu esse livro sob seu então pseudônimo, Catherine A. Liszt).

The New Bottoming Book [O novo livro sobre a prática de ser dominado] e *The New Topping Book* [O novo livro sobre a prática de dominar] abordam como trazer todo o seu poder, erotismo e inteligência para o sexo BDSM, seja sendo o dominador ou o dominado.

Radical Ecstasy: SM Journeys to Transcendence [Êxtase radical: jornadas sadomasoquistas para a transcendência] traz crônicas individuais e coletivas de Dossie e Janet em estados alterados de consciência durante experiências BDSM e oferece ideias de como percorrê-las inspiradas no tantra e em outras práticas sexuais.

Janet também escreveu *The Sexually Dominant Woman* [A mulher sexualmente dominante] (assinado como "Lady Green"), *Spanking for Lovers* [Tapas para amantes] e *Sex Disasters... And How to Survive Them* [Desastres sexuais... e como sobreviver a eles], com Charles Moser, bem como as memórias *Girlfag: A Life Told in Sex and Musicals* [*Girlfag*: uma vida contada em sexo e musicais] (Beyond Binary Press).

364 - 365

SOBRE A ILUSTRADORA

ARIÁDINE MENEZES é uma santista que desde 2012 explora de maneira autoral a arte do *papercutting* ou kiriê, que consiste em detalhados recortes manuais em uma única folha de papel. Além do ofício meditativo que explora ilusões de ótica, geometrias e padronagens, as obras também têm como tema o protagonismo sexual feminino. Costumam ser expostas em espaços culturais, ilustrar textos e cenários. Desde 2016, a artista também dissemina a técnica em oficinas e vivências.

© Elefante, 2019
© Janet W. Hardy & Dossie Easton, 2019

Título original:
The Ethical Slut — Third Edition — Updated & Expanded: A Practical Guide to Polyamory, Open Relationships, and Other Freedoms in Sex and Love, by Janet W. Hardy and Dossie Easton, 2017.

Primeira edição, novembro de 2019
Segunda reimpressão, julho de 2024
São Paulo, Brasil

This translation published by arrangement with Ten Speed Press, an imprint of the Crown Publishing Group, a division of Penguin Random House LLC.

Dados Internacionais de Catalogação na Publicação (CIP)
Angélica Ilacqua CRB-8/7057

Hardy, Janet W.
    Ética do amor livre: guia prático para poliamor, relacionamentos abertos e outras liberdades afetivas/ Janet W. Hardy, Dossie Easton; tradução de Christiane Kokubo; ilustrações de Ariádine Menezes. São Paulo: Elefante, 2019.
    368 p.

ISBN: 978-85-93115-36-3

Título original: The Ethical Slut, A Practical Guide to Polyamory, Open Relationships, and Other Freedoms in Sex and Love

1. Relações poliamorosas 2. Amor livre 3. Ética sexual I. Título II. Easton, Dossie III. Kokubo, Christiane IV. Menezes, Ariádine

19-2549   CDD 306.8423

Índices para catálogo sistemático:
1. Relações poliamorosas — Ética sexual

---

elefante
editoraelefante.com.br
contato@editoraelefante.com.br
fb.com/editoraelefante
@editoraelefante

Aline Tieme [comercial]
Samanta Marinho [financeiro]
Sidney Schunck [design]
Teresa Cristina Silva [redes]

Fontes Biotif, Guardian & PF Venue
Papel Cartão 250 g/m² e Polen Bold 70 g/m²
Impressão BMF Gráfica